BASTEI
LÜBBE
TASCHENBUCH

Über die Autorin

Rebecca Muddiman wuchs in Redcar in Nordengland auf, wo sie auch heute noch lebt. Sie studierte Film- und Medienwissenschaften und legte einen Master in Creative Writing ab. Sie lebte und arbeitete in den Niederlanden und in London. 2010 gewann sie den Northern Writers' Award. *Ruhe sanft, mein Kind* ist ihr Debütroman.

REBECCA MUDDIMAN

RUHE SANFT, MEIN KIND

Roman

Aus dem Englischen von
Ariane Böckler

BASTEI
LÜBBE
TASCHENBUCH

BASTEI LÜBBE TASCHENBUCH
Band 17153

MIX
Papier aus verantwortungsvollen Quellen
FSC® C014496

Dieser Titel ist auch als E-Book erschienen

Vollständige Taschenbuchausgabe

Deutsche Erstausgabe

Titel der englischen Originalausgabe: »Stolen«
Originalverlag: 2013 Moth Publishing, an imprint of
Business Education Publishers Limited

Textredaktion: Katja Bendels
Titelillustration: © shutterstock/Gorda; © Krivosheev Vitaly
Umschlaggestaltung: Massimo Peter
Satz: two-up, Düsseldorf
Gesetzt aus der Minion
Druck und Verarbeitung: GGP Media GmbH, Pößneck
Printed in Germany
ISBN 978-3-404-17153-8

1 3 5 7 6 4 2

Sie finden uns im Internet unter www.luebbe.de
Bitte beachten Sie auch: www.lesejury.de

Für Stephen in Liebe

Du weißt nicht, wie es sich anfühlt, wenn dir etwas gestohlen wird – und zwar das, was dir mehr bedeutet als alles andere. Im einen Moment ist es noch da. Im nächsten ist es weg.

Denk an deinen liebsten Besitz. Denk an das, was du mehr liebst als alles andere. Denk an das, wofür du dein Leben geben würdest. Und dann stell dir vor, du verlierst es.

Denk an die tröstenden Worte von anderen und daran, wie nutzlos sie sind. Denk daran, dass die Welt sich immer weiter dreht, doch deine bleibt stehen, schlagartig. Denk an die Leere und das klaffende Loch, wo einst Liebe war.

Vielleicht fühlst du dich wie betäubt. Vielleicht schmerzt es zu sehr, um es überhaupt an dich heranzulassen. Vielleicht ist dir der Gedanke daran unerträglich, und deshalb steckst du den Kopf in den Sand und tust so, als sei alles in Ordnung.

Ich kann das nicht. Ich kann nicht loslassen. Ich kann nicht trauern und dann mein Leben weiterleben. Ich will mich nicht für den Rest meiner Tage mit dieser Leere abfinden. Ich entscheide mich dafür, etwas zu tun. Ich entscheide mich dafür, eine Mutter zu sein. Ihre Mutter. Ich entscheide mich für sie. Ich werde nicht ruhen, bis ich meine Tochter wiederhabe.

2005

1

Abby Henshaw wippte mit dem Fuß und sah erneut auf die Uhr, ehe sie sich ihrer Tochter Beth zuwandte, die vor ihr in ihrem Buggy saß. Ein Mann mit einem kleinen Mädchen kam aus dem Sprechzimmer des Arztes. Er hob die Kleine hoch und schwenkte sie unter seinem Arm hin und her, bis sie kicherte. Abbys Telefon klingelte. Unter den Blicken der anderen Leute im Wartezimmer zog sie es heraus, sah aufs Display und verwünschte ihren Mann dafür, dass er sie jetzt anrief, obwohl er doch von ihrem Arztbesuch hätte wissen müssen.

»Hey. Wie lief's beim Arzt?«, fragte Paul.

»Wir waren noch nicht dran«, sagte Abby.

»Wann war der Termin? Ich dachte, ganz früh.«

»Ja, schon. Es hat sich alles ein bisschen verzögert.«

»Deine Schuld oder die der Praxis?«, wollte er wissen.

Abby hätte die Schuld gern auf die Praxis geschoben, doch streng genommen stimmte das nicht, und so ignorierte sie die Frage. »Also, was gibt's?«, fragte sie. »Du klingst müde.«

»Alles bestens. Ich hab bloß nicht besonders gut geschlafen.« Er hielt inne. »Und ich wollte mich eigentlich nur mal melden.« Sie hörte, wie er umherging und vermutlich Bücher in die Regale einsortierte. »Was hast du heute noch vor?«, fragte er.

»Wenn wir bei Dr. Evans fertig sind, fahren wir zu Tante Jen, nicht wahr?« Abby sah zu Beth hinab und fuhr ihrer Tochter durch das flaumige Haar.

Eine Arzthelferin erschien in der Tür, die zu den Behandlungsräumen führte, und rief: »Martin Savage, bitte.« Ein Mann mit Krücken erhob sich und humpelte auf sie zu.

»Zu Jen? *Du* fährst zu *ihr* raus?«

»Ja, das hab ich dir doch neulich gesagt.«

»Daran kann ich mich nicht erinnern«, sagte er. Abby wollte schon etwas entgegnen, doch Paul schnitt ihr das Wort ab. »Aber darum geht es gar nicht.«

»Worum geht es dann?«, fragte Abby.

»Warum kann sie nicht hierherkommen?«

»Fang nicht damit an, Paul.«

»Ich fange gar nichts an. Ich frage nur, warum sie nicht zu dir kommen kann.«

»Sie sagt, sie hat die Handwerker im Haus und will sie nicht unbeaufsichtigt lassen.«

Abby hörte Paul schnauben. »Sie ist eine solche …« Er verstummte. Seit Beth auf der Welt war, verzichtete Paul weitgehend auf Schimpfwörter und leistete sich nur selten einen Ausrutscher. Abby war nicht ganz so beherrscht. »Eigentlich müsste sie zu dir kommen, Abby«, sagte Paul. »Du bist diejenige, die gerade ein Kind bekommen hat.«

»Ich bin diejenige, die vor *acht Monaten* ein Kind bekommen hat. Außerdem ist sie letztes Mal zu uns gekommen.«

»Das ist nicht der Punkt. Wenn sie will, dass man sie besucht, muss sie in einer zivilisierten Gegend wohnen. Ich meine, was treibt sie eigentlich da draußen? In meinen Augen zieht man eigentlich nur dann aufs Land, wenn man für irgendwas bestraft wird.«

»Sie schreibt«, sagte Abby.

»Jen schreibt nicht. Sie führt lediglich ein ›Künstlerleben‹«, entgegnete er. Abby sah die Anführungszeichen förmlich vor Augen.

Sie schaute zu Beth hinunter und registrierte, dass die Kleine jemanden hinter ihr ansah. Abby wandte sich um und erblickte eine rothaarige Frau, die Grimassen schnitt. Sie zog den Buggy näher zu sich heran und konzentrierte sich wieder auf Paul, der noch immer am Schimpfen war.

»Ich sage ja nur, dass ich finde, sie sollte hierherkommen. Du verfährst dich doch nur«, sagte er.

»Tu ich nicht.«

»Letztes Mal hab ich eine halbe Stunde am Telefon gehangen und mich abgemüht, dich wieder aus der Pampa rauszulotsen.«

»Ich komm schon klar.«

»Okay«, seufzte Paul. »Wie du willst.«

Abby wusste, dass sein Widerstand gegen den Besuch weniger mit der umständlichen Fahrt dorthin zu tun hatte als vielmehr mit seinen Gefühlen gegenüber Jen. Manche Leute fanden es seltsam, dass Abby so gut mit der Ex ihres Mannes befreundet war, doch Abby belustigte es eher. Die Vorstellung, dass die beiden einmal zusammen waren, war so absurd, dass jeglicher Anflug von Eifersucht lächerlich gewesen wäre.

»Jedenfalls muss ich mich jetzt wieder an die Arbeit machen«, sagte er. »Es ist eine Riesenlieferung gekommen, die ich sortieren muss.«

»Okay.«

»Bis wann kommst du wieder zurück? Falls du dich nicht verfährst.«

Abby lächelte. »Keine Ahnung. Gegen fünf oder sechs vielleicht.«

»Okay, dann bis dann. Gib Beth einen Kuss von mir.«

Sie legte auf, bückte sich zu Beth hinab und drückte ihr einen Kuss aufs Haar. Der Mann mit den Krücken kam heraus, gefolgt von der Arzthelferin, die konzentriert auf ihr Klemmbrett schaute. Beth starrte an ihr vorbei, und Abby drehte sich um, um zu sehen, ob die Rothaarige ihr immer noch Grimassen schnitt. Die Frau fing Abbys Blick auf, doch Abby wandte sich rasch wieder ab. Sie wollte nicht mit ihr ins Gespräch kommen. Sie hatte den gluckenhaften Blick der anderen instinktiv erfasst und nicht die geringste Lust, sich mit ihr auf einen Austausch von Babygeschichten einzulassen. Innerlich flehte sie darum, dass sie oder die andere als Nächste aufgerufen würde.

»Helen Deal, bitte«, rief die kleine blonde Arzthelferin lächelnd. Die Frau erhob sich und ging auf sie zu.

Abby schnallte Beth in ihrem Babysitz im Auto an, stieg selbst vorne ein und blickte hinaus auf die Leute, die über den Supermarkt-Parkplatz hasteten. Wie viele von ihnen waren wohl wirklich glücklich? War überhaupt jemand glücklich? Irgendwo hatte sie einmal gelesen, dass man zwar theoretisch alles haben kann, was man will, aber eben nicht alles auf einmal. Das hatte sie damals ziemlich schlau gefunden. Sie konnte alles tun, was sie wollte, aber nicht alles auf einmal. Nicht zugleich. Nicht, wenn sie wollte, dass alles ein gutes Ende nahm. Inzwischen wusste sie, dass irgendetwas immer danebenging. Hoffentlich hatte sie das noch rechtzeitig begriffen, bevor etwas oder jemand allzu sehr litt. Es war nicht alles perfekt, sie war nicht rundum glücklich, doch sie war zufrieden. Und solange sie alles im Gleichgewicht halten konnte, war alles gut. Gut war genug.

Sie zückte ihr Telefon und wählte, den Blick im Rückspiegel auf Beth geheftet. Nach ein paarmal Klingeln schaltete sich ein Anrufbeantworter ein.

»Hier ist Simon Abbott. Ich bin bis zum achtundzwanzigsten September in Neuseeland. Hinterlassen Sie mir bitte eine Nachricht, dann rufe ich Sie so bald wie möglich zurück.«

Abby legte auf. Sie hatte gedacht, er würde erst am nächsten Tag abreisen. Nicht dass es eine Rolle spielte. Was sollte sie schon zu ihm sagen? Erneut spürte sie diesen schrecklichen Kloß in der Magengrube. Ein Gefühl, an dessen hartnäckige

Anwesenheit sie bereits gewöhnt war. Warum setzte sie alles aufs Spiel? Warum machte sie nicht Schluss?

Weil sie nicht konnte. Nicht mehr. Es war zu spät. Sie hatte sich da hineingestürzt, und nun saß sie fest. Sie dachte an Paul. Sie liebte ihn, wirklich. Also warum hatte sie alles riskiert? Rasch warf sie einen Blick auf Beth. Warum hatte sie ihre Familie aufs Spiel gesetzt?

Abby musterte das Telefon in ihrer Hand und wählte Jens Nummer. Es läutete ein paarmal, ehe sich die Mailbox einschaltete. Sie legte auf, suchte Jens Festnetznummer heraus und wählte erneut. Wahrscheinlich war Jen zu sehr damit beschäftigt, mit den Handwerkern zu flirten.

Schon wieder ein Anrufbeantworter. Sie seufzte und wartete auf den Signalton. »Hi, Jen, ich bin's. Ich bin ein bisschen spät dran und komme erst in etwa vierzig Minuten oder einer Stunde, falls ich mich verfahre. Ich habe keine Ahnung, wo du steckst, aber sieh zu, dass du dann zu Hause bist.«

Als sie den Parkplatz verließ und auf die Hauptstraße einbog, überlegte sie, ob heute vielleicht der richtige Tag war. So oft hatte sie schon ihr Geheimnis mit Jen teilen wollen, doch immer war sie im letzten Moment davor zurückgeschreckt. Ihre Freundin war selbst auch kein Engel, und nach allem, was ihr Paul – weniger Jen selbst – widerwillig verraten hatte, war ihre Beziehung kurz und heftig gewesen und hatte mehr auf einem Faible für erhitzte literarische Debatten beruht als auf großen Gefühlen füreinander. Doch irgendetwas hatte Abby davon abgehalten. Vielleicht gab es da doch noch eine gewisse Loyalität. Es war das Risiko einfach nicht wert.

Als sie die Abzweigung erreicht hatte und aufs Land hinausfuhr, versuchte Abby, ihre Probleme zu vergessen. Besser, sie konzentrierte sich aufs Hier und Jetzt, auf die Straßenschilder und darauf, sich nicht zu verfahren. Sie lauschte den gurgelnden Geräuschen von Beth, die auf dem Rücksitz dabei war einzuschlummern, und fragte sich, wohin Jen wohl verschwunden war, obwohl sie doch gesagt hatte, sie könne den ganzen Tag nicht aus dem Haus gehen.

2

Auf Höhe des Pubs in der Loftus High Street drosselte Abby das Tempo, da sich vor ihr der Verkehr staute. Sie reckte den Hals, um zu sehen, was die Verzögerung verursachte, doch ein Lastwagen vor ihr nahm ihr die Sicht. Zwei Autos wendeten. Was auch immer der Grund für den Stau war, es bewegte sich offensichtlich nicht voran. Abby fuhr im Schritttempo ein paar Meter weiter und scherte leicht aus, um an dem Lastwagen vorbeizusehen, ehe sie in ihrer Tasche nach der Wegbeschreibung kramte, die sie sich ausgedruckt hatte. Sie fuhr mit dem Finger über die Landkarte und versuchte herauszufinden, wo sie war. Es gab zwei Möglichkeiten. Links oder rechts.

Abby blinkte und fuhr an dem Lastwagen vorbei. Aus dem Parkplatz des Pubs kam ein weißer Transporter und nahm ihren Platz in der Schlange ein. Sie sah noch einmal auf die Landkarte, ehe sie rechts abbog und einen Blick in den Rückspiegel warf. Beth schlief tief und fest.

Als sie schließlich am Ende der Straße anlangte, empfand sie das Tageslicht als willkommene Abwechslung von dem endlosen Laubbaldachin. Sie blieb kurz an der Kreuzung stehen und bog dann auf die schmale Landstraße ein.

Nach den ersten Schlaglöchern warf Abby erneut einen Blick auf Beth und wunderte sich, dass diese gänzlich ungerührt von dem Gerüttel weiterschlief. Nach ein paar hundert Metern verschwanden die letzten der wenigen Häuser, und die Bäume hielten erneut das Licht ab. Abby fuhr geradeaus weiter. Als sie in den Spiegel sah, stellte sie erstaunt fest, dass auf einmal ein weißer Transporter hinter ihr fuhr. Sie richtete den Blick wieder auf die Straße vor ihr und öffnete das Fenster einen Spalt weit, um ein bisschen Luft hereinzulassen. Beim nächsten Kontrollblick zu Beth fiel ihr auf, dass der Transporter näher kam, und ihr Magen krampfte sich zusammen. Die Geschwindigkeitsbegrenzung lag bei sechzig Meilen, und, okay, sie fuhr nur vierzig, doch sie wollte eben nicht schneller fahren. Nicht auf dieser Straße und nicht mit Beth auf dem Rücksitz. Der Transporter kam näher.

»Arschloch«, knurrte sie leise, um Beth nicht zu wecken.

Verdrossen fuhr sie ganz nach links, um den Transporter vorbeizulassen. Doch der machte keinerlei Anstalten zu überholen, sondern blieb weiterhin dicht hinter ihr.

»Herrgott noch mal«, murmelte Abby. »Hier könnte ja sogar ich überholen.« Sie ließ das Fenster weiter herunter und signalisierte dem Fahrer, dass er vorbeifahren sollte. Etwa zehn Sekunden lang blieb er, wo er war. Abby wurde es immer mulmiger zumute, bis er schließlich beschleunigte und zum Überholen ausscherte. Sie verfolgte im Außenspiegel, wie er neben sie zog. »Endlich«, stieß sie hervor und lockerte ihre Hände, die sie zu Fäusten geballt hatte.

Sie spähte zum Beifahrerfenster des Transporters hinein und versuchte, einen Blick auf den Idioten hinterm Steuer zu erhaschen. Dann riss sie die Augen auf, als der Wagen zu ihr herüberzog. Unwillkürlich lenkte sie nach links und bremste scharf, als der Transporter ihren Außenspiegel schrammte. Der andere löste sich sofort wieder von ihr und raste vorüber. Abby kämpfte darum, ihren Wagen wieder unter Kontrolle zu bekommen. Die Sträucher am Straßenrand schrappten laut übers Beifahrerfenster, während das Auto halb auf der Straße und halb auf dem Grünstreifen entlangholperte, ehe es zum Stehen kam. Abby atmete tief durch, löste ihren Sicherheitsgurt und kniete sich mit klopfendem Herzen auf den Sitz, um nach Beth zu sehen.

»Ach du lieber Gott.« Abby lehnte sich nach hinten zu ihrer Tochter. Die sah sie mit großen Augen an. »Alles in Ordnung, Schätzchen?« Abby musterte die Kleine von Kopf bis Fuß, obwohl sie wusste, dass ihr nichts fehlte. Dann hob sie die Hand zum Mund, unterdrückte einen Schrei und kam sich furchtbar dumm vor, weil ihr Tränen in die Augen stiegen. Beth sah ihre Mum an und begann zu weinen. Abby wischte ihr das Gesicht ab. »Nicht, Schätzchen, es ist alles gut. Alles in Ordnung.« Sie beugte sich vor, um Beth aus ihrem Kindersitz zu holen, kam aber nicht an die Gurtschnalle heran. Schon hatte sie sich umgedreht und wollte die Tür öffnen, als sie den weißen Transporter direkt vor sich am Straßenrand stehen sah. Auf der Beifahrerseite stieg ein Mann aus und sah in ihre Richtung. Dann presste er sich ein Telefon ans Ohr. Wutentbrannt stieß Abby ihre Tür auf und stapfte auf ihn zu. Er beendete sein Gespräch und steckte das Telefon ein.

»Was zum Teufel sollte das?«, herrschte Abby ihn an und blieb stehen, als der Mann mit erhobenen Händen auf sie zuging, als wollte er sich entschuldigen. »Ich habe ein kleines Kind im Auto! Sie hätten es umbringen können. Sie hätten uns beide umbringen können!«

»Tut mir leid«, sagte er mit schwerem Akzent.

»Das reicht nicht«, sagte Abby und warf einen Blick zurück zu Beth. »Ich zeige Sie an …«

Die Faust des Mannes traf sie mitten ins Gesicht, und ihr Kopf flog nach hinten. Abby stolperte zurück und fiel hin. Panik wallte in ihr auf. Ungläubig und mit hämmerndem Herzen starrte sie zu dem Mann auf. Kleine Steinchen bohrten sich in ihre Handflächen, als sie sich aufzurichten versuchte. Sie hob die andere Hand an ihr Gesicht und spürte, dass ihr Blut aus der Nase lief. Schwer schluckend kroch sie vor ihm davon, dabei suchte sie die Straße nach jemandem ab, der ihr helfen könnte. Sie fasste nach ihrer Autotür und versuchte, sich hochzuziehen. Doch der Mann griff ihr von hinten ins Haar und riss sie weg. Abby hörte Schreie. Beth, dachte sie. O mein Gott, Beth! Der Mann zerrte Abby auf die Füße, eine Hand nach wie vor in ihrem Haar, während er mit der anderen die Rückseite ihres Pullovers zu einem festen Knoten drehte und sie rückwärts davonzog. Durchs Autofenster sah Abby Beth, die gelassen und sorglos wirkte.

Erst da begriff sie, dass die Schreie ihre eigenen waren.

3

Abby fuhr herum und ging mit den Fingernägeln auf das Gesicht ihres Angreifers los, schubste ihn und versuchte sich loszureißen. Sie hörte ihre eigene Stimme, eine Kakophonie aus Schreien nach Beth und Bitten, sie loszulassen. Ein zweiter Mann mit tief ins Gesicht gezogener Baseballkappe erschien von der Fahrerseite des Transporters. Er lief eilig auf sie zu und sah sich nach allen Seiten um. Dabei rief er seinem Freund etwas zu, und der erste Mann nickte zu Abbys Auto hin.

»Lassen Sie sie in Ruhe!«, schrie Abby, als der Fahrer zu Beth ins Auto spähte. Er wandte sich um, kam erneut in ihre Richtung und rief etwas in einer Sprache, die sie nicht verstand, vielleicht Russisch.

Der andere Mann stieß Abby zu Boden und versuchte, die Hecktür des Transporters zu öffnen. Er redete dabei nach wie vor auf seinen Begleiter ein. Abby wand sich los, kam stolpernd auf alle viere und rang verzweifelt darum, sich aufzurichten und davonzulaufen. Der Mann trat ihr brutal ins Kreuz, sodass sie mit dem Gesicht im Schmutz landete.

Der Fahrer bückte sich, zerrte sie in die Höhe und hielt sie an den Handgelenken fest, während der erste Mann die Türen öffnete.

Abby riss einen Ellbogen hoch und rammte ihn dem Fahrer ins Gesicht. Der Mann brüllte sie an, zerrte ihr die Handgelenke hinter den Rücken und bog ihr die Arme nach oben, bis sie vor Schmerz aufschrie. Der erste Mann sprang in den

Laderaum des Transporters und streckte die Arme nach Abby aus. Dann versuchte der Fahrer sie hochzuheben, indem er ihr seine Hüfte in den Rücken schob, doch sie hakte sich mit einem Fuß an der Kante des Wagens ein und stieß sich weg. Der Mann im Laderaum griff nach ihren Füßen, doch sie trat nach ihm, worauf er sie wüst beschimpfte. Schließlich stieg der Fahrer ein, zerrte Abby an den Handgelenken mit sich und warf sie zu Boden. Sofort begann sie, auf allen vieren zur Tür zu kriechen, wurde jedoch in die Ecke zurückgezerrt. Der Fahrer stieg aus und schloss einen der Türflügel. Unter dem Schild seiner Kappe sah er sich um und sagte etwas zu seinem Komplizen, der über Abby stand, während sie sich in der Ecke zusammenkauerte. Es klang, als würden sie streiten. Abby überlegte, ob sie an dem Mann im Wagen vorbeikäme, doch ehe sie sich regen konnte, wandte er sich wieder zu ihr um und lachte.

Abby sah zum Fahrer hinüber, der noch immer von der Tür aus hereinblickte. Er wirkte weniger sicher als sein Partner, weniger entschlossen. Sein Blick schweifte weg von Abby, nach hinten zu ihrem Auto, nach hinten zu Beth. Als er den zweiten Türflügel schloss, herrschte Dunkelheit, und alles wurde still. Abby begriff, dass sie zu schreien aufgehört hatte, und hörte nun nur noch ihren eigenen Atem. In der Finsternis des Laderaums konnte sie kaum etwas sehen. Stotternd sprang der Motor an, und der Mann kam ins Wanken, als sie anfuhren. Ein paar Sekunden lang starrte er sie nur an.

»Was wollen Sie?«, fragte Abby. »Ich habe Geld, das können Sie haben. Bitte nehmen Sie alles, was Sie wollen. Aber lassen Sie mich gehen. Mein Kind braucht mich. Die Kleine braucht mich!«

Der Mann starrte Abby an, sichtlich ungerührt von ihren Worten. Sie wusste nicht einmal, ob er sie verstand.

»Bitte«, flehte Abby erneut und spürte heiße Tränen auf ihren Wangen. Als sich ihre Augen an die Finsternis gewöhnt hatten, versuchte sie seine Gesichtszüge zu erkennen und nicht darüber nachzudenken, warum er keine Maske trug, um seine Identität zu verschleiern.

Er bückte sich, bis sein Gesicht nur noch wenige Zentimeter von ihrem entfernt war, wobei ihr ein Wimmern entfuhr. Sie sah ihm in die Augen, um sich seine Züge einzuprägen. Seine Haut war voller Pockennarben, und Abby musste daran denken, wie sie als Kind die Windpocken gehabt und ihre Mutter ihr eingeschärft hatte, nicht zu kratzen. Die Erinnerung verblasste, als er noch näher kam. Abby zuckte erschrocken zusammen, wich vor seinem heißen, stinkenden Atem und den leeren schwarzen Augen zurück.

Er entfernte sich ein Stück weit von ihr und kam unsicher zum Stehen. Unter dem niedrigen Dach musste er sich leicht bücken. Dann trat er irgendeinen Gegenstand beiseite und beugte sich vor, um ein Laken wegzuziehen, ehe er sich zu ihr umwandte und etwas sagte. Sie sah ihn an, als könnte sie ihm vom Gesicht ablesen, was er meinte. Er zeigte auf die Stelle, die er gerade freigemacht hatte. Abby schaute hinüber und begriff, was er wollte. Sie zitterte am ganzen Körper und konnte nicht mehr atmen. Auf der anderen Seite lag eine alte, zerschlissene Matratze, die vor Schmutz starrte und an mehreren Stellen aufgerissen war. Er zeigte erneut darauf und sagte etwas im Befehlston. Abby spürte, wie ihr der Mageninhalt in die Kehle stieg, und versuchte, sich in die Ecke zu verkriechen. Mit unsicherem Gang kam der Mann auf sie zu, während sie sich zusammenkauerte. Dann fasste er sie am Handgelenk und zog.

»Nein«, sagte Abby und wehrte sich gegen seinen Griff. »Nein, nein, nein …«

Der Mann packte sie mit beiden Händen und zerrte sie über den kalten Metallboden. Abby schrie auf und schlug mit der freien Hand nach ihm. Er stieß sie auf die schmutzige Matratze, doch sie stemmte sich wieder hoch und versuchte ihm zu entkommen. Er hob die Faust, und Abby bedeckte ihr Gesicht genau in dem Moment, als sein Hieb sie seitlich am Kopf traf. Sie schrie vor Schmerz, während er ihr weitere Schläge versetzte. Dann rollte sie sich zusammen, hielt sich schützend den Kopf und schluchzte in den ekligen Matratzenbezug. Sie hörte den schweren Atem des Mannes und flehte darum, dass es aufhörte. Während sie sich auf den Gestank der Matratze konzentrierte, musste sie darum kämpfen, nicht zu würgen. In ihren Ohren begann es zu rauschen, und sie begriff, dass die Schläge aufgehört hatten. Sein Atem ging laut und schwer. Sie roch seinen animalisch stinkenden Schweiß, als er sich näher zu ihr beugte. Dann spuckte er neben ihren Kopf auf den Boden.

»Braves Mädchen«, sagte er. Abby lugte seitlich zu ihm hinüber. Als er den Reißverschluss seiner Jeans aufzog, stieß sie einen weiteren Schrei aus und versuchte davonzukrabbeln. Der Mann packte ihre Arme, drückte sie ihr fest über den Kopf und presste Abby auf die Matratze. Dann setzte er sich rittlings auf sie, sodass sein Gewicht es ihr unmöglich machte, die Beine zu heben. »Braves Mädchen«, wiederholte er, ließ sie mit einem Arm los und fuhr mit der Hand an ihrem Körper entlang zu ihrem Hosenbund. Abbys Atem ging so schnell, dass sie glaubte, ohnmächtig zu werden. Als er sich in Stellung brachte und an ihrer Hose zerrte, flehte sie im Stillen darum.

Im Rhythmus mit dem Transporter wiegte Abby sich vor und zurück. Von irgendwoher hörte sie ihre Mutter *Rockabye Baby* singen. Sie wusste zwar nicht mehr, ob sie ihr das tatsächlich jemals vorgesungen hatte, doch es war einfach da. Im Wagen roch es nach Erbrochenem, und in ihrem Haar war etwas Nasses. An den nackten Beinen spürte sie den kalten Wind, der durch die Türen hereinkam. Sie überlegte, ob sie wohl in der Nähe von Zuhause war.

Der Transporter kam langsam zum Stehen. Aus nächster

Nähe vernahm sie Schritte auf Kies. Als die Tür aufging, erkannte sie die Umrisse eines Mannes. Sie hoffte, dass Paul sie abholen gekommen war.

Der Fahrer betrat den Laderaum und beugte sich über sie. Er zog sie sachte an den Schultern hoch, bis sie saß. In die Augen sah er ihr nicht.

»Wo ist Beth?«, fragte sie ihn, doch er sah sie weder an noch gab er ihr eine Antwort.

Sie registrierte den anderen Mann, der in der Ecke hockte und eine Zigarette rauchte. Er starrte Abby an und blies den Rauch in ihre Richtung, bis sie husten musste. Der Fahrer half ihr auf und tappte rückwärts aus dem Laderaum. Dann winkte er Abby. Mit weichen Knien, abgestützt an der Seitenwand des Transporters, ging sie auf die offene Tür zu, wo sie das plötzliche Tageslicht blendete. Sie blinzelte zum Himmel, während ihr der Fahrer eine Hand hinhielt, um ihr herunterzuhelfen. Er blickte an ihren bloßen Beinen entlang. Abby folgte seinem Blick und musterte ihre Beine ebenfalls. Sie sahen schmutzig aus. Der Fahrer beugte sich in den Wagen, zog ihre Hose und ihre Schuhe zu sich her und hielt sie Abby hin. Doch der andere Mann kroch zu ihm hinüber, riss ihm die Kleidungsstücke aus der Hand und brüllte etwas Unverständliches. Er warf die Sachen wieder in den Wagen und stieg aus, ehe er Abby und seinen Partner beiseite schob und die Hintertür zuschlug. Dann brüllte er noch etwas und schubste den anderen in Richtung Fahrertür. Er selbst stapfte zur Beifahrerseite und stieg ein.

Abby sah zu, wie der Transporter rasch die lange, einsame Straße hinabfuhr und verschwand. Erstaunt blickte sie auf ihre zitternden Hände hinab. Seltsam, eigentlich war ihr gar nicht so kalt. Zwischen ihren Beinen spürte sie etwas Feuchtes. Während sie die Blutspur an ihrem Oberschenkel betrachtete, begann sich alles zu drehen. Ein Bild ihrer Tochter, allein und verängstigt, blitzte in ihrem Kopf auf, als sie auf dem Boden aufschlug.

4

Miklos Prochazka umklammerte das Lenkrad. Sein Brustkorb war wie zugeschnürt. Er schob seine Kappe zurück und wischte sich den Schweiß von der Stirn. Sein Cousin Damek zündete sich neben ihm die nächste Zigarette an.

»Mach das Fenster auf«, sagte Miklos, und Damek verdrehte die Augen, ehe er gehorchte.

Miklos sah in den Spiegel. Es war niemand hinter ihnen. Seit sie die Frau am Straßenrand ausgesetzt hatten, war niemand mehr hinter oder vor ihnen aufgetaucht. Eigentlich erwartete er einen Strom von Streifenwagen mit Sirenen und Blaulicht. Doch nichts. Gar nichts.

Damek ließ einen Arm aus dem Fenster hängen und spuckte hinaus. Der Wind blies Speicheltropfen auf die Windschutzscheibe, was er mit einem Knurren quittierte. Miklos musterte ihn, während er hastig zwischen Straße, Rückspiegel und seinem Beifahrer hin und her blickte.

»Was?«, zischte Damek und beugte sich vor, um das Radio einzuschalten.

Miklos sah ihn nur wortlos an. Er wünschte, er könnte den Transporter anhalten und Damek am Straßenrand absetzen. Davonfahren und ihn nie wiedersehen. Er kannte Damek und wusste, wozu er imstande war, trotzdem war er schockiert.

»Was?«, wiederholte Damek und schnippte seine Zigarettenkippe aus dem Fenster. »Hast du Probleme?«

»Probleme?« Miklos grub die Finger ins Lenkrad. »Probleme!« Er schlug mit der offenen Hand gegen die Seitenwand. »Was hast du dir dabei gedacht?« Er blickte wieder auf die Straße. »Was hab *ich* mir dabei gedacht?«

Damek schüttelte den Kopf. »Du bist doch bezahlt worden, oder nicht?« Er fummelte erneut am Radio herum und lehnte sich zurück, nachdem er sich für einen Sender entschieden hatte.

Miklos beugte sich vor und stellte das Radio wieder aus. Seine Gedanken überschlugen sich. Das hätte nicht passieren dürfen. Nicht so. Er hätte weggehen sollen. Er hätte nicht mitmachen, nicht bei Damek bleiben sollen. Kopfschüttelnd dachte er: Nie wieder.

»Sie war hübsch«, sagte Damek grinsend. »Attraktiv. Ein Jammer, das mit dem Baby.«

Miklos spürte, wie ihm die Galle hochkam. Das mit dem Baby hatte man ihm nicht gesagt. Das Baby hätte nicht dabei sein dürfen. Dafür wurden sie nicht bezahlt. Auf einmal beschleunigte sich sein Atem, und er schnappte nach Luft, begierig darauf, seine Lungen zu füllen. Er lenkte den Wagen an den Straßenrand und hielt an.

Eilig stieg er aus und stand trocken würgend auf dem Grünstreifen. Schließlich wischte er sich das Gesicht, lehnte sich schwer atmend gegen die Seite des Transporters. Er hörte, wie Damek auf seiner Seite die Tür zuschlug und zur Fahrerseite herüberkam. Er baute sich vor Miklos auf, hob seinen Kopf an und sah ihm in die Augen.

»Schlappschwanz«, sagte er und lachte. Dann schob er Miklos beiseite und setzte sich auf den Fahrersitz. Miklos musterte ihn kurz, ehe er sich erneut nach hinten umsah. Vielleicht war die Polizei schon unterwegs. Er stieg wieder ein. Damek fuhr los, noch ehe er die Tür geschlossen hatte.

Miklos starrte Damek an. »Hast du das gewusst?«

Damek zuckte nur die Achseln, und Miklos fragte noch einmal. Es hätte ihn nicht überrascht, wenn Damek von dem Baby gewusst hätte; ihn kümmerte das nicht.

»Hab nicht nach Einzelheiten gefragt«, sagte Damek und stellte das Radio wieder an.

5 Abby schlug die Augen auf. Eine Fliege flog summend um ihren Kopf, und das vertrocknete Gras des Grünstreifens kratzte sie im Gesicht. Rasch setzte sie sich auf und wünschte augenblicklich, sie hätte es nicht getan. Der Schmerz jagte durch ihren Kopf, sodass sie die Augen wieder schloss. Sie hob eine Hand an den Kopf, doch nahm sie rasch wieder runter. Ihr Haar blieb feucht und klebrig daran hängen. Sie fragte sich, worin in aller Welt sie gelegen hatte. Auf einmal vernahm sie das Geräusch eines fahrenden Autos auf Kies, irgendwo in der Nähe. Ihr erster Impuls war, sich zu verstecken; sie wollte nicht, dass jemand sie so sah.

Ihr zweiter Impuls veranlasste sie, schleunigst auf die Beine zu kommen und loszulaufen.

»Beth«, stieß Abby schwer atmend hervor. »Beth, Beth!« Sie schrie auf und kam ins Stolpern, wobei sich die Steinchen in ihre bloßen Füße bohrten. Abrupt blieb sie stehen und sah sich um. Wo zum Teufel war sie? Wo war ihr Auto? Wo war Beth? Wieder und wieder wandte sie sich um und suchte nach irgendetwas Bekanntem, bis ihr schwindlig war. Das Auto wurde lauter, kam näher. Sie lief dem Geräusch entgegen. Ein blauer Wagen tauchte aus einer Senke in der Straße auf und geriet heftig ins Schlingern, während Abby mitten auf der Straße auf ihn zustürmte. Ihre Handflächen klatschten auf die Motorhaube, als das Auto stehenblieb. Durch die Windschutzscheibe starrten sie die verblüfften Gesichter eines Paares mittleren Alters an. Die beiden wechselten einen verschreckten Blick, ehe Abby zur Beifahrerseite lief und die Frau flehend ansah.

»Bitte, haben Sie sie gesehen? Haben Sie Beth gesehen?«, rief Abby. Die Tür ging auf, und der Mann lief zu Abbys Seite hinüber. Er machte Anstalten, ihr eine Hand auf die Schulter zu legen, doch sie schreckte vor seiner Berührung zurück. »Haben Sie sie gesehen?«, fragte sie mit flehender Stimme und blickte hektisch, nur flach atmend, zwischen den beiden hin und her.

»Okay, junge Frau, ganz ruhig. Erzählen Sie uns, was passiert ist. Hat Ihnen jemand wehgetan?«, fragte der Mann und streckte erneut die Hand nach Abby aus, zog sie jedoch ebenso schnell wieder zurück. Sein Blick fiel auf ihre nackten Beine, ehe er ihr erneut ins Gesicht sah. Dann drehte er sich zu der Frau um, die langsam aus dem Wagen stieg.

Abby sah an ihr vorbei und begann den Hügel hinabzustapfen. »Ich muss sie finden«, sagte sie und wischte sich mit einer zittrigen Hand das Gesicht. »Ich muss sie finden.«

Im Laufschritt kam der Mann hinter ihr her. »Wen müssen Sie finden? Wen haben Sie verloren?«

»Beth!«

»Wer ist Beth?«

»Meine Tochter. Mein Baby.« Abby blieb stehen und drehte sich zu ihm um. »Sie müssen sie doch gesehen haben. Oder gehört. Bestimmt hat sie nach mir geschrien!« Abby wurde von Schluchzern geschüttelt. Der Mann schlüpfte aus seinem Jackett und hielt es ihr hin, doch sie ignorierte die Geste. »Ich muss sie finden.«

»Natürlich«, sagte der Mann und führte sie so sanft er konnte zum Auto zurück. »Wir finden sie schon.« Er machte die Tür auf der Beifahrerseite auf und drückte Abby sachte auf den Sitz. Dann drehte er sich zu seiner Frau um. »Gib mir dein Telefon.«

Die Frau starrte Abby einen Moment lang an, ehe sie sich wieder ihrem Mann zuwandte. »Was?«, fragte sie.

»Das Telefon, Frau, gib mir das verfluchte Telefon!«, fauchte er und streckte die Hand aus.

Die Frau kramte in ihrer riesigen Handtasche herum und förderte ein Telefon zutage. Der Mann riss es ihr aus der Hand und wählte. Nach einem kurzen Seitenblick auf Abby wandte er sich ab.

»Hallo? Die Polizei, bitte«, sagte er. Er entfernte sich auf dem Grünstreifen von Abby, bis sie ihn nicht mehr hören konnte. Die Frau beugte sich zu Abby hinab, nahm ungeschickt ihre Hand und murmelte nutzlose Plattitüden.

Der Mann beendete das Gespräch und kehrte zum Auto zurück. »Die Polizei kommt gleich.«

Abby sah zu dem Mann auf. »Haben sie sie gefunden?«

Er räusperte sich. »Die Polizei klärt das schon. Dauert nicht mehr lang.«

Abby schüttelte den Kopf. »Nein, ich kann nicht warten. Ich muss los. Ich muss sie finden.« Sie stand auf und schob sich an dem Mann vorbei, während die Frau ihr bereitwillig Platz machte.

»Herrgott noch mal, Andrea«, sagte der Mann und drängte sich an ihr vorbei. Schnell hatte er Abby wieder eingeholt. »Ich finde, wir sollten warten. Sie sind gleich da.«

»Ich kann nicht warten«, erklärte Abby. »Was, wenn ihr etwas zugestoßen ist? Was, wenn sie ihr auch etwas angetan haben?« Sie versuchte ihm auszuweichen, doch er legte ihr eine Hand auf die Schulter. Als Abby aufschrie, ließ er die Hand wieder fallen.

»Tut mir leid. Tut mir wirklich leid. Schauen Sie, ich weiß nicht, was mit Ihrem Töchterchen passiert ist, aber die Polizei kann Ihnen helfen. Sie wissen, was zu tun ist. Bitte. Kommen Sie zum Auto zurück, und dann klären wir die Sache. Ich verspreche es.«

Abby starrte ihn an und versuchte erneut, um ihn herumzulaufen. Als sie an ihm vorbeiging, kam ein Streifenwagen über den Hügel. Er passierte Abby und den Mann und blieb auf dem Grünstreifen hinter dem Auto des Paares stehen. Zwei Uniformierte stiegen aus und kamen auf sie zu.

»Könnten Sie uns Ihren Namen nennen?«, fragte die Polizistin und schob sich das dunkle Haar aus den Augen, bevor sie ihren Hut aufsetzte.

»Abby. Abby Henshaw«, krächzte sie.

»Okay, Abby. Ich bin P.C. Lawton. Das ist P.C. Cartwright«, erklärte sie und zeigte dabei auf ihren Kollegen. »Können Sie uns schildern, was passiert ist?«

»Wir waren unterwegs zum Mittagessen, als sie plötzlich wie aus dem Nichts aufgetaucht ist«, erzählte der Mann. »Wir hätten sie beinahe überfahren. Sie redet die ganze Zeit davon, dass sie jemanden finden muss, ihre Tochter. Ich habe gesehen, dass sie verletzt ist, und sie scheint völlig aufgelöst zu sein, also habe ich die Polizei gerufen.«

»Mr. Walker?«, fragte Cartwright.

Der Mann nickte, und Cartwright wandte sich wieder Abby zu.

»Ich will nur Beth finden«, sagte Abby.

»Wer ist Beth?«, fragte Lawton.

»Meine Tochter«, antwortete sie, wischte sich dabei über die Stirn und schob sich das klebrig verschwitzte Haar aus dem Gesicht.

Lawton und Cartwright wechselten einen Blick.

»Bitte, ich will nur meine Tochter wiederhaben.« Abby rieb sich über die Wange und verschmierte dabei das noch nicht komplett getrocknete Blut.

»Wenn Sie uns sagen, was passiert ist, Abby, können wir Ihnen helfen. Wir helfen Ihnen, Ihre Tochter zu finden.«

Abby sah Lawton an und seufzte. Ihre Frustration wuchs. Die Frau wirkte nicht einmal alt genug für eine Polizistin. Wie wollte sie ihr helfen? Sie musterte die anderen, die um sie herumstanden und sie beobachteten. Warum half ihr niemand?

Lawton führte Abby zum Streifenwagen und versuchte, sie hineinzubugsieren, doch Abby machte sich los.

»Erzählen Sie uns einfach, was passiert ist, Abby.«

Abby kniff die Augen zu. Sie wollte nicht reden, sie wollte nur Beth finden. Sie wollte nicht darüber nachdenken.

»Abby?«, sagte Cartwright.

Sie seufzte. »Sie haben mich entführt. Sie haben mich in einen Transporter gesteckt und mich verletzt und Beth einfach allein zurückgelassen. Sie kann nicht allein bleiben, sie ist doch noch ein Baby.«

»Okay, Abby. Wer hat Sie entführt? Kannten Sie die Leute?«, fragte Lawton mit einem Blick auf Cartwright. Als sich Cartwright zum Gehen wandte, hörte Abby ihn sagen: »Wir müssen die Kripo und einen Krankenwagen anfordern.«

»Nein.« Abby stockte der Atem. »Bitte, ich bin nicht wichtig, ich muss nur Beth finden. Warum hören Sie mir denn nicht zu? Sie ist ganz allein. Sie ist in Gefahr.«

»Ich höre ja zu, Abby. Aber ich muss wissen, was passiert ist, damit ich Ihnen helfen kann. Verstehen Sie?«

»Der Krankenwagen ist unterwegs«, erklärte Cartwright.

»Sie war im Auto. Sie haben sie im Auto gelassen. Es war gleich da hinten.« Abby zeigte die Straße hinab. »Ich bin mir sicher, dass ich aus der Richtung gekommen bin. Ich bin aus der Stadt gekommen, aus Redcar, und ich glaube … Es ist ein silberner Corsa. Sie müssen direkt daran vorbeigefahren sein. Irgendjemand von Ihnen muss ihn gesehen haben.« Abby sah von Lawton zu Mr. Walker. Sie wechselten einen Blick. »Sie haben ihn doch gesehen, oder?«, hakte Abby nach.

Lawton nickte. Walker sah aus, als wäre ihm schlecht.

»Ich habe das Auto gesehen und mir gedacht, dass es jemand dort stehen lassen hat und picknicken gegangen ist oder so. Ich wusste ja nicht …« Walker sah zwischen Abby und den Polizisten hin und her. »Aber es war niemand drin, da bin ich mir sicher.«

Cartwright rieb sich das Kinn.

»Vielleicht haben Sie sie nicht gesehen. Wenn Sie nicht angehalten haben, konnten Sie sie nicht sehen. Sie saß in ihrem Kindersitz, hinten. Sie fürchtet sich, so ganz allein, wir müssen hinfahren und sie holen!«

Cartwright nickte Lawton zu. »Warten Sie hier, ich fahre zurück und überprüfe das Auto. Und nehmen Sie eine Aussage von Mr. und Mrs. Walker auf.«

Lawton nickte.

»Ich komme mit«, erklärte Abby.

Cartwright wollte schon etwas einwenden, doch Abby setzte sich einfach auf den Beifahrersitz. Lawton ging davon und sprach in ihr Funkgerät. Mr. und Mrs. Walker standen dicht nebeneinander da und sahen zu, während Cartwright den Wagen anließ. Als sie zurück über den Hügel fuhren, krampfte sich Abbys Magen zusammen und ihre Übelkeit wuchs.

Ein paar Minuten später sahen sie ihr Auto am Straßenrand stehen. Cartwright bremste, und Abby sprang heraus, noch ehe der Wagen richtig zum Stehen gekommen war. Sie rannte über die Straße und riss die Tür auf.

Sie hörte das Geräusch, einen hohlen, kehligen Laut, und spürte Cartwrights Hand auf ihrem Arm, während er sachte versuchte, sie wegzuziehen.

Beth war nicht mehr da.

6

Detective Gardner hielt am Rand der Schotterstraße und betrachtete die Szenerie. Bis jetzt wusste er nur, dass eine Frau überfallen und auf der Straße ausgesetzt worden war und nun behauptete, ihr Baby sei verschwunden. Normalerweise tauchte ein Kind binnen weniger Stunden wieder auf, manchmal hatten die Eltern etwas damit zu tun, und gelegentlich gab es überhaupt kein Kind. Er hatte das Gefühl, als wäre ihm im Zuge seiner Arbeit schon jede nur vorstellbare Sorte Mensch begegnet, und doch gab es immer wieder Fälle, bei denen er sich irrte.

Gardner sah zu, wie Dave Sanders von der Spurensicherung, der grundsätzlich nur im wissenschaftlichen Jargon sprach, mit seiner Wundertüte aus dem Auto stieg. Das war auf jeden Fall ein Vorteil, denn Sanders war einer der Besten. Sie hatten schon oft zusammengearbeitet, und Gardner wusste, dass er ihm vertrauen konnte. Wenn es hier irgendwelche Beweise gab, würde Sanders sie finden. Er verlangte viel von seinem Team, und seine Erfolge bewiesen das.

Gardner sah die Sanitäter neben dem Krankenwagen stehen und mit P.C. Craig Cartwright sprechen. Das hatte ihm gerade noch gefehlt, ein kleiner Wichtigtuer wie Cartwright bei den Ermittlungen. Cartwright sah auf und nickte ihm über die Straße hinweg zu. Gardner folgte seinem Blick und sah Lawton neben der Frau knien. Das war erfreulich. P.C. Dawn Lawton glich alles wieder aus. Sie war gut. Würde eines Tages eine erstklassige Ermittlerin abgeben.

Gardner richtete den Blick wieder auf die Frau. Ihr war eindeutig etwas Schreckliches passiert. Gleichzeitig hoffte er, dass ihre Verwirrung nur davon herrührte. Es wäre nicht das erste Mal, dass ein Elternteil vom Verschwinden eines Kindes überzeugt war, während es sich in Wahrheit zu Hause oder in der Schule befand.

Gardner atmete aus und öffnete die Autotür. Als er auf Lawton zuging, hoffte er, dass es sich um einen unkomplizierten Fall handelte.

Abby saß auf der harten Schotterstraße und hatte die Arme um die Knie geschlungen. Sie registrierte zwar, dass sich die kleinen, spitzen Steine in ihre Haut bohrten, doch sie spürte keinen Schmerz. P.C. Cartwright hatte es aufgegeben, sie dazu zu bewegen, sich in den Krankenwagen zu legen, und sprach nun stattdessen unentwegt in sein Funkgerät, offenbar begierig darauf, irgendetwas unter Kontrolle zu haben. Abby sah, wie er den Arm bewegte, wie er auf ankommende Autos zeigte und auf die Leute, die aus ihnen ausstiegen. Gelbes Absperrband wurde abgerollt und flatterte im Wind. Abby blendete seine Worte aus und klammerte sich verzweifelt an ihre eigene Realität: Das hier war kein Fall für die Polizei. Beth war nicht weg. Es war alles in Ordnung. Doch weitere Autos, weitere Polizisten, Uniformierte und Gerätschaften, die mitgebracht wurden, machten es ihr unmöglich, weiter daran zu glauben.

Zwei Paar Füße tauchten vor ihr auf.

»Mrs. Henshaw?« Sie erkannte Lawtons Stimme und ignorierte sie in der Hoffnung, dass sie wieder wegging und das alles mitnahm. »Mrs. Henshaw?« Lawton scharrte mit den Füßen, und dann bewegte sich das zweite Fußpaar ein wenig, während sich jemand zu ihr herabbeugte. Sie spürte eine sanfte Berührung am Kinn, das angehoben wurde, damit sie ihm ins Gesicht sah. Ein älteres, erfahreneres Gesicht mit besorgter Miene blickte auf sie herab.

»Mrs. Henshaw? Ich bin Detective Gardner.« Er sah noch einmal zu Lawton und dann wieder zu Abby. »Hören Sie mich? Wenn Sie mich hören, nicken Sie einfach, okay?«

Abby hielt inne, während ihr Gehirn darum rang, die Worte zu erfassen. Schließlich spürte sie, dass sie nickte.

»Gut. Okay, wir bringen Sie jetzt ins Krankenhaus. Lassen Sie durchchecken, damit wir sicher sein können, dass Ihnen nichts fehlt, und dann unterhalten wir uns. Ist das in Ordnung?«

Abby starrte Gardner an und nickte wieder. Sie hatte das Gefühl, sprechen zu wollen, doch ihr fiel nicht ein, was sie sagen sollte. Was gab es noch zu sagen? Beth war weg. Gardner trat beiseite, um die Sanitäter vorbeizulassen, die Abby kurz untersuchten und ihr dann aufhalfen. Als sie sie zum Krankenwagen führten, sah sie sich um und betrachtete die hektische Betriebsamkeit. Sie fühlte sich wie in einem Film, wo der Held still und allein dasteht, während der Rest der Welt sich um ihn herum weiterdreht. P.C. Lawton stieg in den Krankenwagen. Abby hörte sie sprechen, verstand aber nicht, was sie sagte. Sie sah Cartwright an ihrem Wagen herumlungern. Ein zweiter Mann mit Latexhandschuhen schob sich gerade mit irgendetwas in der Hand rückwärts aus ihrem Auto. Gardner ging auf ihn zu.

»Zweifelsfrei ihr Fahrzeug«, sagte der Mann und reichte Gardner verschiedene Papiere. »Der Ausweis in ihrer Handtasche stimmt mit der Zulassung überein. Wir haben die Telefonnummer des Ehemanns, konnten ihn aber noch nicht erreichen. Ein Streifenpolizist ist unterwegs zu ihm und kann ihn hoffentlich herbringen.«

»Paul«, murmelte Abby. Was war mit Paul? Wie würde er es wohl aufnehmen? Wie sollte sie ihm verständlich machen, was passiert war? Dass Beth verschwunden war?

Der Sanitäter direkt neben ihr half ihr in den Krankenwagen und machte Anstalten, die Tür zu schließen. Ehe er sie zuschlug, hörte sie noch einen letzten Satz von dem Mann mit den Handschuhen.

»Aber keine Spur von einem Baby im Fahrzeug. Kein Kindersitz, keine Windeln oder ähnliches. Kein Foto in ihrer Geldbörse. Nichts.«

7

»Okay, Abby, wir sind hier fertig. Setzen Sie sich in aller Ruhe auf, und wenn Sie so weit sind, können Sie das Badezimmer benutzen. Falls Sie irgendetwas brauchen, geben Sie mir einfach Bescheid«, sagte Dr. Rosen mit ruhiger Stimme.

Abby sah ihr zu, wie sie ihre Handschuhe abstreifte und wegwarf. Sie blickte auf und schenkte Abby ein angedeutetes Lächeln, das tröstlich und professionell zugleich wirkte. Ihre Worte und Handlungen vermittelten kein Mitleid. Abby fragte sich, wie lange sie das wohl schon machte. War das ihre einzige Aufgabe? Sich Tag für Tag um Opfer zu kümmern? Wie die Frau sich wohl fühlte, wenn sie abends nach Hause kam? Beschmutzt und wütend oder wie eine Wohltäterin? Vielleicht beides. Abby spähte auf Dr. Rosens linke Hand, konnte aber keinen Ring entdecken. Sie musste mindestens Ende fünfzig sein. Womöglich hatte sie ja nie geheiratet; vielleicht hatte ihr Beruf ihr Männerbild beschädigt. Oder sie trug einfach keinen Ring bei der Arbeit.

»Abby?« Sie registrierte, dass die Ärztin sie angesprochen hatte, und sah auf. »Möchten Sie jetzt aufstehen?«, fragte Dr. Rosen.

Eigentlich wäre Abby gerne liegen geblieben und hätte ewig ihrer sanften Stimme gelauscht. Sie wollte hören, dass alles in Ordnung war. Wenn ihr Dr. Rosen das versicherte, würde sie es ihr bestimmt glauben. Doch das tat sie nicht. Mit keinem Wort hatte sie Abby gesagt, dass alles in Ordnung sei. Sie hatte ihr nicht gesagt, dass ihr nichts fehle. Sie hatte nicht versprochen, dass Beth in Sicherheit sei. Vielleicht war es diese Aufrichtigkeit, die bei den Frauen, die durch diese Tür traten, Vertrauen weckte.

Abby setzte sich auf und merkte, dass sich der Raum um sie drehte. Dr. Rosen legte ihr beruhigend eine Hand auf die Schulter. Nach einer Weile drückte sie Abbys Schulter leicht.

»Geht's?«

Abby nickte, rutschte vom Tisch und sah sich nach beiden Seiten um. Regungslos blieb sie stehen, da sie nicht wusste, was sie tun und wohin sie gehen sollte. Dr. Rosen hielt Abby zur Orientierung ihren Arm hin, berührte sie aber nicht.

»Gleich hier durch«, sagte sie und wies mit der anderen Hand auf eine Tür. »Saubere Handtücher und frische Kleider liegen bereit. Werfen Sie den Kittel einfach auf den Boden.«

Abby betrat das Badezimmer, dessen strahlendes Weiß sie blendete. Dr. Rosen schloss die Tür hinter ihr, und Abby war seit Stunden zum ersten Mal allein. Sie hörte ihre Atemzüge leise von den makellosen Fliesen widerhallen. Mit wenigen Schritten war sie am Waschbecken und hielt den Kopf gesenkt, um nicht in den Spiegel darüber blicken zu müssen. Nach einigen tiefen Atemzügen hob sie den Kopf und starrte sich selbst an. Blut klebte auf ihrem Gesicht und hing in Klumpen in ihrem Haar. Das Rot erinnerte sie daran, wie sie einmal ihrer Mutter den Lippenstift stibitzt und ihn sich quer über ihr siebenjähriges Gesicht geschmiert hatte. Blutergüsse übersäten ihr Gesicht, ihre Lippen waren geschwollen und aufgerissen. Als sie ihre Wange berühren wollte, merkte sie, dass sie die Hände hinter dem Rücken in den Krankenhauskittel verkrallt hatte und ihn zuhielt, um sich vor Kälte und Blicken zu schützen. Sie sah sich nach der verschlossenen Tür um und ließ das papierdünne Gewand langsam los. Die beiden Hälften teilten sich und entblößten ihren von Gänsehaut überzogenen Körper unter dem grellen Deckenlicht.

Abby betastete ihr trauriges Clownsgesicht und zeichnete eine Linie entlang des getrockneten Bluts auf der einen Seite. Am Kinn angelangt, begann sie erneut von oben, zeichnete Muster um die Blutergüsse herum und versuchte Formen zu bilden.

Ein Geräusch von draußen ließ sie zusammenzucken. Sie wandte sich vom Spiegel ab und betrachtete den Stapel weißer, wie im Hotel gefalteter Handtücher auf dem Regal neben der Badewanne. Einen Augenblick lang geriet sie in Panik und fürchtete, sie könnte sie mit Blut beschmutzen, doch dann sagte sie sich, dass das Dr. Rosen sicher nichts ausmachte. Ob sie die Handtücher wohl mehrmals verwendeten oder sie wegwarfen wie Gummihandschuhe? Das käme ihr wie Verschwendung vor, doch gleichzeitig wurde ihr unwillkürlich schlecht beim Gedanken an andere Frauen, andere Mädchen, die sich mit denselben Handtüchern das Blut abgewischt hatten.

Auf dem Stuhl lag ein Stapel Kleider, wiederum ordentlich und professionell gefaltet. Abby fuhr mit der Hand am Rand des Stapels entlang. Büstenhalter, Unterhose, Socken, T-Shirt, Jogginghose, Pulli und Slip-on-Turnschuhe, wie sie in den Sonntagszeitungen beworben wurden. Ob sie wohl alle diese Sachen brauchte? Soweit sie sich erinnerte, war es nicht so kalt. Ein neues Geräusch von der Tür her veranlasste sie, sich in Bewegung zu setzen. Womöglich wartete schon jemand anders auf das Badezimmer, ein Fließband von Opfern. Untersuchen – Waschen – Befragen. Abby sah sich nach einer zweiten Tür um, die sie zum nächsten Schritt führen würde, sah aber keine. Sie würde denselben Weg hinausgehen müssen, den sie gekommen war. Aber was, wenn dort drinnen jemand war? Das nächste Opfer? Wartete man, bis man gerufen wurde, oder klopfte man an die Tür, ehe man herauskam? Woher sollte man das wissen?

Abby wandte sich wieder der Badewanne zu. Hinter dem Vorhang gab es auch eine Dusche. Was davon sollte sie wohl benutzen? Eine Dusche wäre schneller, falls Andrang herrschte. Sie drehte an den Knöpfen, und sofort schoss ein dicker Wasserstrahl aus dem Duschkopf. Abby hielt die Hand darunter und stellte sich dann in die Wanne. Das heiße Wasser prasselte ihr ins Gesicht und brannte umso mehr, je heißer es wurde. Sie fühlte sich schwer und beengt. Als sie mit den Händen über ihren Körper fuhr, fühlte es sich an, als zöge sie sich die Haut von den Knochen. Ein Blick nach unten verriet ihr, dass sie noch immer den Krankenhauskittel anhatte. Sie wich zurück und mühte sich ab, das Ding loszuwerden; das Band war zu nass und zu fest gebunden, um es aufzukriegen. Sie versuchte es mit den Fingernägeln, doch es ging nicht. Vor Anstrengung schnürte sich ihr Brustkorb zusammen. Sie zerrte an der Vorderseite des Kittels, wobei ihr die Tränen in den Augen brannten. Schließlich ließ sie sich an der gefliesten Wand nach unten gleiten, bis sie in der Duschwanne saß, während das heiße Wasser auf sie niederrann, der Dampf allmählich den Raum ausfüllte und sie auszulöschen begann. Im sicheren Wissen, dass das Wasser das Geräusch übertönen würde, ließ sie ihrem Kummer freien Lauf.

Abby stellte die Dusche ab und stieg hinaus, wobei sie nasse Spuren auf dem Fußboden hinterließ. Der durchnässte Kittel klebte ihr am Körper. Sie zerrte ihn sich über den Kopf und warf ihn mit einem lauten Klatschen zu Boden. Ihr Brustkorb schmerzte, und ihre Kehle fühlte sich wund an. Sie fragte sich, wie lange sie wohl dort drin gewesen war und ob Dr. Rosen schon an die Tür gehämmert hatte, wie es ihr Vater immer getan hatte. Sie vermisste den Klang seiner Stimme, seit er gestorben war, und wünschte sich, er könnte sie nur noch einmal anbrüllen.

Sie nahm sich ein großes weißes Handtuch und hüllte sich darin ein. Inzwischen war es ihr egal, ob sie Unordnung verursachte. Sie warf den Kleiderstapel zu Boden, sah zu, wie

Wasser in das T-Shirt lief, und setzte sich auf den leeren Stuhl. Aus ihrem nassen Haar tropfte es ihr auf den Rücken. Dann betrachtete sie ihre Arme, die von dem heißen Wasser gerötet waren, und dachte an den Sommer, als Paul im Garten eingeschlafen war und am ganzen Oberkörper einen Sonnenbrand bekommen hatte. Ob Paul wohl schon Bescheid wusste? Ob er wohl draußen irgendwo auf sie wartete? Vielleicht saß er jetzt schon mit Beth auf den Knien direkt vor der Tür und dachte daran, dass sie immer zu lang im Badezimmer blieb.

Abby stand auf und trocknete sich ab. Sie studierte jedes Kleidungsstück, bevor sie es anzog. Der Büstenhalter: etwas zu klein und an einem Körbchen ausgefranst. Die Unterhose: groß und grotesk. Das T-Shirt: pfirsichfarben und langweilig. Die Jogginghose: zu lang und mit zu viel Nylon. Sie überlegte, ob sie den blauen Pulli wirklich anziehen sollte, doch sie sagte sich, dass er ja aus einem bestimmten Grund da lag, und so streifte sie ihn über. Zum Schluss die Socken. Die Socken waren in Ordnung. Dann schob sie die Füße in die Sonntagsschuhe, die ihr ein bisschen zu groß waren, und schlurfte langsam zurück zum Spiegel. Sie warf einen letzten Blick auf ihr Ebenbild, ehe sie hinausging und sich erneut der Welt stellte. Noch einmal fasste sie nach oben in ihr geschwollenes Gesicht, berührte einen Bluterguss und presste die Finger dagegen. Sie stieß ein Wimmern aus und drückte fester zu. Es tat nicht weh genug.

8 »In Ordnung, danke. Bringen Sie ihn rauf.« Gardner legte auf und rieb sich die Augen. Der Ehemann war eingetroffen. Abby Henshaw hatte man bereits hereingebracht, nachdem sie untersucht worden war. Glücklicherweise hatte sie keine schweren Verletzungen davongetragen, hatte man ihm gesagt. *Glücklicherweise.* Das war ein Witz. Schnittwunden und Blutergüsse waren noch ihre geringsten Sorgen. Die Frau war vergewaltigt worden. Ihre Tochter wurde vermisst. Wenn er ein Wort hätte auswählen müssen, um Abby Henshaw zu beschreiben, wäre es nicht »glücklich« gewesen.

Gardner wollte gerade hinausgehen, um Mr. Henshaw zu begrüßen, als D.C. Don Murphy und P.C. Cartwright hereinkamen. Murphy trug ganz gegen seine Gewohnheit eine sauer verkniffene Miene zur Schau.

»Was ist denn mit Ihnen los?«, wollte Gardner wissen.

Murphy schüttelte den Kopf, dass seine Backen wackelten. »Mein Knie bringt mich um. Den ganzen Nachmittag bin ich diese dämliche Straße auf und ab marschiert.«

»Dann sind Sie also fertig?«, fragte Gardner und sah erst Murphy und dann Cartwright an.

»Die Spurensicherung ist noch draußen«, sagte Cartwright, als Murphy keine Anstalten machte zu antworten. »Sanders meinte, er würde anrufen, sobald er was gefunden hat.«

»Und was ist mit Ihnen?«, erkundigte sich Gardner.

»Ich habe mit zwei Leuten gesprochen, die ihren Hund ausgeführt haben, aber nichts gesehen haben. Das Paar, das Mrs. Henshaw aufgegabelt hat, hat eine Aussage gemacht, aber sie wissen nichts Hilfreiches. Und wie gesagt, die Spurensicherung hat bis jetzt noch nichts gefunden. Ein bisschen Blut, das wahrscheinlich von ihr stammt. Ein paar Zigarettenkippen, ein paar Flaschen, nichts Brauchbares«, sagte Cartwright achselzuckend. »Zeitverschwendung.«

Cartwright war ein frecher Klugscheißer. Noch dazu ehrgeizig. Schielte nach dem Job des Chefs. Fand die reguläre Polizeiarbeit unter seiner Würde. Gardner sah ihn böse an, ehe er sich an Murphy wandte.

»Es gibt ein paar Fußspuren, aber keine deutlichen«, ergänzte Murphy und lehnte sich auf seinem Stuhl so weit zurück, dass Gardner fürchtete, er würde zusammenbrechen. »Wir halten Ausschau nach dem Transporter, aber da sie nicht weiß, was für ein Fabrikat es war oder wie die Autonummer lautet, wird das nicht leicht. Es sei denn, Sie wollen, dass wir jeden weißen Transporter rauswinken, der da draußen rumfährt.«

»Was ist mit den Häusern in der Umgebung? Habt Ihr die Leute befragt? Und was ist mit der Suche nach dem Kind?«

Murphy zuckte die Achseln. »Was für Häuser? Da draußen gibt es nur Kühe.« Er verdrehte die Augen, als Gardner den Mund aufmachte, um zu sprechen. »Ein Stück weiter hinten gibt es ein Pub und ein paar Häuser. Die wurden schon abgeklappert. Niemand hat irgendwas gesehen. Niemand hat irgendwas gehört. Niemand weiß irgendwas. Ein Team durchsucht die umliegenden Felder, aber wie wahrscheinlich ist es bitte, dass ein blödes Baby da draußen rumkrabbelt? Reine Zeitverschwendung.«

»Ich entscheide, was eine gottverdammte Zeitverschwendung ist«, sagte Gardner, während Cartwright seine Füße betrachtete. »Ich will das Material aus jeder Überwachungskamera und jedem Blitzer auf der Route haben, von dort, wo sie aus Redcar rausgefahren ist, bis zum Tatort. Ich will sicher sein, dass auch noch der letzte mögliche Zeuge ausfindig gemacht worden ist. Hören Sie mir zu?«

Murphy schwieg, die Hand in seiner Snackschublade. Lawton kam herein, wich jedoch gleich wieder zur Tür zurück, als sie hörte, wie Gardner seine Leute anbrüllte. »Hiergeblieben«, sagte Gardner zu ihr, und sie hielt inne. »Sie«, herrschte Gardner Murphy an und zeigte dabei mit dem Finger auf ihn. »Sie heben Ihren fetten Hintern aus dem Stuhl und fahren noch mal da raus! Wenn Sie jeden letzten Quadratzentimeter dieser Straße abgesucht haben, wenn Sie jedes einzelne Auto angehalten und durchsucht haben und wenn Sie noch unter die letzte Kuh geguckt haben, dann kommen Sie wieder hierher und erzählen mir, dass es Zeitverschwendung war. Und Sie«, fuhr er fort und zeigte auf Cartwright, »begleiten ihn. Klopfen selbst auch an Türen. Und tragen ihm seine bescheuerten Snacks hinterher.«

»Aber …«, begann Cartwright. Gardner funkelte ihn an. »Ich dachte, ich könnte bei der Befragung dabei sein.«

»Nein. Das macht Lawton. Ich brauche dafür eine weibliche Polizistin. Das wissen Sie.«

»Ich dachte, ich könnte mit dem Ehemann reden«, erwiderte Cartwright.

»Nein«, sagte Gardner. »Sie fahren da raus und klappern die Anwohner ab.«

»Aber ich darf nie jemanden befragen«, maulte Cartwright.

»Stimmt irgendwas nicht mit Ihnen?« erkundigte sich Gardner. »Es geht hier nicht um Ihre Scheiß-Karriere, Cartwright. Es geht um sie«, sagte er und deutete auf die Tür.

Cartwright stieß einen Seufzer aus und zuckte mit den Schultern wie ein schmollender Teenager. »Sir«, brummte er.

»Und jetzt halten Sie verflucht noch mal die Klappe und verschwinden. Alle beide«, sagte Gardner mit einem Blick auf Murphy.

Murphy blieb noch ein paar Sekunden sitzen. »Raus jetzt«, fauchte Gardner, und Murphy dackelte hinter Cartwright her. »Mann«, sagte Gardner. »Wer hat hier eigentlich das Sagen?« Er rieb sich die Schläfen und atmete scharf aus. »Okay«, sagte er. »Lawton, kommen Sie mit. War bei den Fotos aus unserer Kartei schon was dabei?«

»Nein, Sir«, sagte Lawton und sah zu ihm auf. »Ich habe die Frau mit unserem Zeichner zusammengesetzt. Vielleicht kommt dabei etwas Brauchbares heraus.« Sie ging schneller, um mit ihm Schritt zu halten.

»Davon würde ich mir nicht viel erwarten. Sie kann sich kaum an etwas erinnern, nur an ein paar vage Einzelheiten. Nach allem, was sie bisher ausgesagt hat, waren es zwei Männer in einem weißen Transporter. Sie sprachen mit einem Akzent, der russisch oder osteuropäisch gewesen sein könnte. Der eine hatte ein vernarbtes Gesicht — vielleicht erinnert sich jemand daran, ihn gesehen zu haben. Aber wie bereits mehrfach erwähnt, hat sie das Nummernschild nicht registriert und sich die Marke nicht gemerkt. Ich bringe ihren Mann zu ihr, bevor wir anfangen. Treiben Sie Wilson auf und bitten Sie ihn, in der Datenbank nach Typen zu suchen, die unsere Verdächtigen sein könnten. Wir treffen uns dann in fünf Minuten oben.« Er zeigte zu einem Raum am Ende des Flurs. »Da drinnen?«, fragte er sie, und Lawton nickte, während er weiter den Flur entlangging, um Paul Henshaw zu begrüßen.

Gardner wünschte, er hätte mehr Antworten zu bieten. Denn das war es, was die Leute von ihm wollten. Die Angehörigen. Die Mütter, Väter, Ehemänner, Ehefrauen. Das war das Einzige, was sie von ihm wollten. Antworten. Aber momentan hatte er keine.

Abby saß in einem anderen Raum, allein. Der Polizeizeichner war gegangen. Sie hatte alles versucht, um sich an ihre Gesichter zu erinnern, und gedacht, sie könnte es, doch dann schien nichts zu stimmen. Nichts, was er ihr vorlegte, war richtig. Sie erinnerte sich nur an die Akenarben des einen. Weiter nichts.

Die harten Plastikstühle waren unbequem, und der abgestandene Zigarettenrauch im Raum kratzte ihr im Hals. Sie wünschte, sie wäre zu Hause in ihrem Bett, doch sofort bekam sie Schuldgefühle, weil sie sich Bequemlichkeit wünschte. Hatte Beth es bequem? Abby stand auf, ging ans Fenster und versuchte die Gedanken zu verdrängen. Wo war Beth? Warum hätte jemand ihre Tochter entführen sollen? Sie wollte ihre Mutter bei sich haben. Mehr als alles andere sehnte sie sich nach ihrer Mutter. Mehr als nach Paul, mehr als nach Simon. Sie schloss die Augen, blinzelte die Tränen weg und presste die Stirn gegen das kühle Glas. Detective Gardner hatte gesagt, er sei gleich wieder da, doch das war vor vierzig Minuten gewesen. Er hatte versucht, Abbys Fragen zu beantworten, doch momentan wusste er anscheinend noch nichts. Nein, sie hatten Beth nicht gefunden. Nein, sie hatten niemanden gefunden, der etwas gesehen hatte. Und nein, es waren keine Forderungen oder irgendetwas eingegangen, was darauf hinweisen würde, dass es sich um eine »simple« Entführung handelte.

Sie wollte Paul sehen. Wollte von ihm hören, dass alles wieder gut würde.

Die Wanduhr tickte laut. Erbarmungslos erinnerte sie Abby mit jedem Ticken daran, dass eine weitere Sekunde verstrichen war, in der Beth nicht bei ihr war. Eine weitere Sekunde, in der Abby nicht ihre Mutter sein durfte.

Stimmen auf dem Flur veranlassten sie, sich umzudrehen. Sie erkannte Pauls Stimme: zornig, aufgebracht und Antworten fordernd. Sie ging zur Tür, während die Stimmen näher kamen. Als die Tür aufflog, wäre sie beinahe mit Gardner zusammengestoßen, doch dieser wich rasch zurück und ließ Paul den Vortritt. Beim ersten Blick auf Abby erstarrte er. Die Farbe wich aus seinem Gesicht, und Tränen traten in seine Augen.

»Abby«, stieß er mit stockender Stimme hervor.

Abby war nahe daran, selbst wieder zu weinen anzufangen, und trat einen halben Schritt auf ihn zu. Er streckte erst die Hand nach ihr aus und ließ sie dann wieder fallen, als hätte er Angst davor, sie zu berühren.

»Was haben sie getan?«, fragte er mit dünner, matter Stimme. »Mein Gott.« Er ging auf Abby zu und schlang die Arme um sie. Dabei zitterte er am ganzen Körper. Sie barg das Gesicht an seiner Brust, und als er seine Finger in ihr Haar grub, erschauerte sie ebenfalls am ganzen Körper und brach in Tränen aus.

»Sie haben Beth mitgenommen«, sprach Abby in Pauls Körper hinein. »Ich habe zugelassen, dass sie sie mitnehmen.«

Paul schüttelte den Kopf. »Es ist nicht deine Schuld, Abby. Bitte schau mich an.« Er wich zurück, um ihr in die Augen zu sehen. »Es ist nicht deine Schuld.« Er sah hinüber zu Gardner, der seinen Blick gesenkt hielt. »Bitte sagen Sie mir, dass Sie die Typen finden, die das getan haben.«

Gardner räusperte sich. Er sah erst Abby und dann Paul an. »Wir tun unser Möglichstes, aber wir müssen erst noch einmal mit Abby sprechen, um eine genauere Vorstellung davon zu bekommen, was …«

»Ist überhaupt jemand unterwegs und sucht nach ihr?«, fragte Paul.

»Wir haben Beamte losgeschickt, die sich dort in der Gegend umsehen, aber bei Beths Alter liegt es auf der Hand, dass jemand sie mitgenommen haben muss.«

»Mein Gott.«

»Wir haben eine Beschreibung der Männer, die Ihre Frau überfallen haben, und von dem Transporter. Das ist ein Anfang, aber wir müssen noch einmal mit Ihrer Frau sprechen, um die

Situation genauer zu erfassen. Und es ist durchaus möglich, dass jemand Ihre Tochter allein im Auto hat sitzen sehen und sie mitgenommen hat, um sie in Sicherheit zu bringen …«

»Und wo zum Teufel ist sie dann? Warum hat man sie noch nicht zurückgebracht?«

»Wir erkundigen uns bei allen Polizeirevieren und Krankenhäusern in der Umgebung.«

»Aber was ist mit den Männern, die … den Männern, die mich verschleppt haben?«, fragte Abby. »Sie müssen doch etwas damit zu tun haben.«

»Wir gehen allen Möglichkeiten nach, aber wir müssen eine Aussage von Ihnen aufnehmen.«

Abby nickte, während sich Paul mit den Fingern durchs Haar fuhr. »Kann ich wenigstens bei ihr bleiben, während Sie mit ihr sprechen?«

»Nein, leider nicht. Wir müssen Ihre Aussage und die Aussage Ihrer Frau getrennt voneinander aufnehmen.«

»Meine Aussage? Das verstehe ich nicht«, sagte Paul. »Sie brauchen eine Aussage von mir?«

»Ja.«

»Warum? Das verstehe ich nicht.« Paul sah Gardner böse an. »Sie glauben, ich habe meine eigene Tochter entführt?«

»Es ist eine Formalität, Mr. Henshaw. Nur damit wir ein wenig Hintergrundinformation bekommen.«

Paul gab seinen starren Blick auf und seufzte. »In Ordnung. Natürlich. Was auch immer Sie tun müssen.« Er sah Abby an. »Kommst du klar?«

Abby nickte und wandte sich wieder zu Gardner um.

»Okay, Mrs. Henshaw, wenn Sie dann bitte mitkommen«, sagte der Detective und öffnete die Tür. »Und wenn Sie bitte hier warten würden, Mr. Henshaw«, bat er und zeigte auf die Plastikstühle an der Wand. »Kann ich Ihnen irgendetwas bringen lassen?«

Paul schüttelte kurz den Kopf und ließ sich auf einen Stuhl fallen. Dann beugte er sich vor und stützte den Kopf in die Hände.

9

Abby fühlte sich in dem kleinen, quadratischen Vernehmungsraum beklommen. Das Deckenlicht war matt und das einzige Fenster hoch oben in die Wand eingelassen. Sie saß Gardner und P. C. Lawton gegenüber. Lawton lächelte jedes Mal leicht, wenn Abby zu ihr hinsah. Gardner schaltete eine Videokamera ein und sprach die erforderliche offizielle Einleitung. Abby sah auf das Objektiv und schluckte. Sie hasste es, gefilmt zu werden. Mehr als einmal hatte sie Paul gedroht, die Scheidung einzureichen, wenn er seinen Camcorder nicht aus ihrem Gesicht nahm.

Sie sah zu, wie Gardner das Datum notierte – Montag, der 19. September 2005. Als sie am Morgen das Haus verlassen hatte, hatte sie nicht weiter auf das Datum geachtet – sie achtete kaum mehr darauf, welcher Tag gerade war –, doch nun würde sie es nicht mehr vergessen. Es wäre für immer in ihr Gedächtnis eingebrannt.

»Okay, wann immer Sie bereit sind«, sagte Gardner. Abby musterte ihn und wusste nicht, was sie sagen oder wo sie beginnen sollte. Sie sah erst zu Gardner und dann zu Lawton in der Hoffnung auf ein Stichwort.

»Wäre es Ihnen lieber, mit einem weiblichen Officer zu sprechen?«, fragte Gardner.

Abby schüttelte den Kopf. »Nein, es ist nur …« Sie sah Gardner an, und er nickte.

»Erzählen Sie mir einfach, was passiert ist.«

Abby nickte, doch als sie Atem holte, blieb ihr die Luft im Hals stecken. Das Bild des Mannes, der sich drohend über sie beugte, sein heißer Atem in ihrem Gesicht. Sie schloss die Augen, doch das machte es nur schlimmer. Als sie sie wieder aufschlug, starrten Gardner und Lawton sie an. Sie wusste, dass sie reden musste. Der einzige Weg, Beth zurückzubekommen, bestand darin, den beiden zu schildern, was da draußen passiert war.

Nachdem sie die Ereignisse in allen Einzelheiten beschrieben hatte, schenkte Gardner ein Glas Wasser ein und schob es ihr rüber. Abby stürzte es hinunter und verfolgte, wie er sich weitere Notizen machte.

»Möchten Sie eine Pause einlegen?«, fragte Gardner.

Abby überlegte kurz und schüttelte dann den Kopf. Wie lange musste sie wohl hier sitzen bleiben? Was konnte sie ihnen noch sagen?

»Okay. Sie wollten also Ihre Freundin Jen besuchen?«, fragte Gardner.

»Ja. Jen. Jennifer Harvey.«

Gardner bat um die Adresse und notierte sie sich nach Abbys Angaben.

»War das geplant?«

Abby wirkte einen Moment lang verwirrt. »Was?«

»Hatten Sie und Jen den Besuch im Voraus vereinbart, oder haben Sie erst heute Morgen beschlossen, zu ihr rauszufahren? Wusste Jen, dass Sie kommen wollten?«

Abby nickte. »Es war geplant. Wir haben es letzte Woche ausgemacht, glaube ich.«

»Abgesehen von Ihnen und Jen – wer wusste noch, dass Sie dorthin wollten?«

Abby fuhr sich durchs Haar und zuckte dabei leicht zusammen. »Paul natürlich.« Sie schüttelte den Kopf. »Ich denke, das war's.«

»Sie haben es sonst niemandem erzählt, keinen anderen Verwandten?«

»Wir haben keine anderen Verwandten.«

Gardner musterte sie. »Überhaupt keine?«

Abby schüttelte den Kopf. »Meine Eltern sind bei einem Autounfall gestorben, als ich achtzehn war. Ich habe eine Tante, aber die habe ich schon lange nicht mehr gesehen. Sie lebt in Amerika. Sowohl meine als auch Pauls Eltern sind tot.« Sie hielt inne. »Pauls Mutter hat sich umgebracht.«

Gardner wartete, doch Abby sprach nicht weiter. »Und sein Vater?«, fragte er schließlich.

»Ist gestorben.«

Gardner machte den Anschein, als wollte er das infrage stellen, doch dann nickte er nur und fuhr fort. »Okay, keine sonstigen Verwandten? Brüder oder Schwestern?«

»Nein«, sagte Abby.

Gardner nickte erneut. »Keine weiteren Freunde, die davon gewusst haben könnten? Niemand von der Arbeit, dem Sie es erzählt haben könnten?«

Abby schüttelte den Kopf. »Ich bin in Elternzeit.«

»Was ist mit Jen? Könnte sie es jemandem erzählt haben?«

»Weiß ich nicht. Kann sein.«

»Aber soweit Ihnen bekannt ist, wusste sonst niemand, dass Sie heute dort hinausfahren würden, außer Ihnen, Ihrem Ehemann und Ihrer Freundin Jen?«

»Richtig.« Abby seufzte.

»Wie lange kennen Sie Ms Harvey schon?«

Abby dachte nach. Wie lange waren sie eigentlich schon befreundet? Es kam ihr lang vor, doch das war eine Illusion, die auf Jens Wissen über ihre Vergangenheit oder zumindest die Vergangenheit ihres Mannes beruhte. »Etwa vier Jahre«, sagte sie. Gardner schwieg und zwang Abby so fortzufahren. »Wir haben uns bei einer Bürofeier kennengelernt.«

»Dann kennen Sie sie also über die Arbeit. Würden Sie sagen, dass Sie sich nahestanden?«

»Ja.« Abby hielt inne. »Was hat das mit der Suche nach Beth zu tun?« Gardner sagte nichts. »Sie können doch nicht glauben, dass Jen irgendwas damit zu tun hat? Warum sollte sie?«

Gardner räusperte sich erneut. »Ich muss einfach so viel Hintergrund erfassen, wie ich kann. Ich unterstelle nicht, dass Ihre Freundin irgendetwas mit den Ereignissen zu tun hatte, aber ich muss so viel wie möglich wissen. Die Einzelheiten helfen oft am meisten weiter.«

Abby seufzte erneut, während sie hektisch nachdachte. *Sollte sie es ihm sagen?* Sie sah auf ihre aufgeschürften Hände herab und begann zu sprechen. »Ich kenne Jen seit vier Jahren, aber Paul kennt sie schon viel länger.« Gardner veränderte seine Sitzposition. »Paul und Jen haben zusammen studiert. Sie waren mal ein Paar.« Sie sah Gardner an, der nicht einmal versuchte, sein Erstaunen zu verbergen. Auf einmal wurde Abby verlegen, und sie fragte sich, was Gardner und Lawton wohl dachten.

War es eine Art Dreiecksbeziehung, Mrs. Henshaw?

»Halten Sie es für möglich, dass Ihr Mann und Ms Harvey …?« Gardner machte eine bezeichnende Geste.

Abby starrte ihn an. »Paul und Jen?« Sie musterte Lawton, die mit ihrem Mona-Lisa-Lächeln dasaß. »Glauben Sie mir, das ist ausgeschlossen.«

»Die beiden haben sich nicht gut verstanden?«

»Nein. Na ja, schon. Manchmal haben sie übereinander gelästert, aber nicht ernsthaft. Ich glaube, Paul war es unangenehm, dass seine Frau und seine Ex befreundet waren.«

»Dann war Paul also nicht erpicht auf Jens Gesellschaft. Und umgekehrt?«

Abby zuckte die Achseln. »Sie … ach, ich weiß nicht. Sie zieht ihn gerne auf. Sie weiß genau, wie sie ihn auf die Palme bringen kann.«

Lawton warf Gardner einen raschen Blick zu, ehe sie wieder Abby ansah. »Hatten Sie je das Gefühl, dass Jen eifersüchtig war? Vielleicht immer noch etwas für Paul empfand?«

»Nein«, sagte Abby. »Sie hat auch erst, nachdem wir schon monatelang befreundet waren, erfahren, dass ich mit ihm verheiratet bin.«

»Wie hat sie es denn erfahren?«

»Sie hat irgendwann einmal erwähnt, dass sie mal mit einem Mann namens Henshaw zusammen war, und da kamen wir drauf, dass es Paul war.«

»Und das hat Ihnen nichts ausgemacht?«, hakte Lawton nach. »Ich glaube nicht, dass es mir gefallen würde, wenn meine Freundin mal mit meinem Mann zusammen gewesen wäre.«

»Nein. Paul und ich waren schon vier Jahre zusammen. Ich fand es einfach witzig, dass sie mal was miteinander hatten. Ich konnte mir die beiden überhaupt nicht als Paar vorstellen. Kann ich immer noch nicht.«

»Und was ist mit Paul? Wie hat er reagiert?«

»Er war erstaunt. Jen war für ihn ein Schatten aus der Vergangenheit. Er hat mich gefragt, ob sie immer noch so durchgeknallt ist, und damit hatte sich's eigentlich.«

»Durchgeknallt?«, fragte Gardner.

»Er fand sie einfach ein bisschen verrückt, wissen Sie. Sie sind so verschieden. Deshalb fand ich es ja auch seltsam, dass sie überhaupt je zusammen waren.«

Gardner kratzte sich das Ohr und machte sich noch ein paar abschließende Notizen. Abby zupfte an ihren Pulloverärmeln.

»Hilft Ihnen denn irgendetwas davon wirklich weiter?«, wollte sie wissen.

»Wir müssen sichergehen, dass wir alles berücksichtigt haben«, sagte Gardner.

»Aber Jen hat Beth nicht entführt. Sie hat mir nichts getan.« Abby holte tief Luft und merkte erneut, wie ihr die Tränen in den Augen brannten. Mit dem Ärmel ihres kratzigen Pullis wischte sie sich das Gesicht. »Entschuldigen Sie. Ich will einfach nur meine Tochter finden.«

»Ich weiß«, sagte Gardner. »Wir finden sie. Ich weiß, dass das schwer ist. Ich kann mir gar nicht ausmalen, wie Sie sich momentan fühlen, aber Sie müssen durchhalten. Beantworten Sie einfach meine Fragen, auch wenn sie Ihnen dumm vorkommen. Okay?«

Abby strich sich die Haare aus dem Gesicht und steckte sie hinters Ohr. Dann nickte sie.

»Okay. Sie haben also niemandem sonst erzählt, dass Sie Ms Harvey besuchen wollten?«

Abby schloss die Augen. Sie wusste, dass sie es sonst niemandem gesagt hatte. Wem hätte sie es auch sagen sollen? Doch dann fiel ihr etwas ein, und sie schlug die Augen wieder auf.

»Ich war beim Arzt«, sagte sie. »Bevor ich zu Jen gefahren bin, war ich beim Arzt. Dort habe ich mit Paul telefoniert, und wir haben darüber geredet.« Ihr war schlecht. Sie versuchte sich daran zu erinnern, wer dort gewesen war und mitgehört hatte. Die Arzthelferin? Der Mann mit den Krücken?

Gardner notierte es sich. »Welche Praxis?«

»Kirkleatham Street.«

»In Redcar?«, fragte er, und Abby nickte. »Okay, das können wir überprüfen«, fuhr er fort, doch Abby wusste nicht, was er meinte. Er konnte überprüfen, ob an diesem Morgen irgendwelche Vergewaltiger oder Kidnapper dort einen Arzttermin gehabt hatten? »Okay, gehen wir noch mal zurück. Beginnen wir mit heute Morgen, bevor Sie zu Ms Harvey aufgebrochen sind.«

Abby berichtete ihm, dass sie gefrühstückt hatte, dass sie ihre Schlüssel verlegt hatte und spät dran gewesen war. Sie schilderte den Besuch beim Arzt und die Fahrt über die engen Landsträßchen. Gardner machte sich Notizen und nickte an den richtigen

Stellen. Immer wieder hakte er ein und fragte nach, um etwas zu klären oder sich etwas bestätigen zu lassen. Nach einer, wie es Abby vorkam, ziemlich langen Zeit legte er schließlich den Stift beiseite und faltete die Hände auf dem Tisch.

»Okay. Fällt Ihnen noch irgendetwas anderes ein? Jemand Auffälliges? Etwas Verdächtiges? Es muss nicht unbedingt heute gewesen sein, vielleicht auch in den letzten Tagen? Vielleicht vor noch längerer Zeit. Irgendetwas?«

Abby wollte schon den Kopf schütteln, doch dann fiel ihr etwas ein, das sie zum damaligen Zeitpunkt als lediglich ärgerlich eingestuft hatte, vielleicht als einen Akt des Vandalismus vonseiten gelangweilter Teenager.

»Mir hat jemand die Reifen aufgeschlitzt«, sagte sie.

»Wann war das?«

»Im Januar, glaube ich. Vielleicht auch Anfang Februar. Kurz nachdem Beth geboren wurde.«

»Haben Sie Anzeige erstattet?«

»Nein«, sagte sie kopfschüttelnd. »Ich wusste ja nicht, wann es passiert war. Ich habe das Auto ein paar Wochen lang nicht benutzt, also hätte es, als ich es bemerkt habe, am Abend zuvor oder auch schon Tage zuvor passiert sein können. Ich dachte mir eben, es wären Jugendliche gewesen oder so. Ich hatte Wichtigeres im Kopf.«

Gardner nickte, doch sie hatte den Eindruck, dass er von ihrer Antwort ein bisschen enttäuscht war. »Okay«, sagte er. »War das ein Einzelfall? Es ist damals oder seit damals nichts Vergleichbares mehr passiert? Und Ihnen fällt auch niemand ein, der einen Grund haben könnte, Sie zu schikanieren?« Er sah sie so eindringlich an, dass ihr Mund trocken wurde. »Gar nichts?«

Ihr Brustkorb schnürte sich zusammen, und sie atmete nur noch flach. Ob Gardner sie wohl durchschaute? Einerseits hatte sie das Gefühl, dass es nichts einbrächte, wenn sie es ihm sagte.

Sie wusste, dass Simon so etwas nie getan hätte – niemals hätte er ihr die Reifen aufgeschlitzt. Abby fühlte die Last von Gardners Blick auf sich und wusste, dass sie eine Entscheidung treffen musste. Wenn sie ihm von Simon erzählte, wäre das unwiderruflich. Die Wahrheit käme ans Licht. Sie würde Paul verlieren. Doch sie musste es ihm sagen. Wenn sie die Wahl zwischen Paul und Beth hatte, wusste sie, wofür sie sich entscheiden würde.

Erneut traten ihr Tränen in die Augen, doch sie blinzelte sie weg, ignorierte den Schmerz, ignorierte, wie sich ihre Kehle zusammenschnürte. Sie schluckte schwer und sah ihn an.

»Es ist alles meine Schuld«, sagte Abby. Sie spürte, dass Gardner sie beobachtete, wartete.

»Warum ist alles Ihre Schuld?«, fragte er.

Sie schüttelte den Kopf und konnte es nicht aussprechen.

»Abby?«

»Simon«, sagte sie.

»Wie bitte?« Gardner sah erst Lawton und dann wieder Abby an.

»Simon Abbott.« Abby spürte, wie ihr die Worte im Hals stecken blieben, und sah wieder auf ihre Hände, ehe sie sie unter die Oberschenkel schob, damit sie nicht so zitterten.

»Wer ist Simon Abbott?«

Abby leckte sich die Lippen. »Das ist der Mann, mit dem ich eine Affäre hatte.«

10 Gardner spritzte sich Wasser ins Gesicht. Dann blickte er in den Spiegel und trocknete sich mit einem kratzigen blauen Papierhandtuch ab. Gott, war er müde. Er vermochte nicht zu beurteilen, ob diese neue Information die Sache einfacher oder komplizierter machte. Auf jeden Fall eröffnete sie aber eine ganze Reihe weiterer Möglichkeiten. Abby behauptete, die Affäre sei vorüber, und zwar schon lange, und trotzdem hatten die beiden noch Kontakt. Simon Abbott hatte ihr gesagt, er würde am nächsten Tag geschäftlich verreisen, und trotzdem verkündete sein Anrufbeantworter, er sei bereits abgereist. Gardner hatte es soeben selbst probiert. Er hatte einen Beamten zu Abbotts Haus geschickt, um für alle Fälle mal nachzusehen, doch auch wenn er tatsächlich nicht da war, musste das nicht unbedingt etwas heißen. Abbott konnte abgereist sein und jemanden dafür bezahlt haben, dass er Abby attackierte, während er weg war. Was konnte es für ein besseres Alibi geben, als zur Zeit des Überfalls in einem Flugzeug auf dem Weg nach Neuseeland zu sitzen?

Abby hatte fest versichert, dass er nichts damit zu tun haben könne. Er sei kein solcher Mensch. Was für ein Witz. Niemand war ein solcher Mensch, bis er es war. Und bis jetzt gab es niemanden sonst, keine anderen möglichen Verdächtigen, niemanden, der einen Grund gehabt hätte, Abby etwas anzutun. Abby hatte erklärt, dass sich Simon und Jen nicht kannten, ja nicht einmal voneinander wussten. Es sei ausgeschlossen, dass

Jen ihm von Abbys geplantem Besuch bei ihr erzählt haben könnte.

Gardners erstes Gefühl war gewesen, dass Abby aufrichtig war und nichts mit dem Verschwinden ihrer Tochter zu tun hatte, und dabei blieb er auch. Zumindest fürs Erste. Doch die Frau hatte eine Affäre gehabt. Nein, sie hatte es nicht verdient, dafür bestraft zu werden, jedenfalls nicht so, aber was Annie ihm angetan hatte, tat immer noch weh. Er dachte mittlerweile nicht mehr oft an sie, doch wenn, dann kam auch alles andere wieder hoch, was damals in Blyth geschehen war – die Affäre, Wallace, Wallace' Kind und ihr Gesicht, als sie zusah, wie der Sarg aus dem Leichenwagen getragen wurde. Vielleicht war es das gewesen, was wirklich wehtat. Gardner schüttelte den Kopf. Er hatte Annie für das gehasst, was sie getan hatte, für alles, was passiert war, nur wegen einer dummen Entscheidung, die sie getroffen hatte. Man kann nicht ermessen, wie vernichtend es einen treffen wird, bis einem die eigene Frau sagt, dass sie mit jemand anders geschlafen hat. Erst dann begreift man, was es wirklich heißt, am Boden zerstört zu sein. Und nun musste er Abbys Mann gegenübertreten. Er betrachtete sich selbst im Spiegel. Laut Abby hatte ihr Mann keine Ahnung von ihrer Affäre, und sie hatte ihn gebeten, nichts zu sagen. Sie hatte ihre Tochter verloren, nun wollte sie nicht auch noch ihren Mann verlieren. Gardner wusste, dass er es irgendwann erfahren würde. Es wäre unmöglich, es vor ihm geheim zu halten. Doch fürs Erste beschloss er, nichts zu sagen. Paul war Abbys einzige Stütze. Gardner sah ein letztes Mal in den Spiegel, atmete tief durch und ging in den Flur hinaus.

»Lawton«, sprach er die junge Polizistin an, woraufhin sie sich umdrehte. »Mit Simon Abbott irgendwie vorangekommen?«

»P.C. Copeland ist bei ihm zu Hause vorbeigefahren«, antwortete sie. »Niemand da. Jetzt ist er gerade unterwegs zu Abbotts Fotostudio in Saltburn. Und ich versuche, seine Flugdaten zu bekommen.«

»Gut.« Gardner nickte zu dem Raum hin, wo Paul Henshaw wartete. »Was halten Sie von ihm? Erster Eindruck?«

»Er scheint unter Schock zu stehen«, sagte sie nach kurzem Nachdenken.

»Und?«

»Und er wirkt verstört.«

»Hat er irgendwas gesagt, das Ihnen merkwürdig vorkam?«, fragte Gardner, doch Lawton schüttelte den Kopf. »Was sagt Ihnen Ihr Bauchgefühl? Hat er was damit zu tun?«

»Nein«, sagte Lawton und warf einen Blick hinein zu Paul. »Nein, ich glaube, er ist völlig erschüttert.«

»Was haben Sie bei dem Gespräch mit Mrs. Henshaw gedacht?« fragte Gardner weiter. »Glauben Sie, Jen Harvey ist in die Sache verwickelt?«

Lawton blickte drein, als wollte sie etwas sagen, doch sie hielt sich zurück. Manchmal war sie zu schüchtern, und damit würde sie nicht weit kommen.

»Ich weiß nicht«, sagte sie. »Etwas an dem Ehemann und der Freundin hat mich gestört.«

»Sie glauben, sie haben wieder etwas miteinander?«

»Nein«, sagte Lawton. »Aber vielleicht ist die Freundin nicht das, was sie zu sein scheint. Vielleicht hat irgendetwas Klick gemacht, als sie ihn wiedergesehen hat, und ihr ist wieder eingefallen, was sie an ihm gehabt hat. Sie könnte neidisch auf das sein, was Abby Henshaw hat.«

Gardner überlegte. »Glauben Sie, sie könnte neidisch genug sein, um so etwas zu tun?«

Lawton runzelte die Stirn. »Keine Ahnung.«

»Wir reden erst mal mit dem Mann. Dann kümmern wir uns um Jen Harvey.«

Lawton nickte, und sie betraten den Vernehmungsraum. Gardner sah Paul Henshaw an und fragte sich, ob der ihm wohl seine Fragen beantworten könnte und ob der Mann seine Ehefrau überhaupt richtig kannte.

11

»Tut mir leid, dass Sie warten mussten«, sagte Gardner und zog sich einen Stuhl gegenüber von Henshaw heran. Henshaw zuckte halbherzig die Achseln. Er wirkte erschöpft, und seine Augen waren rot und feucht. Auf dem Tisch lagen seine Hände, die er unentwegt ballte und wieder öffnete.

»Sollen wir anfangen?«, fragte Gardner und wartete darauf, dass Lawton die Kamera aufstellte.

»Gibt es irgendwelche Neuigkeiten?«

»Nein, noch nicht. Bedauere.« Gardner zückte einen Stift. Dann sah er Paul an und registrierte, dass er zitterte. In vieler Hinsicht sah er schlechter aus als Abby. »Kann ich Ihnen etwas bringen lassen?«, fragte er und hoffte, der Mann würde nicht in Ohnmacht fallen. »Wasser vielleicht?«

Paul schüttelte den Kopf, schluchzte auf und schlug sich die Hände vors Gesicht. Gardner musste sich abwenden. Guter Gott, der Mann war ja völlig am Ende. Er wusste, wie peinlich es war, als Mann zu weinen. Das hatte er selbst schon durchlebt. Allerdings hatte er wesentlich weniger Grund dazu gehabt. Da ihm klar war, wie demütigend das war, hielt er den Blick gesenkt und kritzelte irgendetwas Belangloses auf sein Blatt.

»O Gott, es ist meine Schuld«, sagte Paul.

Gardner blickte auf, doch Paul sah nicht in seine Richtung. Er starrte nach oben, als betete er tatsächlich. »Mr. Henshaw?«

Paul schloss die Augen und murmelte: »Ich hätte da sein müssen.«

»Mr. Henshaw?«, wiederholte Gardner, bis Paul ihn schließlich ansah. Er schüttelte den Kopf und entschuldigte sich.

»Entschuldigung«, sagte Paul, während er sich die Augen wischte und um Fassung rang. »Entschuldigung.«

Gardner nickte. »Ist schon in Ordnung.« Er wartete, da er wollte, dass Paul weitersprach. Manchmal förderte ein Gefühlsausbruch die besten Informationen zutage. Doch Paul schwieg. Gardner beschloss, ihn langsam wieder zum Thema zurückzuführen. »Es ist nicht Ihre Schuld, Mr. Henshaw«, sagte er.

Paul starrte ihn erst eine Weile an und nickte dann. »Aber ich hätte da sein müssen.«

»Wo?«

»Bei Abby. Bei Beth. Wenn ich mitgefahren wäre, wäre das vielleicht gar nicht passiert«, sagte er. »Ich hätte sagen müssen, dass sie nicht fahren soll. Ich hätte sie aufhalten müssen.« Er holte stockend Luft und sah Gardner an. »Bitte sagen Sie, dass Sie sie finden. Dass Sie die Schweine finden, die das getan haben.«

Gardner nickte. »Wir finden sie«, sagte er und hoffte, dass das stimmte. »Können wir dann anfangen?« Paul nickte. »Okay, beginnen wir bei heute Morgen. Können Sie mir sagen, was passiert ist?«

»Wann?«, fragte Paul und rieb sich die Augen.

»Heute Morgen, bevor Abby und Sie aus dem Haus gegangen sind. Schildern Sie mir genau, was passiert ist.«

Paul schluckte. »Wir haben gefrühstückt. Ich, Abby und Beth.« Seine Stimme stockte, als er den Namen seiner Tochter aussprach. »Genau wie immer. Ich war in Eile.«

»Weswegen?«

»Ich musste in den Laden. Es war eine Lieferung gekommen«, sagte Paul.

Gardner nickte und gab ihm zu verstehen, dass er fortfahren solle.

»Ich bin in den Laden gefahren. Habe aufgemacht. Etwas später habe ich Abby angerufen. Sie war mit Beth beim Arzt. Ich wollte mich erkundigen, wie es gelaufen ist.«

»War das alles, worüber Sie gesprochen haben?«

Paul runzelte die Stirn, doch Gardner hätte nicht sagen können, ob er versuchte, sich das Gespräch in Erinnerung zu rufen, oder ob er über die in seinen Augen sinnlose Frage verärgert war. Jedenfalls wartete er auf eine Antwort.

»Sie war noch nicht dran gewesen, sie war zu spät gekommen.« Paul presste sich die Hände gegen die Augen. »Dann haben wir geredet.« Er zuckte die Achseln. »Ich weiß nicht mehr.« Gardner wartete. »Sie hat Jen erwähnt. Wir haben gestritten …«

»Worüber?«, fragte Gardner. Abby hatte keinen Streit erwähnt.

»Es war nichts Ernstes. Ich wollte nur nicht, dass sie da rausfährt; sie hat sich letztes Mal schon verfahren.« Paul hielt inne und seufzte. »Warum hat sie nicht auf mich gehört? Sie hätte nicht fahren sollen.« Erneut stockte ihm die Stimme.

»Sie wollten also nicht, dass sie hinfährt. Haben Sie ihr das schon vorher gesagt? Vor heute?«

»Nein. Vor heute wusste ich gar nichts davon.«

»Dann haben Sie also erst von ihrem Besuch bei Jen erfahren?«

»Ja.« Paul nickte. »Sie meinte, sie hätte es mir schon erzählt, aber das glaube ich nicht. Keine Ahnung. Vielleicht habe ich es vergessen, vielleicht hat sie sich geirrt. Es war alles ein bisschen gaga in letzter Zeit.«

»Inwiefern?«

»Mit dem Baby«, erklärte er. »Wenn man ein Baby hat, funktioniert das Gehirn nicht mehr so gut wie vorher. Schlafmangel, wissen Sie?«

Gardner nickte. »Dann haben Sie also erfahren, dass sie zu Jen fahren wollte, und sich darüber gestritten?«

Paul schüttelte den Kopf. »Nicht richtig gestritten. Es war nur eine alberne Debatte; eigentlich gar nichts. Ich habe sie gefragt, warum Jen nicht zu ihr kommen kann, und befürchtet, sie würde sich wieder verfahren, doch sie ließ sich nicht davon abbringen. Das war alles.«

»Sie haben das Gespräch also in freundlicher Stimmung beendet?«

»Ja. Natürlich.«

»Streiten Sie oft?«, fragte Lawton.

»Nein.«

»Ist das nicht ungewöhnlich für ein Ehepaar?«, fragte Gardner, während er darüber nachsann, warum Abby ihren Mann betrogen hatte. Seine eigene Exfrau hatte behauptet, er schenke ihr nicht genug Aufmerksamkeit; er sei unnahbar und zu sehr mit seiner Arbeit beschäftigt. Deshalb hatte sie sich dann auch mit einem anderen Bullen im Bett gewälzt.

Paul sah zu Boden. »Na ja, wir streiten uns schon. Aber nicht oft. Und es ist nie ernst, nie wichtig. Nur das Übliche. Über Geld oder wer mit Abwaschen dran ist – Albernheiten eben.«

»Was ist mit Beth?«

Paul sah auf. »Was soll mit ihr sein?«

»Hat sich nach ihrer Geburt etwas verändert? Hat sich Ihre Beziehung zu Abby verändert?«

»Natürlich. Aber zum Besseren.«

»Hatten Sie Probleme, bevor Beth zur Welt kam?«, wollte Lawton wissen.

»Nein.« Paul lehnte sich zurück. »Ich wollte schon immer Kinder, aber Abby war sich nicht so sicher. Ich wollte eine Familie. Als sie schwanger wurde und Beth bekam, war das das Beste, was passieren konnte. Und ja, es ist schwierig. Und manchmal fühle ich mich ausgeschlossen. Aber es ist genau das, was ich immer wollte.« Paul sah Gardner fest in die Augen. »Und jetzt ist sie weg …« Paul wischte sich das Gesicht.

Gardner wandte den Blick ab. »Hatten Sie und Abby irgendwelche anderen Probleme?«

Paul schüttelte den Kopf. »Was meinen Sie damit?«

»Wie lange sind Sie verheiratet?«

»Fünf Jahre.«

»Und Sie haben sich nie getrennt, hatten nie irgendwelche Affären?« Er musterte Paul und sah einen Anflug von Ärger über sein Gesicht ziehen. »Irgendeiner von Ihnen?«

»Nein, natürlich nicht«, sagte Paul. »Wir lieben uns. Wir sind eine Familie.«

Gardner nickte Lawton zu. Er sah, wie sie die Hände zu Fäusten ballte, wie immer, wenn sie unter Druck geriet.

»Erzählen Sie mir etwas über Jen Harvey. Was für eine Beziehung hatten Sie zu ihr?«, fragte sie nach kurzem Schweigen.

Paul räusperte sich. »Sie ist eine Freundin von Abby.«

Sie warteten, doch Paul schwieg. »Abby hat erwähnt, dass Sie und Jen sich schon früher kannten. Dass Sie während des Studiums ein Paar waren.«

Paul ballte die Fäuste. »Waren wir. Aber wir treffen uns nicht hinter Abbys Rücken, falls Sie das meinen. Es war nichts Ernstes. Wirklich nicht. Es wundert mich, dass wir überhaupt so lange zusammengeblieben sind.«

»Warum das?«, fragte Lawton.

»Sie ist einfach …« Paul schüttelte den Kopf. »Sie ist ganz anders als Abby. Jen ist verwöhnt. Sie ist eine Frau, die erwartet, dass man sich für sie ins Zeug legt. Anspruchsvoll.«

»Klingt, als kämen sie nicht gut mit ihr aus.«

Paul zuckte die Achseln. »Wir sehen uns nicht so oft.«

»Jen wusste, dass Abby heute Morgen zu ihr fahren wollte«, sagte Gardner.

Paul runzelte die Stirn. »Ja.«

Gardner wartete, bis Paul begriffen hatte, worauf er hinauswollte. Er glaubte zwar nicht, dass diese Frau etwas mit der Sache zu tun hatte, doch er wollte Pauls Reaktion ausloten und ergründen, wen Paul für fähig hielt, es getan zu haben, ohne ihm allzu sehr zuzusetzen. Und zunächst ohne Simon Abbott zu erwähnen.

Paul stieß ein kurzes Lachen aus. »Jen? Sie glauben, Jen hätte es getan? Das ist ja lächerlich.«

»Warum?«

»Zuerst einmal würde sie Abby nie etwas antun, niemals. Sie mag anstrengend sein, aber sie ist kein schlechter Mensch. Und zweitens, was zum Teufel sollte sie mit einem Baby anfangen?« Paul fasste sich wieder und hob entschuldigend die Hand. »Sie kann nicht mal richtig für sich selbst sorgen. Und alles, was das Rampenlicht von Jen ablenkt, käme sowieso nicht infrage.« Paul schüttelte erneut den Kopf. »Ausgeschlossen. Ganz unmöglich.«

»Okay«, sagte Gardner. »Dann vielleicht jemand anders, den Sie oder Abby kennen? Fällt Ihnen irgendjemand ein, der eventuell einem von Ihnen wehtun möchte?«

Paul schüttelte den Kopf. »Nein. Warum sollte das irgendjemand tun wollen?«

»Abby hat einen Vorfall erwähnt, der sich kurz nach Beths Geburt zugetragen hat. Ihre Reifen wurden aufgeschlitzt«, sagte Gardner.

Pauls Kinnpartie verkrampfte sich. »Ja«, sagte er. »Drei Reifen.«

»Irgendeine Ahnung, wer das gewesen sein könnte? Warum sollte jemand so etwas tun?«

»Nein. Betrunkene Jugendliche wahrscheinlich«, sagte Paul, ehe er die Stirn in Falten legte. »Warum? Glauben Sie, es hat etwas mit dieser Sache zu tun?«

»Wahrscheinlich nicht. Wahrscheinlich ist es, wie Sie sagen, und es waren ein paar betrunkene Jugendliche.«

Gardner sah auf seine Notizen herab und überlegte, wie er weiter verfahren sollte. Er war sich ziemlich sicher, dass Paul nichts über Abby und ihre Affäre wusste. Falls doch, hätte er sicher jetzt darauf hingewiesen. Obwohl er es eigentlich besser wusste, wollte er keinen Eklat provozieren, ehe er mit Simon Abbott gesprochen und sich ein Urteil darüber gebildet hatte, ob dieser irgendetwas mit der Sache zu tun hatte.

»Sie arbeiten in einer Buchhandlung, stimmt das?«, fragte Gardner und wechselte das Thema.

»Sie gehört mir, ja.«

»Wie gehen die Geschäfte?«

»Ganz gut. Hören Sie, was hat das denn damit zu tun?«

Gardner notierte sich, dass er die finanzielle Lage der Henshaws überprüfen musste. Paul hatte gesagt, sie hätten über Geld gestritten. »Um welche Uhrzeit sagten Sie noch, sind Sie heute Morgen im Laden eingetroffen? Sind Sie direkt dorthin gefahren, nachdem Sie von zu Hause weggegangen sind?«

»Ja. Ich bin gegen halb neun dort angekommen. Ich musste eine Lieferung sortieren.«

»Waren Sie allein?«

»Ja. Bis mittags bin ich immer allein.«

»Sonst arbeitet niemand da?«

»Laura Pullman. Sie arbeitet nachmittags.«

Gardner notierte es sich. »Was war mit Kundschaft? Hatten Sie heute Morgen viel Betrieb?«

»Es waren einige Leute da, die sich umgesehen haben. Aber niemand, den ich kannte.«

»Was war mit der Lieferung? Haben Sie mit dem Fahrer gesprochen?«

»Ja.«

»Okay, wir brauchen genaue Angaben über die Lieferfirma«, sagte Gardner. »Und sonst kann niemand bestätigen, dass Sie dort waren?«

»Doch, die Überwachungskameras.«

»Okay, gut.« Gardner hielt inne und machte sich noch eine

letzte Notiz. »Und Sie sind sich sicher, dass Ihnen niemand verdächtig erscheint? Dass Ihnen niemand einfällt, der einen Grund gehabt haben könnte, um Abby wehzutun oder Ihre Tochter zu entführen?«

»Nein. Niemand.«

Gardner schlug sein Notizbuch zu und erhob sich. »Ich denke, dabei können wir es fürs Erste belassen.«

12

Abby zog die Knie hoch bis an die Brust und hielt sie so fest sie konnte. Dann starrte sie auf ihr Telefon. Sie hatte keine Ahnung, wie lange sie mit Paul reden würden; jedenfalls war er weg gewesen, als sie in diesen Raum zurückkam. Ob Gardner ihm wohl von Simon erzählt hatte? Falls ja, konnte sie es ihm nicht verübeln. Sie hatte weder seine Unterstützung noch Pauls Liebe verdient. Wenn Paul erführe, was sie getan hatte, wäre er am Boden zerstört. Nein, mehr als das. Es war die schlimmste Form des Verrats, vor allem für Paul. Nach allem, was sie über seine Eltern wusste. Darüber, was sie getan hatten. Wie konnte sie ihn so verletzen?

Vermutlich würde man sie bald wieder in den Vernehmungsraum holen. Gardner würde mehr wissen wollen. Warum hatte er eigentlich nicht gleich nach genaueren Details darüber gefragt, warum sie ihre Ehe unbedingt eines Mannes wegen zerstören wollte, der nie da war? Vielleicht war so etwas ja auch egal. Oder vielleicht verstand er es. Vielleicht hatte er sein eigenes Leben auch ruiniert.

Doch was spielte das alles jetzt noch für eine Rolle? Beth war verschwunden, und das war alles, was zählte. Wenn sie Beth nicht zurückbekam, was dann? Sie schloss die Augen und versuchte, den Gedanken zu verdrängen. Sie wollte es sich nicht einmal vorstellen. Einerseits hoffte sie sogar, dass Simon sie entführt hatte. Dass er nicht der Mann war, für den sie ihn gehalten hatte. Wenigstens käme ihre Tochter dann zurück. Unversehrt.

Sie scrollte zu Simons Handynummer hinunter und wählte. Erneut schaltete sich die Mailbox ein, und sie überlegte, ob sie diesmal eine Nachricht hinterlassen sollte. Aber was sollte sie sagen? Wahrscheinlich versuchte Gardner mittlerweile ohnehin, ihn zu finden, also was konnte sie schon tun? Ihn warnen? Ihm sagen, dass die Polizei wegen einer Vergewaltigung und einer Entführung mit ihm sprechen wollte? Abby schloss die Augen. Allein der Gedanke an diese Worte ließ sie zittern. Das Ganze kam ihr vor wie ein Albtraum, aus dem sie nicht erwachen konnte.

Abby schlug die Augen auf und betrachtete ihr Telefon, das gerade tote Luft aufzeichnete. Sie befeuchtete ihre Lippen und wollte zu sprechen beginnen. In ihrem Herzen wusste sie, dass Simon es nicht getan haben konnte. So etwas hätte er niemals gemacht. Nach Paul war er der Mensch, den sie auf der ganzen Welt am besten kannte. Er würde ihr nie etwas Böses antun.

Mit einem Klicken öffnete sich die Tür. Abby sah auf und klappte ihr Telefon zu. Paul kam im Schlepptau eines uniformierten Beamten herein und setzte sich neben sie. Er fasste herüber und legte eine Hand auf ihre. Der Polizist schloss die Tür wieder hinter sich, und man hörte seine Schritte den Flur entlanghallen, als er davonging. Abby musterte Paul. Er war leichenblass und hatte dunkle Ringe um die Augen.

»Alles in Ordnung?«, fragte sie.

Paul drehte sich zu ihr, zog sie an sich, und sie umarmten einander. Abby grub die Finger in seinen Rücken und klammerte sich mit aller Kraft an ihn. Er wiegte sie vor und zurück. »Ihr geht's gut, Abby. Ihr geht's gut.«

Abby hielt ihn fest und weinte in seine Schulter. Es könnte das letzte Mal sein, dass sie ihm so nahe war. Wie hatte sie nur so dumm sein können, das, was sie verband, aufs Spiel zu setzen? Vielleicht hätten sie, wenn sie es ihm gleich von Anfang an gesagt hätte, noch alles auffangen können. Aber jetzt? Jetzt nicht mehr. Er würde sie für Beth verantwortlich machen. Und vielleicht hätte er Recht.

Abby wischte sich das Gesicht und drehte sich so, dass eine Wange auf Pauls Schulter lag. »Was haben sie dich gefragt?«

Paul schien in seine eigenen Gedanken vertieft und blickte starr vor sich hin.

»Paul?«

Er seufzte. »Er hat mich gefragt, wo ich heute Morgen war und ob ich jemanden kenne, der dir etwas antun oder Beth entführen wollen würde. Und seit wann ich Jen kenne.« Er schüttelte den Kopf. »Sie wollen sogar die Überwachungskameras aus dem Laden checken, um sich davon zu überzeugen, dass ich wirklich dort war.«

Abby nickte und empfand Dankbarkeit Gardner gegenüber. Er hatte es ihm nicht gesagt. Paul strich Abby das Haar aus dem Gesicht. »Tut es weh?«, fragte er, während er mit den Fingern über die Blutergüsse auf ihren Wangen fuhr.

Abby schüttelte den Kopf, doch in ihren Augen bildeten sich Tränen. »Alles okay.« Sie fasste nach oben und strich ihm sachte übers Gesicht. »Alles okay.«

Einen Moment lang sah er sie wortlos an, und Abby fragte sich, ob er es doch wusste; ob Gardner etwas gesagt hatte, oder er von selbst seine Schlüsse gezogen hatte. Oder ob er ihr nur anlastete, dass sie ihre Tochter verloren hatte. In diesem Sekundenbruchteil erwog sie, reinen Tisch zu machen, ihm alles zu sagen. Da beugte sich Paul zu ihr herunter und umfasste ihr Gesicht mit beiden Händen. Er lehnte seine Stirn gegen ihre und schloss die Augen.

»Wir stehen das durch, Abby. Ich versprech's. Alles wird gut. Beth fehlt nichts.« Abby nickte, doch ihr Brustkorb schmerzte. Sie wusste nicht, ob sie es schaffen würde, ihm zu glauben.

13

Seufzend ließ Gardner sich gegen die Stuhllehne fallen. Nun hatte er die Bestätigung, dass Simon Abbott in der Tat um kurz vor neun Uhr an diesem Morgen in Manchester ein Flugzeug bestiegen hatte, um über Dubai und Brisbane nach Neuseeland zu fliegen. Natürlich schloss ihn das nicht komplett aus; er konnte trotzdem mit der Sache zu tun haben. Dummerweise bedeutete sein Flug jedoch, dass er momentan unmöglich zu erreichen war, und Gardners beste Spur lag damit auf Eis.

Er wollte noch einmal mit Abby sprechen und Genaueres über die Beziehung zwischen ihr und Abbott erfahren, doch das konnte bis zum nächsten Morgen warten. Inzwischen hatte er begonnen, das Leben der Henshaws unter die Lupe zu nehmen: ihre Finanzen, ihre Verwandten und Freunde, ihre Arbeit, ihre Ehe, ihre Telefonverbindungen. Er bemühte sich noch darum, die Aufzeichnungen der Überwachungskamera aus der Arztpraxis zu bekommen, um zu sehen, ob irgendetwas oder jemand darauf auffällig war. Überdies hatte er Beamte abkommandiert, die mit den Nachbarn der Henshaws sprechen sollten – zum einen, um herausfinden, ob ihnen jemand Verdächtiges oder ein weißer Transporter in der Nähe aufgefallen war, und zum anderen, um in Erfahrung zu bringen, wie die Henshaws wirklich waren. Bis jetzt hatten alle sie ausnahmslos als nett bezeichnet. Ein reizendes Paar. So hübsch. Und das Baby war hinreißend. Nichts davon brachte ihn weiter. Immerhin hatte er erste Aufschlüsse über ihre Finanzen gewonnen. Die Tatsache, dass sie alle beide eingewilligt hatten, ihm Einblick in ihre Konten zu gewähren, ließ ihn mutmaßen, dass er dort nichts finden würde, doch er musste trotzdem nachsehen. So ungern er das auch zugab, es wäre nicht das erste Mal, dass eine Familie in finanziellen Schwierigkeiten ihr Kind dazu benutzte, um ein bisschen Geld zu machen. Paul hatte zwar behauptet, dass die Buchhandlung gut lief, doch Gardner konnte sich nicht vorstellen, dass sie *so* gut lief. Nicht heutzutage. Es hätte ihn gewundert, wenn die Henshaws etwas mit Beths Verschwinden zu tun gehabt hätten, doch er hatte schon vor langer Zeit gelernt, dass man in seinem Beruf stets mit Überraschungen rechnen musste. Man konnte nie wissen. Was ihn in diesem Szenario am meisten störte, war die Attacke gegen Abby. Selbst wenn man alles authentisch inszenieren wollte, war das Overkill. Er würde sehr darauf achten, dass er keine Spur übersah, doch er bezweifelte, dass die Sache etwas mit dem Immobilienkredit der Henshaws zu tun hatte.

Dutzende von Beamten waren inzwischen an der Suche beteiligt, und er bemühte sich, mehr Leute zu bekommen. Sie hatten die paar Häuser in der Umgebung und das Pub abgeklappert, doch niemand hatte irgendetwas gesehen. Bis jetzt waren keinerlei Informationen über den Wagen oder die beiden Männer eingegangen. Ohne die Autonummer wurde die Suche noch mühsamer. Außerdem bezweifelte Gardner, dass sich die Männer noch in der Nähe aufhielten. Sie waren längst über alle Berge.

Was ihn störte, war die Tatsache, dass sich die Männer zuerst Abby geschnappt und Beth zurückgelassen hatten. Wenn es um Kidnapping ging, warum nahmen sie dann Abby mit und ließen Beth zurück? Warum Abby nicht an Ort und Stelle niederschlagen, das Kind nehmen und verschwinden? Wahrscheinlich weil Abby auf der Stelle irgendwie Hilfe herbeigerufen hätte. Wenn sie aber in Wirklichkeit auf das Baby aus waren, warum dann die Vergewaltigung? Warum solche Auswüchse? Und dann hatten sie sich nicht einmal maskiert und keinen Versuch unternommen, um ihre Spuren zu verwischen. Abgesehen davon natürlich, dass sie Abbys Kleider mitgenommen hatten. Aber selbst ein Vollidiot musste gewusst haben, dass das sinnlos war. Dabei ging es mehr um Macht als darum, möglichst ungeschoren davonzukommen.

Anfangs hatte er noch geglaubt, die Gewalttat sei das Hauptziel gewesen und Beth nur eine Art Zufallsprodukt. Vielleicht ein Überfall aus heiterem Himmel, vielleicht aber auch nicht. Er hatte überprüft, ob in der Gegend andere Vergewaltigungen oder Vergewaltigungsversuche oder irgendetwas mit zwei Männern in einem Transporter gemeldet worden waren, doch es lag nichts vor.

Abby vermochte nicht genau zu sagen, wie lange sie sich in dem Transporter befunden hatte und wie lange sie von Beth getrennt gewesen war. Vielleicht hatte jemand die Kleine am Straßenrand im Auto gesehen und sie zu ihrem eigenen Schutz mitgenommen. Er hatte gehofft, dass dem so war. Vor ein paar Stunden schien es durchaus noch möglich. Aber jetzt? Inzwischen hätte man sie zurückgebracht. Die Tatsache, dass Beth immer noch verschwunden war, ließ darauf schließen, dass irgendetwas nicht stimmte.

Aber schließlich war nichts an der ganzen Geschichte in Ordnung. Und Gardner hatte das Gefühl, nicht vom Fleck zu kommen, so als würde er wassertreten. Er musste dringend mit Simon Abbott sprechen, vielleicht bekäme er dann ein paar Antworten.

Abby kauerte zusammengesunken auf dem harten Plastikstuhl, den Kopf an die Wand gelehnt und die Augen geschlossen. Paul saß neben ihr und starrte ins Leere, als Gardner eintrat und leise die Tür hinter sich schloss. Abby öffnete die Augen und sprang auf. Paul erhob sich langsam.

»Haben Sie sie gefunden?«, fragte Abby.

Gardner schüttelte den Kopf und verfolgte, wie Abby wieder in sich zusammensackte. »Aber es gibt etwas, das Sie sich bitte beide einmal anschauen sollten«, sagte er. »Wir haben Filmmaterial von heute Morgen aus der Überwachungskamera in der Arztpraxis. Wenn Sie mal einen Blick darauf werfen und überlegen würden, ob Ihnen irgendjemand auffällt, vielleicht jemand, den Sie kennen oder schon mal gesehen haben.« Er führte sie in einen Raum mit einem Fernseher. Abby und Paul stellten sich davor, und Gardner drückte auf »Play«.

Abby betrachtete die vor ihr ablaufende Szene und sah sich selbst zusammen mit Beth das Wartezimmer betreten. Es versetzte ihr einen Stich, und sie fragte sich, ob man ihr wohl eine Kopie des Videos überlassen würde. Ein Souvenir der letzten Stunden, die sie mit ihrer Tochter verbracht hatte. Sie registrierte, dass Gardner sie aus dem Augenwinkel beobachtete. Dann dachte sie an die Leute, die ihr am Vormittag begegnet waren – die unfreundliche Empfangsdame, die Frau hinter ihr, die Beth Grimassen geschnitten hatte, und ein älteres Paar, das sie vor Ort gar nicht wahrgenommen hatte. Sie seufzte. Was hatte sie denn geglaubt? Dass diese Männer dort gesessen und auf sie gewartet hatten?

Paul verlagerte das Gewicht, während Gardner den Film stoppte. »Erkennen Sie jemanden?«, fragte er, und Abby sah zu ihrem Mann hinüber. Eine Zeitlang starrte Paul weiter auf den Bildschirm, und Abby blickte erneut auf das Standbild und versuchte zu ergründen, was er da wohl sah.

»Nein«, sagte Paul und sah von Abby zu Gardner, ehe er vortrat und auf den Bildschirm zeigte. »Dieser Mann«, sagte er und wies auf den Mann mit den Krücken. »Ich dachte, ich kenne ihn. Aber doch nicht. Tut mir leid.«

Gardner ließ das Band ein paar Minuten über den Zeitpunkt hinaus laufen, an dem Abby die Praxis verlassen hatte. »Ich habe mir auch Aufzeichnungen von außerhalb der Praxis angesehen. Niemand ist Ihnen nach draußen gefolgt«, sagte er und stellte den Fernseher aus.

»Und jetzt?«, fragte Abby.

Gardner bedeutete ihnen, wieder Platz zu nehmen, und zog sich einen Stuhl heran. »Es ist keine Meldung über ein gefundenes Baby eingegangen. Niemand hat Ihre Tochter in ein Krankenhaus oder ein Polizeirevier gebracht. Wir werden einen Appell lancieren. Und wir suchen nach Zeugen, die vielleicht Beth und die Männer in dem Transporter gesehen haben könnten.«

»Dann glauben Sie also nicht mehr, dass jemand sie um ihrer eigenen Sicherheit willen mitgenommen hat?«, fragte Paul.

Gardner ließ sich Zeit mit seiner Antwort und wählte seine Worte sorgfältig. »Es ist nach wie vor eine Möglichkeit. Wir werden das als Grundlage für unseren Appell heranziehen. Wie gesagt, es ist durchaus denkbar, dass jemand sie mitgenommen hat und dachte, er täte ihr damit etwas Gutes. Denkbar wäre aber auch, dass jemand sie gezielt entführt hat und die Attacke auf Abby im Zusammenhang damit geplant war. Da bisher weder irgendeine Kontaktaufnahme erfolgt noch eine Lösegeldforderung eingegangen ist, müssen wir annehmen, dass derjenige, der Beth mitgenommen hat, dies in der Absicht getan hat, sie zu behalten.

Wir müssen den Tätern also in unserem Appell an sie zeigen, dass Beth eine Familie hat, eine gute Familie. Den Betreffenden die Konsequenzen ihrer Tat vor Augen führen, Beths Namen und Ihre Namen nennen und ihnen die Situation plastisch schildern. Dann besteht Aussicht darauf, dass sie Beth zurückbringen. Und wir appellieren damit ebenso an Zeugen wie an die Person, die Beth entführt hat.

Sie müssen alle beide vor die Kamera treten. Jemand wird den Text vorab mit Ihnen durchgehen, aber wenn einer von Ihnen ein persönliches Statement abgeben möchte, können wir auch das mit Ihnen absprechen.« Er sah sie beide an. »Es ist Ihre Entscheidung, ob Sie sich vor der Kamera äußern wollen.«

Abby und Paul sahen sich fragend an. »Spielt das eine Rolle?«, fragte Paul. »Ich meine, bringt es irgendetwas? Erhöht es die Wahrscheinlichkeit, dass sie sie zurückbringen, wenn wir etwas sagen?«

Gardner rieb sich das Kinn. »Ehrlich gesagt – ich weiß es nicht. Ich weiß nur, dass es hilft, wenn Sie selbst vor die Kamera treten. Aber wenn Sie etwas Persönliches sagen wollen, müssen Sie es vorher mit uns absprechen. Je nachdem wer Beth hat, je nachdem aus welchem Grund der Täter sie entführt hat … Sie müssen Ihre Worte sorgfältig wählen.« Abby wollte etwas einwenden, doch Gardner hob die Hand. »Ich weiß, Beth ist Ihr Baby, und Sie wollen sie einfach nur wieder bei sich haben, und das ist eigentlich die einzige Botschaft, die Sie dieser Person senden wollen, aber womöglich hat der oder die Betreffende Beth aus einem bestimmten Grund entführt, zum Beispiel weil er oder sie dachte, Sie wären nicht gut genug für Beth«, sagte Gardner, »oder weil er oder sie sich einbildet, sie aus irgendeinem Grund verdient zu haben. Sie müssen aufpassen, dass Sie diese Person nicht gegen sich aufbringen, und dürfen auf keinen Fall etwas verstärken, das der Täter sowieso schon glaubt.«

»Aber woher sollen wir wissen, was er glaubt, wenn wir überhaupt nicht wissen, wer es ist?«, fragte Paul.

»Deshalb formulieren wir es ganz allgemein. Zeigen Sie dem Täter, dass Sie leiden und dass seine Tat Konsequenzen hat. Zeigen Sie ihm, dass Sie gute Eltern sind. Und bitten Sie ihn einfach nur, Beth zurückzubringen. Fällen Sie kein Urteil über ihn, sagen Sie ihm nicht, dass er ein schlechter Mensch ist oder dass er Beth wehtut.«

Abby sah Gardner an, ehe sie den Blick zu Boden senkte. »Aber wenn es so ist?«

14

»Was haben wir?« Detective Chief Inspector Atherton stellte die Frage vom Fenster aus in den Raum. Er stand mit hinter dem Rücken verschränkten Händen da wie eine Figur aus einem alten Film. Gardner hatte ihn noch nie sitzen sehen. Der Grund dafür blieb ihm schleierhaft. Vielleicht hatte es etwas mit Athertons Autorität zu tun, vielleicht wollte er auch immer reaktionsbereit bleiben. Oder er hatte Hämorrhoiden.

Gardner stand auf und wünschte, er hätte in den letzten vierundzwanzig Stunden etwas anderes als Kaffee zu sich genommen. »Abby Henshaw, einunddreißig, ihr Auto wurde von der Straße gedrängt«, antwortete er.

»Das weiß ich«, sagte Atherton. »Das wissen wir alle. Ich habe gefragt, was wir haben. Ich meine, was haben Sie seit gestern unternommen und wie sind wir vorangekommen?«

Alle sahen Gardner an. Atherton hob die Brauen und ließ sie oben, während Gardner bis zehn zählte. Atherton war ein Arschloch. Es gab Leute, die er mochte, und Leute, die er nicht mochte, und denjenigen, die er nicht mochte, vermittelte er das Gefühl, komplette Vollidioten zu sein. Dummerweise gehörte Gardner zur zweiten Gruppe. Atherton wusste, was in Blyth vorgefallen war, aber ob er ihn deswegen hasste, war unklar. Atherton fällte seine Urteile über andere Menschen aus allen möglichen Gründen – wo man herkam, wo man seine Ausbildung gemacht hatte, was für Schuhe man trug. Was dort oben geschehen war, war nie wieder erwähnt worden, seit Gardner die Küste hinunter nach Middlesbrough gezogen war, doch das Schweigen hieß gar nichts. Er wusste, dass die Leute hinter seinem Rücken darüber redeten. Klatsch folgte einem überallhin. Es spielte keine Rolle, dass es beinahe zehn Jahre her war. Gardner selbst würde die Geschichte wohl kaum vergessen, also warum sollten die anderen es tun?

Als er bei zehn angelangt war, sah er Atherton in die Augen.

»Eine Durchsuchung der Gegend hat nichts gebracht. Jedenfalls nichts Brauchbares. Das einzige Blut am Tatort stammte vom Opfer. Ich rechne noch heute Morgen mit Ergebnissen in Bezug auf das Sperma, das bei der Untersuchung entnommen wurde, doch ich würde nicht darauf schwören, dass es mit irgendjemandem aus der Datenbank übereinstimmt. Obwohl unser Täter die Kleider des Opfers behalten hat, schätze ich, er weiß ganz genau, dass wir auch an der Frau Täterspuren finden können. Es sei denn, er ist ein Volltrottel. Also vermute ich, er weiß entweder, dass wir keine Übereinstimmung finden werden, oder es ist ihm egal.

Wir haben nichts in Bezug auf den Transporter, abgesehen von der Farbe und einer vagen Beschreibung. Keine Autonummer, also würde eine Fahndung uns nicht weiterhelfen. Am Tatort gab es praktisch keine Zeugen. Im Pub und in den Geschäften in Loftus haben wir nichts erfahren, genauso wenig in den paar Häusern an dem Straßenabschnitt. Mrs. Henshaw hat uns die Männer beschrieben, die sie überfallen haben. Wir haben die Zeichnung herumgezeigt, und bis jetzt ist nichts dabei herausgekommen, aber wir versuchen es weiter. Die Teams setzen die Suche morgen früh fort, auch in den Häusern in der Umgebung. Wir haben eine Ausreisewarnung herausgegeben und sämtliche Polizeidienststellen verständigt und um Wachsamkeit gebeten, aber …«

»Aber alle Babys sehen verflucht gleich aus, also haben wir

keine Chance«, warf Murphy ein und erntete ein paar kurze Lacher.

Gardner ignorierte seinen Kommentar, musste sich aber eingestehen, dass der Blödmann nicht ganz Unrecht hatte. In den Augen der meisten Leute sahen alle Säuglinge gleich aus. Sie würden von Sichtungen jedes einzelnen Babys in der Region überschwemmt werden, wenn nicht gleich aus ganz England.

»Wir durchleuchten die Finanzen der Henshaws. Sie haben zugestimmt, also ist es unwahrscheinlich, dass wir irgendwas Interessantes finden werden. Ich will auch noch diesen Simon Abbott unter die Lupe nehmen, aber der ist momentan Gott weiß wo, also kann ich mir seine Zustimmung abschminken.«

»Gerichtsbeschluss?«, schlug Murphy vor.

Gardner schüttelte den Kopf. »Noch nicht. Falls sich Abbott sperrt oder wir ihn nicht bald erreichen, stellen wir einen Antrag bei Gericht, aber momentan haben wir noch nicht genug.«

Gardner fuhr fort, doch er sah, wie Atherton das Interesse verlor. Immer wenn sich einer aus dem Team zu Wort meldete, fiel Gardner zwangsläufig auf, dass sich Atherton dafür deutlich mehr interessierte als für ihn. Selbst wenn es Murphy war.

»Also«, sagte Atherton, als Gardner fertig war, »haben wir im Grunde gar nichts. Und wenn ich jetzt nach unten gehe und die Medien informiere, muss ich ihnen sagen, dass wir überhaupt nichts haben?«

»Wir haben den landesweit verbreiteten Appell.«

»Ist dabei schon was rausgekommen?«

Gardner schüttelte den Kopf. Er wusste, worauf Atherton abzielte. Obwohl solche Appelle immer wieder in der ein oder anderen Form Ergebnisse brachten, indem sie Zeugen aus der Reserve lockten und Erinnerungen auffrischten, wurden sie häufig auch als Werkzeug benutzt, um Druck auf Angehörige und Freunde der Opfer auszuüben, die potenziell verdächtig waren. Oft funktionierte es, doch Gardner empfand es als zynischen Trick, vor allem dann, wenn die betreffenden Angehörigen unschuldig waren.

»Wir gehen verschiedenen Hypothesen nach, unter anderem Kinderhandel«, sagte Gardner. »Wir haben uns in Bezug auf eventuelle internationale Kinderhändlerringe schon mit Interpol in Verbindung gesetzt.«

»Gut«, sagte Atherton. »Ist das alles?«

»Eines noch«, sagte Gardner, als die Anwesenden sich zum Gehen wandten. »Bitte nehmen Sie alle zur Kenntnis, dass keine Einzelheiten über den Angriff auf Mrs. Henshaw bekannt gegeben wurden. Sie hat darum gebeten, den Medien nichts von der Vergewaltigung zu sagen. Bis jetzt haben wir die Sache unter Verschluss gehalten, und dabei soll es auch bleiben.«

»Okay, Leute, dann wollen wir mal. Und vielleicht versuchen wir zur Abwechslung, heute wirklich weiterzukommen.«

Gardner wandte sich von Atherton ab und registrierte, dass Lawton ihn anstarrte. Als sie ihn anlächelte, bekam er gleich ein noch schlechteres Gewissen.

»Cartwright«, hörte er Atherton hinter sich sagen. »Gute Arbeit.«

»Danke, Sir«, sagte Cartwright, während Gardner seinen Schritt zu beschleunigen suchte, doch die Treppe war voller Leute, die aus dem Besprechungsraum drängten. »Ich wünschte nur, ich hätte mehr tun können. Ich hätte gerne mal Gelegenheit, eine Vernehmung durchzuführen. Oder zumindest daran teilzunehmen. Gestern war es leider nicht möglich.«

»Gut, mal sehen, was wir tun können.«

»Danke, Sir.«

Als sich Gardner auf der Treppe umwandte, fing Cartwright seinen Blick auf und grinste. Kleiner Wichtigtuer. Wenn er noch ein bisschen mehr schleimte, konnte er glatt als Weinbergschnecke durchgehen.

»Wir sehen uns dann morgen Abend«, sagte Atherton über die Schulter zu Cartwright.

»Auf jeden Fall, Sir. Die große Feier zum Fünfzigsten.«

Gardner versuchte, die Galle hinunterzuschlucken, die ihm in die Kehle stieg. Wahrscheinlich war es nur der Kaffee.

15

Abby sah auf Beths leeres Bettchen herab. Sie drückte sich die kleine pinkfarbene Fleecedecke ans Gesicht und ließ ihren Tränen freien Lauf. Obwohl sie spürte, dass Paul hinter ihr stand, wandte sie sich nicht um. Er wich ein paar Schritte zurück und überlegte, was er tun sollte.

»Vielleicht solltest du dich hinlegen, Ab, und versuchen, ein bisschen zu schlafen«, sagte er.

Abby hielt das Gesicht weiter fest in die Decke gepresst. Seit sie von der Polizei zurückgekommen waren, hatte sie keine Sekunde geschlafen. Bei ihrer Ankunft zu Hause wurden sie von mitleidigen Blicken der Nachbarn und Blumen vor der Tür begrüßt, die Abby an damals erinnerten, als ihre Eltern gestorben waren. Doch diesmal war niemand gestorben. Beth konnte nicht tot sein.

Nachdem sie stundenlang an Beths Bettchen gestanden hatte, führte Paul sie ins Schlafzimmer und zog sie in seinen Armen aufs Bett. Irgendwann gegen drei schlief er ein. Abby empfand eine Mischung aus Neid und Empörung. Einerseits hätte sie auch gern schlafen können. Am liebsten so lange, dass sie erst aufwachte, wenn alles wieder gut war. Auf der anderen Seite war sie wütend auf Paul, weil er imstande war zu schlafen, solange Beth irgendwo da draußen in den Händen von Unbekannten war. Gegen fünf stand sie auf und machte sich eine Tasse Tee in dem Geschirr, das den ganzen Tag auf dem Küchentisch gestanden hatte.

Nun saß Paul vor dem Fernseher, wo immer wieder der Appell ausgestrahlt wurde. Abby ertrug es nicht, sich das anzusehen. Sie hatte sich nicht einmal umgezogen und trug immer noch die Sachen, die sie nach der Untersuchung übergestreift hatte. Eine schicke, gestylte Frau hatte sie instruiert, und Abby hatte sich bereit erklärt, die Worte zu sprechen, die die Frau für sie vorbereitet hatte. Doch als sie den Raum mit den Kameras und den Mikrofonen betraten, konnte sie nicht sprechen. Unablässig musste sie an die Schweine denken, die ihr wehgetan und Beth entführt hatten. Sie wollte schreien. Sie wollte betteln. Sie versuchte sich auf die Sätze vor ihr zu konzentrieren, entschlossen, sich an den vorgegebenen Text zu halten, doch die Worte verschwammen ihr vor den Augen. Erschrocken griff sie sich ins Gesicht, um sich zu vergewissern, dass sie ihre Brille aufhatte. Als sie diese an Ort und Stelle vorfand, begriff sie, dass ihre Tränen der Grund für die Unschärfe waren. Sie hatte das Gefühl, als läse sie unter Wasser. Der Name ihrer Tochter kam aus ihrem Mund, doch er klang falsch. Sie blickte in das grelle Licht der Kameras und versuchte sich daran zu erinnern, was sie sagen sollte. Unter dem Tisch spürte sie Pauls Hand auf ihrer und hörte auf einmal ihn sprechen. Als sie nach dem Textblatt schaute, war es weg.

Dann war es vorbei.

Die Leute neben ihr standen auf. Eine Hand umfasste ihren Arm und zog sie in die Höhe. Sie hörte, wie immer wieder ihr Name gesprochen wurde, bis er verklang und sie im Auto saß und nach Hause gefahren wurde.

Und nun stand sie neben Beths Bettchen. Sie hatte keine Ahnung, wie spät es war. Wann hatte sie zuletzt gegessen? Geschlafen? Wann hatte sie zum letzten Mal ihre Tochter gesehen? Ein paarmal hatte sie die Tür auf- und zugehen gehört. Die Stimmen von Nachbarn vernommen, mit denen sie nur selten sprachen, und von Freunden, die sie jahrelang nicht gesehen hatten.

Das Telefon klingelte unentwegt. Sie hörte Paul immer wieder »Danke« murmeln. Dann bekam sie mit, wie er ein paar Fragen beantwortete und schließlich immer wieder »Kein Kommentar« sagte, wie ein gewiefter Politiker. Von draußen vor dem Haus kamen Geräusche, und sie vermutete, dass es Reporter waren. Doch sie blieb, wo sie war, an Beths Bettchen. Sie wusste, dass sie Paul nicht die ganze Last tragen lassen sollte, doch sie war zu müde und zu verängstigt, um sich selbst um irgendetwas zu kümmern. Wenn sie ihre Gedanken davon abschweifen ließ, dass Beth friedlich in ihrem Bettchen schlief, ergriff sie sofort die schmerzhafte Erkenntnis, dass ihr Baby weg war. Sie sah den Hass in den Augen des Mannes, der sie vergewaltigt hatte. Roch seinen Atem. Sie umfasste den Rand des Gitterbetts und klammerte sich daran fest.

Ein knarrendes Dielenbrett erinnerte sie an Pauls Anwesenheit, und sie drehte sich zu ihm um. »Gleich«, murmelte sie, obwohl sie gar nicht mehr wusste, was er gesagt hatte. Paul streichelte sachte ihre Finger, ehe er sich umwandte und wieder nach unten ging, um zum x-ten Mal ihren Auftritt in den Nachrichten zu verfolgen.

Abby zückte ihr Mobiltelefon und starrte es an, während sein Schweigen sie verhöhnte. Eigentlich hätte sie Simon anrufen sollen, aber sie hatte keine Ahnung, wie sie anfangen sollte. Ob Gardner ihn wohl schon gefunden und es ihm gesagt hatte?

Erneut blickte sie auf ihr Telefon, klickte in den Bilderordner und holte das letzte Foto, das sie von Beth gemacht hatte, aufs Display. Mit dem Daumen streichelte sie das verpixelte Haar ihrer Tochter, während sie versuchte, nicht daran zu denken, wie es ihr wohl momentan erging. Sie starrte das Telefon an, als könnte es ihr eine Antwort geben, ehe die Türklingel sie aus ihrem Tagtraum riss. Sie hörte, wie Paul aufmachte und diesmal nicht »Kein Kommentar« sagte. Sie vernahm seine Stimme, verstand aber nicht, was gesprochen wurde.

Abby raste die Treppe hinab, während ihr das Herz bis zum Hals schlug und sie innerlich flehte, dass es Gardner mit Beth auf dem Arm war. Paul stand in der halb geöffneten Tür und flüsterte mit jemandem, seine Miene wutverzerrt. Abbys Schritt auf der knarrenden Treppe veranlasste ihn, sich umzudrehen. Er wandte sich zu Abby um und ging dann wortlos an ihr vorbei ins Wohnzimmer. Abby quetschte sich zwischen Treppe und Tür durch und sah Jen auf der Schwelle stehen. Der Anblick ihrer Freundin mit todernstem Gesicht, was völlig untypisch für sie war, war zu viel für Abby. Jen trat vor und nahm sie in die Arme. Abby ignorierte die Rufe von draußen.

»Mein Gott, Abby, es tut mir so leid.«

Abby klammerte sich an ihre Freundin und versuchte, ihre Tränen zu unterdrücken. Nach einer Weile wich sie zurück, damit Jen die Haustür schließen konnte, und ging mit ihr nach hinten in die Küche.

Abby sah sich um und suchte nach einer Beschäftigung. Sie nahm die Tasse mit dem kalten Tee und kippte ihn in die Spüle. »Tee?«, fragte sie und starrte auf die Schüssel in der Spüle, in der noch Reste der Banane klebten, die Beth am Morgen des Vortags gegessen hatte. Sie fuhr mit dem Finger am Rand der Schüssel entlang, bis Jen kam und sie zum Küchentisch führte.

»Lass mich das machen«, erklärte Jen. Abby setzte sich und legte die Hände flach auf die Patchwork-Tischdecke, damit sie nicht so zitterten. Jen schwieg, und die einzigen Geräusche stammten vom Füllen des Kessels, dem allmählichen Heißwerden des Wassers sowie den Tassen, die aus Schränken geholt wurden, und den Löffeln, die über das Porzellan kratzten.

Schließlich setzte sich Jen neben Abby und umfasste eine Hand ihrer Freundin. »Wie fühlst du dich?« Abby sah Jen in die Augen und schüttelte leicht den Kopf. Wie konnte sie beschreiben, wie sie sich fühlte? Jen schüttelte ihrerseits den Kopf. »Entschuldige, das war eine dumme Frage.«

Abby holte tief Luft und versuchte zu lächeln. Sie wusste, wenn die Umstände andere wären und sie diejenige wäre, die Trost spenden wollte, hätte sie das Gespräch mit derselben Frage eröffnet, so banal sie auch war.

»Ich kann es einfach nicht glauben. Ich denke andauernd, dass es ein Irrtum ist. Dass es Beth gutgeht, dass sie friedlich im Bett liegt und es jemand anders ist, der …« Abby biss sich auf den losen Hautfetzen an der Lippe. »Ich gehe immer wieder hinauf, sehe nach und schaue in ihr Bettchen, weil ich mir einbilde, sie würde plötzlich wieder auftauchen, doch das tut sie nicht.«

»Ich weiß«, sagte Jen und streichelte Abby die Hand.

Abby sah, wie sich Jens Augen mit Tränen füllten. Sie unterdrückte ein Schluchzen, während Jen ihr noch einmal die Hand drückte, ehe sie losließ. Sie hatte ihrer Freundin nicht erzählt, was mit ihr passiert war. Was diese Männer ihr angetan hatten. Sie konnte nicht. Sie konnte es nicht laut aussprechen.

»Was hat die Polizei gesagt?«

Abby rieb sich mit beiden Händen das Gesicht. »Sie tappen völlig im Dunkeln. Zuerst dachten sie, dass jemand sie vielleicht mitgenommen hat, weil sie allein war, aber wenn das stimmen würde, hätte derjenige sie doch mittlerweile zurückgebracht, oder?«

»Wahrscheinlich schon …«

»Niemand hat sich gemeldet. Niemand hat etwas gesehen oder gehört.« Abby ließ die Hände sinken. »Sie werden auch mit dir sprechen wollen.«

»Ich habe schon mit ihnen gesprochen.«

Abby stutzte. »Wann?«

»Gestern. Und heute Morgen. Sie sind gestern vorbeigekommen und haben mir erzählt, was passiert ist. Haben sich umgesehen. Mir massenhaft Fragen gestellt. Ich wollte eigentlich gestern Abend schon herkommen, aber …« Jen steckte sich das

Haar hinter die Ohren. »Ich habe kurz mit diesem Detective gesprochen – Garner?«

»Gardner«, korrigierte Abby.

»Genau. Und heute Morgen bin ich ins Polizeirevier gegangen und habe noch mit einem anderen gesprochen. So einem Dicken?« Abby zuckte die Achseln. »Jedenfalls haben sie mich bloß gefragt, wie lange ich dich schon kenne und wie unsere Beziehung war. Sie wollten wissen, wem ich erzählt habe, dass du gestern kommen wolltest.«

»Das haben sie mich auch gefragt.« Abby musterte Jen und wusste nicht, ob sie aussprechen sollte, was sie dachte.

»Was?«, fragte Jen.

»Hast du es jemandem gesagt?«

»Nein. Wem sollte ich es schon sagen?«

Abby zuckte die Achseln.

»Das war's dann? Keine Anhaltspunkte?«, fragte Jen.

»Nein. Noch nicht.« Abby faltete die Hände um ihre dampfende Tasse. Die Wärme fühlte sich gut an; es war eine solche Erleichterung, etwas anderes zu fühlen, etwas anderes als den Schmerz. Sie schaukelte die Tasse hin und her, sodass der Tee darin herumwirbelte und winzige Strudel bildete. »Wo warst du gestern, als ich angerufen habe?«

Jen erstarrte. »Brauche ich jetzt einen Anwalt?«, fragte sie mit angedeutetem Lächeln.

»Natürlich nicht; ich habe mich nur gefragt, wo du warst. Ich habe dich unter beiden Nummern zu erreichen versucht.«

»Ich bin Milch und Tee kaufen gegangen. Diese dämlichen Bauarbeiter süffeln mich noch um Haus und Hof.«

»Bauarbeiter?«

»Ja.« Verwirrt sah sie Abby an. »Warum? Was ist los?«

»Wo sind sie her?«

Jen zuckte die Achseln. »Jemand hat sie mir empfohlen, ich weiß nicht, ob sie im Branchenbuch stehen.«

»Nein. Woher sind sie? Aus der Gegend? Oder aus dem Ausland?«

»Der Boss ist aus London, glaube ich. Das ist ja schon fast Ausland.« Abby starrte sie nur an. »Die anderen beiden, keine Ahnung. Der eine sagt nie ein Wort. Der andere könnte ein Ausländer sein, ich weiß es nicht. Ich habe eigentlich nie so besonders darauf geachtet. Ich sage ihnen lediglich, was ich gemacht haben will, und bringe ihnen Tee. Warum?«

Abby stand auf und ging zum Telefon. »Haben sie es gewusst?«

»Was gewusst? Was ist denn los?«

»Haben sie gewusst, dass ich dich besuchen wollte?«, fragte sie mit vor Angst fast schriller Stimme, während sie bereits wählte.

Paul kam aus dem Wohnzimmer. »Was ist denn los?« Abby fragte nach Gardner und nahm dann das Telefon vom Mund, während sie auf Jens Antwort wartete.

»Wussten sie es, Jen?«

Jen zuckte die Schultern. »Ich glaube nicht. Vielleicht könnten sie mich am Telefon gehört haben, aber …«

Abby hob das Telefon wieder an den Mund. »Detective Gardner? Hier ist Abby Henshaw. Ich muss Sie sprechen.«

16

Miklos starrte auf den kleinen Fernseher in der Ecke. Die Vorhänge waren zugezogen und verbreiteten ein sonderbares orangefarbenes Leuchten im Raum. Zumindest kaschierte es den kackbraunen Teppich und die zerschlissene Steppdecke. Damek lag auf dem zweiten Bett, trotz des »Rauchen verboten«-Schilds mit einer Zigarette in der Hand.

Miklos leckte sich die Lippen und sah zu seinem Cousin hinüber. Er schaute nicht einmal auf den Bildschirm, sondern wirkte, als sei ihm das alles komplett egal. Was, wie Miklos wusste, vermutlich zutraf. Er wandte sich wieder dem Fernseher zu und verfolgte, wie die Polizei Einzelheiten darüber preisgab, wo es passiert war. Sie erwähnten den Transporter und die Straße. Ob jemand irgendetwas gesehen hatte …

Dann die Frau. Die Frau sollte sprechen. Miklos schluckte schwer. Sie starrte mit glasigen Augen aus dem Fernseher. Ihr Mann, der neben ihr saß, zog das vor ihr liegende Blatt zu sich her und begann zu sprechen. Miklos hörte gar nicht richtig zu, sondern sah die Frau an. Die Frau, die er gestern abgefangen hatte. Jetzt wusste er, wie sie hieß. Abby Henshaw. Das hatte man ihm vorher nicht gesagt. Er war sich nicht sicher, ob Damek es gewusst hatte, er selbst jedenfalls nicht. Aber schließlich wusste er eine ganze Menge nicht. Man hatte ihm vieles verschwiegen. Zum Beispiel das mit dem Baby. Man hatte ihm nichts von dem Baby gesagt. Und nun war das Baby weg.

Die Nachrichten gingen zu etwas anderem über, und er schaltete den Fernseher aus. Dann sah er zu Damek, der gerade auf dem Nachttisch seine Zigarette ausdrückte.

»Hast du Hunger?«, fragte Damek. »Ich könnte was vertragen.«

Miklos starrte ihn nur an. Damek war es komplett egal. Die Frau war ihm komplett egal. Das Baby genauso. Und ihm war komplett egal, dass sie gefasst werden könnten. Ihm war alles komplett egal. Miklos sah zu, wie Damek aufstand und seine Hose anzog.

»Wir müssen etwas unternehmen«, sagte Miklos.

»Wegen was?«

»Deswegen.« Miklos zeigte auf den Fernseher. »Wegen dem, was wir getan haben.«

Damek setzte sich wieder und zog die Schuhe an. Er wandte sich nicht einmal um. »Wir sind doch bezahlt worden, oder?« Er schlüpfte in den zweiten Schuh. »Wo willst du essen?«

»Hör mir mal zu!«, schrie Miklos. »Das Baby wurde entführt.«

»Und?« Damek zuckte die Achseln. »Geht uns nichts an.«

»Sie glauben, wir hätten die Kleine mitgenommen.«

»Und?« Damek zuckte erneut die Achseln. »Sollen glauben, was sie wollen. Wir haben kein Baby. Sie wissen nicht mal, wer wir sind. Sie suchen einen weißen Transporter.« Er lachte. »Wie viele weiße Transporter gibt es?«

»Sie hatten Bilder von uns«, sagte Miklos, während er ums Bett herumging und sich vor Damek stellte. »Sie könnten uns finden.«

»Es sah mir nicht ähnlich«, sagte Damek. Er erhob sich und tätschelte Miklos die Schulter. »Nicht hübsch genug«, ergänzte er grinsend.

Miklos dachte an die Zeichnungen, die die Polizei präsentiert hatte. Damek mochte sich ja in vielem irren, doch in Bezug auf die Bilder hatte er Recht. Sie ähnelten ihnen überhaupt nicht.

Doch das war nicht der Punkt. »Wir müssen etwas tun. Wir könnten anrufen und ihnen sagen, was wir wissen. Wir müssen ja nicht unsere Namen nennen.«

Damek versetzte Miklos einen Klaps gegen den Kopf. »Sei kein Idiot«, sagte er. »Außerdem wissen wir nichts. Wir haben das Kind nicht.« Er schlüpfte in seine Jacke und baute sich vor Miklos auf. Dann beugte er sich vor, sah ihm in die Augen und legte ihm eine Hand an die Kehle. »Und wir wissen auch nicht, wer es hat, oder?«

17

Abby war erleichtert, als es an der Tür klingelte, und ging eilig aufmachen. Draußen stand D.I. Gardner und sah sie stirnrunzelnd an, während hinter ihnen aufgeregte Stimmen aus der Küche drangen.

»Du warst schon immer eine egoistische Kuh. Wenn sie nicht den weiten Weg zu dir rausgefahren wäre, wäre das alles nicht passiert«, schimpfte Paul.

»Das ist nicht fair«, entgegnete Jen.

»Entschuldige bitte, habe ich deine Gefühle verletzt? Tust du dir eventuell ein kleines bisschen leid? Oder setzt dir das schlechte Gewissen zu?«

»Leck mich, Paul. Wo warst du denn? Warum hast du nicht selbst auf deine Frau und dein Baby aufgepasst?«

»Okay, es reicht«, sagte Gardner. Jen und Paul sahen sich um wie unartige Kinder, die gerade erst die Anwesenheit eines Erwachsenen registriert hatten. Paul wandte sich ab und umklammerte schwer atmend die Tischkante, bis seine Knöchel weiß wurden. Jen verschränkte die Arme vor der Brust.

»Setzen Sie sich«, befahl Gardner.

Jen zog sich einen Stuhl heraus und nahm Platz. Paul sah kopfschüttelnd auf. »Ich kann das jetzt nicht.« Er fegte an Abby vorbei und schnappte sich seine Autoschlüssel von dem Tischchen an der Tür.

»Paul!«, rief Abby ihm nach, als er die Haustür zuschlug. Sie wollte ihm schon nachlaufen, doch Gardner hielt sie zurück.

»Lassen Sie ihn gehen. Geben Sie ihm ein bisschen Raum.«

Abby sah zur Tür, wo der Briefkastendeckel noch wackelte, wandte sich dann wieder zur Küche um und ließ sich von Gardner zum Tisch führen. Jen hatte Arme und Beine verschränkt.

»Möchten Sie mir sagen, was los ist?«, fragte er.

Abby sah erst Jen und dann wieder Gardner an. »Jen hat ungefähr seit einer Woche Bauarbeiter im Haus.«

»Ja. Ich glaube, einer von meinen Leuten hat gestern mit ihnen gesprochen.« Er musterte Jen, und sie nickte.

»Sie könnten gewusst haben, dass ich zu ihr rausfahren wollte.« Abby versuchte, Blickkontakt zu Jen aufzunehmen, doch diese sah sie nicht an. Abby wusste nicht, ob aus Schuldgefühlen oder aus Ärger. »Sie könnten Ausländer sein«, sagte Abby. Sie hatte die Worte noch nicht ganz ausgesprochen, da waren sie ihr schon so peinlich, als könnte sie gleich Flugblätter für die *British National Party* verteilen. Ausländische Bauarbeiter? Natürlich waren sie die Täter.

Gardner holte tief Luft und atmete langsam wieder aus. »Sie *könnten* Ausländer sein?«

Abby und Gardner sahen alle beide Jen an, doch sie schwieg. »Jen hat gesagt, einer sei aus London, aber die anderen zwei könnten … Ausländer sein.«

Jen hob den Kopf. »Ich habe gesagt, ich weiß es nicht. Sie könnten auch genauso gut aus Middlesbrough sein.«

»Sind die Männer noch da?«, wollte Gardner wissen. Jen nickte. »Sind sie gestern irgendwann mal weggewesen?«

»Nein«, sagte Jen, diesmal mit dem Blick auf Abby. »Sie waren von halb neun bis etwa fünf Uhr da, schätze ich.«

Abbys Gesicht brannte. Sie hatte überhaupt nicht daran gedacht, sich zu erkundigen, ob die Männer ein Alibi hatten. Ihr war nicht einmal die Idee gekommen, Jen zu fragen, ob die Männer zwischendurch das Haus verlassen hatten. Sie schloss die Augen.

»Ich will die Arbeiter trotzdem noch mal sprechen. Glauben Sie, dass sie auf derselben Straße zu Ihnen gefahren sind wie Abby?«, fragte er Jen, die nur die Achseln zuckte. »Möglicherweise haben sie den Transporter gesehen. Er hätte schon den ganzen Tag dort herumstehen können oder vielleicht sogar seit zwei Tagen.«

»Kann sein.« Jen stand auf, wobei sie mit den Stuhlbeinen über den Fußboden scharrte. »Wir können jetzt gleich hinfahren. Sie sind noch da.« Abby schlug die Augen wieder auf und stellte erstaunt fest, dass ihre Freundin sie musterte. »Machst du mir jetzt auch Vorwürfe, Abby?«, fragte Jen.

Abby schüttelte den Kopf und erhob sich. »Natürlich nicht. Es tut mir leid. Ich will nur Beth wiederhaben.«

Jen entspannte sich ein wenig und ging um den Tisch herum. »Ich weiß«, sagte sie und umarmte Abby. »Du kriegst sie zurück, Abby, ganz bestimmt.«

18

Helen Deal starrte auf den Fernsehbildschirm, umklammerte mit beiden Händen ihre Knie und grub sich mit den Fingernägeln Halbmonde in die Haut. Im Fernsehen sprach ein Polizeibeamter, der Zeugen bat, sich zu melden, doch Helen hatte nur Augen für die Frau. Ihr Herz raste. Sie war gestern dort gewesen. Sie hatte im Wartezimmer der Arztpraxis direkt hinter ihr gesessen. Sie war wenige Augenblicke, bevor alles passiert war, vor Ort gewesen. Sollte sie zur Polizei gehen? Sollte sie melden, dass sie dort gewesen war, dass sie Abby Henshaw gesehen hatte? Dass sie das Baby gesehen hatte? Wozu? Was würde das irgendjemandem nützen? Allmählich geriet sie in Panik. Sie holte tief Luft und wandte sich ihrer Tochter zu, die in ihrem Moseskörbchen lag und fest schlief. Sie sah so friedlich aus. So schön. Sie bedeutete ihr alles. Die Vorstellung, dass sie ihr weggenommen werden könnte, war zu schlimm, um auch nur daran zu denken.

Der Polizist stellte Abby Henshaw vor, die ins Leere starrte. Ihr Mund ging auf und zu, doch es kam nichts heraus. *Warum schreit sie nicht? Warum bettelt sie nicht darum, dass man ihr das Kind zurückbringt?* Neben seiner Frau zog Paul Henshaw ein Blatt Papier zu sich herüber und begann laut abzulesen. Mit dünner, bebender Stimme sprach er den Appell, zu dem seine Frau nicht imstande war. Helen verfolgte, wie seine Hände zitterten und er mit seinen langen Fingern das Blatt umklammerte. Was ihm wohl durch den Kopf ging? Er sah aus, als könnte er jeden Moment in Stücke zerfallen. Doch das durfte er nicht. Er musste stark sein. Einer von ihnen musste stark bleiben. Dem Kind zuliebe.

Helen drehte den Ton ab und blickte erneut in das Körbchen. Sie schlief so fest. Helen streckte die Hand aus und berührte ihre Wange. Ihre Haut war so weich, so unberührt. Sie wusste, dass sie sie schlafen lassen sollte, doch sie konnte sich nicht beherrschen. Sie musste sie spüren, musste sie festhalten. Helen hob die Kleine heraus, die leise stöhnte, ehe sie aufwachte und zu weinen begann. Helen beruhigte sie, bis sie aufhörte, doch eigentlich machte es ihr nichts aus. Sie genoss jeden Schrei, jedes Weinen. Zumindest hieß das, dass sie noch da war. Sie lebte.

Das Klopfen an der Tür ließ sie zusammenzucken. Sachte legte sie ihre Tochter ab, trat ans Fenster und zog die Tüllgardine gerade so weit zur Seite, dass sie hinausschauen konnte. Draußen stand ein uniformierter Polizist. Helen ließ den Vorhang fallen, machte den Fernseher aus und ging zur Tür, wobei sie die Wohnzimmertür leise hinter sich schloss.

»Ja?«, sagte sie beim Aufmachen. Der Polizist reckte sich, ehe er antwortete.

»Helen Deal?«, fragte er, und sie nickte. »Ich bin P.C. Cartwright. Ich möchte nur ein paar Fragen stellen, wegen eines Vorfalls gestern. Darf ich reinkommen?«

Helen sah sich rasch um, ehe sie die Tür aufmachte und ihn hereinließ. »Natürlich«, sagte sie und ging ihm voraus in die Küche. »Möchten Sie eine Tasse Tee?«

»Nein danke«, sagte Cartwright und sah sich um, während sie durchs Haus gingen. Als er einen Blick die Treppe hinauf warf, stolperte er über einen Auto-Kindersitz. »Es wird nicht lange dauern.«

»Es geht um die Frau mit dem Kind, nicht wahr? Ich hab's in den Nachrichten gesehen«, sagte sie und trat an die Spüle. »Ich habe mir schon überlegt, ob ich die Polizei anrufen soll, aber ich wollte niemandem die Zeit stehlen.«

»Wie meinen Sie das?«, fragte Cartwright, während er sein Notizbuch zückte.

»Na ja, ich habe sie gesehen. In der Praxis. Ich wusste nicht, ob das für Sie wichtig ist.«

»Ist Ihnen irgendetwas aufgefallen? Haben Sie mit Mrs. Henshaw gesprochen?«

»Nein«, antwortete Helen. »Wir haben nicht miteinander gesprochen.«

»Und Sie kennen sie auch nicht?«

»Nein. Ich habe sie noch nie zuvor gesehen.«

»Haben Sie irgendjemand anders in der Praxis gesehen, im Wartezimmer oder draußen vor der Tür? Irgendjemanden, der dort nicht hinzugehören schien?«

Helen schüttelte den Kopf. »Nein, tut mir leid.«

»Oder vielleicht einen weißen Transporter?«

Erneut schüttelte Helen den Kopf, während P.C. Cartwright nickte. »Und als Sie gegangen sind? Haben Sie Mrs. Henshaw da gesehen? War sie mit irgendjemandem zusammen?«

»Ich habe sie nicht gehen sehen«, erwiderte Helen. »Ich bin zur Arzthelferin hineingegangen, und als ich die Praxis verlassen habe, kann ich mich nicht erinnern, sie noch mal gesehen zu haben. Ich glaube nicht, dass sie da noch im Wartezimmer saß, aber das kann ich nicht beschwören.«

»Okay, Ms Deal. Das müsste reichen«, sagte Cartwright und begab sich zur Tür. »Wenn Ihnen noch etwas einfällt, bitte zögern Sie nicht, sich zu melden. Und entschuldigen Sie die Störung.«

»Tut mir leid, dass ich Ihnen nicht helfen konnte.«

Helen sah dem Polizisten nach, wie er über die Straße zu seinem Auto ging. Sie wartete, bis er losgefahren war, ehe sie die Tür schloss. Dann kehrte sie ins Wohnzimmer zurück und betrachtete ihre Tochter, die wieder fest schlief. Sie wünschte, sie wäre am Tag zuvor nicht in der Praxis gewesen. Wünschte, sie hätte Abby Henshaw nicht gesehen. Doch als sie ihrer Tochter sachte mit den Fingern über die Brust strich, begriff sie, wie knapp sie davor gestanden hatte, sie zu verlieren, und wie viel Glück sie gehabt hatte.

19 Nachdem Gardner und Jen gegangen waren, schloss Abby die Tür hinter ihnen und lehnte den Kopf an die Scheibe. In dem stillen Haus fühlte sie sich schrecklich allein. In Wirklichkeit gab sie Jen doch teilweise die Schuld. Ein kleiner Teil von ihr war ganz Pauls Meinung. Wenn Jen nicht gewesen wäre, hätte sie ihr Baby noch. Wenn sie nicht hinaus aufs Land gefahren wäre, um ihre Freundin zu besuchen, wäre vielleicht nichts von alledem passiert. Wenn doch nur …

Die nächsten Stunden war Abby allein. Mehr oder weniger. In Pauls Abwesenheit ging sie einmal ans Telefon und bereute es sofort. Die Reporterin bombardierte sie mit Fragen. Abby brüllte sie an. Warum konnten sie sie nicht in Ruhe lassen? Sie war nicht so naiv, sich einzubilden, dass ihr Ausbruch der nach Blut lechzenden Öffentlichkeit vorenthalten werden würde, doch das interessierte sie wenig. Das Einzige, was sie interessierte, war Beth zurückzubekommen.

Zwei Nachbarinnen von der anderen Straßenseite, mit denen Abby ihrer Erinnerung nach nie gesprochen hatte, kamen herüber und brachten Suppe und Blumen. Abby fühlte sich wie in einem schlechten amerikanischen Film, in dem am Morgen plötzlich ein Haufen Töpfe vor der Tür steht.

Ihre Arbeitskollegin Amy rief an, versprach vorbeizuschauen und versicherte sie ihres Mitgefühls. Ihr Chef Jason tauchte plötzlich auf, quasselte fast eine Stunde lang auf sie ein und wollte alles bis ins kleinste Detail erfahren, während er eine betroffene Miene machte. Abby hatte noch nie erlebt, dass Jason wegen irgendetwas oder jemand anderem als wegen sich selbst oder der Firma betroffen gewesen wäre. Doch sie dankte ihm und war froh, als er wieder ging.

Kurz nach ihm kam Laura aus der Buchhandlung. Sie war derart in Tränen aufgelöst, dass man hätte glauben können, sie sei diejenige, die ihr Kind verloren hatte und vergewaltigt worden war. Abby sagte ihr, dass Paul nicht da war, und zum Glück begriff die junge Frau den Wink und ging, kaum dass sie gekommen war. Abby machte die Tür nur noch auf, weil sie stets hoffte, dass es Gardner war. Dass er ihr Neuigkeiten brachte, dass er die Männer, die ihr das angetan hatten, gefasst hatte. Dass Beth unversehrt und in Sicherheit war.

20

Gardner sah zu, wie die Bauarbeiter die Türen des Transporters zuwarfen und davonfuhren. Vermutlich musste sich Ms Harvey neue Handwerker suchen. Sie waren zwar einigermaßen höflich gewesen, als sie seine Fragen beantwortet hatten, doch wenn Blicke töten könnten, läge Jen Harvey jetzt in einem Leichensack vor ihm.

Der Boss war aus London – genauer gesagt aus Brixton, einem Stadtteil, den Gardner aus seiner Anfangszeit bei der Polizei gut kannte. Die anderen beiden waren Schotten und vermieden weitgehend jeden Blickkontakt. Gardner vermutete, dass sie etwas zu verbergen hatten, doch das hatte bestimmt nichts mit Abby Henshaw und ihrer Tochter zu tun. Zuerst hatte er gedacht, okay, keiner von ihnen ist Russe oder Osteuropäer, aber womöglich waren das die Kerle in dem weißen Transporter ja auch nicht. Mrs. Henshaw könnte sich getäuscht haben. Einen falschen Akzent erkannte man vielleicht unter normalen Umständen, aber wenn man gewaltsam hinten in einen Transporter gestoßen wurde, achtete man wohl kaum auf sprachliche Feinheiten. Außerdem hatte er bei den Nachbarn auf beiden Seiten nachgefragt, und die Leute hatten ihm bestätigt, dass die Arbeiter und ihr Wagen Ms Harveys Grundstück den ganzen Tag nicht verlassen hatten. Wie ein alter Mann es ausdrückte, so hatten sie ihr »verfluchtes Gehämmere und Gepfeife den ganzen verfluchten Tag lang« nicht unterbrochen.

Gardner wandte sich vom Fenster ab, als der Transporter

verschwand, während Jen am Küchentisch saß und sich eine Zigarette anzündete. Sie hielt ihm das Päckchen hin, doch er schüttelte den Kopf.

»Dann sind sie also unverdächtig?«, fragte sie und sog den Rauch tief ein, ehe sie das Feuerzeug auf den Tisch warf.

»Wahrscheinlich«, sagte Gardner. Er würde noch weitere Recherchen über die Arbeiter anstellen und überprüfen, ob einer von ihnen vorbestraft war, doch er bezweifelte, dass dabei viel herauskam.

»Kann ich Ihnen irgendwas anbieten? Tee? Kaffee?«, fragte Jen, ohne aufzustehen.

»Nein danke. Ich muss bald los.«

Sie nickte und zog erneut an ihrer Zigarette. »Glauben Sie, dass Sie sie finden?«

Gardner sah aus dem Fenster. »Ich hoffe es«, sagte er und drehte sich zu Jen um. »Haben Sie etwas dagegen, wenn ich mich ein bisschen umsehe?«

»Nur zu«, sagte sie, während sie aufstand und ihre Zigarette ausdrückte. »Sie wissen aber, dass die anderen sich gestern schon umgesehen haben.«

Gardner nickte und zeigte auf einen mit Plastikfolie verhängten Türdurchgang. Jen ging hinüber und zog die Folie beiseite. »Nichts als Schutt«, sagte sie, und Gardner steckte den Kopf durch die Öffnung. Auf dem Bauschutt lagen vereinzelte Werkzeuge, doch das war alles. Er kehrte gerade in die Küche zurück, als Jens Telefon klingelte. Sie sah aufs Display und nahm das Gespräch an. »Machen Sie nur«, sagte sie zu Gardner, ehe sie sich umdrehte und sich ihrem Gesprächspartner am anderen Ende zuwandte. »Hey, hallo.«

Gardner ging über den Flur ins Wohnzimmer. Es war ein schöner alter Steinbau. Von außen ein herrliches Landhaus, doch Jen Harvey hatte im Inneren ein Schlachtfest veranstaltet und es in eine minimalistische Hülle verwandelt. Nichts als weiße Wände und Plexiglasmöbel. Vermutlich sollten die aktuellen Bauarbeiten dazu dienen, dem Haus noch den letzten Rest von Charakter auszutreiben. An der Wand hing ein Triptychon von Jen. Sonst gab es keine Fotos oder Gemälde. Es gab überhaupt kaum etwas. Er ging weiter in den nächsten Raum, der wohl ihr Arbeitszimmer war. Auf einem kleinen weißen Schreibtisch ruhte ein verstaubter Laptop mit geschlossenem Deckel. In den Regalen standen zahlreiche Bücher, einige davon mit Jens Namen auf dem Rücken. Er zog eines heraus, musterte den pinkfarbenen Einband und blätterte es durch.

»Das war mein Erstling«, erklärte Jen, und Gardner wandte sich zu ihr um. »Hab es für ein kleines Vermögen verkauft. Leider hat es kaum jemand gekauft.« Sie kam herüber und nahm es ihm aus der Hand. »Aber immerhin hab ich damit das Haus hier finanzieren können.«

»Und was ist mit den anderen?«, fragte Gardner und nickte zum Regal hin.

Jen zuckte die Achseln. »Sie bringen gerade genug zum Überleben«, sagte sie und sortierte ihr Buch wieder ein. »Hören Sie«, sagte sie und legte ihm eine Hand auf den Arm. »Das war meine Lektorin. Ich muss weg. Wollten Sie noch irgendwas sehen?«

»Nein, schon gut«, sagte er und machte sich von ihr los, ehe er in Richtung Tür ging. »Danke für Ihre Hilfe. Ich melde mich.«

Gardner ging die Einfahrt hinunter und hörte, wie Jen die Haustür schloss. Er stieg ins Auto und wartete, dass sie herauskam, während er sich fragte, was denn so dringend sein konnte. Zehn Minuten später sah er durchs Fenster, wie sie heftig gestikulierend im Haus auf und ab ging. Als sie nach weiteren zehn Minuten noch immer nicht herausgekommen war, ließ Gardner sein Auto an und fuhr davon.

21

Abby dankte Gardner für das Update und legte auf. Wieder gab es nichts Neues zu berichten. Keine Spur von dem Transporter. Keine Spur von den Männern. Keine Spur von Beth.

Keine Hoffnung.

Er hatte bereits am Vorabend angerufen, um ihr zu sagen, dass gegen Jens Bauarbeiter nichts Belastendes vorlag. Den Kopf in die Hände gestützt, hatte sie sich hingesetzt. Was hatte sie erwartet? Und was sollte sie zu ihm sagen? Danke? Danke wofür? Dafür, dass er seine Arbeit tat? Dafür, dass er Beth nicht fand?

»Mrs. Henshaw?«, sagte Gardner, als sie eine Zeitlang nichts gesagt hatte.

»Ja. Ich bin noch dran.«

»Es gibt noch etwas anderes. Sind Sie allein?«

Abby wurde schlecht. Er wollte nicht, dass sie allein war. Warum wollte er nicht, dass sie allein war?

»Ist Ihr Mann da?«

»Ja«, sagte Abby. »Er ist unten.«

»Okay.« Er räusperte sich. »Ich wollte Sie nur wissen lassen, dass ich Simon Abbott erreicht habe. Ich habe heute Nachmittag mit ihm gesprochen.«

Abby stieß den angestauten Atem aus. Sie empfand Erleichterung darüber, dass es keine schlechten Nachrichten waren. Und Angst vor … was? Dass Simon damit zu tun hatte? Sie schloss die Augen. »Ist er wieder da?«

»Nein, noch nicht. Wir haben ihn erst erreicht, nachdem er seinen Anschlussflug in Dubai bestiegen hatte. Er ist mitten in der Nacht oder am frühen Morgen in Brisbane angekommen, welche Uhrzeit sie dort auch immer haben. Er bemüht sich darum, einen Rückflug zu bekommen, aber ich weiß nicht, wie lange das dauern wird. Er meinte, er würde versuchen, den nächsten zu kriegen; er ist auf Standby.«

»Haben Sie es ihm gesagt?«, fragte Abby. Gardner seufzte.

»Ich habe ihm gesagt, dass … ich habe ihm gesagt, dass Beth verschwunden ist«, sagte er.

»Und?«

Ein weiteres Seufzen. »Ich habe ihm gesagt, dass Sie verletzt wurden. Ich habe nicht …« Gardner schien nach den richtigen Worten zu suchen.

Abby erlöste ihn aus seinem Dilemma. »Was hat er gesagt? Er wollte doch sicher wissen, was passiert ist?«

»Ich habe ihm gesagt, er soll so schnell wie möglich zurückkommen. Er hat eingewilligt. Warten wir ab, bis er hier ist.«

Abby schloss die Augen. Sie hasste sich selbst dafür, dass sie überhaupt daran dachte. Sie wusste, dass es unmöglich war. Aber … »Könnte er? Ich meine, was, wenn er …«

Gardner sagte nichts, sodass ein beklommenes Schweigen eintrat. »Warten wir einfach ab, was passiert, wenn ich mit ihm rede.«

Unten klingelte das Telefon und riss Abby aus ihren Gedanken über Simon. Sie hörte, wie Paul mit monotoner Stimme immer wieder dasselbe sagte. Sie hatte ihn gebeten, das Telefon auszuschalten – sie wollte einzig und allein von Gardner angerufen werden, der sie auf ihrem Handy erreichen konnte –, doch dann hatten die Medien auch diese Nummer herausgefunden. Also hatte sie den Festanschluss wieder eingeschaltet und ließ nun Paul sämtliche Anrufe an diesem Apparat annehmen. Einerseits wollte sie, dass sie weiter ihre Artikel brachten, um Beths Foto in Umlauf zu halten. Vielleicht würde sich dann jemand melden und ihr kleines Mädchen zurückbringen. Doch sie konnte sich nicht dazu überwinden, mit ihnen zu reden, sich ihren endlosen Fragen zu stellen und sich ihre unterschwelligen Anschuldigungen anzuhören.

Sie hatte ein schlechtes Gewissen, weil sie vergangene Nacht ein paar Stunden geschlafen hatte. Paul beruhigte sie, indem er ihr erklärte, dass sie ausgeruht sein müsse, wenn Beth zurückkam. Sie erwog, das Bettchen neu zu beziehen, damit es bei Beths Rückkehr schön frisch war, doch sie brachte es einfach nicht über sich, den Geruch ihres kleinen Mädchens wegzuwaschen.

Abby betrat Beths Zimmer. Mit der Hand fuhr sie an der Wand entlang und dachte daran, wie sie und Paul stundenlang den Raum ausgestaltet hatten, wie er ihr mit dem Malerpinsel in der Hand zugelächelt hatte, und wie sie ihre Fehltritte verdrängt und sich gesagt hatte, dass alles gut werden würde. Sie hatte sich von der Vorfreude mitreißen lassen. Jetzt stand sie vor Beths Bettchen und sah zu, wie ihre Tränen die Kissen benetzten.

Draußen hatte sich eine kleine Gruppe von Leuten versammelt, in erster Linie Reporter, und zwei Übertragungswagen. Andere Personen schlenderten herum, musterten das Haus und schienen sich zu fragen, was hinter den verschlossenen Türen vor sich ging. Eine Frau lehnte rauchend an einem der Ü-Wagen. Einen Kameramann konnte Abby nirgends entdecken. Sie sah, wie die Frau ein letztes Mal an ihrer Zigarette zog und die Kippe dann über die Straße schnippte, ehe sie zu ihrem Fenster aufblickte. Abby duckte sich weg. Unten klingelte das Telefon ein paarmal, ehe Paul abnahm. Abby trat wieder ans Fenster. Die Frau starrte immer noch zu ihr hinauf, telefonierte jetzt aber. Abby verließ das Zimmer und trat an den Treppenabsatz, von wo aus sie Paul unten im Flur stehen sehen konnte.

»Bitte lassen Sie uns in Ruhe. Bitte«, sagte er und legte auf. Im

Wohnzimmer begann sein Handy zu klingeln, und er ging hin und meldete sich. Abby blieb oben stehen und versuchte, sein Gespräch zu belauschen, doch seine Stimme war vor Erschöpfung ganz leise.

Paul kam aus dem Wohnzimmer und machte Anstalten, die Treppe hinaufzusteigen, als er Abby oben stehen sah. »Ich dachte, du schläfst vielleicht.«

Abby schüttelte den Kopf. »Ich habe das Telefon gehört«, sagte sie. »War es diese Reporterin? Die Frau da draußen?«

Paul nickte. »Sie will mit dir reden. Ich habe ihr gesagt, dass du schläfst.« Er sah auf sein Mobiltelefon herab, das er noch immer in der Hand hielt. »Ich muss weg«, sagte er. »Ich muss ein paar Dinge im Laden regeln.«

Abby wollte etwas sagen. Fragen, was so wichtig war, dass es unbedingt jetzt erledigt werden musste. Doch sie nickte nur und setzte sich auf die oberste Stufe.

»Ich kann auch dableiben, wenn du willst«, sagte er. »Es ist nur, weil Laura geht. Sie hat gesagt, sie würde auch bleiben, aber … es hat ja keinen Zweck …« Erneut sah er zu Abby hinauf. »Ich muss nur ein paar Sachen erledigen, dann komme ich wieder.«

»Okay«, sagte Abby.

Paul wandte sich zum Gehen, ehe er innehielt und die Treppe hinaufstieg. Er beugte sich vor und küsste Abby auf den Scheitel. »Ich verspreche, es dauert nicht lange«, sagte er.

Abby lehnte sich an das Geländer und sah ihm nach. Sie hörte den Fernseher unten laufen, doch der Klang des Alleinseins drückte sie nieder. Sie wünschte, Paul wäre nicht gegangen, doch sie wusste ohnehin, dass es ein Vorwand gewesen war. Alles, was erledigt werden musste, konnte warten. Er brauchte einfach etwas Zeit allein in seinem Refugium. Doch er brachte es nicht über sich, den Laden aufzumachen. Er würde nur dasitzen und die Kinderbücher durchblättern, die er für Beth vorgemerkt hatte, wenn sie alt genug war. Das war besser, als den ganzen Tag zu Hause zu sitzen und das Telefon klingeln zu hören.

Sie fragte sich, warum er nicht bei ihr bleiben wollte. War sie zu reserviert gewesen? Hatte sie ihn weggestoßen, obwohl er genauso litt? Sie hatte versucht, mit ihm zu reden, doch es klang gezwungen. Ihr war bewusst, dass es falsch war, doch sie hatte das Gefühl, dass der Schmerz *ihr* gehörte und nicht ihm. Es war ihre Tragödie. Sie war diejenige, die ihre Tochter verloren hatte.

Schließlich begab sie sich nach unten und stellte den Fernseher aus. Dann ging sie weiter zur Küche und stand einen Moment lang da, ehe sie ins Wohnzimmer zurückkehrte und sich setzte. Sie versuchte, an nichts zu denken, doch Simon kam ihr in den Sinn. Wo war er? Wusste er Bescheid? Sie hatte nicht noch einmal versucht, ihn zu erreichen. Wusste nicht, was sie sagen sollte. Er hatte nicht bei ihr angerufen. Was hatte das zu bedeuten? Ob er wohl mittlerweile auf dem Rückflug war? Und was würde geschehen, wenn sie ihn sah?

Abby fragte sich, wie lange die Sache sich hinziehen würde und ob Beth wohl jemals gefunden würde. Wie lange war es jetzt schon her? Zwei Tage? Es kam ihr vor wie ein ganzes Leben. Wäre dies von nun an ihr Leben? Wie eine Art Gespenst von einem Raum zum anderen zu wandeln? Ungewaschen und mit leerem Magen. Was würde wohl passieren, wenn Paul die Wahrheit erfuhr? Denn das würde er unweigerlich. Eigentlich wollte sie sich mit ihm an einen Tisch setzen und ihm alles sagen. Alles. Und dann ihn entscheiden lassen, was er tun wollte. Sie konnte sich ohnehin nicht vorstellen, dass das Leben jemals wieder in Ordnung käme. Doch sie schaffte es nicht.

Sie spürte, wie ihr die Tränen in die Augen stiegen, und kämpfte dagegen an, versuchte, standhaft zu bleiben. Doch die Tränen kamen, und sie konnte sie nicht bremsen. Die Fassungslosigkeit und das Verdrängen von Beths Verschwinden hatten nun aufgehört und der Erkenntnis Platz gemacht, dass sie weg war. Beth war weg. Abby rutschte vom Stuhl, rollte sich auf dem Fußboden zusammen und bedeckte ihr Gesicht mit den Händen. Sie schrie, doch in ihrem Kopf klang es wie ein Tierlaut. Ihr Gesicht brannte, und ihre Kehle war wie zugeschnürt. Sie hatte das Gefühl zu sterben. Einen Augenblick lang hoffte sie, sie stürbe wirklich.

Sie lag auf dem Fußboden und begann allmählich wieder zu atmen, während sich ihr Brustkorb hob und senkte. Die letzten Tränen waren von Schluckauf begleitet, dann war Ruhe. Der Fußboden war hart, doch sie hatte das Gefühl, sie könnte ewig dort liegen bleiben. Oder zumindest, bis es vorüber war.

Abby wusste nicht, wie lange sie dort gelegen hatte. Draußen veränderte sich das Licht. Paul war noch nicht nach Hause gekommen. Sie wünschte sich, dass jemand kam und sie aufhob. Sie brauchte jemanden.

Langsam erhob sie sich vom Boden, griff nach dem Telefon und wählte Jens Nummer. Sie musste sie sprechen.

»Hallo?«, sagte Jen.

»Ich bin's«, sagte Abby und hörte im Hintergrund eine Männerstimme. »Jen?«

»Abby? Wart mal kurz.« Jen murmelte etwas, dann wurde eine Tür zugeschlagen. »Abby? Was gibt's? Ist etwas passiert?«

»Nein«, sagte Abby. »Nein, ich wollte nur …«

»Geht's dir gut?«

»Es geht schon. Ich wollte nur … Gardner hat mir erzählt, dass er mit deinen Bauarbeitern geredet hat. Tut mir leid.«

»Mach dir deshalb keinen Kopf«, sagte Jen. Es klang, als würde sie rauchen. »Du, hör mal, bei mir ist's gerade schlecht. Kann ich dich zurückrufen?«

Abby verließ die Kraft. Sie wusste, dass ihre Freundin mitunter kleinlich sein konnte, aber sie hätte nicht gedacht, dass sie beleidigt wäre, nicht ausgerechnet jetzt. »Nein, ist schon gut. Dann reden wir später«, sagte Abby und beendete das Gespräch, ehe sie erneut zu weinen begann.

Sie drückte sich das Telefon gegen die Brust. Sie musste etwas tun. Warum war sie eigentlich nicht unterwegs und suchte nach Beth? Warum hämmerte sie nicht gegen Türen? Sie blickte auf das Telefon in ihrer Hand. Sollte sie Gardner anrufen? Sie fuhr mit den Fingern über das Telefon und hielt über den Tasten inne. Ehe sie es sich anders überlegen konnte, holte sie die Anruferliste aufs Display und drückte Wiederwahl. Am anderen Ende wurde unverzüglich abgenommen.

»Hannah Jones.« Abby sagte nichts. »Hallo?«

»Ist da …? Hier ist Abby Henshaw«, sagte sie. »Ich will mit Ihnen sprechen.«

22

Abby öffnete Hannah Jones, der Reporterin, die Tür. Allerdings hatte sie nicht mit den beiden Männern gerechnet, die sie flankierten und von denen der eine mit einer Kamera und der andere mit einem Mikrofon bewaffnet war.

»Ich will nur mit *Ihnen* reden«, erklärte Abby.

Die Reporterin sah aus, als wollte sie etwas einwenden, doch stattdessen nickte sie den beiden Männern zu. »Gebt uns eine Minute«, sagte sie zu ihnen.

Abby machte die Tür weiter auf und ließ Hannah ein, wobei sie die Blicke der anderen Leute vor dem Haus ignorierte. Sie registrierte, wie der Kameramann die Augen verdrehte, ehe er mit seinem Kollegen zur Mauer hinüberging und sich setzte. Hannah schloss die Tür hinter sich, und Abby geleitete sie ins Wohnzimmer.

»Ich möchte nicht vor der Kamera sprechen«, sagte Abby. »Können Sie das berücksichtigen? Können Sie nicht einfach etwas schreiben?«

Hannah sah sich im Zimmer um. »Eigentlich bin ich Fernsehreporterin, aber das kann ich schon machen«, sagte sie lächelnd. Sie sah nicht besonders alt aus, vielleicht Mitte zwanzig, doch sie wirkte selbstbewusst, als wüsste sie genau, was sie tat. »Übers Fernsehen erreicht man mehr Menschen, wissen Sie«, ergänzte sie achselzuckend. »Es ist Ihre Entscheidung.« Sie ging zum Fenster und hob eine gerahmte Fotografie hoch. »Ist das Beth? Ein hübsches Baby.«

Abby nahm ihr das Bild aus der Hand und fragte sich, ob sie das Richtige tat. »Was wollen Sie?«, fragte sie.

»Sie haben mich angerufen. Ich dachte …«

»Nein«, sagte Abby. »Ich meine, was soll ich tun? Wie funktioniert das? Hilft es? Haben Sie schon mal über so etwas berichtet?« Abby hielt inne. Da stellte sie der Frau all diese Fragen, doch sie wusste ja selbst nicht, was sie sich davon erhoffte.

Hannah ging zum Sofa und setzte sich. »Ich kann Ihnen nicht sagen, was Sie tun sollen. Ich kann Ihnen nur sagen, dass der beste Weg, um Ihre Botschaft zu verbreiten, der ist, mir vor der Kamera ein Interview zu geben. Es schauen mehr Leute fern als die Zeitung zu lesen. Wir können etwas aufzeichnen; es wird nicht live gesendet.«

»Und Sie glauben, es hilft?«, fragte Abby noch einmal.

»Ja«, sagte Hannah und presste die Lippen aufeinander. »Ich glaube schon. Je mehr Menschen es sehen, desto wahrscheinlicher ist es, dass Beth gefunden wird.« Sie lehnte sich vor und lächelte Abby an. »Ich weiß, dass Sie zusammen mit der Polizei eine Pressekonferenz gegeben haben, aber das wird nicht ewig gesendet. Es ist ekelhaft, aber Sie müssen den Leuten ständig neues Futter geben, sonst verlieren sie das Interesse. Traurig, aber wahr.«

Abby fuhr sich über die Stirn.

»Also?«, fragte Hannah. »Soll ich die Jungs reinholen?«

Hannah bedankte sich bei Abby und sagte ihr auf dem Weg zur Tür, sie könne sie jederzeit anrufen, wenn sie noch etwas ergänzen wolle. Abby war übel. Sie wollte nicht glauben, was die Frau zu ihr gesagt hatte, aber warum sollte diese so etwas erfinden? Das ganze Interview über hatte sie sich gewünscht, jemand möge kommen und ihr sagen, dass sie das Richtige tat oder dass sie auf dem Holzweg war, und das Ganze beenden. Sie wünschte, dass Paul nach Hause käme oder Jen sie zurückriefe.

Sie wünschte, Gardner würde auftauchen und ihr sagen, dass er Beth gefunden hatte. Doch niemand kam, und Hannah stellte ihr eine Frage nach der anderen, während die beiden Männer desinteressiert danebenstanden.

Hannah machte Anstalten, ihr noch einmal die Hand zu schütteln, doch Abby ignorierte die Geste. Als sie die Tür schloss, hörte sie einen der beiden Männer sagen: »Es wäre besser gewesen, wenn sie geweint hätte.«

23

»Heute Nachmittag wurde bekannt, dass die Polizei bei der Suche nach Beth Henshaw Taucher einsetzt. Dies lässt darauf schließen, dass die Hoffnung schwindet, das Kind lebend zu finden. Ich habe vorhin Abby Henshaw, die Mutter des Mädchens, zu einem sehr emotionalen Gespräch getroffen.«

Helen verfolgte mit den Händen auf den Knien, wie Abby Henshaw auf dem Bildschirm erschien. Die Stimme der Reporterin aus dem Off klang beruhigend, doch es wirkte unecht. Abbys Blick irrte herum und fand keinen Halt. Sie wirkte nervös und sah entsetzlich aus.

»Was ging Ihnen durch den Kopf, als Sie merkten, dass Beth weg war?«, fragte die Reporterin.

Helen schüttelte den Kopf. Das war eine dumme Frage. Diese Frau war eindeutig keine Mutter. Helen wusste, was sie empfinden würde. Sie wusste, sie würde nichts mehr denken, sondern lediglich das Gefühl haben, dass ihr das Herz aus dem Leib gerissen wurde.

Abby saß ein paar Sekunden lang wortlos da, ehe sie für einen winzigen Moment in die Kamera blickte und sich dann sofort wieder abwandte. »Ich habe nur …« begann sie. »Ich konnte nicht …« Ein zweiter Blick zur Kamera. »Ich konnte es nicht glauben. Ich wollte nicht. Ich dachte, vielleicht habe ich mich getäuscht. Vielleicht bin ich durcheinander. Ich wollte Unrecht haben. Ich konnte es nicht fassen.«

»Und wie fühlen Sie sich jetzt? Was ist Ihnen im Lauf des vergangenen Tages durch den Kopf gegangen?«

Abby schüttelte den Kopf. »Ich fühle mich schuldig«, sagte sie. »Ich habe das Gefühl, ich hätte es verhindern müssen. Ich frage mich die ganze Zeit, ob es meine Schuld war.« Sie sah die Reporterin an. »Ich möchte nur …«

»Was möchten Sie, Abby?«

»Ich möchte … Ich will nur, dass sie wieder nach Hause kommt. Ich will Beth wieder zu Hause haben. Wer auch immer sie hat, bitte bringen Sie sie zurück.« Abby schloss die Augen.

»Die Polizei hat die ganze Umgebung abgesucht und mögliche Zeugen gebeten, sich zu melden, doch bis jetzt konnte ihnen niemand eine Auskunft geben. Niemand hat Beth gesehen. Es gab keine brauchbaren Spuren, keine Zeugen. Glauben Sie, die Polizei tut genug?«

Abby sah verwirrt drein. »Ja, doch, sie haben … Ich bin sicher, sie tun, was sie können …«

»Ich habe gehört, die Polizei will nun auch Flüsse und andere Gewässer in der Umgebung absuchen und Taucher heranziehen. Halten Sie das für einen Hinweis darauf, in welche Richtung die Ermittlungen gehen? Hat man Ihnen gesagt, dass man den Schwerpunkt der Suche verlagern will?«

»Was?«, fragte Abby und sah sich hilfesuchend um. »Was reden Sie denn da? Die Polizei ist nach wie vor auf der Suche nach meiner Tochter. Beth lebt noch. Irgendjemand hat sie, und die Polizei wird sie finden.«

Es erfolgte ein Schnitt zu der Reporterin, die nun wieder vor dem Haus der Henshaws stand. »Ein emotionaler Auftritt, da sind Sie sicher alle mit mir einer Meinung. Seit ich vor ein paar Stunden mit Abby Henshaw gesprochen habe, hat die Polizei bestätigt, dass sie nicht nur Polizeitaucher einsetzt, sondern auch die Suche an Land mit einem Team von über hundert Polizeibeamten fortsetzt sowie auf die Unterstützung durch alle anderen Polizeidienststellen des Landes zählt. Also ist vielleicht doch noch nicht alle Hoffnung vergebens.«

Zuletzt kam ein Schnitt ins Studio. »Das war Hannah Jones aus Redcar. In unseren weiteren Nachrichten …«

Helen stellte den Fernseher aus. Ob die Polizei das Baby wohl wirklich für tot hielt? Wie lange würden sie dann noch suchen? Sie fragte sich, wie diese Reporterin nachts schlafen konnte. Und sie verstand nicht, dass Abby Henshaw kein einziges Mal geweint hatte.

Paul war immer noch nicht zurück, als Gardner Abby endlich zurückrief. Sie wusste nicht, wie oft sie es schon bei ihm probiert hatte. Wie viele Nachrichten sie ihm hinterlassen hatte.

»Ist das wahr?«, fragte sie, noch ehe er ein Wort von sich geben konnte. »Sie suchen Flüsse ab. Sie suchen nach ihrer Leiche? Ist das wahr?«

Er seufzte. »Ja. Wir haben eine Suchaktion unter Einsatz von Polizeitauchern eingeleitet, aber das heißt nicht, dass wir sie für tot halten. Wir decken nur alles ab, was möglich ist.«

Schließlich brach sich Abbys Ärger Bahn, und sie begann zu weinen. »Warum haben Sie mir das nicht gesagt? Warum musste ich das von dieser verdammten Reporterin zu hören kriegen?«

»Es tut mir leid«, sagte Gardner. »Ehrlich. Die Information wurde nicht offiziell bekanntgegeben.«

Abby wischte sich mit dem Ärmel das Gesicht. »Haben Sie irgendetwas gefunden?«

»Nein. Wir durchkämmen noch immer die Umgebung. Und wir arbeiten mit Polizeidienststellen im ganzen Land zusammen. Wir haben die Suche nicht aufgegeben. Und wir werden auch nicht aufhören, bis wir Beth gefunden haben. Vergessen Sie das nicht.«

24

Am frühen Donnerstagmorgen erschien Gardner bei den Henshaws. Paul öffnete ihm die Tür, ließ ihn wortlos ein und führte ihn in die Küche. Dann setzte er sich hin, als wartete er auf Gardners nur allzu vertrauten Vortrag: keine Spuren, nichts Neues zu berichten, nicht den Mut verlieren.

Gardner fragte sich, warum Abby nicht die Treppe heruntergelaufen kam wie sonst immer. Vielleicht hatte sie endlich Schlaf gefunden. Seit der Sache mit der Reporterin hatte er nicht mehr mit ihr gesprochen. Warum legte jemand einer verzweifelten Mutter nahe, dass ihr Kind wahrscheinlich tot war? Er wusste, warum. Wegen der Quoten. Um Abby eine Reaktion zu entlocken, die sich im Fernsehen gut machte. Die Medien waren der letzte Abschaum. Und doch musste er sich widerwillig eingestehen, dass die Reporterin nicht ganz Unrecht gehabt hatte. Viele aus seinem Team hatten die Hoffnung verloren. Es war erst drei Tage her, doch in den meisten vergleichbaren Fällen schloss sich das Fenster der Hoffnung nach achtundvierzig Stunden. Danach ging die Sache in der Regel nicht mehr so gut aus. Und vielleicht traf er durch den Einsatz der Taucher gegenüber der Welt die Aussage, dass er ihrer Meinung war. In Wahrheit hatte er die Taucher aus formalen Gründen herangezogen, um nichts unversucht zu lassen, doch er hatte die Hoffnung längst nicht aufgegeben. Irgendjemand hatte Beth Henshaw entführt, und er hielt es für unwahrscheinlich, dass der Betreffende sie sich geschnappt hatte, um sie zu töten. Es erschien ihm wenig naheliegend, einfach nicht plausibel. Doch jetzt war er gekommen, um Abby zu sagen, was sie gefunden hatten. Und dass seine Hoffnung schwand.

Paul bedeutete ihm, sich zu setzen, doch er blieb an der Tür stehen.

»Was ist denn?«, fragte Paul und ballte die Fäuste. »Was? Ist etwas passiert?«

»Ist Abby da?«, fragte Gardner und sah sich im Raum um, da er alles andere lieber sah als die Augen des Mannes vor ihm.

»Sie schläft.«

Gardner öffnete den Mund, schloss ihn aber schnell wieder und ging auf Paul zu. »Bitte holen Sie sie.«

Paul runzelte die Stirn. »Warum? Was ist denn los? Sagen Sie's mir.«

Gardner legte Paul eine Hand auf die Schulter, räusperte sich und atmete geräuschvoll aus. »Heute Morgen wurde eine Kinderleiche gefunden.«

25

Pauls Miene wurde einen Moment lang völlig starr, ehe auf einen Schlag die gesamte Atemluft aus ihm herauszuströmen schien. Er sah sich gehetzt in der Küche um, als mühte sein Verstand sich verzweifelt, diese Information zu verarbeiten.

»Sie dürfte ungefähr im richtigen Alter sein«, fuhr Gardner fort und setzte sich Paul gegenüber. »Laut den vorläufigen Untersuchungsergebnissen ist sie allerdings schon eine Woche tot, was nahelegt, dass es nicht Beth ist, aber …« Gardner hielt inne. Er brauchte jetzt nicht in die Details zu gehen. Brauchte dem Mann nicht zu sagen, dass ein toter Körper im Wasser in einem anderen Tempo verweste als an Land. »Es gibt keine Berichte über ein anderes vermisstes Kind in der Umgebung, also müssen wir einen DNA-Abgleich machen, um sicherzugehen.«

Paul hob die Hand an den Mund und schluckte schwer. Gardner stand auf und fand in dem Schrank unter der Spüle ein Glas. Er füllte es mit Wasser und reichte es Paul, der es ihm mit zitternden Händen abnahm, aber keinen Versuch machte, es an die Lippen zu heben. Gardner setzte sich neben ihn und faltete immer wieder nervös die Hände.

»Ich weiß, dass es schwer ist. Aber ich glaube, Sie sollten Ihre Frau holen.«

Paul ließ das Glas auf den Tisch fallen, sodass sich das Wasser über das Tischtuch ergoss. »Kann ich sie sehen?«, fragte er.

Gardner schüttelte den Kopf. »Nein.«

Paul sah ihm mit fragendem Blick direkt in die Augen. Gardner leckte sich die Lippen und wünschte, er hätte sich selbst auch ein Glas Wasser geholt. »Ich fürchte, eine visuelle Identifizierung ist nicht möglich. Das Kind wurde im Fluss gefunden.«

»Mein Gott«, stieß Paul hervor und stürzte zur Spüle, wo er über dem schmutzigen Geschirr trocken würgte. Gardner stand auf und trat näher zu ihm hin. Mit nassen roten Augen wandte sich Paul zu ihm um. »Brauchen Sie eine DNA-Probe?«

»Ich finde wirklich, Sie sollten Ihre Frau holen. Ich will nicht, dass sie von jemand anders davon erfährt.«

Paul schüttelte den Kopf. »Nein. Ich will nicht, dass Abby überhaupt davon erfährt, wenn es nicht unbedingt nötig ist. Wenn Sie DNA brauchen, kann ich Ihnen eine Probe geben.«

Gardners Kiefer verkrampfte sich. »Das wird nicht nötig sein, Mr. Henshaw. Ich weiß, dass mir das nicht zusteht, aber ich finde wirklich, Sie sollten Ihrer Frau Bescheid sagen.«

»Nein«, sagte Paul erneut. »Nein. Momentan braucht sie nichts davon zu wissen. Es würde sie umbringen. Lassen Sie mich den Test machen. Lassen Sie es mich machen, und wenn es dann nicht Beth ist, braucht Abby nie davon zu erfahren. Hat sie nicht schon genug durchgemacht?«

Gardner atmete geräuschvoll aus. »Ich verstehe ja, dass Sie Abby schützen wollen ...«

»Also warum lassen Sie mich nicht?«, drängte Paul. »Warum lassen Sie mich nicht den Test machen?«

Sie wandten sich beide um, als sie Abby hereinkommen hörten.

»Weil du nicht Beths Vater bist«, sagte sie.

26

Simon Abbott schloss die Augen und ignorierte die Fragen der Stewardess. Er hoffte inständig, einschlafen zu können, wenn er die Lider aufeinanderpresste. Doch auch wenn er seinen Schlaf noch so dringend brauchte, würde wohl nichts daraus werden. Kaum eine Stunde war er in Brisbane gewesen, als der Anruf von der Polizei kam. Eigentlich hatte er sein Telefon ausgeschaltet lassen und vor seinem Anschlussflug nach Auckland einfach so lange wie möglich schlafen wollen. Doch die Gewohnheit oder die Angst etwas zu verpassen, ein Symptom des modernen Lebens, veranlasste ihn, es einzuschalten. Es waren ein paar Anrufe eingegangen – von Abby und einer unbekannten Nummer, also vermutlich der Polizei – und eine Nachricht, in der er gebeten wurde, unbedingt so schnell wie möglich einen gewissen Detective Gardner zurückzurufen. Dass Beths Name erwähnt wurde, versetzte ihn in Panik. Eine derartige Nachricht von der Polizei zu bekommen war schon schlimm genug, doch dass niemand wusste, dass Beth seine Tochter war – oder vielmehr niemand außer ihm und Abby –, machte alles noch schlimmer.

Die Stewardess ging weiter, und Simon schlug die Augen auf. Auf einmal sehnte er sich nach einer Zigarette. Er hatte keine Ahnung, was ihn erwartete, wenn er nach Hause kam. Der Polizist hatte lediglich gesagt, dass Beth vermisst wurde und Abby verletzt war. Das war alles. Keine Details, keine Andeutung, dass man ihn verdächtigte. Warum auch? Er war meilenweit über der Erde gewesen, als es passiert war. Doch er war nicht dumm. In solchen Situationen war es meistens der Vater, der verdächtigt wurde. Und dazu kam natürlich noch seine Vergangenheit. Er hätte gewettet, dass sie das mittlerweile ausgegraben hatten.

Was Abby ihnen wohl gesagt hatte? Und wie viel sie ihnen verraten hatte? Er fragte sich, ob ihr Mann schon Bescheid wusste und alles hoffnungslos verfahren war.

Gardner hatte gesagt, Abby sei verletzt worden. Weiter nichts. In einem persönlichen Gespräch würde er ihm alles genauer erläutern. An diesem Punkt hatte Simons Herz einen Satz gemacht. Er sah Bilder von Abby vor sich, wie sie als Leiche auf einer Bahre lag – womöglich war »Abby ist verletzt« ja nur ein Euphemismus dafür, dass sie tot war. Doch auf einmal begriff er, dass sie nur leicht verletzt sein konnte. Woher hätten sie sonst von ihm erfahren sollen? Abby war die Einzige, die es ihnen hätte sagen können. Aber warum? Ging es nur darum, ihn nach Hause zurückzuholen, oder glaubten sie im Ernst, er hätte etwas mit der Sache zu tun?

Er rieb sich die Augen, während das Flugzeug abhob, und überlegte, was eigentlich schlimmer war: nicht zu wissen, was ihn zu Hause erwartete, oder die Tatsache, dass er neunzig Prozent der beiden letzten Tage in einem Flugzeug verbracht hatte. Von Manchester nach Dubai, von Dubai nach Brisbane, eine kurze Pause, die er wartend und von schlimmsten Befürchtungen geplagt auf Standby im Flughafen verbracht hatte, und dann wieder zurück. Der Hinflug war gar nicht so schlimm gewesen, er hatte sogar ein bisschen schlafen können; nur der Jetlag machte ihm zu schaffen. Doch diesmal gab es keine Aussicht auf Schlaf. Zum Teil glaubte er noch immer, dass das Ganze ein schlimmer Albtraum war. Dass er sich in Wirklichkeit in seinem Hotelzimmer befand und ihm die Reise auf eine ganz fiese, hinterhältige Art zugesetzt hatte.

Er wäre wirklich gerne aufgewacht.

27

Die beiden Männer wandten sich um und sahen Abby an, die in der Tür stand, beide Arme fest um den Körper geschlungen. Pauls Miene war schockstarr. Gardner fand, sie hätte es ihm lieber nicht auf diese Art sagen sollen, in seiner Gegenwart. Ihr Mann hatte etwas Besseres verdient. Doch was war jetzt wichtiger? Er hätte gewettet, dass Beth das Einzige war, was im Moment für sie zählte.

»Es tut mir leid, Paul«, sagte Abby. »Es tut mir so leid.« Sie wandte sich zu Gardner um. »Sie haben etwas gefunden?«

»Ja, wir haben …«

»Sie wussten es«, fiel Paul ihr ins Wort.

Gardner hob den Blick zu Paul, sagte jedoch nichts. Er fragte sich, warum seine erste Frage war, ob jemand anders es vor ihm gewusst hatte. Vielleicht war es die Demütigung. Vielleicht auch der Schock.

»Das ist nicht wahr«, sagte Paul. »Bitte, Abby, sag, dass das nicht wahr ist.« Abby trat näher an Paul heran und streckte die Hand nach ihm aus. »Sag's mir!«, schrie er sie an.

Abby schloss die Augen. »Es tut mir leid, Paul.«

Gardner sah Abby an und dachte an jenen ersten Tag zurück, an die Vernehmung, als sie ihm von Simon berichtet und zugegeben hatte, dass er Beths Vater war. Sie war etwa genauso weit von ihm entfernt gewesen wie jetzt, mit demselben gequälten Gesichtsausdruck.

»Wer ist Simon Abbott?«, hatte Gardner gefragt.

Abby hatte sich über die Lippen geleckt. »Das ist der Mann, mit dem ich eine Affäre hatte«, begann sie, ehe ihr die Stimme brach. »Es tut mir leid. Es ist ein solches Chaos. Ich hätte viel früher etwas sagen sollen, aber ich wollte Paul nicht verlieren. Ich wollte nur meine Familie zusammenhalten, aber ich habe alles kaputt gemacht. Es tut mir leid. Es tut mir so leid.«

Gardner hatte sich seufzend zurücksinken lassen. »Warum erwähnen Sie Simons Namen gerade jetzt, Abby?«, hatte er gefragt.

»Das habe ich Ihnen doch gesagt. Ich hatte eine Affäre mit ihm.«

»Hatte. Es ist also Vergangenheit?«

Abby nickte. Er wartete, in der Hoffnung, dass sie das Thema weiter ausführte, ihm sagte, dass es böse geendet hatte, dass Simon wahnsinnig war, dass er derjenige war, der es getan hatte. Doch das tat sie nicht. Sie sagte kein Wort mehr. Er sah zu Lawton hinüber, die so aussah, wie er sich fühlte. Schockiert.

»Glauben Sie, er könnte es getan haben?«, fragte er.

Abby schüttelte den Kopf. »Nein. So etwas würde er nicht tun. Ich kenne ihn. Er würde Beth nichts zuleide tun.«

Gardner hatte ein mulmiges Gefühl im Bauch. Wahrscheinlich wäre die Antwort auf seine nächste Frage der Schlüssel zu dem Ganzen. Er wusste, wie solche Geschichten liefen. »Abby, ist Simon Abbott Beths Vater?«

Abby presste die Augen zusammen und holte tief Luft. Als sie sie wieder aufschlug, sah sie ihn noch immer nicht an, doch sie nickte. »Ja«, sagte sie mit einer Stimme, die kaum mehr als ein Flüstern war. Gardner öffnete den Mund, um etwas zu sagen, doch Abby kam ihm zuvor. »Er war es nicht«, erklärte sie und sah ihn endlich an. »So etwas würde er nicht tun.«

»Statistisch gesehen werden die meisten Entführungen von nicht sorgeberechtigten Elternteilen verübt. Wenn Mr. Abbott keinen Zugang zu seiner Tochter hatte …« Gardner hielt inne und sah Abby direkt in die Augen. »Wusste er, dass er Beths Vater ist?«

Abby nickte. »Ja. Aber er hatte es nicht nötig … Er hat Zugang zu ihr. Wir treffen uns alle zwei Wochen, wenn er frei hat. Er muss beruflich oft ins Ausland.«

Gardner musterte Abby und versuchte zu begreifen, was sie ihm da mitteilte. »Sie hatten also nach wie vor eine Beziehung zu ihm?«

»Nein. Nicht so. Wir haben es beendet, als ich von meiner Schwangerschaft erfahren habe.« Abby zupfte an ihren Pulloverärmeln. »Paul wollte Kinder, und ich wollte ihn nicht verlassen. Es war nicht so. Als ich schwanger wurde, haben Simon und ich vereinbart, uns nicht mehr zu treffen. Dass Beth als Pauls Kind aufgezogen werden sollte, er sie aber regelmäßig sehen würde.«

»Und damit war er einverstanden? Dass ein anderer Mann sein Kind aufzieht?«, fragte Gardner, dem es schwerfiel, das nachzuvollziehen. Was für ein Mensch würde zu so etwas einfach ja sagen?

»Er wusste, dass ich es so wollte, und er hat eingewilligt.«

»Das ist sehr edel von ihm«, sagte Gardner. »Wie lange kannten Sie Mr. Abbott schon?«

»Etwa elf, zwölf Jahre«, sagte Abby. Gardner zog die Brauen hoch. »Wir waren früher mal zusammen. Er war mein erster richtiger Freund. Nach dem Tod meiner Eltern war er alles für mich. Wir waren zwei Jahre zusammen, ehe er aus beruflichen Gründen nach Hongkong ging. Eine Zeitlang hatten wir noch Kontakt, aber dann …« Abby zuckte die Schultern. »Vor zwei Jahren ist er mir zufällig wiederbegegnet. Er war wieder nach Saltburn gezogen, also haben wir uns ein paarmal getroffen und über alte Zeiten geredet, und dann ist es einfach passiert …« Sie sah Gardner hilfesuchend an, in der Hoffnung, dass er die Leerstellen selbst auffüllte. »Ich wollte Paul nie wehtun. Und ich habe nie aufgehört, ihn zu lieben, es war nur …« Abby schüttelte den Kopf. »Ich weiß nicht. Wahrscheinlich haben Simon und ich nie richtig Schluss gemacht. Ich dachte immer, er käme nach ein paar Monaten zurück, und dann würden wir einfach da weitermachen, wo wir aufgehört hatten.« Abby sah erneut zu Gardner hinüber. Ihre Wangen waren gerötet. »Er würde so etwas nicht tun. Er liebt sie.«

»Weiß Ihr Mann Bescheid?«

Abby schüttelte den Kopf. »Nein.«

»Sind Sie sicher?«

»Ganz sicher«, sagte Abby.

Gardner nickte. »Dann werde ich mal versuchen, Mr. Abbott zu erwischen.« Er erhob sich.

»Bitte sagen Sie Paul nichts«, sagte Abby. »Bitte. Noch nicht.«

Gardner schlug erneut die Augen auf. Die Küchenuhr zählte mit lautem Ticken die Sekunden, in denen niemand ein Wort sagte. Er musterte Paul, der vornübergebeugt dastand und die Stuhllehne umklammerte. Sein angestrengter Atem ließ Gardner befürchten, er werde womöglich gleich umkippen. Abby wandte sich mit flehendem Blick zu ihm um, doch er sagte nichts. Was hätte er auch sagen können? Er wünschte, er hätte sich nie zum Komplizen dieser Lüge gemacht. Er war ja selbst schon in Pauls Lage gewesen. Okay, nicht in genau derselben, aber trotzdem. Er war betrogen, belogen und hintergangen worden. Also warum hatte er für Abby Partei ergriffen? Es war nicht seine Aufgabe, für sie zu lügen, sondern die Wahrheit herauszufinden. Die Männer zu fassen, die sie vergewaltigt und Beth mitgenommen hatten. Das war sein Job.

Abby ging zu Paul und legte ihm eine Hand auf den Arm. Er sah sie nicht an. »Paul«, begann sie. »Bitte sieh mich an.« Sie wartete, doch er reagierte nicht, sondern stand nur stocksteif da. »Es tut mir leid«, sagte sie. »Ich wollte dir nicht wehtun. Ich wollte nicht …«

Pauls Kopf flog nach oben. »Wer ist es?«, fragte er.

Abby schluckte und schüttelte den Kopf. »Das spielt keine Rolle.«

»Und ob es eine verfluchte Rolle spielt«, brüllte er. »Und ob. Er ist Beths …« Paul hielt inne, außerstande, das Wort auszusprechen.

Erneut sah sich Abby hilfesuchend nach Gardner um. Er wusste um die Gefahr, dass Paul womöglich auf Simon losging, wenn er es erfuhr. Dass er ihn sich am liebsten vorknöpfen und ihm beide Beine brechen würde. Wer konnte ihm das schon verdenken? Doch Gardner bezweifelte, dass es dazu kommen würde. Paul Henshaw wirkte nicht wie der Typ Mann, der imstande ist, einem anderen die Beine zu brechen, ob dieser nun mit seiner Frau geschlafen hatte oder nicht.

Gardner nickte Abby zu, und sie wandte sich erneut an Paul. Sie ließ sich Zeit, während Paul sie anstarrte und darauf wartete, dass sie etwas sagte.

»Ist es jemand von der Arbeit?«, fragte Paul. »Jemand, der veröffentlicht wurde? Anstelle von mir, dem miesen, verkrachten Schriftsteller?«

Abby schüttelte den Kopf. »Nein«, sagte sie.

»Wer dann?«

»Er heißt Simon«, sagte sie ruhig. »Simon Abbott.«

Gardner beobachtete Paul und wartete auf seine Reaktion, doch er starrte Abby nur an. Falls er irgendetwas von Simon, irgendetwas von der Affäre geahnt hatte, dann war er ein verdammt guter Schauspieler.

»Wir sind miteinander gegangen, als ich noch ein Teenager war«, erklärte Abby. »Ich hatte ihn jahrelang nicht gesehen, und dann sind wir uns auf einmal wiederbegegnet. Wir haben einfach …« Abby hielt inne, als sie begriff, dass ihr Ehemann es vermutlich nicht so genau wissen wollte.

»Und dann? Habt ihr einfach da weitergemacht, wo ihr aufgehört habt?«, fragte Paul. »Ist ja egal, dass du jetzt verheiratet bist.«

»Es tut mir leid«, wiederholte Abby. »Ich wollte dich nicht verletzen …«

»Tja, das hast du wohl gründlich vermasselt.«

Gardner blickte zu Boden und wünschte sich weit weg. Er musste sich das nicht anhören. Zusehen, wie die Ehe der beiden zerbrach. Weder Abby noch Paul sagten irgendetwas. Er wollte nur noch weg.

»Weiß er es?«, fragte Paul. »Weiß er, dass er Beths Vater ist?« Abby nickte nur, und Paul zog eine Grimasse. »Und? Wollte er sie nicht, und dann hat sie stattdessen mich gekriegt? Den Trostpreis?«

»Nein, so ist es nicht«, sagte Abby. »Wir … Ich wollte, dass du Beth aufziehst. Ich wollte, dass du ihr Vater bist.«

»Aber das bin ich nicht, oder?«, gab er zurück. Abby schloss die Augen, um die Tränen zurückzuhalten. »Warum wollte er sie nicht?«

»Wollte er ja«, sagte Abby. »Er ist nicht da. Er arbeitet viel im Ausland. Und manchmal sieht er sie.«

Paul holte tief Luft und schluchzte auf. »Also …« Diesmal sah er Gardner an. »Also hat er sie sich geschnappt? Er wollte sie für sich, also hat er sie sich geholt?«

Gardner öffnete den Mund, wartete aber noch ab, ehe er sprach. Abby hatte ihm versichert, dass ihre Abmachung mit Simon freundschaftlich war. Dass alles in beider Sinne arrangiert worden war und Simon ein anständiger Mensch war. Dazu kam, dass er gerade in ein Flugzeug gestiegen war, als es passiert war. Dennoch hegte Gardner seine Zweifel. Er kannte die Statistiken. Er wusste, dass Menschen ihre Meinung ändern konnten. Also blieb Simon Abbott zunächst einmal ganz oben auf seiner Liste der Verdächtigen, doch das brauchte Paul Henshaw nicht zu wissen.

»Ich muss noch mit Mr. Abbott sprechen«, sagte er. »Momentan weist allerdings nichts darauf hin, dass er mit der Sache zu tun haben könnte.«

Paul stieß ein bitteres Lachen aus und rieb sich das Gesicht. »Ich fasse es nicht«, sagte er. Er machte einen Schritt nach hinten, fuhr sich durchs Haar und sah erst Gardner, dann Abby an. »Ich kann damit nicht umgehen«, sagte er und ging auf die Tür zu, wobei er sich an Abby vorbeidrängte.

»Paul!«, rief sie und machte Anstalten, ihm zu folgen. Die Tür flog zu, als sie gerade dort anlangte. Als sie sie wieder aufmachte und hinausblickte, sah sie gerade noch, wie ihr Mann rückwärts aus der Einfahrt fuhr. »Paul!«, rief sie noch einmal, doch Gardner zog sie ins Haus, weg von den neugierigen Blicken der Nachbarn und den Rufen der Reporter.

»Lassen Sie ihn gehen«, sagte Gardner. »Er braucht Zeit.«

Gardner dachte an den Tag, als Annie es ihm gesagt hatte. Er hatte keine Ahnung gehabt. Ein Blitz aus heiterem Himmel. Er war aus dem Haus gestürmt und davongerast, ehe er irgendwo am Straßenrand angehalten und an all die Dinge gedacht hatte, die er hätte sagen sollen. Die Schimpfworte, die er ihr an den Kopf werfen, und die Fragen, die er ihr stellen wollte. Er blieb die ganze Nacht weg und ging ihr anschließend zwei weitere Tage aus dem Weg. Als er schließlich den Mut aufbrachte, mit ihr zu sprechen, war sie bereits dabei, zu packen.

Gardner wartete ein paar Sekunden, ehe er etwas sagte. »Haben Sie unser Gespräch vorhin gehört?«

Sie nickte. »Über die DNA.«

»Haben Sie das andere gehört?«

Abby schüttelte leicht den Kopf und wurde etwas blass. »Haben Sie sie gefunden?«

»Wir haben einen Leichnam gefunden. Ein Baby.«

»Oh Gott«, sagte Abby und verkrallte die Hände ineinander. »Ist es Beth?«

Gardner schüttelte den Kopf. »Das wissen wir nicht. Ich halte es für unwahrscheinlich, weil das Kind offenbar schon mindestens eine Woche im Wasser gelegen hat, aber« – er wandte sich ab – »wir müssen sichergehen. Wir müssen den Test machen, um uns zu vergewissern.«

Abby nickte. »Okay«, sagte sie und stand auf. »Ich hole meine Schuhe.« Sie ging zur Haustür und sah sich um, als hätte sie sich verirrt.

»Nein, nicht nötig«, sagte Gardner. »Wir haben schon eine Probe.«

Abby sah ihn an und nickte, ehe sie ihre zitternden Hände in die Tasche steckte.

»Es tut mir leid, ich hätte mich klarer ausdrücken sollen. Ich bin nur gekommen, weil ich es Ihnen persönlich sagen wollte, nach der Sache mit dieser Reporterin«, sagte er. »Und das mit Paul tut mir leid.«

Abby schüttelte nur den Kopf. »Wann wissen wir es?«

»Hoffentlich binnen vierundzwanzig Stunden«, sagte er. Er würde dem Labor so viel Druck wie möglich machen. Auch er wollte nicht warten. Er sah auf seine Schuhe hinab. Nun musste er gehen, musste die Suche nach Beth fortsetzen, doch er hatte ein schlechtes Gewissen dabei, Abby alleine zu lassen.

Als hätte sie seine Gedanken gelesen, stand Abby auf, trat ans Spülbecken und begann, Teller und Tassen unters klare Wasser zu halten. »Danke, dass Sie es mir gesagt haben«, sagte sie.

Gardner hätte ihr gern irgendeinen Trost gespendet, doch nichts schien zu passen. Er fragte sich, ob sie allein zurechtkäme. Und ob Paul wohl zurückkehrte. Da er nichts zu sagen wusste, schob er den Stuhl an den Tisch und wandte sich zum Gehen.

»Ich melde mich, sobald ich etwas höre«, sagte er. Abby nickte. Er drehte sich um und ging zur Haustür. Beim Hinausgehen hörte er Abby weinen.

28

Helen sah immer wieder zum Fernseher hinüber, während sie ihre Wäsche zusammenlegte.

»… Soweit ich weiß, gehörte die Stelle in Stockton, in der Nähe des Tees-Stauwehrs, nicht zu dem ursprünglich von der Polizei untersuchten Gelände. Tatsächlich war es ein Hinweis aus der Bevölkerung, der die Polizei an die Stelle am Fluss führte, wo die Leiche gefunden wurde. Bisher hat die Polizei noch nicht bestätigt, dass es sich dabei um die acht Monate alten Beth Henshaw handelt, die seit Anfang der Woche vermisst wird, doch könnte dies das tragische Ende der fieberhaften Suche nach dem kleinen Mädchen bedeuten.«

Die Reporterin sah sich um, während ein Fahrzeug herangefahren kam. Detective Gardner stieg aus und ging mit schnellem Schritt aufs Polizeirevier zu.

»Detective Gardner!«, rief Hannah und sprintete auf ihn zu. Die Kamera geriet ins Wackeln, als ihr Team ihr nachsetzte. »D. I. Gardner«, versuchte sie es noch einmal. »Können Sie bestätigen, dass es Beth Henshaw ist?«

Detective Gardner ignorierte sie genau wie die Horde anderer Reporter und hielt auf die Tür zu.

»Glauben Sie, sie ist es?« brüllte ein anderer Reporter und stieß Hannah vor ihrer eigenen Kamera weg.

»Gibt es irgendwelche Hinweise darauf, dass ihre Eltern etwas damit zu tun haben könnten? Stimmt es, dass Abby Henshaw eine Affäre hatte?«, übertönte ein Mann den Tumult. Die anderen Re-

porter beruhigten sich allmählich. Gardner wandte sich um und schaute böse in Richtung der Menge.

Helen stellte den Wäschekorb ab und trat näher an den Fernseher heran.

»Heute Morgen wurde aus dem Tees der Leichnam eines Kindes geborgen, dessen Identität bis jetzt nicht eindeutig geklärt wurde. Zum momentanen Zeitpunkt kann ich keine weiteren Aussagen dazu machen«, sagte Gardner, ehe er davonging und die Tür hinter sich zufallen ließ.

Gebannt stand Helen da, die Arme um den Oberkörper geschlungen. Eine Träne rann ihr über die Wange, die sie mit der offenen Hand abwischte. Das arme Baby, dachte sie. Die arme Mutter, die ihr Kind verloren hatte.

Helen stellte den Fernseher aus und ging zu dem Kinderbett in der Ecke hinüber, in dem ihr Baby so friedlich lag, so unberührt von den Tragödien der Welt. Sie bückte sich, legte eine Hand auf die Brust ihrer Tochter und spürte das Leben in dem kleinen Körper.

»Ich werde nicht zulassen, dass dir je etwas geschieht«, sagte sie. »Ich werde nicht zulassen, dass dir jemand wehtut.«

29

Simon stieg in Middlesbrough aus dem Zug und zerrte seinen Koffer hinter sich her, während er sich bemühte, dem Gewimmel der vielen umhereilenden Passagiere zu entkommen. Er wusste nicht, ob er damit gerechnet hatte, gleich bei seiner Ankunft von der Polizei in Empfang genommen zu werden, doch es schien niemand auf ihn zu warten. Noch vom Flughafen aus hatte er im Polizeirevier angerufen und dort mitgeteilt, dass er wieder im Lande war und in zwei Stunden zu Hause eintreffen würde. Man versprach ihm, es D. I. Gardner auszurichten. Simon wusste nicht, ob er sofort von sich aus zur Polizei gehen sollte oder ob man für später ein Gespräch mit ihm vereinbaren würde. In seinem Kopf pochte es. Er hatte im Flugzeug ein oder zwei Stunden schlafen können, doch letztlich hatte er das Gefühl, dass es ihm danach noch schlechter ging. Das Verlangen nach Schlaf wurde nur von dem Verlangen übertroffen, endlich zu erfahren, was eigentlich los war.

Er hatte versucht, Abby vom Zug aus zu erreichen, jedoch nur ihre Mailbox erwischt. Gerade wollte er es erneut probieren, als ihm klar wurde, dass er keine Ahnung hatte, was los war. Gab Abby ihm die Schuld? Dachte sie ernsthaft, er hätte ihre Tochter entführt? Gardner sagte, sie sei verletzt worden. Vielleicht lag sie im Krankenhaus und konnte nicht zurückrufen.

Er würde zum Polizeirevier gehen, mit Gardner sprechen und in Erfahrung bringen, was zum Teufel da vor sich ging. Dann würde er Abby suchen. Er hatte keine Ahnung, ob ihr Mann inzwischen über ihn Bescheid wusste, über Beth Bescheid wusste. Doch das war ihm momentan egal. Seine Tochter wurde vermisst. Pfeif auf Abbys Mann.

Simon verließ den Bahnhof und ging in Richtung Polizeirevier. Als er vor dem Neubau stand, spürte er, wie sich all seine Muskeln verkrampften. Gleich würde er herausfinden, was los war. Seit er in Brisbane abgeflogen war, hatte er nichts Neues mehr gehört. Es schien in einem früheren Leben passiert zu sein. Und in einem ganzen Leben konnte vieles geschehen.

Er holte tief Luft und betrat das Polizeirevier. Drinnen angelangt, wartete er, bis der diensthabende Sergeant sein Telefonat beendet hatte, und lehnte sich an den Tresen.

»Simon Abbott«, sagte er. »Ich möchte D.I. Gardner sprechen.«

Man bat ihn, Platz zu nehmen und zu warten, bis man ihn hole. Simon ließ sich auf den nächstbesten Stuhl fallen und bemühte sich, die Augen offen zu halten.

»Simon Abbott?«

Simon schlug die Augen auf und musterte den Mann vor ihm, ehe er sich aufrichtete. »Ja.«

»Ich bin D.I. Gardner«, sagte der andere und hielt ihm die Hand hin. Zuerst dachte Simon, er wolle ihm aufhelfen und fragte sich, wie schrecklich er aussah und um wie viele Jahre die ganze Fliegerei ihn hatte altern lassen. Doch dann begriff er, dass er die Hand schütteln sollte.

»Wenn Sie mir bitte folgen würden«, sagte Gardner und marschierte los. Zuvorkommend hielt er Simon und dessen Koffer die Tür auf.

Simon betrachtete Gardner, während sie den Flur entlanggingen, und versuchte, anhand von dessen Gesichtsausdruck die Lage einzuschätzen. Doch dessen Miene gab nichts preis. Ob er Simon für verdächtig hielt oder nicht. Ob er ihm gleich mitteilen würde, dass seine Tochter unversehrt war oder tot.

30

Gardner musterte Abbott von Kopf bis Fuß und dachte unwillkürlich, wie sehr er sich doch von Paul Henshaw unterschied. Abby Henshaw hatte eindeutig keinen speziellen Typ. Abgesehen davon, dass sie beide groß waren, waren die beiden Männer klare Gegensätze. Wo Paul spindeldürr war, war Simon breit. Paul trug eine Brille und wirkte gebildet, während Simon aussah, als ginge er Mountainbiken und arbeitete mit den Händen.

Gardner verfolgte, wie sich Simon Abbott die Augen rieb und auf dem Stuhl Platz nahm. Er sah erschöpft aus. Man konnte es verstehen.

»Kann ich Ihnen irgendetwas bringen lassen? Wasser? Kaffee?«

Simon schüttelte den Kopf. »Nein. Danke.«

Erneut sah Gardner ihn an und überlegte, wie er es anpacken sollte. Es bestand die Möglichkeit, dass der Mann seine Tochter entführt hatte, doch war ebenso gut denkbar, dass er so unschuldig war, wie Abby versichert hatte.

»Können Sie mir erst mal sagen, was eigentlich los ist?«, bat Simon. »Ich meine, was ist passiert?« Plötzlich lebhaft geworden, beugte er sich vor. »Haben Sie sie gefunden? Haben Sie …?«

»Ihre Tochter wird immer noch vermisst«, sagte Gardner und registrierte, wie Simon erbleichte. »Abby Henshaw wurde überfallen, und Beth wurde aus ihrem Auto verschleppt.«

»Abby«, flüsterte Simon und blickte wild um sich. »Ist sie verletzt? Abby? Ist ihr was passiert? Was haben sie ihr getan?«

»Ihr fehlt nichts.« Wie viel an diesem Satz war eine Lüge? »Ihr Auto wurde von der Straße gedrängt. Zwei Männer haben sie in einen Transporter gezerrt und vergewaltigt.«

Simon stieß einen Laut aus, und einen Augenblick lang fürchtete Gardner, der andere werde sich übergeben. Er wartete. Simon holte Luft und ballte die Fäuste.

»Haben Sie sie? Die Männer?«, fragte er.

Gardner schüttelte den Kopf. »Nein. Noch nicht. Wir haben Beschreibungen von Abby bekommen, aber bis jetzt konnten wir nicht …«

»Und was ist mit Beth?«, hakte Simon nach. »Was haben sie mit ihr gemacht?« Er sah aus, als würde er jeden Moment aus der Haut fahren.

»Abby hat gesagt, die Männer hätten Beth im Auto gelassen. Als sie mit einem Polizisten zum Auto zurückkam, war Beth verschwunden.«

Simon runzelte die Stirn. Seine Miene spiegelte seine Verwirrung wider. »Dann hat also jemand anders Beth mitgenommen? Nicht diese Männer?«

Gardner sah auf den Tisch herab. Wenn er das nur wüsste. Zu Beginn war er zuversichtlich gewesen, dass der Überfall auf Abby und Beths Verschwinden nichts miteinander zu tun hatten. Doch das war eindeutig ein Trugschluss gewesen. Es gab noch eine dritte Person. Er sah Simon an. »Das glauben wir, ja«, bestätigte er.

Simon kniff sich in die Nasenwurzel. »Und was ist mit Abby?«, fragte er. »Ich habe versucht sie zu erreichen. Liegt sie noch im Krankenhaus?«

Gardner schüttelte den Kopf. »Nein, sie ist zu Hause«, sagte er. »Sie haben sie überhaupt noch nicht gesprochen?«

»Nein«, antwortete Simon.

Gardner nickte. Das war vermutlich von Vorteil. »Mir ist klar, dass Sie müde sind, und ich weiß, dass das schwer für Sie ist, aber ich muss Ihnen ein paar Fragen stellen.«

»Sie glauben, ich habe Beth entführt«, sagte Simon. Ein Statement, keine Frage.

Gardner erwiderte seinen Blick mit ausdrucksloser Miene. »Sie waren außer Landes, als es passiert ist. Ich weiß, dass Sie bereits im Flugzeug saßen, als Abby überfallen wurde.«

»Aber Sie glauben, ich könnte trotzdem etwas damit zu tun haben? Dass ich mir Beth schnappen wollte?« Simon lehnte sich vor und stützte den Kopf in die Hände.

»Erzählen Sie mir von Ihrer Beziehung zu Abby Henshaw«, bat Gardner.

Simon spähte hinter seinen Händen hervor und lehnte sich zurück, die Augen zu Schlitzen verengt. Gardner hatte kurz erwogen, zu warten, bis Simon geschlafen hatte, ehe er mit ihm sprach. Er konnte sich unschwer vorstellen, wie massiv ein nahezu ununterbrochener Hin- und Rückflug nach Australien einem zusetzen konnte. Doch er glaubte, die Müdigkeit, der Jetlag, könnte Simon offener machen, weniger in der Lage, ihm Märchen zu erzählen.

»Sie ist die Mutter meines Kindes. Wir waren früher mal zusammen, hatten uns aber jahrelang nicht gesehen, bis wir uns vor zwei Jahren wieder über den Weg gelaufen sind.« Er zuckte die Achseln. »Eines kam zum anderen. Wir hatten eine Affäre. Abby wurde schwanger, und wir fanden, dass es das Beste wäre, wenn Beth als Tochter ihres Ehemanns aufwächst.«

»Warum?«

Simon wandte den Blick ab. Sein Kiefer verkrampfte sich. »Wegen der Arbeit. Ich bin beruflich viel unterwegs.«

»Viele Eltern arbeiten. Und viele sind beruflich oft verreist. Sie schaffen es trotzdem.«

Simon lehnte sich wieder vor. »Ihre Kinder auch?«

Gardner schenkte ihm ein angedeutetes Lächeln. »Sie sind also zu dem Schluss gekommen, dass Beth ein stabiles Umfeld mit zwei Elternteilen braucht?«

»Genau«, sagte Simon und lehnte sich wieder zurück. »Abbys Vater war kaum da, als sie klein war. Sie fand das schrecklich. Für Beth wünschte sie sich etwas anderes.«

»Und was war Ihre Rolle dabei? Sie sehen Beth regelmäßig, stimmt das?«

»So oft wie möglich«, sagte er. »Normalerweise alle zwei Wochen. Manchmal seltener, wenn ich beruflich verreist bin. Manchmal öfter, um es nachzuholen.«

»Und Sie glauben, so ist es stabiler für Beth?«

»Für uns funktioniert es.«

»Ja?«, fragte Gardner. »Für Sie beide oder nur für Abby?«

»Ich habe Beth nicht entführt«, sagte Simon. »Ich brauche sie nicht zu entführen. Ich habe Kontakt zu meiner Tochter. Sie ist ein Teil meines Lebens. Ich brauche sie Abby nicht wegzunehmen.« Er hielt inne und holte Luft. »Und ich würde Abby niemals etwas antun. Niemals.«

Gardner verfolgte, wie sich Simons Augen mit Tränen füllten, und wandte den Blick wieder zu dem vor ihm liegenden Notizblock.

»Wenn ich ehrlich bin, kam es eher Abby entgegen als mir. Die Abmachung zwischen uns. Aber mir ist es recht so. Jedenfalls kann ich meine Tochter sehen.« Simon unterdrückte ein Gähnen. »Ich weiß, dass Abby ihren Mann nie verlassen würde. Das war mir von vornherein klar. Und ja, es hat mir wehgetan. Und ja, als sie mir sagte, dass sie schwanger ist, dachte ich, dass sich dadurch vielleicht etwas ändert, aber …« Er zuckte die Achseln. »Es war das, was Abby wollte, und es klang vernünftig. Sie hätte es nicht durchgezogen, wenn ich nein gesagt hätte. Wir haben die Entscheidung gemeinsam getroffen.«

»Und Sie halten Ihre Entscheidung nach wie vor für richtig?«

Simon schwieg einen Moment lang und sah gedankenverloren an Gardner vorbei. Kaum merklich schüttelte er den Kopf. »Ich weiß nicht«, sagte er. »Es war das Schwerste, was ich je tun musste. Ich wusste, dass es hart werden würde. Abby aufzugeben war schon schlimm genug, aber Beth?« Er schüttelte erneut den Kopf. »Als ich erfuhr, dass sie zur Welt gekommen war, war das zugleich der schönste und der schlimmste Tag meines Lebens. Ich wusste, dass es jetzt irgendwo da draußen ein kleines Mädchen gab, das mir gehörte, aber ich durfte sie nicht sehen. Doch dann habe ich sie gesehen. Als ich sie das erste Mal auf den Armen hielt …« Simon hustete und musste sich räuspern. »Da ging mir auf, dass ich einen Fehler gemacht hatte. Ich wusste, dass es ein Fehler gewesen war. Doch es war zu spät. Das konnte ich Abby nicht antun. Ich konnte nicht einfach unsere Vereinbarung rückgängig machen.«

»Aber Abby hätte es doch sicher verstanden? Bestimmt würde es jeder verstehen, wenn ein Vater mit seinem Kind zusammen sein will.«

Simon schüttelte den Kopf. »Ich hab's ihr versprochen. Und ich wusste ja, dass ich sie sehen darf. Beth.« Simon lächelte traurig. »Wir haben den Namen gemeinsam für sie ausgesucht.« Er sah auf. »Ich war mir sicher, dass Abbys Mann mit einer anderen Idee kommen würde. Doch der Name schien ihm zu gefallen.«

Gardner nickte. Er wusste nicht, was er Abbott sagen sollte. Sein Alibi war wasserdicht, und er wirkte recht ehrlich. Andererseits hatte Simon Abbott eindeutig seine Entscheidung bedauert, zuzulassen, dass Paul Henshaw Beth als seine Tochter aufzog. Seine Liebe zu Beth war offenkundig. Doch auch wenn er und Abby noch so fest behaupteten, dass alles in Ordnung war, stimmte irgendetwas nicht. Simon hatte soeben zugegeben, dass er einen Fehler gemacht hatte und sich wünschte, Beth ein richtiger Vater sein zu können. Und wenn zwischen ihm und

Abby alles so reibungslos lief, warum reagierte sie dann nicht auf seine Anrufe?

Gardner schlug einen Aktenordner auf und sah Simon an. »Sie wurden 1994 festgenommen, wegen einer Schlägerei vor einem Club.«

Seufzend rieb sich Simon das Gesicht. »Ja.«

»Und 2001 wurden Sie erneut festgenommen. Diesmal wegen Körperverletzung.«

»Ja«, sagte Simon wieder. Gardner wartete, damit Simon sich selbst erklären konnte. »Das Erste war eine Lappalie. Ein paar Jungs, die vor einem Nachtclub rumgepöbelt haben. Einer von ihnen hat Abby beleidigt.«

»Abby war damals dabei?«, fragte Gardner, obwohl er es anhand des Datums schon vermutet hatte. In dem Bericht war eine Freundin erwähnt, doch der Name fehlte. »Dann wusste sie also, dass Sie gewalttätig werden können?«

»Ich bin nicht gewalttätig«, erwiderte Simon. »Nicht gegenüber Abby. Normalerweise gegenüber niemandem. Dieser Typ hat Abby eine Schlampe oder so was genannt, ich weiß es gar nicht mehr genau, und ich habe ihm gesagt, er soll verschwinden. Da hat er nach mir ausgeholt, aber nicht getroffen, und ich habe zurückgeschlagen. Der Typ war so betrunken, dass er nicht mehr stehen konnte. Er ist von selbst umgefallen.«

»In einer Zeugenaussage heißt es, Sie hätten mehrfach auf ihn eingeschlagen, als er schon am Boden lag. Und dass Ihre Freundin Sie von ihm wegziehen musste.«

Simon schüttelte den Kopf. »Das ist nicht wahr. Ich habe ihn einmal geschlagen, und er ist umgekippt. Vielleicht hat er sich bei dem Sturz den Schädel angeschlagen. Keine Ahnung. Die Polizei war so schnell da, dass ich gar nichts weiter hätte machen können.«

»Dann hätten Sie also noch etwas gemacht, wenn die Polizei nicht gekommen wäre?«

»Nein«, sagte Simon stirnrunzelnd. »Es war nur ein dummer, kindischer Streit. Weiter nichts.«

»Okay«, sagte Gardner. »Und wie war das beim zweiten Mal? Die Körperverletzung 2001?«

Simons Kiefer verspannte sich. »Hören Sie, ich will nicht so tun, als sei das gar nicht passiert oder als sei es nicht meine Schuld gewesen, denn das war es. Ich war betrunken, ich war wegen irgendetwas stinksauer, und der andere Typ ist mir in die Quere gekommen. Ich weiß, dass ich im Unrecht war. Ich weiß, dass völlig inakzeptabel ist, was ich getan habe, aber das hat nichts mit dieser Sache zu tun. Sie haben selbst gesagt, dass ich in einem Flugzeug gesessen habe, als es passiert ist. Ich hätte es gar nicht gewesen sein können. Und ich hätte es auch nicht getan.«

Gardner wartete. Simon Abbott war eindeutig von aufbrausendem Naturell. Doch sollte er wirklich glauben, dass er jemanden dafür bezahlt hatte, derart über Abby herzufallen, damit er sich seine Tochter schnappen konnte? Vielleicht wäre er ja geneigt gewesen, Paul Henshaw etwas anzutun? Vielleicht saß an diesem Tag der falsche Elternteil im Auto, und die Kerle, die dafür bezahlt worden waren, den Betreffenden aus dem Weg zu schaffen, damit Beth entführt werden konnte, hatten improvisieren müssen.

»Was ist mit Paul Henshaw?«, fragte Gardner. »Was hatten Sie zu ihm für eine Beziehung?«

»Ich habe keine Beziehung zu ihm. Ich habe ihn nie gesehen.«

»Nie?«, hakte Gardner nach, und Simon schüttelte den Kopf. »Okay, was für Gefühle bringen Sie ihm entgegen? Was wissen Sie über ihn?«

Simon seufzte. »Was für Gefühle? Ich habe mit seiner Frau geschlafen«, sagte er und zuckte die Achseln. »In gewisser Weise hatte ich schon ein schlechtes Gewissen deswegen. Abby hat nicht viel über ihn gesprochen, aber soweit ich es verstanden habe, hat er sie gut behandelt. Warum sonst hätte sie bei ihm bleiben wollen?« Er seufzte erneut. »Vielleicht war ich ja auch eifersüchtig auf ihn. Er hatte das, was ich wollte.«

»Dann wussten Sie also nichts über ihn, waren aber bereit, Ihre Tochter von ihm aufziehen zu lassen?«

»Abby liebt ihn. Beth wird gut versorgt. Er scheint ein guter Mensch zu sein«, sagte er. »Sonst wäre Abby nicht bei ihm geblieben. Sie hat sich einzig und allein deshalb für diese Lösung entschieden, weil sie das Beste für Beth wollte, und da verlasse ich mich auf sie.«

»Sie haben vor einiger Zeit einen Einbruch angezeigt«, sagte Gardner. »Was ist da passiert?«

Simon blinzelte und rieb sich das Gesicht. »Ich war ein paar Tage verreist. Als ich zurückkam, war die Tür aufgebrochen und alles durchwühlt.«

»Aber es wurde nichts gestohlen?«

»Eine Kamera. Keine besonders gute. Es waren andere im Haus, bessere. Und in einer Schublade war Geld. Das war weg«, sagte Simon. »Die Polizei ist gekommen und hat sich umgesehen, doch es kam nichts dabei heraus.«

»Irgendeine Ahnung, wer das gewesen sein könnte?«

Simon runzelte die Stirn. »Nein«, sagte er. »Junkies wahrscheinlich. Sie hätten alles Mögliche mitnehmen können, doch das haben sie nicht getan.«

»Und das war wann? Im Februar?«

»Ja, ich glaube schon.«

»Waren Sie aus beruflichen Gründen schon einmal in Russland oder Osteuropa?«, fragte Gardner und verfolgte, wie Simons Verstand versuchte, mit dem Themenwechsel Schritt zu halten.

»Was?«, sagte er. Die Frage schien ihm Probleme zu bereiten. »Ja, schon. Ein- oder zweimal. Aber nur in Prag.«

Gardner nickte. »Haben Sie Freunde dort? Irgendwelche Kontakte?«

»Was? Nein. Ich kenne niemanden in Prag. Warum?«

»Die Männer, die Abby überfallen haben – sie glaubt, es waren Russen oder andere Osteuropäer.«

31

Abby saß auf dem Sofa und hörte Pauls Schritte durch die Decke, während er vom Schrank zum Bett und von dort zur Kommode und wieder zurück ging.

Sie war aufgewacht, als die Tür ins Schloss fiel. Dabei hatte sie versucht, wach zu bleiben, weil sie bereit sein wollte, falls Gardner mit den Ergebnissen zurückkehrte. Doch die Müdigkeit hatte sie übermannt und sie wegdämmern lassen. Die Albträume machten es noch schlimmer. Seit man ihr von dem toten Kind erzählt hatte, das gefunden worden war, sah sie andauernd das Gesicht ihrer Tochter, wie es ihr mit leichenblassem Teint und blauen Lippen vom Grund des Flusses entgegenstarrte. Sie konnte es nicht riskieren einzuschlafen. Die Albträume waren fast genauso schlimm wie die Realität.

Als sie die Treppe hinaufstieg, ertappte sie Paul dabei, wie er Kleidungsstücke aus dem Schrank riss und seine Sachen in eine Reisetasche stopfte. Irgendwann bot sie ihm ihre Hilfe an, doch er brachte sie durch einen einzigen Blick zum Schweigen. *Aber sicher, Liebling, vielen Dank dafür, dass du mir beim Packen hilfst, nachdem du mich betrogen und mein Leben ruiniert hast.*

Nach mehreren vergeblichen Versuchen, die Tasche zu schließen, gab er auf und holte sich einen kleinen Koffer. Er sah sich noch einmal im Zimmer um, ehe er auf Abby zuging, die in der Tür stand. Sie hielt ihm die Hand hin und bat ihn, dazubleiben und mit ihr zu reden, doch er drängte an ihr vorbei ins Badezimmer, sammelte seine wenigen Toilettenartikel zusammen und klemmte sie sich mühsam in die Armbeuge. Hilflos sah Abby zu, wie er zurück ins Schlafzimmer stapfte und Plastikfläschchen und Rasierzeug in den Koffer warf.

»Paul, bitte. Du kannst nicht einfach gehen. Was ist mit Beth?«

Paul hielt inne und warf Abby einen hasserfüllten Blick zu. »Tu das nicht«, sagte er. »Versuch nicht, sie zu benutzen, um mich zum Bleiben zu bewegen.«

»Tu ich nicht«, sagte Abby, die sich fühlte, als hätte er sie geschlagen. »Aber du kannst nicht einfach gehen. Nicht jetzt. Nicht solange … Ich muss mit dir reden.« Sie trat näher an ihn heran. »Wo willst du denn hin?«

»Ich glaube nicht, dass dich das noch etwas angeht, oder?« Er griff nach seiner Zahnbürste, die aufs Bett gefallen war, und schleuderte sie mit Wucht in den Koffer. »Du erzählst mir nicht, dass mein Kind nicht mein Kind ist, und ich erzähle dir nicht, wohin ich gehe. Das ist doch fair, oder nicht?«

Abby ließ sich aufs Bett sinken. »Ich wollte dich nicht verletzen. Das musst du wissen. Ich würde dir nie absichtlich wehtun. Ich habe einen Fehler gemacht, das weiß ich. Aber ich dachte, ich könnte alles wieder geradebiegen. Ich dachte, Beth würde alles geradebiegen …«

»Du hast mich angelogen!« Paul packte sie an den Schultern und schüttelte sie. »Eine Affäre zu haben ist eine Sache, aber du hast mich glauben lassen, dass Beth meine Tochter ist! Ich habe sie geliebt! Und du … Du hast mir das Herz gebrochen, Abby.« Paul ließ die Hände sinken, als es an der Tür klopfte. Keiner von beiden rührte sich, bis Paul sich wieder zu ihr umwandte. »Mach lieber auf. Es könnte jemand Wichtiges sein.« Nach einer kleinen Weile erhob sich Abby und schleppte sich nach unten.

Simon trat mit seinem Rollkoffer im Schlepptau aus dem Polizeirevier und zündete sich eine Zigarette an. Er hatte dieses

Jahr bereits dreimal aufgehört, es aber nie durchgehalten. Ein schlechter Tag bei der Arbeit? Nur eine Zigarette zum Entspannen. Ein bevorstehender langer Flug? Nur noch ein paar, um die Nerven zu beruhigen. Während er an seiner zweiten Zigarette binnen zehn Minuten sog, begriff er, dass er nach dieser Geschichte wahrscheinlich nie wieder aufhören würde.

Er tastete in seiner Jackentasche nach dem Telefon und probierte es bei Abby. Nach ein paar Klingeltönen schaltete sich die Mailbox ein, und er legte auf. Er fragte sich, wo sie wohl war und wie sie sich hielt. Detective Gardner hatte behauptet, ihr fehle nichts, doch er hatte auch gesagt, dass sie nicht nur vergewaltigt und Beth entführt worden war, sondern dass noch dazu ihr Mann jetzt alles wusste. Also bezweifelte er, dass ihr tatsächlich nichts fehlte.

Er versuchte es noch einmal, doch als er wieder keine Antwort bekam, machte er sich auf den Weg zum Taxistand.

32

Abby drückte den Anruf weg und ging die Tür aufmachen. Sie wusste, dass sie irgendwann mit Simon sprechen musste, und obwohl sie keine Ahnung hatte, was sie zu ihm sagen sollte, sehnte sie sich doch danach. Beth war auch seine Tochter. Doch für den Moment wollte sie vor allem mit Paul reden. Ihn zum Bleiben bewegen, obwohl es wahrscheinlich sinnlos war. Außerdem wusste sie, dass es falsch war, ihn überhaupt darum zu bitten. Sie hatte kein Recht dazu, noch irgendetwas von ihm zu verlangen. Dieses Recht hatte sie in dem Augenblick verwirkt, als sie sich wieder mit Simon eingelassen hatte.

Selbst während sie sich mit Simon getroffen hatte, war ihr bewusst gewesen, dass es falsch war. Nicht nur moralisch, sondern weil sie nicht mit Paul brechen wollte. Eigentlich war ihre Ehe ganz in Ordnung. Paul war in etwa so perfekt, wie es ein Ehemann eben sein konnte, und sie liebte ihn, liebte ihn wirklich. Wenn sie von einem Treffen mit Simon nach Hause kam, brauchte sie Paul nur anzusehen, schon hätte sie am liebsten Simon angerufen und mit ihm Schluss gemacht. Doch sobald sie sich mit Simon in einem Raum befand, wollte sie nirgends anders mehr sein. Bei ihm fühlte sie sich wie ein anderer Mensch. Also ging es weiter. Sie fragte sich, was passiert wäre, wenn sie nicht schwanger geworden wäre. Würde sie sich dann immer noch mit Simon treffen? Hätte sie sich je zwischen ihm und ihrem Mann entschieden?

Sie machte die Tür auf und ließ die Hoffnung sinken, als sie Jen draußen stehen sah. Rasch wischte sie sich die Augen.

»Hey, Abby«, sagte Jen und trat ein. »Entschuldige, dass ich dich nicht zurückgerufen habe. Ich bin eine schreckliche Freundin. Aber sie haben mich rausgeschmissen. Der verfluchte Verlag hat mich rausgeschmissen. Ich kann nicht …

Der dumpfe Aufprall einer Reisetasche auf dem Holzfußboden im Flur ließ sie beide zusammenzucken. Sie drehten sich zu Paul um. Er starrte Abby an, ehe er sich an Jen wandte.

»Du bist sicher gekommen, um mir auf Wiedersehen zu sagen. Zum Glück seid ihr mich los, was?«, sagte Paul.

Jen sah Paul an, ehe sie sich an Abby wandte. »Was ist denn los?«

»Gib's auf, Jen. Ich weiß alles. Ich weiß, dass sie einen anderen gevögelt hat. Ich weiß, dass Beth nicht von mir ist«, stieß er mit erstickter Stimme hervor. »Es wird dich freuen zu hören, dass ich gehe.«

Jen starrte ihn mit offenem Mund an. Abby blickte zu Boden. Sie konnte nichts sagen, wünschte sich nur sehnlichst, dass Jen wieder ging.

»Mann, ich wusste ja schon immer, dass du eine Drama-Queen bist. Aber mir war nicht klar, dass du auch eine Schauspielerin bist«, sagte Paul.

Abby sah mit roten Augen zu Paul auf.

»Du hast es ihr nicht erzählt?«, fragte er und musterte Jen erneut. »Na, das ist ja ein Ding. Dann war ich doch nicht der Letzte, der es erfahren hat.« Paul zog seinen Mantel an.

»Paul.« Abby überlegte krampfhaft, was sie sagen sollte, doch sie wusste, dass alles aus ihrem Mund abgedroschen und hohl klingen würde. Stattdessen ging sie zu ihm hinüber und legte ihm die Hände auf die Brust. Er wich zurück und griff nach seinem Autoschlüssel. Seine Hände zitterten.

»Kommst du klar?«, fragte sie.

»Bestens«, erklärte er, stürmte mit der Reisetasche hinaus und stellte sie ins Auto. Abby ignorierte die neugierigen Blicke der draußen ausharrenden Medienvertreter; ignorierte, wie sie unruhig wurden, begierig darauf, sich auf ihr in Auflösung begriffenes Leben zu stürzen. Paul holte sein restliches Gepäck, warf es in den Kofferraum und knallte die Heckklappe zu. Dann ging er zur Fahrertür, wo er noch einmal stehenblieb.

»Du brauchst nicht zu gehen«, sagte Abby, während sie versuchte, die neben ihr stehende Jen ebenso zu ignorieren wie das Klicken der Kameras auf der anderen Straßenseite.

»Doch«, sagte Paul nach einer Weile. Er senkte das Kinn auf die Brust und schloss die Augen. »Ruf mich an, wenn du etwas hörst. Machst du das?«

Ein heranfahrendes Auto veranlasste sie alle drei, sich umzudrehen. Simon stieg aus dem Taxi und sah Abby an.

»Ich sage der Polizei, wo man mich erreichen kann«, erklärte Paul und öffnete die Fahrertür. Dann stieg er ins Auto und fuhr davon, ohne sich noch einmal umzudrehen.

Abby lief auf die Straße, hinter Pauls Auto her, und sah zu, wie es um die Ecke verschwand. Erneut klickte eine Kamera. Jemand rief ihren Namen.

Nach einer Weile spürte sie Simons Hand auf ihrer Schulter, ehe er sie sanft von der Straße bugsierte. Einen Moment lang musterte er Jen, die an der Tür stand, ehe er sich wieder Abby zuwandte. Sie wollte, dass er ging. Er war nicht derjenige, den sie sich jetzt an ihrer Seite wünschte. Sie wollte schreien und schimpfen und ihm wehtun. Stattdessen sank sie gegen seine Brust und schluchzte.

Und dann spürte sie Jens Hand auf ihrem Arm, ehe diese ohne ein weiteres Wort davonging.

Irgendwann, Minuten oder Stunden später, sie wusste es nicht mehr, hob Simon sie hoch und trug sie hinein, und dann weinte sie erneut, bis sie völlig erschöpft einschlief.

33

Gardner warf seine Notizen auf den Tisch und lehnte sich zurück. Er hatte Simon Abbotts Bankkonten durchforstet und rein gar nichts gefunden. Keine ungewöhnlich hohen Abhebungen. Keine Überweisungen an private Konten. Nur die übliche Hypothek und Rechnungen – ganz ähnlich wie bei den Henshaws, nur dass Abbott massenhaft Flugtickets gekauft hatte. Der Typ musste bis zum Hals in Bonusmeilen stecken. Nichts wies darauf hin, dass er jemanden dafür bezahlt hatte, seine Tochter zu entführen. Gardner hatte allerdings auch nicht ernsthaft mit etwas Derartigem gerechnet. Genau wie die Henshaws hatte auch Abbott in die Untersuchung eingewilligt. Gardner hatte zwar nicht das Gefühl, dass Simon schuldig war, dennoch gab es etwas, das ihn störte. Vielleicht lag es daran, dass es ihm an anderen Spuren mangelte, vielleicht daran, dass es meistens der Vater war. Vielleicht lag es aber auch nur daran, dass er den Mann ein wenig arrogant fand. Das rührte vermutlich daher, dass Abbott gerade zwei Tage lang im Flugzeug gesessen hatte. Gardner musste zugeben, dass er nach einer solchen Strapaze wohl auch nicht unbedingt der Charmanteste wäre, aber vielleicht war es gar nicht der Jetlag, sondern es lag einfach an seiner Art. Oder seinem Job. Ein international tätiger Fotograf. Vielleicht war ihm das zu Kopf gestiegen.

Gardner hörte etwas läuten und suchte unter den Papierstapeln auf seinem Schreibtisch nach seinem Handy. Das Klingeln war gedämpft, und er fand das Telefon in seiner Jackentasche.

»D. I. Gardner«, sagte er.

»Hier ist Paul Henshaw.«

Gardner richtete sich auf. Er hatte nicht damit gerechnet, dass Paul sich bei ihm meldete. Fast hatte er das Gefühl, als machte Paul ihn mitverantwortlich für Abbys Ehebruch. Als wäre er mitschuldig an ihren Lügen gewesen.

»Mr. Henshaw, was kann ich für Sie tun?«, fragte er.

Paul schniefte, als hätte er gerade geweint. »Ich wollte Ihnen nur sagen, wo ich abgestiegen bin, für den Fall, dass Sie mich kontaktieren müssen«, sagte er. Gardner wartete. Es war überflüssig, ihn zu fragen und überrascht zu tun. »Ich wohne im White Cliff B&B in Redcar, bis ich etwas anderes gefunden habe. Haben Sie meine Handynummer?«

»Ja«, sagte Gardner.

»Gut. Ich wollte Ihnen nur Bescheid geben«, ergänzte Paul. »Aber ich wäre Ihnen dankbar, wenn Sie es nicht Abby sagen würden.«

Gardner kratzte sich das Kinn. Irgendwie hatte er das Gefühl, dass er mitten in der Ehe der Henshaws steckte und Paul glaubte, er sei ihm etwas schuldig. Sie haben ein Geheimnis für Abby bewahrt, jetzt bewahren Sie auch eines für mich. »Okay«, sagte er seufzend.

»Danke«, sagte Paul und unterbrach die Verbindung.

Gardner legte das Telefon ab und starrte an die Wand. Armer Kerl. Seine Frau betrügt ihn, er erfährt, dass seine Tochter nicht seine Tochter ist, und dann muss er auch noch in eine Absteige wie das White Cliff ziehen.

Er wühlte in den Papieren vor ihm und zog die Kontoauszüge der Henshaws heraus. Genau wie bei Simon Abbott war darin nichts Ungewöhnliches zu finden. Doch anders als bei Abbott suchte er weniger nach großen Abhebungen als nach hohen Schulden. Falls die Henshaws überschuldet waren und ihren Immobilienkredit nicht bedienen konnten, hatten sie vielleicht einen Grund, um die Entführung ihrer Tochter zu inszenieren. Doch nichts ließ darauf schließen. Sämtliche Rechnungen wurden pünktlich bezahlt, und am Ende des Monats blieb immer noch etwas übrig. Überdies gab es ein Sparbuch mit einer hübschen Summe darauf, das allerdings allein auf Abbys Namen lief. Gardner kontrollierte das Datum, an dem das Konto eröffnet worden war, und kam zu dem Schluss, dass es sich dabei wahrscheinlich um ihr Erbe handelte. Er hatte Geld als mögliches Motiv für Beths Entführung vermutet. Es war keine Riesensumme – zwanzigtausend Pfund –, doch für einen Verzweifelten vermutlich immer noch genug, um ein Verbrechen dafür zu begehen. Das einzige Haar in der Suppe war, dass weder Lösegeldforderungen eingegangen waren, noch irgendeine Kontaktaufnahme vonseiten desjenigen erfolgt war, der Beth in seiner Gewalt hatte.

Er fuhr sich durchs Haar. Der Fall belastete ihn. Nichts passte zusammen. Er glaubte nicht, dass Abby nur rein zufällig auf dieser Straße unterwegs gewesen war, dass sie rein zufällig dort auf diese Männer gestoßen und dass Beth rein zufällig im Auto zurückgelassen worden war. Die Sache war von langer Hand vorbereitet worden. Irgendjemand wollte Beth haben und hatte geplant, sie zu entführen und Abby aus dem Weg zu räumen. Er glaubte nicht, dass irgendein Unbekannter eines Tages plötzlich auf die Idee gekommen war, mit Beth Henshaw durchzubrennen. Er hatte sich zu sehr auf die Personen konzentriert, die wussten, dass Abby an diesem Tag auf dieser Straße unterwegs sein würde – Abby, Paul und Jen. Jens Bauarbeiter? Abby schwor, dass sie Simon nichts von ihrem Plan erzählt hatte. Warum sollte sie auch? Doch vielleicht betrachtete er es aus einer falschen Perspektive. Vielleicht war es gar niemand gewesen, dem es Abby erzählt hatte. Vielleicht hatte jemand sie beobachtet und war ihr gefolgt. Vielleicht derselbe, der ihr die Reifen aufgeschlitzt hatte? Er dachte an den Einbruch bei Simon. Das war kurz nachdem Abbys Reifen zerstochen worden waren gewesen. Hing beides zusammen? Oder suchte er nur krampfhaft nach einem Zusammenhang?

Gardner biss auf seinen Daumennagel. Es war durchaus denkbar, dass die Person, die Beth hatte, Abby gar nicht kannte. Dass es in gewisser Hinsicht Zufall war. Der oder die Betreffende wollte ein Kind. Er oder sie sah Abby und Beth, folgte ihnen und wartete auf eine Gelegenheit. Wenn es eine Bande war, dann erklärte das die Männer in dem Transporter. Es gab Banden, die Babys und Kinder entführten und sie dann an verzweifelte Paare verkauften – oder schlimmer noch, in die Prostitution oder die Sklavenarbeit. Sie gingen auch dieser Möglichkeit nach, hatten jedoch bisher nichts gefunden.

Gardner schloss die Augen. Was hatte er noch? *Wen* noch? Er war sicher, jegliche Beteiligung Abbys ausschließen zu können. Paul hatte ein Alibi. Er war in seinem Laden gewesen, als es geschah; die Überwachungskamera bewies es. Es gab keinerlei Hinweis darauf, dass er jemanden dafür bezahlt hatte, seine Frau zu überfallen und Beth zu entführen. In seinen Telefonverbindungen fand sich kein Hinweis, dass er mit irgendjemand anders zu tun gehabt hatte – all seine Anrufe waren an oder von Abby, Laura, seiner Mitarbeiterin im Laden, Lieferanten und anderen Geschäftskontakten und seinem Zahnarzt. Laura gab an, ihn nie mit irgendjemandem gesehen zu haben. Es gebe keine Stammkunden, die irgendwie auffällig waren, und auch niemand anderen, mit dem sie Paul je gesehen hätte. Simon Abbott war der naheliegendste Kandidat. Er hatte ein Motiv. Er hatte selbst zugegeben, dass es ein Fehler gewesen war, auf Beth zu verzichten. Er war in Osteuropa gewesen, hatte vermutlich Kontakte dort. Doch Gardner war nicht überzeugt. Wenn Simon Beth entführt hatte, wo war sie dann jetzt? Die Sache passte nicht zu anderen, ähnlich gelagerten Fällen. Wenn ein anderer Elternteil ein Kind entführt hatte, dann hielt er sich nach Möglichkeit verborgen und kehrte nicht zurück.

Jen? Sie passte nicht ins Bild. Okay, sie war früher einmal mit Paul Henshaw zusammen gewesen. Vielleicht war sie eifersüchtig, wie Lawton vermutete. Es könnte sein, dass Abby all das hatte, was Jen selbst gern gehabt hätte. Doch auch sie besaß ein Alibi. Die Bauarbeiter hatten bestätigt, dass sie den ganzen Tag da gewesen war, abgesehen von ein paar Minuten, als sie Teebeutel und Milch kaufen gegangen war. Und anhand der wenigen Zeit, die Gardner mit ihr verbracht hatte, musste er Paul Henshaw Recht geben – was sollte Jen Harvey mit einem Baby anfangen? Er hatte den Eindruck, dass sie selbst der wichtigste Mensch in ihrem Leben war, und das ließ nicht viel Raum für ein Baby. Und selbst wenn sie eifersüchtig auf die Beziehung der Henshaws war, bezweifelte er, dass sie Beth entführen würde. Dann hätte sie wahrscheinlich eher Paul nachgestellt.

Gardner sah auf die Uhr. Mein Gott, war es wirklich schon so spät? Jetzt ging es nicht mehr, doch morgen würde er noch einmal mit Jen sprechen und ihre Gefühle gegenüber Paul ein bisschen tiefer ausloten. Er würde dem Aspekt eines Bandenverbrechens nachgehen. Und er würde Simon Abbott zu Hause besuchen. Vielleicht konnte er Beth ja doch noch zurückbringen.

Er stand auf, schlüpfte in seine Jacke und ging zu seinem Auto, während er an die Testergebnisse dachte, die am nächsten Tag eintreffen sollten. Sowie er die Autotür geschlossen hatte, ließ er sich auf den Sitz fallen. Vielleicht würde er Beth gar nicht mehr zurückbringen.

34 Abby saß zusammengesunken am einen Ende des Sofas, Simon am anderen. Sie hatte ihm bereits in groben Zügen erklärt, was passiert war, und nur in ihrem und seinem Interesse ein paar Details weggelassen. Und sie hatte ihn über den Stand der Ermittlungen informiert. Jetzt wartete sie auf den schweren Teil. Die Vorwürfe, die Verantwortung, die Schuld.

»Warum hast du mich nicht angerufen?«, fragte er.

»Ich hab's versucht«, sagte Abby, im Wissen, dass sie sich nicht intensiv genug bemüht hatte. »Ich habe versucht, dich vom Polizeirevier aus anzurufen, an dem Tag …« Sie hielt inne. Ihr war noch kein geeigneter Euphemismus eingefallen. »Ich hab's versucht, aber Paul war dabei, und ich wusste nicht, was ich hätte sagen sollen. Wie hätte ich dir das am Telefon begreiflich machen können?«

»Ich hätte da sein müssen«, sagte er, und Abby wusste nicht, ob er ihr vorwarf, dass sie ihn nicht angerufen und sofort nach dem Überfall zurückgeholt hatte, oder ob er mit sich selbst sprach.

»Was, wenn sie es ist?«, fragte Abby.

Simon zog sie eng an sich. »Sie haben doch gesagt, es sieht aus, als hätte die Tote eine Woche lang im Wasser gelegen, stimmt's? Also kann es nicht Beth sein.«

»Aber was, wenn sie sich irren? Sie sind sich ja nicht sicher, oder? Was wenn …« Abby versank in Tränen und barg das Gesicht an Simons Brust. Sie hielt es nicht mehr aus. Sie hielt das

Warten nicht aus und die Gedanken, die ihr stets im Kopf herumgingen, sowie sie die Augen schloss. Wie konnte sie weiterleben, wenn Beth tot war? Mit zugeschnürter Kehle schluchzte sie vor sich hin. Simon umarmte sie noch fester.

Abby erwachte spät nachts auf dem Sofa, an Simon geschmiegt. Das Haar klebte ihr tränenfeucht auf den Wangen. Simon regte sich neben ihr.

»Hey«, sagte er. »Ich hole mir was zu trinken. Willst du auch was?«

Abby schüttelte den Kopf und blickte ihm nach, wie er in die Küche ging. Es war seltsam, ihn hier zu sehen, in ihrem Haus. In Pauls Haus. Sie erhob sich und trat an den Sessel am Fenster.

»Es ist meine Schuld«, sagte Abby, als Simon zurückkehrte.

Stirnrunzelnd schüttelte Simon den Kopf. »Was meinst du damit?«

»Wenn ich von Anfang an die Wahrheit gesagt hätte, wäre vielleicht nichts von alledem passiert.«

»Warum das?«

Abby stutzte. Sie hatte keine Ahnung. Zwar wusste sie tief in ihrem Inneren, dass es Unsinn war, dennoch hatte sie das Gefühl, schuldig zu sein, weil sie gelogen hatte.

»Seit die Wahrheit nun ans Licht gekommen ist, sind sie da mit der Suche nach Beth etwa weitergekommen?«, wollte Simon wissen.

»Nein, aber wenn ich Paul nie untreu geworden wäre, wäre vielleicht all das nicht passiert.«

»Wenn du nicht untreu geworden wärst, wäre Beth überhaupt nicht auf der Welt.«

Abby schloss die Augen. »Ich weiß, aber vielleicht ist es irgendeine Art von Strafe.«

Simon schnaubte. »Von wem? Von Gott? Selbst wenn zwischen uns nichts gewesen wäre, selbst wenn Beth Pauls Tochter wäre, hätte das Schwein, das unsere Tochter entführt hat, sie sich trotzdem geschnappt. Die Schweine, die dich überfallen haben …« Er hielt inne und holte tief Luft. »Nichts, was du getan oder nicht getan hast, hätte etwas an den Ereignissen geändert, Abby. Nichts. Was wir getan haben, hat nichts damit zu tun.«

Abby schloss die Augen. »Mag sein«, flüsterte sie. »Aber wie konnte ich ihm das antun? Wie konnte ich ihn derart verletzen?«

»Es geht andauernd jemand fremd«, sagte er. »Ich will nicht sagen, dass es in Ordnung ist, aber es ist nichts Besonderes. Und die Leute kommen darüber hinweg.«

»Nein«, sagte Abby. »Nein. Nicht Paul. Das verstehst du nicht. Du weißt nicht, was er durchgemacht hat. Seine Eltern …«

»Was? Sie haben sich getrennt? Na und? Alle möglichen Leute trennen sich.«

»Nein, bei ihm, bei seiner Familie ist es anders. Sein Vater hat gedacht, seine Mutter hätte eine Affäre, und hat versucht, den anderen zu töten«, sagte Abby.

»Na und? Glaubst du, das ist erblich? Glaubst du, er will mich umbringen?«

Abby sah aus dem Fenster. »Sei doch nicht albern«, sagte sie. »Sein Vater ist ins Gefängnis gekommen. Seine Mutter hat sich ein Jahr später umgebracht. Mit einer Überdosis. Er ist bei seinen Großeltern aufgewachsen.«

»Dann hat er also eine beschissene Kindheit gehabt. Geht vielen so.« Abby musterte ihn kopfschüttelnd. »Aber die Leute entscheiden sich nicht deshalb für oder gegen eine Affäre, weil sie glauben, ihre Männer oder Frauen könnten damit umgehen oder nicht. Es passiert einfach. Die Dinge nehmen ihren Lauf.«

Abby sah Simon an. Er war durch und durch pragmatisch. Den Job in Hongkong anzunehmen war vorteilhaft für seine Karriere gewesen; sie konnten ja trotzdem in Kontakt bleiben. Zuzulassen, dass Paul Beth als seine Tochter aufzog, war sinnvoll, denn er selbst war ja oft auf Reisen. Und jetzt das – Abby zu versichern, dass sie nichts dazu beigetragen hatte, Beth Schaden zuzufügen oder alles noch schlimmer zu machen. Abby griff nach seiner Hand und holte tief Luft.

»Hast du unsere Entscheidung je bereut?«, fragte sie.

»Jeden einzelnen Tag.«

Diese Antwort hatte sie nicht erwartet, oder zumindest nicht in so eindeutiger Form. Natürlich wusste sie, dass er Beth liebte und die Zeit mit ihr genoss, doch sie hätte nie gedacht, dass er gern Vollzeitvater wäre. Er hatte ihr gegenüber nie erwähnt, dass er sich etwas anderes wünschte.

»Was? Du glaubst, sie alle vierzehn Tage mal zu sehen, hätte mir gereicht?«, fragte er.

»Aber … Du hast nie etwas gesagt … Wir haben darüber gesprochen, die Entscheidung gemeinsam getroffen. Du wolltest es nicht.«

»Nein, Abby, du wolltest mich nicht.«

Abby versetzte es einen Stich in die Brust. Warum sagte er ihr das jetzt? Warum hatte er es nicht schon längst angesprochen?

»Aber?«, fragte sie.

»*Du* wolltest Paul nicht verlassen. *Du* wolltest nicht, dass Beth einen Teilzeitvater hat. *Du* dachtest, so sei es besser, also habe ich eingewilligt. Und ja, vielleicht fand ich, du hättest zwar Recht damit, dass ich nicht immer da bin, aber das hieß ja nicht, dass ich es nicht gerne versucht hätte.«

»Immerhin hast du eingewilligt.«

»Dir zuliebe. Dir und Beth zuliebe, weil es das war, was du wolltest. Ich liebe dich«, sagte er, ehe er sich korrigierte. »Ich habe dich geliebt. Ich wollte, was du wolltest. Wenn du gesagt hättest, dass du mit mir zusammen eine Familie gründen willst, dann hätte ich es gemacht. Aber du hast dich für Paul entschieden, und so habe ich dich und Beth gehen lassen.« Simon stand auf und kehrte Abby den Rücken zu.

Abby hatte nicht geahnt, dass er so dachte. Ihr war übel, und sie fühlte sich, als hätte sie noch ein zweites Leben zerstört. Vielleicht hatten sie ja Recht, wenn sie ihr Beth wegnahmen.

Simon wandte sich zu ihr um, und auf einmal fröstelte sie. Sie wusste, dass es unmöglich war. Zumindest glaubte sie das, doch …

Sie holte tief Luft. »Ich weiß die Antwort schon, aber ich muss trotzdem fragen«, sagte sie.

Simon trat einen Schritt weg von ihr. »Was?«, fragte er. Abby sah auf ihre Hände hinab und rang um die Kraft, ihm die Frage tatsächlich zu stellen.

»Willst du mich fragen …? Glaubst du, ich habe sie entführt?«

»Nein, ich weiß, dass du das nie tun würdest«, sagte Abby, während sich ihr Magen verkrampfte.

»Warum willst du mich dann fragen?«, sagte er. Abby musterte ihn erneut und sah die Tränen in seinen Augen.

»Ich wollte es dich einfach sagen hören. Ich muss es hören. Ich wusste nicht, dass du so empfindest … Ich musste einfach sicher sein.«

Simon wich stolpernd zurück und riss seine Jacke von der Stuhllehne. »Mein Gott.«

»Es tut mir leid. Ich hab's nicht so gemeint. Ich weiß nicht, warum ich gefragt habe. Es war dumm.«

Simon stürmte davon, zog die Haustür auf und stapfte hinaus. Er versuchte, die Tür zuzuknallen, doch Abby stellte sich dazwischen.

»Bitte geh nicht, Simon«, flehte sie. »Es tut mir leid.«

Simon ging bis zum Ende der Einfahrt und blieb dann stehen. »Ruf mich an, wenn du etwas hörst«, sagte er und wischte sich das Gesicht, ehe er davonging und Abby allein im Türrahmen stehen ließ.

35 Gardner stand da und musterte Simons rote Haustür, nachdem er zum zweiten Mal geklopft hatte. Zuvor hatte er bereits mit Jen Harvey gesprochen. Er hatte sie wegen der Entführung der Tochter ihrer besten Freundin befragt, und die Frau hatte unentwegt mit ihm geflirtet. Natürlich könnte auch Nervosität dahinterstecken. Manche Leute reagieren so auf belastende Situationen, doch es stieß ihn trotzdem ab. Als sie schließlich begriffen hatte, dass er sie als potenzielle Verdächtige einstufte, war sie eingeschnappt gewesen und hatte mehr oder weniger das wiederholt, was ihm Paul Henshaw an diesem Tag gesagt hatte – was zum Teufel sollte sie mit einem Baby anfangen? Außerdem hatte sie nicht das geringste Interesse an Paul. Wenn sie ehrlich war, dann hielt sie ihn für einen eingebildeten Schnösel und wusste nicht, was sie je an ihm gefunden hatte. Sie war nur wegen Abby nett zu ihm.

Gardner war die unübersehbare Abwesenheit von Bauarbeitern im Haus aufgefallen, und Jen hatte ihm erklärt, dass sie gegangen seien. Von der Polizei vernommen zu werden, wenn man nichts weiter tat als seinen Lebensunterhalt zu verdienen, schlug offenbar manche Leute in die Flucht. Gardner hatte sich für alle Fälle ihre Kontaktdaten geben lassen und ließ Jen mit ihren unfertigen Bauarbeiten allein, nicht ohne ihr zu sagen, dass er sich wieder melden würde.

Nach einem kleinen Moment klopfte er erneut an Simons Tür und trat dann einen Schritt zurück, um zu den Fenstern im ersten Stock hinaufzuspähen. Am größeren Fenster waren die Vorhänge zugezogen; hinter dem kleineren, das einen Spalt weit offen stand, schwang ein Mobile mit etwas, das wie Enten aussah, sachte im Luftzug hin und her.

Gardner konzentrierte sich wieder auf die Tür, als er hörte, wie sich ein Schlüssel im Schloss drehte. Die Tür ging einen Spalt weit auf und gab den Blick auf Simon in Boxershorts frei, der ins helle Tageslicht hinausblinzelte.

»Mr. Abbott«, sagte Gardner. »Darf ich reinkommen?«

Simon hielt sich eine Hand vor die Augen. »Sicher.« Er rieb sich die Augen, wich etwas zurück und zog die Tür weiter auf. Als Gardner in den Flur trat, wurde Simon schlagartig wach. »Was ist los? Ist etwas passiert? Haben Sie die Ergebnisse?«

Gardner stand in der Tür, sah sich um und lauschte nach einem Hinweis darauf, dass Beth da war. Dann wandte er sich wieder zu Simon um, und sein Bauchgefühl sagte ihm, dass er einem Unschuldigen gegenüberstand. Zunächst einmal machten die meisten Kidnapper nicht im Halbschlaf und in Unterwäsche die Tür auf. Simon verschränkte die Arme über der nackten Brust. Als offenkundig wurde, dass er die Tür nicht zumachen und ihn richtig hereinbitten würde, ehe er wusste, was los war, begann Gardner zu reden.

»Nein, es gibt noch nichts Neues. Ich wollte Ihnen nur noch ein paar Fragen stellen.«

Simon nickte und schloss die Tür. »Ich ziehe mich nur schnell an. Gehen Sie schon vor«, sagte er und zeigte aufs Wohnzimmer.

»Haben Sie was dagegen, wenn ich mich umschaue?«, fragte Gardner, und Simon zuckte die Achseln.

»Nur zu«, sagte er und ging wieder nach oben.

Gardner sah sich im Flur um, ehe er Simon folgte. An jeder Wand hingen zahlreiche gerahmte Fotografien, und Gardner fragte sich, ob sie von Simon stammten oder von einem anderen Fotografen. Oben an der Treppe hing ein Bild, das Gardner kannte, eine künstlerische Aufnahme von einer Straße in Venedig, die eine Exfreundin von ihm in ihrem Schlafzimmer hängen gehabt hatte. Ob das ein original Abbott war?

Die erste Tür, die er passierte, führte ins Badezimmer. Keine Spur wies darauf hin, dass dort jemals ein Baby gewesen war; ja, es wies im Grunde fast gar keine Spuren menschlicher Anwesenheit auf. Gardner fragte sich, wie viele Sachen ein Baby überhaupt im Badezimmer hatte; er hatte keine Ahnung, was Babys brauchten. Er ging weiter in das hintere Schlafzimmer, das als Fotostudio diente. Unzählige Bilder zierten die Wände und standen auf oder an jeder freien Fläche.

Er wollte schon hinausgehen, als ihm ein Bild ins Auge stach. Abby und Beth lächelten ihm von einem schön gerahmten Bild entgegen. Beth war vielleicht zwei Monate alt; er konnte das Alter von Babys nur schlecht schätzen. Abby wirkte glücklich; ganz anders als die Abby Henshaw, die er kennengelernt hatte. Es hieß ja, Frauen strahlten, wenn sie schwanger waren. Er selbst konnte das nicht beurteilen, doch es hatte ganz den Anschein, als strahlten sie hinterher auch noch. Gardner hörte Simon hinter sich, stellte das Foto ab und ging hinaus.

Vorne im Haus gab es zwei weitere Zimmer. In dem größeren, dunkleren Raum, dessen Vorhänge das Tageslicht aussperrten, schlüpfte Simon in seine Hose. Gardner ging zu dem kleineren Raum hinüber. Die Wände waren zartgelb gestrichen und endeten in Bordüren, auf denen Silhouetten von Enten und Häschen prangten. Mitten im Raum stand unter dem Mobile, das er von außen gesehen hatte, ein leeres Kinderbett. In einer Ecke stapelten sich an der Wand zahlreiche Spielsachen, und auf einer kleinen Kommode lagen ein paar winzige Kleidungsstücke. Gardner fragte sich, wie oft Beth wohl bei Abbott war, wie Abby das Paul erklärt hatte und wie Simon die ganze Situation wirklich empfand. Wie würde er selbst sich fühlen, wenn er in den

Hintergrund treten und zusehen müsste, wie ein anderer Mann seine Tochter aufzog? Wenn er wochenlang warten müsste, bis er sie sehen durfte? Er bezweifelte, dass er sich dabei besonders gut fühlen würde.

Er verließ das Kinderzimmer und stellte sich in die Tür zu Simons Schlafzimmer. Als Simon die Vorhänge aufzog, fing er Gardners Blick auf.

»Konnten Sie ein bisschen schlafen?«, erkundigte sich Gardner.

»Ein paar Stunden.«

»Tut mir leid. Ich hätte mitdenken sollen. Erst später kommen.«

Simon nickte, setzte sich auf die Bettkante und zog seine Socken an. Gardner nutzte die Gelegenheit, um sich umzusehen. Dieser Raum war wesentlich kahler und unpersönlicher als die anderen Zimmer. Ein Bett mit einem Nachttisch auf jeder Seite, ein schmaler Kleiderschrank, ein Stuhl am Fenster, auf dem Kleider lagen, und ein Regal, dessen Bretter sich unter der Last zu vieler Bücher bogen, die willkürlich und ohne jedes Ordnungsprinzip aufgestellt worden waren. Vielleicht war dies das Bindeglied zwischen ihm und Paul.

Auf dem näher zur Tür hin gelegenen Nachttisch stand eine Lampe, an deren Fuß ein Polaroidfoto lehnte. Gardner beugte sich vor, um es besser zu sehen. Eine müde und verschwitzt aussehende Abby hielt eine rote, schrumpelige Beth in den Armen. Gardner vermutete, dass das kein original Abbott war, hätte aber sein Leben darauf gewettet, dass es eines seiner Lieblingsbilder war. Simon fing seinen Blick auf und griff nach dem Foto.

»Kaum eine Stunde alt«, sagte er, während er auf das Bild starrte. »Persönlich habe ich sie erst gesehen, als sie schon fast drei Wochen alt war.« Er sah zu Gardner hinüber, und dabei zog ein Schatten über sein Gesicht. Gardner empfand einen Anflug von Mitgefühl für den anderen und fragte sich, wie sehr er wohl seine Entscheidung bereute, auf Beth zu verzichten.

Etwa eine halbe Stunde später verließ Gardner das Haus. Er hatte Simon näher über seine Beziehung zu Abby und Beth befragt und zu hören bekommen, dass sie blendend war. Was Simon über Paul wusste, war das Gleiche wie am Vortag: sehr wenig. Was er über Jen wusste, war noch weniger. Er hatte sie am Vorabend zum ersten Mal gesehen, doch sie hatten nicht miteinander gesprochen.

Als Gardner mit der Befürchtung, dass seine beste Spur womöglich eine Sackgasse war, zum Auto zurückging, klingelte sein Telefon. Die Ergebnisse des DNA-Tests waren da.

36

Abby stand am Fenster und betrachtete die Wolken. Nachdem Simon gegangen war, war sie die Treppe zum Zimmer ihrer Tochter hinaufgestiegen, hatte sich zwischen den Plüschtieren auf den Boden gesetzt und sich einsamer gefühlt als je zuvor. Noch verlassener als an dem Tag, als sie vom Tod ihrer Eltern erfahren hatte. Sie sah zu, wie der schwingende Katzenschwanz der Wanduhr die Minuten abzählte, bis sie erfuhr, ob ihre Tochter tot war oder noch lebte. Sie fragte sich, ob wohl irgendjemand bei ihr sein würde, wenn sie erfuhr, ob sie von nun an wirklich allein wäre. Würde so ihr Leben aussehen? Ein leeres Haus mit einem leeren Kinderbett?

Nach einer Weile griff sie zum Telefon und rief Jen an.

»Warum hast du mir das nicht gesagt?«, fragte Jen. »Ich glaub's nicht, dass du die ganze Zeit kein Wort gesagt hast.«

»Ich wollte ja, aber ich konnte nicht«, sagte Abby. »Ich dachte, dass es wegen dir und Paul seltsam wäre.«

»Wegen mir und Paul?«, erwiderte Jen. »Paul ist mir komplett egal. Du bist meine beste Freundin. Du hättest es mir sagen sollen.«

»Ich weiß«, sagte Abby, während ihr eine Träne über die Wange lief. »Ich hab alles kaputt gemacht. Ich liebe Paul. Ganz ehrlich. Ich wollte ihm nicht wehtun, ich wollte einfach … Ach, wenn ich doch nur alles ändern könnte.«

»Ich weiß«, sagte Jen. »Ist er noch da?«

»Paul?«, fragte Abby.

»Nein, Simon. Das war er doch, oder?«

»Ja«, sagte Abby. »Er ist gegangen. Das hab ich auch kaputt gemacht. Ich habe ihn mehr oder weniger beschuldigt, Beth entführt zu haben.«

»Du glaubst, er war es?«

»Nein«, sagte Abby. »Nein. Das würde er nicht tun.«

»Soll ich vorbeikommen?«

Abby schwieg einen Augenblick. »Nein«, sagte sie schließlich. »Ich komm schon klar.«

Sie sah aus dem Fenster. Alles wirkte so ruhig. Die Wolken schienen wie am Himmel erstarrt, und Abby hatte das sichere Gefühl, tot zu sein und in einer seltsamen, leeren Hölle zu sitzen, bis es an der Tür klingelte und sie in die Wirklichkeit zurückgeholt wurde.

Eilig lief sie nach unten, in der Hoffnung, dass wer auch immer auf der anderen Seite der Haustür stand, sie aus dieser Qual erlösen würde.

Als sie die Tür öffnete, stand Gardner vor ihr. Er wirkte müde und sah aus, als hätte er sich tagelang nicht rasiert und ebenso lange nicht geschlafen. Sie ließ ihn ein und schlang sich die Arme fest um den Körper, während sie darauf wartete, dass er sagte, was er zu sagen hatte. Eine Sekunde, eine Ewigkeit später sprach er endlich.

»Wir haben die Ergebnisse bekommen«, sagte er.

37 Die Sorge um die seit vier Tagen vermisste siebenjährige Schülerin Chelsea Davies aus Redcar wächst. Trotz des Einsatzes von über 150 Polizeibeamten und zahlreichen Freiwilligen aus der lokalen Bevölkerung wurde keine Spur von Chelsea gefunden. Ermittler haben Anwohner befragt und über zweitausend Häuser und Anwesen in der Umgebung mithilfe von Spürhunden durchsucht. Mehr als eintausend Autofahrer wurden angehalten und befragt.

Gestern Abend bat Chelseas Mutter Jill Hoffman in einem emotionalen Appell darum, ihr ihre Tochter zurückzubringen.
»Ich liebe meine Tochter«, sagte Ms Hoffman gestern. »Ich würde alles tun, um sie zurückzubekommen. Ich würde mein Leben für sie geben.«
Ms Hoffman hatte am Mittwochabend die Polizei alarmiert, weil Chelsea nicht nach Hause gekommen war. Eine Suche wurde eingeleitet, an der unter der Leitung von Detective Inspector Michael Gardner von der Cleveland Police Einsatzkräfte aus der gesamten Region teilnahmen. D. I. Gardner gab heute folgenden Kommentar ab:
»Wir sind sehr besorgt um Chelseas Wohlergehen. Bei Fällen, in denen es um Kinder oder hilflose Erwachsene geht, ist der Zeitfaktor ausschlaggebend, daher bitten wir jeden, der über irgendwelche Informationen verfügt, sich unverzüglich mit der Cleveland Police in Verbindung zu setzen.«

D. I. Gardner hat auch die Ermittlungen im Entführungsfall Beth Henshaw im Jahr 2005 geleitet. Beth, die ebenfalls aus Redcar stammte, war erst acht Monate alt, als sie verschwand. Sie wurde nie gefunden.

Abby warf die Zeitung wieder dorthin zurück, wo sie sie gefunden hatte, an die kalte Steinmauer. Das Gesicht von Chelsea Davies hatte sich in ihr Gehirn eingebrannt; sie hatte es in den letzten Tagen so oft gesehen. Man konnte weder den Fernseher einschalten noch eine Zeitung durchblättern, ohne auf Chelseas Bild zu stoßen. Als ein Reporter sie angerufen und um einen Kommentar gebeten hatte, hatte Abby sofort aufgelegt. Sie interessierten sich nicht für Beth, sie wollten nur einen Spruch über Gardner. Und dieses Spiel spielte sie nicht mit. Doch andererseits … vielleicht konnten sie ihr helfen. Sie würden die Welt daran erinnern, dass ihre Tochter existierte.

Sie ließ den Blick über den Strand und die Menschen darauf schweifen: händchenhaltende Paare, Teenager, die sich gegenseitig anfeuerten, in die kalte Nordsee zu steigen, Kinder, die Hunde jagten, die Bälle jagten.

Die ohnehin spärliche Sonne stand kurz davor, sich für den Tag zu verabschieden, genau wie die Mütter, die Decken und Eimer und Schäufelchen einpackten. Abby hatte einen Bärenhunger und hätte sich am liebsten am Imbisswagen auf dem Parkplatz einen Burger gekauft, doch sie wollte nicht gehen, ehe sich der Strand völlig geleert hatte. Bis sie jedes Gesicht genau gemustert hatte, würde sie ihren Platz behalten und weiter beobachten.

Sie griff in ihre Tasche und berührte die Umschläge. Sie brauchte gar nicht hineinzusehen, um zu wissen, was darin stand. Nicht dass es viel gebraucht hätte, um sich ihren Inhalt einzuprägen. Sie waren kurz und besagten stets das Gleiche. Drei kurze Schreiben, in jedem Jahr nach Beths Verschwinden eines, und dann nichts mehr. Es hatte einfach so aufgehört. Sie wusste nicht, was das zu bedeuten hatte.

Während sie die Jacke gegen den Wind ein bisschen fester um sich zog, blinzelte sie in den leichten Sandsturm. Eine Familie kam auf sie zu, die Kinder rannten trotz der Warnung ihrer Mutter voraus. Abby musterte ihre Gesichter. Der Junge interessierte sie nicht. Seine Schwester hatte Mühe mitzuhalten. Seufzend lehnte sich Abby zurück. Zu alt, dachte sie. Als der Junge an Abby vorbeilief, verlor das kleine Mädchen die Balance und schrie auf. Sofort nach ihrem Sturz begann sie zu weinen, doch ihr Bruder rannte weiter. Abby ließ sich von der Mauer gleiten, hob die Kleine auf und inspizierte ihr aufgeschürftes Knie.

»Nicht so schlimm, Herzchen«, sagte Abby, ehe sie ein Taschentuch herauszog, um den Sand aus der Wunde zu wischen.

»Lauren«, sagte die Mutter des Mädchens, die hinter Abby herbeigekommen war. Sie fasste das Mädchen am Arm und zog es in Richtung Parkplatz davon. Als sie einen Blick auf Abby warf, zuckte sie zusammen und sah noch einmal genauer hin. »Ich hab euch doch gesagt, ihr sollt nicht so rennen«, schimpfte die Frau, während sie den Jungen einfing und beide Kinder zum Parkplatz bugsierte.

Abby stand auf und verfolgte, wie die Frau ihr Auto belud, bis sie und die streitenden Kinder schließlich davonfuhren und außer Sichtweite waren. Dann drehte sie sich wieder zu der Mauer um und stemmte sich hinauf. Der Strand leerte sich schnell. Draußen über dem Meer bildeten sich dunkle Wolken, und Abby wusste, dass ein Gewitter im Anzug war.

Kaum waren die letzten Nachzügler verschwunden, sprang sie von dem Mäuerchen und ging davon. Etwa auf halbem Weg nach Hause begann es zu regnen. Dicke Tropfen bildeten rasch tiefe Pfützen auf der Straße. Autos spritzten das schmutzige Wasser aus dem Rinnstein auf Abbys Beine, während sie weiterging und sich die harten Tropfen aufs Gesicht prasseln ließ.

Vergebens wischte sie sich mit dem Ärmel über die Augen. Sie fühlte sich hoffnungslos verlassen und hätte gar nicht mehr zu sagen vermocht, ob sie unter dem Regen weinte. Sie versuchte sich an das letzte Mal zu erinnern, dass sie geweint hatte. Es war nun schon eine ganze Weile her. Mehr oder weniger.

Als sie um die letzte Ecke bog, sah sie sein Auto vor dem Haus stehen. Sie hatte nicht mit seiner Rückkehr gerechnet, doch in gewisser Hinsicht war sie froh, nicht noch eine Nacht allein verbringen zu müssen. Obwohl sie es vielleicht verdient hatte. Sie wusste, dass sie keine angenehme Gesellschaft war. Sie ertrug die vorwurfsvollen Blicke nicht, die ungefragten Fragen danach, wo sie gewesen war und was sie dachte. Sie blieb stehen und starrte das Haus an, in das sie nicht gehörte. Sie lebte nicht wirklich dort. Nicht richtig. Es war kein Zuhause. Sie wusste nicht mehr, wann sie sich zuletzt irgendwo zuhause gefühlt hatte. Das Haus, das sie – glücklich – mit ihrer Familie geteilt hatte, kam ihr nur noch wie eine entfernte Erinnerung vor, und manchmal fragte sie sich, ob sie es sich nur eingebildet hatte.

Abby überlegte, ob sie kehrtmachen und sich eine Pension für die Nacht suchen sollte, doch das war keine Lösung, nicht langfristig. Das Geld war zu knapp, und sie müsste ohnehin am nächsten Tag zurückkommen. Nachdem sie das Haus verkauft hatte, um ihre Kampagne zu finanzieren, war er für sie da gewesen und hatte ihr ein Dach über dem Kopf geboten. Zuerst hatte sie eine kleine Wohnung in der Stadt gemietet, die sie kaum je benutzt hatte. Dann kamen die Ein-Zimmer-Apartments, die B&Bs und dann immer öfter sein Sofa. Jetzt war es ihr Zuhause. Oder zumindest die beste Annäherung an ein Zuhause, die sie kriegen konnte. Gut, von Zeit zu Zeit brauchte sie die Gesellschaft eines realen Menschen, doch in ganz pragmatischem Sinne brauchte sie eine Wohnung für Beth, wenn sie endlich zurückkam.

Auf der anderen Straßenseite ließ jemand ein Auto an, dessen knatternder Motor sie aus ihren Gedanken riss. Der Wagen fuhr mit quietschenden Reifen an und preschte auf der nassen Straße davon. Abby holte tief Luft und ging mit regennassem Gesicht auf das Haus zu.

Sie sah ihn durchs Fenster, wie er mit einem Arm über der Lehne auf dem Sofa saß. Er wandte sich um und sah sie an. Sah sie mit diesem speziellen Blick an und stand dann auf. Noch ehe sie den Schlüssel gezückt hatte, öffnete er ihr die Tür. Dann stand er da und musterte sie, bevor er beiseitetrat und sie einließ.

»Warte mal«, sagte er, lief in die Küche und kehrte mit einem Handtuch zurück. Er warf es Abby zu, die sich das Gesicht abtrocknete und die Turnschuhe abstreifte.

»Danke«, sagte sie. Er lehnte sich gegen das Treppengeländer, während sie Jacke und Hose auszog und beides achtlos neben die Tür warf.

»Hi.«

Abby blickte an Simon vorbei und sah Jen mit einer Tasse Kaffee dastehen. »Was machst du denn hier?«, fragte Abby.

»Tja, du schreibst nicht, du rufst nicht an …« Jen lächelte. »Da dachte ich eben, ich schaue mal vorbei.«

Abby sah Simon an, der den Blick gesenkt hielt. Auf einmal fühlte sie sich ausgesetzt. »Ich muss duschen«, sagte sie und machte Anstalten, die Treppe hinaufzusteigen.

»Warte.« Simon legte seine Hand auf ihre, ehe er sich zu Jen umwandte, die nickte und sich nach einem Platz umsah, wo sie ihre Tasse abstellen konnte.

»Dann gehe ich mal wieder«, sagte Jen. »Ich hätte vorher anrufen sollen.« Sie schlüpfte in ihren Mantel und stellte sich vor Abby. »Ruf mich an. Dann machen wir was aus.«

Abby nickte und sah zu, wie Jen, bevor sie ging, Simons Schulter drückte. Sie wollte davongehen, doch Simons Hand lag immer noch auf ihrer. Fröstelnd stand sie in ihrer Unterwäsche da und wartete darauf, dass er etwas sagte. Sie merkte ihm an, dass er abwägte, ob er sie zur Rede stellen oder einfach alles auf sich beruhen lassen sollte. Sie nahm es ihm nicht wirklich übel. Manchmal fragte sie sich ja selbst, ob sie noch alle Tassen im Schrank hatte oder sich schon auf direktem Weg in den Wahnsinn befand. Hatte das alles überhaupt einen Sinn? Vielleicht nicht. Doch das Fehlen eines anderen Plans oder einer anderen Beschäftigung bedeutete, dass sie einfach immer weitermachte.

Schließlich fasste er einen Entschluss. »Glück gehabt?«, fragte er.

Abby schüttelte den Kopf und war lächerlich dankbar dafür, dass er sich entschieden hatte einzulenken. Er richtete sich auf und ging auf sie zu.

»Du hättest mich anrufen sollen. Dann hätte ich dich abgeholt. Ich hätte Jen mit einer Ausrede abwimmeln können«, sagte er lächelnd.

Abby nickte und versuchte, an ihm vorbei die Treppe hinaufzuhuschen. Doch er griff nach ihr und zog sie an sich. Abby machte sich nicht einmal die Mühe, sich zu wehren. Er küsste sie auf die Stirn und drückte ihren Kopf an seine Brust, während er ihren kalten, durchnässten Körper in seine warmen Arme schloss.

Nach einer kleinen Weile ließ er alles los außer ihrer Hand. »Dann geh du mal duschen. Ich mach uns was zu essen.«

Abby drückte kurz seine Hand und ließ rasch wieder los. Auf halbem Weg nach oben blieb sie stehen und sprach ihn an, ohne sich umzudrehen. »Simon?«

Er sah durch die Geländerstäbe zu ihr hinauf und wartete. »Danke«, sagte sie und verschwand im oberen Stockwerk.

38

Abby saß auf der Bettkante, das Handtuch locker um den Körper geschlungen. Sie registrierte kaum, wie ihr das Wasser aus den Haaren über den Rücken lief, sondern starrte nur durchs Fenster auf den strömenden Regen und fragte sich, wie sie hierhergekommen war. Wie hatte dies ihr Leben werden können? Es war ja eigentlich gar kein Leben. Sie fühlte sich wie ein Geist.

Nachdem Gardner ihr gesagt hatte, dass das tote Kind aus dem Fluss nicht Beth war, hatte sie die allumfassende Hoffnung verspürt, dass ihre Tochter heil und unversehrt zu ihr zurückkommen würde. Doch die Wochen wurden zu Monaten und die Monate zu Jahren, und schließlich hatte es den Anschein, als hätten alle aufgegeben außer ihr. Es gab Momente, in denen sie vergaß, dass Beth verschwunden war. Manchmal wachte sie nachts auf und dachte, sie hätte sie schreien gehört. Doch wenn sie hinüberging, um sie zu trösten, war niemand da. Nur ein weiterer Geist.

Nach ein paar Monaten widmete man dem Fall immer weniger Zeit und Ressourcen. Andere Kinder wurden vermisst, und andere Mütter verlangten nach der Aufmerksamkeit der Polizei. Abby verstand das, sie wusste, dass sie taten, was sie konnten, doch es tat trotzdem weh, dass es niemanden zu kümmern schien, dass alle aufgegeben hatten, während sie an nichts anderes denken konnte. Ab und zu dachte sie an das Baby aus dem Fluss. Es hatte Wochen gedauert, bis sich die Mutter gemeldet hatte. Eine junge Frau mit Drogenproblemen, die ihre kleine Tochter tot in ihrem Bettchen vorgefunden und panisch reagiert hatte. Die Zeitungen schrieben, Leute wie sie sollten keine Kinder haben dürfen. Die Zeitungen schrieben alles Mögliche.

Sie dachte an Chelsea Davies' Mutter, fragte sich, wie es ihr wohl ging und ob sie sich so allein fühlte wie Abby. Der Reporter hatte Abby gefragt, ob sie ihr irgendetwas zu sagen hatte, aber was konnte sie schon sagen? Zumindest interessierten sich die Leute noch für Chelsea, denn bisher hatte sich niemand abgekehrt oder sich gegen ihre Mutter gewandt. Abby hatte noch immer die Stimmen derer im Ohr, die ihr die Schuld gaben. Die ihr sagten, sie sei eine schlechte Mutter, eine Hure, eine Lügnerin. Sie hörte sie immer noch, und sie glaubte ihnen immer noch.

Gardner stand nach wie vor auf ihrer Seite. Er ermutigte sie, nicht aufzugeben, doch mit der Zeit schien seine Hoffnung zu schwinden. Das sah sie in seinen Augen. Sie wusste, dass der Fall nicht offiziell zu den Akten gelegt worden war, doch sie hatte das Gefühl, dass Gardners Optimismus aufgebraucht war. Manchmal hatte sie das Gefühl, als scheute er sich davor, sie zu treffen, damit seine Hoffnungslosigkeit nicht auf sie abfärbte.

Nach wie vor rief sie ihn an, um ihm Informationen zu übermitteln, von denen sie dachte, dass sie hilfreich sein könnten, und gab ihm jeden Monat ein Update. Er hörte ihr immer zu, notierte sich ihre Angaben und verfolgte Anhaltspunkte, selbst wenn sie im Grunde zu nichts führen konnten. Sie wusste genau, dass er häufig seine Freizeit dazu nutzte, um Spuren nachzugehen, die seine Vorgesetzten niemals der bezahlten Polizeiarbeit für würdig erachtet hätten. Dafür hatte sie ihn ins Herz geschlossen. Er war der Einzige, der bei ihr geblieben war. Abgesehen von Simon natürlich. Jen kam und ging. Sie hatte ihr eigenes Leben.

Abby hörte Simon unten herumfuhrwerken und mit Töpfen und Pfannen klappern. Sie hatten nicht das, was die meisten Leute unter einer Beziehung verstehen würden, und sie konnte sich auch nicht vorstellen, dass das je der Fall sein würde. Sie lebten zusammen. Sie schliefen miteinander – wenn Abby die Initiative ergriff –, doch an jenem Tag hatten diese Männer alles geraubt. Abby lebte nicht mehr, sie tat nur noch so als ob. Sie fragte sich, ob alles anders würde, wenn Beth zurückkam, und ob sie dann immer noch mit Simon hier leben würde. In gewissem Sinne liebte sie ihn. Er hatte alles mit ihr durchgestanden. Als sie schließlich auf sein Angebot eingegangen und bei ihm einzogen war, hatte er ihr vorgeschlagen, sein Fotostudio aus dem zweiten Schlafzimmer herauszuräumen, doch sie hatte abgelehnt. Seine Arbeit bedeutete ihm alles. Auch als er ihr Beths Zimmer angeboten hatte, hatte sie augenblicklich abgelehnt. Abby wollte nicht, dass irgendetwas angerührt wurde. Sie wusste, dass Beth, wenn sie denn je zurückkehrte, kein Baby mehr wäre und das Zimmer in seinem jetzigen Zustand nutzlos wäre; dennoch lehnte sie es ab, irgendetwas zu verändern und klammerte sich verzweifelt an die letzten Erinnerungen an ihr kleines Baby.

Die Tür ging auf, und Simon stand da. »Essen ist fertig«, sagte er. Sie blickte auf den Wecker am Nachttisch. Kein Wunder, dass sie hungrig war.

Abby nickte und stand auf. Rasch zog sie sich frische Sachen an und rubbelte mit dem Handtuch ihr Haar trocken. Simon sah ihr dabei zu, und als sie an ihm vorbeiging, berührte er sie sachte am Hals. Sie lächelte ihn an, und er folgte ihr nach unten.

Sie aßen Spaghetti Bolognese und plauderten halbherzig über Simons letzte London-Reise. Dann stellte er das Geschirr in die Spüle, griff sich den Wein und die Gläser und nahm alles mit hinüber ins Wohnzimmer. Abby folgte ihm und ließ sich gerne Wein nachschenken, ehe sie sich in den großen Sessel am Fenster setzte. Simon nahm auf dem Sofa Platz und legte den Arm ausgestreckt über die Lehne. Er wartete, bis Abby bequem saß, ehe er zu sprechen begann.

»Und wo warst du heute?«, fragte er. Abby trank langsam einen großen Schluck Wein und senkte dann das Glas. Sie wollte es eigentlich wieder abstellen, als sie merkte, dass sie etwas brauchte, an dem sie sich festhalten konnte.

»Am Strand«, sagte sie, ohne ihn anzusehen.

»Viel los?«

»Ja.«

Sie lauschten dem Regen, der gegen das Fenster klopfte, und sahen einander nicht in die Augen. Ein Auto fuhr aus der Einfahrt gegenüber und erleuchtete einen Moment lang das Wohnzimmer, ehe die Scheinwerfer verschwanden und man in der Ferne die Reifen quietschen hörte. Als Simon seufzte, sah Abby zu ihm auf.

»Ich weiß, du denkst …« begann sie, als Simon ihr ins Wort fiel. »Und wohin geht es morgen?« Sie musterten einander, beide unsicher, wie sie fortfahren sollten. Das Schweigen lastete schwer über ihnen, bis Simon es brach.

»Im Locke Park gibt es morgen einen Spieltag. Ich habe beim Vorbeifahren ein Transparent gesehen«, sagte er.

Abby nickte. »Ja. Ich hab mir schon überlegt, vielleicht hinzugehen.« Sie trank einen weiteren Schluck Wein und stellte schließlich ihr Glas ab. »Hast du zu tun? Du könntest mitkommen …«

Simon senkte den Blick. Sie wusste, dass er nein sagen würde. Sie wusste, dass er es für sinnlos hielt und ihr nur einen Gefallen tun wollte, wenn er sie fragte, wie sie ihre Tage verbrachte. Manchmal, wenn sie draußen unterwegs war und sich von glücklichen und nicht so glücklichen Familien umgeben sah, tat ihr das Herz weh. Dann wünschte sie sich, auch eine dieser Familien zu haben. Sie wünschte, sie wäre zum Spaß dort.

Sie und Beth und … wer? Sie träumte von fröhlichen Familienweihnachten und Geburtstagen, und es war stets Simon, der an ihrer Seite war, nicht Paul. Sie versuchte, die Ironie daran nicht an sich heranzulassen.

»Du hast zu tun. Ist schon okay. Wahrscheinlich regnet es ohnehin«, sagte Abby und fragte sich, warum sie sich Mühe gab, fröhlich zu klingen. Warum sie versuchte, so zu tun, als wäre es ein normaler Familienausflug statt einer verzweifelten Suche nach einer schon lange verschollenen Tochter.

»Vielleicht ein andermal«, sagte Simon, und sie taten beide so, als merkten sie nicht, dass das gelogen war.

Abby ging nach oben, während Simon unten fernsah. Sie schloss die Tür, setzte sich im Schneidersitz aufs Bett und klappte den Laptop auf. Während sie darauf wartete, dass die Seite lud, fragte sie sich, ob Simon eigentlich wusste, was sie hier oben machte. Ob er jemals den Verlauf ihres Browsers gecheckt hatte, wenn sie außer Haus war. Nicht dass er irgendetwas finden würde. Sie löschte immer alles hinterher. Doch er fragte sie nie, was sie machte und warum sie nie den Computer unten benutzte. Vielleicht wusste er es; vielleicht wollte er nur nett sein.

Sie loggte sich ein und registrierte, wie viele neue Posts eingegangen waren, seit sie das letzte Mal auf der Seite gewesen war. Sie überflog die Nachrichten, erkannte die Namen etlicher User und registrierte ein paar neue. Neue Mitglieder ihres Clubs. Des Clubs, dem niemand je beitreten möchte.

Früher hatte Abby Beiträge gepostet und wissen wollen, dass jemand sie verstand, dass sie nicht allein war, doch sie hatte aufgehört, als sie begriffen hatte, dass niemand es verstehen konnte. Vielleicht war auch jemand anders die Tochter weggenommen worden, doch das würde sie nie erfahren, denn das hatte sie ihnen nicht verraten. Was, wenn jemand sie erkannte? Dann wäre sie nicht mehr Gail01, sondern Abby Henshaw, deren ganzes Leben im Internet ausgebreitet wurde. Also hatte sie diesen Teil weggelassen.

Sie hatte es auf anderen Webseiten versucht. Es gab eine Menge spiritueller Foren, Orte der Vergebung, auf denen die Überlebenden über ihr Trauma hinwegkommen konnten. Sie respektierte das und hatte sich gefragt, ob sie es auch selbst versuchen sollte, doch bei ihr funktionierte es nicht. Sie verfügte nicht über das Potenzial, irgendjemandem zu vergeben. Noch nicht. Sie hatte es auf den militanteren Seiten versucht, wo sie ihre Rachefantasien darlegen und sich an den Vorschlägen anderer Mitglieder ergötzen konnte, doch letztlich würde sie in der realen Welt nie Vergeltung üben können, also was hatte es für einen Sinn?

Daher hielt sie sich an dieses Forum und hatte eine kleine Weile lang das Gefühl, ein Teil von etwas zu sein. Sie konnte ein paar Minuten lang Mitgefühl mit diesen anderen Frauen, diesen anderen Mädchen entwickeln, bevor sie wieder auf ihren eigenen Schmerz zurückgeworfen wurde. Doch jetzt, wo sie zu posten aufgehört hatte, fragte sie sich, warum sie immer noch auf die Seite ging.

Sie scrollte durch die Kommentare und begriff, dass sie es tat, weil sie darauf hoffte, eines Tages eine Antwort zu bekommen. Etwas, das dem Ganzen ein Ende machte. Vielleicht würde jemand seine Geschichte erzählen, und sie würde sie als die ihre erkennen, und damit hätte sie einen Hinweis darauf, wer die Schweine waren, die ihr das angetan hatten.

Sie klappte den Laptop zu.

Sie hatte ihn noch nicht gefunden.

39

Abby schaute zu ihrem gewohnten Tisch an der Ecke. Eine ältere Frau saß dort, hatte ihre Einkaufstüten auf die drei freien Stühle verteilt und einen Haufen Münzgeld auf dem Tisch ausgebreitet. Abby sah sich um und entdeckte ihn auf der anderen Seite des Cafés. Sie wusste, dass er längst da sein würde; er kam immer als Erster.

Gardner erhob sich, als er sie sah, und lächelte, während sich Abby den Weg zu ihm hinüberbahnte und sich schließlich ihm gegenüber niederließ. Gardner hatte seinen Kaffee bereits bekommen und für sie einen Orangensaft und ein Scone bestellt. Sie waren beide wirklich sehr berechenbar.

»Wie geht's?«, fragte er, als sie aus ihrer Jacke schlüpfte.

Abby nickte. »Geht so«, sagte sie. »Und Ihnen?«

Er zuckte die Achseln. »Wie immer.«

Abby machte sich daran, ihr Scone zu buttern, während er Zucker in seinen Kaffee rührte. Das Schweigen war behaglich, doch sie wünschte, sie hätte ihm etwas zu sagen, irgendeinen Anhaltspunkt. Sie presste die Hand gegen ihre Jackentasche, eine Gewohnheit, die sie nicht abzulegen vermochte. Gardner beobachtete sie. Er wusste, dass sie die Briefe wie eine Art Talisman mit sich herumtrug.

»Wie geht's Simon?«, fragte Gardner.

»Gut«, sagte sie. »Er hat eben erst ein paar Fotos veröffentlicht … irgendwo.« Leise Schuldgefühle durchzuckten sie, weil sie nicht mehr wusste, wo genau.

Gardner nickte, als wäre er beeindruckt, doch Abby vermutete, dass es ihm wahrscheinlich völlig egal war. Manchmal berichtete sie Simon etwas Neues von Gardner, und er reagierte genauso. Manchmal fragte er, worüber sie und Gardner eigentlich redeten; er verstand ihre Beziehung nicht. Was okay war, denn sie verstand sie auch nicht. Es hatte fünfzehn Monate nach Beths Verschwinden begonnen. Den ersten Brief hatte sie im Dezember bekommen, drei Monate, nachdem es passiert war. Eine getippte Notiz, nur mit den Worten: »Sie ist glücklich. Es geht ihr gut.« Abby hatte sie Gardner gebracht, und die Ermittlungen hatten wieder ein bisschen Fahrt aufgenommen, ein winziger Hoffnungsschimmer, nachdem monatelang nichts passiert war. Doch man hatte weder Fingerabdrücke noch DNA gefunden. Nichts, was ihnen weitergeholfen hätte. Ein Jahr danach kam ein zweiter Brief. Genau wie der erste, aber in einem anderen Teil des Landes aufgegeben. Abby rief Gardner an und bat ihn, sich in dem Café mit ihr zu treffen. Sie wusste, dass an dem Brief wieder nichts zu finden wäre, nichts, was ihr helfen könnte, doch sie wollte Antworten, wollte jemanden, mit dem sie reden konnte. Ein paar Monate später hatte sie ein Mädchen gesehen, das sie für Beth hielt, und Gardner erneut um ein Treffen gebeten. Daraus entwickelte sich eine Regelmäßigkeit, ob es nun Neuigkeiten gab oder nicht.

Manchmal, wenn ihr der Gedanke, mit leeren Händen zurückzukehren, zu viel wurde, wollte Abby gar nicht hingehen. Doch sie genoss vor allem die Gespräche. Bei Gardner fühlte sie sich geborgen. Sie spürte, dass sie ihm vertrauen, offen mit ihm reden konnte. Er kannte ihre Geheimnisse, wusste von ihrem Schmerz. Sie konnte ihm alles sagen. Er war eine Art Experimentierfeld für sie. Was er davon hatte, war ihr schleierhaft. Ein wenig hatte sie bei ihren Treffen von ihm erfahren, doch er öffnete sich ihr nie ganz.

Abby trank einen Schluck Saft. »Gestern hat mich eine Reporterin angerufen«, sagte sie, und Gardner blickte erstaunt auf.

»Wegen Chelsea Davies?«, fragte er, und sie nickte. »Verfluchte Aasgeier«, sagte er und blickte in seinen Kaffee.

»Sie wollte wissen, wie es mir ging, als ich von Chelseas Verschwinden gehört habe. Ob es Erinnerungen wieder hat wach werden lassen«, sagte sie und lachte auf. Sie brauchte nicht von einem anderen vermissten Mädchen zu hören, um an Beth erinnert zu werden. Sie lebte jeden Tag damit.

»Was haben Sie zu ihr gesagt?«, fragte er, noch immer ohne sie anzusehen. Sie wusste, dass der Fall ihn belastete.

»Nichts«, sagte sie, woraufhin er sie endlich ansah und nickte.

»Ist das Beste«, sagte er. »Was rufen sie auch bei Ihnen an.«

Abby nickte. Sie verriet ihm nicht, was die Reporterin gesagt hatte. Sie wollte ihn nicht verletzen, obwohl die Presse ohnehin längst diesen Weg eingeschlagen hatte. Der Zusammenhang zwischen Beth und Chelsea, die Tatsache, dass Gardner in beiden Fällen die Ermittlungen leitete und keines der beiden Mädchen gefunden worden war. Aber mein Gott, Chelsea Davies war ja erst seit ein paar Tagen verschwunden. Sie hatten ihm keine Chance gelassen. Hatten verschwiegen, wie viele Fälle er aufgeklärt hatte. Sie hatten keinen echten Bösen, den sie beschuldigen konnten, also beschuldigten sie stattdessen Gardner. Jeder kam mal an die Reihe. Nach dem anfänglichen Mitgefühl in der ersten Zeit nach Beths Verschwinden hatten sie sich gegen Abby gewandt. Ihr Vorwürfe gemacht. Ihr Privatleben auseinandergenommen und sie zur schlechten Mutter abgestempelt. Und dann vergaßen sie Abby und Beth ganz schnell wieder und wandten sich etwas Neuem zu. Doch jetzt wollten sie wieder etwas über sie erfahren. Ihr Leid konnte dazu beitragen, ein paar Zeitungen mehr zu verkaufen, also warum nicht?

»Aber ich hab's mir überlegt. Wenn ich wieder über Beth rede, würden die Leute vielleicht auch wieder über sie nachdenken«, sagte sie und schob einen Krümel auf ihrem Teller herum. »Es würde ihre Erinnerungen auffrischen.«

Gardner erhob sich. »Ich bestelle mir noch etwas zu trinken«, sagte er und ging zum Tresen hinüber.

Abby wünschte, sie hätte es nicht erwähnt. Was sollte er schon dazu sagen? Nur zu, geben Sie ihnen, was sie wollen? Sie wusste, dass er die Zeitungen gelesen haben musste, gewusst haben musste, dass sie seine Kompetenz infrage stellten. Doch wenn sie überhaupt etwas zu den Journalisten sagen würde, dann etwas zu seinen Gunsten. Nein, er hatte Beth noch nicht gefunden. Doch er hatte nie aufgehört, nach ihr zu suchen.

40

Abby hatte sich damit getäuscht, dass es regnen würde. Die Sonne schien strahlend vom Himmel, und im Park wimmelte es von Kindern und gestresst wirkenden Eltern. Sie bahnte sich den Weg durch die Massen und fragte sich, wie sie alles aufnehmen und verarbeiten sollte. Es war unmöglich, auch nur die Hälfte der Kinder in den Zelten zu sehen, da ein solches Gedränge herrschte. In einem davon, wo Kinderschminken angeboten wurde, schob sie sich bis nach vorne durch. Ein kleiner, schüchterner Junge wurde von seinem Vater auf einen der bereitstehenden Hocker genötigt. Die übertrieben fröhliche Schminkkünstlerin fragte ihn, was er denn gerne sein würde. Der Junge zuckte die Achseln und starrte weiterhin seinen Vater an.

»Wie wär's mit einem Tiger?«, fragte die Schminkkünstlerin und fauchte dazu. Der Junge zuckte erneut die Achseln. Sein Vater stand mit verschränkten Armen über ihm. »Oder ein Bär?«, versuchte sie es mit einem erneuten Fauchen, das dem des Tigers verdächtig ähnlich war, ehe sie hilfesuchend den Vater ansah.

»Machen Sie einfach den Tiger«, sagte er und sah auf die Uhr. Die Frau wandte sich zu ihren Schminkfarben um und griff nach einem Pinsel.

»Ein Hase«, sagte der Junge ruhig.

»Ein Hase?«, stießen sein Vater und die Frau wie aus einem Munde hervor. »Du kannst doch kein blöder Hase sein wollen«, fuhr sein Vater fort. »Machen Sie den Tiger«, wies er die Frau an.

Die Frau blickte zwischen dem Jungen und seinem Vater hin und her und griff schließlich nach der orangenen Farbe. Der Junge ließ den Kopf hängen, und sie hatte sichtlich Mühe dabei, die Schminke anzubringen. Als der Vater sein Handy zückte, ging Abby weiter. Sie fragte sich, welches Tier Beth gewählt hätte. Irgendwo hinter ihr vernahm sie die Geräusche eines Kasperletheaters. Sie hatte die Figuren seit jeher gruselig gefunden und beschlossen, niemals mit Beth zu einer Vorstellung zu gehen, doch nun fragte sie sich, ob sie sich damit auf eine Ebene mit dem Mann beim Kinderschminken begab, der darüber entschied, was sein Sohn durfte und was nicht. Wenn Beth ins Kasperletheater wollte, dann durfte sie.

Sie ging in Richtung Eiswagen und setzte sich auf eine Bank gegenüber. Es war ein guter Aussichtspunkt. Unter den wachsamen Augen ihrer Eltern stellten sich reihenweise Kinder um ein Eis an. Abby studierte sie alle, sortierte sie nach Geschlecht und Alter und nahm jene, die infrage kamen, genauer ins Visier. Gelegentlich fragte sie sich, ob die anderen Eltern wohl bemerkten, dass sie die Kinder beobachtete. Oft fürchtete sie, jemand könnte die Polizei rufen, die sie gewaltsam entfernen und ihr erklären würde, dass sie von nun an zu sämtlichen Schulen, Spielplätzen und sonstigen Orten, an denen sich Kinder aufhielten, zweihundert Meter Abstand halten müsse. Doch bis jetzt schien niemandem ihre Anwesenheit besonders aufzufallen. Ja, eigentlich schien niemand sie mehr richtig wahrzunehmen. Nicht wie früher einmal. Sie waren alle viel zu sehr mit ihrem eigenen Leben beschäftigt, um zu bemerken, dass Abbys Leben in Stücke gegangen war.

Zwei Frauen ließen sich ermattet neben ihr auf die Bank fallen und wedelten drei Kinder in Richtung Eiswagen davon. Eine zündete sich eine Zigarette an, und als der Rauch davonzuziehen begann, erhob sich die andere, und die beiden Frauen tauschten den Platz. Die Raucherin rief ihrem Ältesten zu, die Jüngste bei der Hand zu nehmen, und er willigte grollend ein, indem er seine Schwester am Arm packte und sie missmutig hinter sich her zerrte. Die Frauen wechselten einen Blick und verdrehten die Augen. Abby rang sich ein Lächeln ab, stand auf und ging weiter. Als sie sich den Weg durch die Massen bahnte, die sich um einen Imbiss-Stand drängten, versuchte sie, die Gesichter der Kinder zu mustern, doch sie standen zu dicht beisammen, und es waren zu viele, um sie einzeln zu studieren.

Abby quetschte sich vorbei. Ein junges Mädchen mit leuchtend rotem Haar ging mit gelangweilter Miene auf sie zu. Sie hielt ihr einen Flyer hin und sagte: »Da sollten Sie hingehen«, ehe sie weitereilte.

Abby betrachtete den Flyer. Eine Aufführung von *Der Wind in den Weiden* am nächsten Tag. Es war einen Versuch wert. Sie lächelte, während ihr die Tränen in die Augen stiegen, da sie dachte, dass es genau die Art von Veranstaltung war, zu der sie mit Beth gegangen wäre. Abby fragte sich, ob Beth wohl das fröhliche und aufgeweckte kleine Mädchen war, das in ihrer Fantasie lebte, oder ob sie traurig und verschlossen war wie der unglückliche Junge beim Kinderschminken. Sie berührte den Umschlag in ihrer Tasche.

Sie ist glücklich. Es geht ihr gut.

Abby wollte den Flyer gerade einstecken, als etwas sie davon abhielt. Auf der Rückseite stand etwas, die Tinte schien durch. Sie drehte das Blatt um.

Sie wird da sein.

Abby stockte der Atem. Sie sah sich nach dem jungen Mädchen um, das ihr den Zettel gegeben hatte, konnte sie aber in dem Gedränge nicht mehr ausmachen. Eilig versuchte sie, sich durch die Schlange am Imbiss-Stand zu drängen, und ignorierte das Geschimpfe der anderen.

Sie quetschte sich zur anderen Seite durch, konnte aber nirgends den roten Schopf des Mädchens entdecken. Suchend drehte sie sich in alle Richtungen.

Nichts.

Erneut sah sie auf den Flyer. *Sie wird da sein.* Das war kein Zufall. Sie schloss die Augen. Das Mädchen hatte keine weiteren Zettel mehr gehabt. Sie hatte nur Abby den einen gegeben, da war sie sicher.

Sie musste sie finden.

Abby begann durch den Park zu rennen und suchte die Gesichter ab. Schließlich ging sie langsamer und fragte Leute, ob sie das Mädchen mit dem roten Haar gesehen hatten.

Auf der anderen Seite des Parks angelangt, blieb sie stehen und setzte sich auf eine Bank. Wer war sie? Woher wusste sie, wo Beth war?

Abby brannten die Tränen in den Augen. Ihre Gedanken überschlugen sich bei dem Versuch, die Sache zu verarbeiten. Dann wusste sie eben nicht, wer die junge Frau gewesen war. Spielte das eine Rolle? Auf jeden Fall hatte sie ihr mitgeteilt, dass Beth am nächsten Tag da sein würde. Sie wusste, was sie tun musste. Da sein. Wenn Beth da war, wenn sie sie fand, spielte es dann noch eine Rolle, wer das Mädchen war?

Erneut musterte sie den Flyer und zog dann den Umschlag heraus, der von den Jahren, die sie ihn mit sich herumgetragen hatte, ganz abgeschabt und wellig geworden war. Sie fragte sich, ob alles von derselben Person stammte. Ob das junge Mädchen ihr die Briefe geschickt hatte.

Vielleicht sollte sie Gardner anrufen und ihm berichten, was passiert war. Als sie ihr Telefon aus der Tasche zog, begann es zu klingeln. Sie sah aufs Display. Simon.

»Hi«, sagte sie und überlegte, ob sie es ihm sagen sollte. Sie wollte gern. Sie wollte, dass er dabei war, wenn sie Beth fand. Doch sie wusste, er würde ihr nicht glauben, würde sie für verrückt halten und denken, dass sie sich Sachen einbildete, von denen sie glauben wollte, dass sie stimmten.

»Hi«, sagte er. »Ich bin auf dem Heimweg und wollte nur fragen, ob ich dich mitnehmen soll.« Er hielt inne. »Wenn du fertig bist.«

Abby überlegte. Normalerweise hätte sie nein gesagt. Sie war nicht fertig. Sie würde nicht gehen, bevor alle anderen Leute gegangen waren. Bevor sie nicht jedes Gesicht gesehen hatte. Doch heute gab es dafür keinen Grund. Sie wusste, dass Beth nicht da war. Sie würde morgen da sein. Und vielleicht würde sie morgen ihre Tochter zurückbekommen.

41

»Ich habe heute Gardner getroffen«, sagte Abby beim Nachhausefahren und berührte dabei den Zettel in ihrer Tasche.

»Ja?« Simon blickte kurz zu ihr rüber, jedoch ohne ihr in die Augen zu sehen.

»Ja«, bestätigte Abby. »Er hat nach dir gefragt.« Sie wartete, dass Simon etwas sagte, doch nach einer Weile begriff sie, dass er das nicht tun würde, und sprach weiter. »Ich habe ihm von dieser Reporterin berichtet.«

»Was für eine Reporterin?«, fragte er, und Abby versuchte sich zu erinnern, ob sie Simon davon erzählt hatte oder nicht.

»Eine Reporterin hat mich angerufen und um einen Kommentar gebeten. Wegen der Sache mit diesem Mädchen, Chelsea.«

»Sie hat dich einfach so aufs Geratewohl angerufen?«

Abby nickte.

»Und hast du ihr gesagt, sie soll zum Teufel gehen?«, fragte Simon.

Abby sah ihn an und fragte sich, warum niemand außer ihr es gut fand, dass die Medien wieder Interesse zeigten.

»Nein«, sagte sie. »Ich habe gar nichts gesagt. Sie wollte nur einen Spruch über Gardner.«

Diesmal sah Simon sie richtig an. »Und?«, fragte er.

»Ich habe nichts gesagt«, wiederholte sie. »Sie hat mehr oder weniger einen Zusammenhang zwischen der Tatsache hergestellt, dass sie Chelsea noch nicht gefunden haben, und …« Abby hielt inne, die Hand nach wie vor auf dem Zettel in ihrer Tasche. »Sie war auf Verbitterung aus oder Vorwürfe oder so etwas.«

Abby sah Simon an, doch er schwieg noch immer. »Was?«, fragte sie. »Du glaubst, sie haben Recht? Dass es seine Schuld ist?« Simon schaute in den Außenspiegel. »Du glaubst, er hat seine Arbeit nicht richtig gemacht?«, fragte Abby und drehte sich auf dem Sitz zu ihm um. »Du glaubst, er bemüht sich nicht?«

»Doch, er bemüht sich«, sagte Simon schließlich und sah sie endlich an. »Er ist sehr aufmerksam.«

Abby starrte ihn an und verspürte ein vertrautes Brennen im Magen, doch statt etwas zu sagen, wandte sie sich von ihm ab und wollte nur noch nach Hause. Sie hatte den Park voller Hoffnung darauf verlassen, dass sich am nächsten Tag etwas ändern würde, dass sie wieder eine Familie wären. Doch er nahm ihr die Hoffnung.

Sie hielten an der Ampel, und Simon zündete sich eine Zigarette an. Abby drehte ihr Fenster herunter.

»Jen ist heute noch mal vorbeigekommen«, sagte er.

Abby wandte sich zu ihm um. »Warum? Erst sehe ich sie monatelang nicht, und dann taucht sie auf einmal jeden Tag auf?«

Simon zuckte die Achseln. »Du hast sie gestern zum Gehen gedrängt, ehe sie mit dir reden konnte.«

Abby schnaubte. »Vielleicht kommt sie ja gar nicht meinetwegen.«

Simon fuhr an und schnippte Asche aus dem Fenster. »Tja, das stimmt sogar«, sagte er. Abby öffnete den Mund, um etwas zu sagen, doch er schnitt ihr das Wort ab. »Sie wollte sich nach Paul erkundigen.«

»Nach Paul?«, sagte Abby. »Weswegen?«

»Sie wollte wissen, ob du wieder Kontakt zu ihm hast.«

»Was?«, fragte Abby. »Warum denn?« Sie begriff nicht, wie Jen das fragen konnte. Sie hatte ihren Mann – beziehungsweise Exmann – nicht mehr gesehen, seit er vor fünf Jahren das Haus verlassen hatte. Trotz ihrer vielen Versuche, mit ihm zu sprechen, hatte Paul nach seinem Auszug jeglichen Kontakt zu ihr verweigert und sich nur noch über seinen Anwalt geäußert.

»Sie glaubt, sie hätte ihn gestern gesehen«, sagte Simon. »Sie wollte einfach nur wissen, ob ihr wieder Kontakt habt.«

»Sie will es wissen, oder du willst es wissen?«, fragte Abby.

Der Wagen blieb stehen, und Abby registrierte, dass sie zu Hause waren. Simon stellte den Motor aus und sah sie an. »Und, hast du?«

»Nein«, sagte sie. »Und wenn ich Kontakt zu ihm hätte, hätte ich es dir gesagt.«

»Wirklich?«

Abby öffnete ihren Sicherheitsgurt, schleuderte ihn davon und stieß die Tür auf. »Leck mich, Simon«, zischte sie und knallte die Tür zu.

42 Gardner stieg die Stufen zu seiner Wohnung im ersten Stock hinauf, und seine Beine wurden mit jedem Schritt schwerer. Es war ein langer Tag gewesen. Zurzeit war jeder Tag ein langer Tag. Die Begegnungen mit Abby machten es nur schlimmer. Er freute sich jedes Mal auf ihre Treffen, was ihm ein schlechtes Gewissen bescherte, doch hinterher war er regelmäßig enttäuscht. Wenn er kam, hatte er das Gefühl, dass wenigstens irgendjemand ihn brauchte, ihm noch vertraute, und wenn er ging, wusste er, dass es nichts als Verzweiflung war.

Er schleppte sich zu seiner Wohnungstür und schloss sie hinter sich, womit er das Wortgefecht aussperrte, das sich seine Nachbarn gerade lieferten. Wenn doch nur einer von beiden nachgeben und einfach tun würde, was der andere wollte – das Geschirr abwaschen, den Müll hinaustragen –, doch er wusste, dass dies nie geschehen würde. Er kannte das. Jeder, der länger als ein halbes Jahr mit einem anderen Menschen zusammengelebt hatte, kannte das. Doch er wünschte, einer von beiden würde sich einfach als der Klügere erweisen und die Klappe halten. In seinem Kopf hämmerte es.

Er sah auf die Uhr. Schon nach elf. Vielleicht war es zu spät. Vielleicht sollte er es morgen tun. Er zog das Telefon heraus und wählte. Morgen wäre es sinnlos. Nur eine weitere hohle Geste.

Gardner schritt auf und ab, während es am anderen Ende mehrmals läutete, und fragte sich, ob es schon zu spät war.

»Hallo?«

Er verspürte leise Enttäuschung. »Hi, Dad«, sagte er. Im Hintergrund konnte er den Fernseher laufen hören, doch sein Vater sagte nichts. »Hier ist Michael.«

»Ich weiß.«

Weiteres Schweigen.

»Ich wollte dir nur zum Geburtstag gratulieren«, sagte Gardner. »Tut mir leid, dass es schon so spät ist.«

»Ich bin auf.«

»Gut, also, ich dachte, ich rufe einfach mal an und ... frage, wie es dir geht. Eine Karte ist unterwegs«, sagte er und räusperte sich. »Hast du heute irgendwas gemacht?«

»Was gemacht?«, fragte sein Vater.

»Ich weiß nicht. Ist David mit den Kindern vorbeigekommen?«

»Hab ihn nicht gesehen. Keinen von ihnen.«

Gardner hörte, wie sein Vater den Fernsehsender wechselte und irgendetwas wegen der Fernbedienung knurrte. Manche Dinge änderten sich nie. Er konnte noch weitere fünf Jahre von zu Hause wegbleiben und würde trotzdem immer das Gemecker seines Vaters erkennen.

»Was sollte ich auch machen, wenn sie kommen? Eine Party veranstalten? Götterspeise und Eiskrem essen?«, fragte sein Vater.

»Hat er dich angerufen?«

»Nein. Warum sollte er? Er meldet sich ja auch sonst nie.«

Gardner setzte sich. David konnte manchmal ein richtiger Idiot sein. Bei ihrer Mutter war er mit seinem Egoismus stets durchgekommen. Auch wenn sie von seinen spärlichen Besuchen noch so enttäuscht gewesen war, von Davids Kindern war sie jedes Mal hingerissen gewesen. Er brauchte ihnen nur ein paar Minuten lang das Telefon in die Hand zu drücken, schon war er von jeglicher Verantwortung freigesprochen. Doch Gardner bezweifelte, dass das auch bei ihrem Dad wirkte. Er wusste nicht einmal, ob es Norman Gardner überhaupt kümmerte, ob er seine Kinder oder Enkel jemals sah.

»Ich dachte nur, er hätte vielleicht vorbeigeschaut«, sagte Gardner.

»Wahrscheinlich hat er zu tun«, erwiderte sein Dad. »Genau wie du.«

Sie ließen es beide einen Moment lang in der Luft hängen. Gardner wollte schon einwenden, dass er in der Tat alle Hände voll zu tun hatte, doch irgendwie war das keine Entschuldigung dafür, dass er kaum noch anrief.

»Ich hab dich in den Nachrichten gesehen«, sagte sein Vater. »Anscheinend bist du ziemlich beschäftigt.«

»Ja.«

»Wahrscheinlich ist sie mittlerweile tot, oder? Das arme Ding. Hat was Besseres verdient.«

Gardner biss sich auf die Zunge. Er wusste, dass Chelsea Davies seinem Vater komplett egal war. Vermutlich hatte er den Beitrag nicht einmal ganz bis zu Ende angeschaut. Bestimmt war er zum selben Schluss gekommen wie alle anderen. Michael Gardner ist mit dem Fall betraut, Gott helfe ihr. Seinem Vater waren die Fälle, die er aufgeklärt hatte, genauso egal wie die Menschen, denen er geholfen hatte. Er sah nur die Fehlschläge und weidete sich daran. Sie bewiesen seine Grundannahme. Die Polizei war der Feind. Man löste seine Probleme lieber alleine. Keiner seiner Söhne sollte ein Bullenschwein werden.

»Bist du noch dran?«, fragte sein Vater.

»Ja. Aber ich muss jetzt Schluss machen.«

»Wie geht's Annie?«

Gardner erstarrte. »Was?«

»Wie geht's Annie?«, wiederholte sein Vater, als wäre er dumm.

»Dad, Annie und ich sind schon seit Jahren nicht mehr zusammen.«

Er hörte, wie sein Vater etwas vor sich hinmurmelte. »Das weiß ich«, sagte er schließlich. »Ich dachte an Wie-hieß-sie-noch.«

»An wen?«

»Die andere. Das andere Mädchen, mit dem du gegangen bist. Ich kann mir nicht alles merken.«

Gardner setzte sich. Das war jetzt schon öfter passiert. Erst die Verwirrung und dann die Lügen, um es zu überspielen. Selbst ein Schimpanse konnte sich merken, wie viele Freundinnen er seit Annie gehabt hatte.

»Geht's dir gut, Dad?«

»Bestens«, fauchte er. »Danke für den Anruf, aber ich muss jetzt Schluss machen.«

»In Ordnung. Alles Gute zum Geburtstag«, sagte er und lauschte noch einem letzten Schnauben seines Vaters, ehe er auflegte.

Gardner saß da und verfolgte, wie sich die Nachbarn noch immer lautstark beharkten. Dann stand er auf und ging zum Kühlschrank, machte jedoch kehrt und nahm die halbvolle Flasche *Southern Comfort* aus dem Schrank. Er betrachtete den Stapel schmutzigen Geschirrs und wusste nicht, ob es in der ganzen Wohnung überhaupt noch ein sauberes Glas gab. »Alles Gute zum Scheiß-Geburtstag, Dad.« Er hob die Flasche, nahm einen Schluck und stellte die Stereoanlage an. Perfekt. Nick Cave.

Als die CD zu Ende war, hielt Gardner die Flasche ans Licht. Die plötzliche Stille erschreckte ihn, und er begriff, dass die Nachbarn aufgehört hatten, sich anzuschreien. Vielleicht sind sie ja beide tot, dachte er. In der Flasche befand sich noch ein kleiner Rest. Er suchte den Deckel und schraubte ihn drauf. Zeit, ins Bett zu gehen. Er hob sein Handy vom Boden auf und hielt auf halbem Weg zum Schlafzimmer inne. Dann suchte er Davids

Nummer heraus und wählte. Es war nach zwei Uhr morgens. Die Mailbox schaltete sich ein. Er hätte auf dem Festnetz anrufen sollen. Dann wären die Kinder aufgewacht.

»David, hier ist Michael. Ich hab vorhin mit Dad gesprochen. Er hat heute Geburtstag. Oder vielmehr gestern. Bis vor zwei Stunden. Aber offenbar hast du das nicht gewusst, sonst hättest du ihn besucht. Hättest seine Enkel bei ihm vorbeigebracht. Ihm vielleicht sogar eine Karte geschickt. Aber offenbar wusstest du es nicht. Denn wenn du es gewusst hättest und ihn trotzdem nicht besucht hättest, wärst du ja ein egoistisches Schwein. Und das bist du nicht, oder, David? Nein, du bist der perfekte Sohn mit der perfekten Frau und den drei perfekten Kindern. Ja, ja, verdammt gut gemacht, David. Gut gemacht.«

Er beendete die Verbindung, warf das Telefon aufs Bett und legte sich daneben.

Gardner erwachte vom Klingeln des Telefons. Sein Mund fühlte sich an, als hätte ein Hamster darin überwintert. Er griff nach dem Telefon und flehte innerlich darum, dass es das Büro war und man ihm mitteilte, dass all seine Fälle aufgeklärt waren. Niemand wurde vermisst, niemand war tot, niemand brauchte Hilfe. Er durfte weiterschlafen.

Er sah aufs Display. David. Gardner drückte den Anruf weg und blieb liegen. Er musste aufstehen. Musste zur Arbeit. Musste Wasser und ein Schinkenbrötchen in sich hineinzwängen. Und er musste eine Geburtstagskarte für seinen Vater besorgen.

43

Die Sitzordnung der Zuschauer erschwerte die Sicht. Trotz der weiträumigen Verteilung der Familien über das Gelände schauten die meisten Kinder in Richtung Bühne und warteten ungeduldig darauf, unterhalten zu werden. Selbst wenn Abby sich nach vorne gesetzt hätte, wäre es schwierig gewesen, alle Gesichter zu mustern. Außerdem wäre das sehr offensichtlich gewesen und hätte womöglich verdächtig gewirkt.

Sie beschloss, am Rand um die Menge herumzuspazieren und so zu tun, als hielte sie nach jemandem Ausschau, was ja eigentlich auch zutraf. Nach zwei glücklosen Runden nahm sie am hinteren Ende des Geländes Platz, gleich beim Ausgang, und ließ während der Vorstellung immer wieder den Blick über das Meer von Gesichtern schweifen. Der Anblick der vor Vergnügen lachenden und kreischenden Kinder löste Freude und Schmerz zugleich in Abby aus. Die schweren Gerüche der kandierten Äpfel und Hotdogs von den Imbiss-Ständen verursachten ihr Übelkeit.

Während sie halb den von der Bühne herüberdringenden Worten lauschte, fragte sie sich, ob Beth wirklich hier war. Vielleicht war es ein Scherz, ein richtig kranker Scherz. Oder vielleicht hatte sie auch einfach zu viel in diese Notiz hineininterpretiert.

Sie musterte zwei Mädchen, die an ihr vorbeigingen, eines mit blondem, eines mit braunem Haar. Sie vermutete, Beth würde dunkle Haare haben. Sowohl sie als auch Simon waren dunkelhaarig. Doch als die beiden Mädchen stehenblieben, fragte sie sich, ob sie Beth überhaupt erkennen würde. Woher sollte sie es wissen, wenn sie Beth sah? Zunehmende Panik machte sich in ihr breit. Woher sollte sie es wissen, wenn sie ihre Tochter sah? Sie hatte seit jeher angenommen, dass sie es einfach wissen, einfach spüren würde. Doch sie hatte schon mehrmals geglaubt, sie entdeckt zu haben. Nun versuchte sie, sich in Erinnerung zu rufen, was sie die anderen Male zu der Überzeugung gebracht hatte. Was hatten diese Mädchen an sich gehabt? Doch sie hatte sich jedes Mal geirrt. Also schaute sie womöglich gerade eben ihre Tochter an und wusste es nicht?

Abby schloss die Augen und rief sich das Bild des Mädchens in Erinnerung, das sie in ihren Träumen sah. Des Mädchens mit den langen Haaren. Irgendwie hatte Abby dieses Bild erschaffen, und nun war es in ihrem Kopf wie in Stein gemeißelt. War es das, was sie die ganze Zeit gesucht hatte? Ein Fantasiemädchen?

Sie vertrieb diese Gedanken. Nein. Sie würde Beth erkennen, wenn sie sie sah. Sie würde ihre eigene Tochter erkennen. Und Beth würde hier sein. Das wusste sie. Sie musste sich nur weiter umsehen.

Während der Pause stand Abby auf und verließ ihren Posten, um sich die Beine zu vertreten und eine kurze Auszeit von dem penetranten Geruch nach fettigen Snacks zu nehmen. In der Nacht zuvor hatte sie kaum geschlafen, da sie ständig an Beth hatte denken müssen und daran, was passieren würde, wenn sie sie entdeckte. Sie hatte den schlafenden Simon betrachtet und hätte ihn am liebsten geweckt, ihm gesagt, dass er mitkommen müsse, dass sie ihre Tochter zurückbekommen würden. Doch sie hatte es für sich behalten. Er hätte versucht, es ihr auszureden und sie für verrückt erklärt.

Erneut umrundete sie das Gelände und ließ den Blick über die Hunderte von Gesichtern schweifen, wobei sie ihn auf jedem ein wenig verweilen ließ, lange genug, um ein Kind nach dem anderen auszuschließen, aber nicht lange genug, um sich verdächtig zu machen.

Als sie sich dem hinteren Ende der Menschenmenge näherte, stach ihr eine junge Frau mit einem kleinen Mädchen ins Auge. Die Frau mühte sich vergebens, das kleine Mädchen dazu zu bewegen, Zuckerwatte zu essen. Die Kleine wand sich mit schmollender Miene von der Frau weg und begann zu kichern. Abby musste bei dem Anblick schmunzeln. Sie wusste noch, dass sie als Kind genauso auf Zuckerwatte reagiert hatte. Selbst als kleines Mädchen hatte sie einfach nicht fassen können, wie etwas mit dieser Konsistenz essbar sein sollte.

Abby stolperte. Sie sah nach unten auf die ausgestreckten Beine eines unglücklich wirkenden Mannes mittleren Alters und schaffte es gerade noch, sich wieder aufzurichten und darüberzusteigen.

»Entschuldigung«, sagte sie und ging um den Mann herum, während er ihr einen giftigen Blick nachsandte. Erneut wanderte sie zum hinteren Ende der Menge und beobachtete weiter das kleine Mädchen, das gegen die vermaledeite Zuckerwatte ankämpfte. Die Frau, die bei ihr war, stieß einen schweren theatralischen Seufzer aus und begann schließlich, selbst Stücke abzureißen und zu essen. Das Mädchen kicherte erneut, während die junge Frau sich herüberlehnte und der Kleinen das dunkle Haar aus den Augen strich.

Abbys Herz machte einen Satz. Sie trat ein paar Schritte vor und kam erneut über dem bedrückten Mann zu stehen. Während sie das kleine Mädchen anstarrte, trat der Rest der Welt in den Hintergrund. Vage nahm sie das Geplapper und die Anwesenheit der vielen Menschen noch wahr, doch es war alles so weit weg und so unwichtig. Das Einzige, was Abby sehen konnte, war das kleine Mädchen.

Das kleine Mädchen war Beth.

44

Abby versuchte, ihre Atmung unter Kontrolle zu bringen, während sie nach ihrem Telefon suchte. Sie musste Simon anrufen. Oder Gardner. Irgendjemanden. Egal wen.

Als sie das Telefon schließlich in der Hand hielt, ging die Vorstellung weiter, und der Mann hinter ihr schnauzte sie an, sie solle aus dem Weg gehen. Abby zwang sich, ein paar Schritte weiterzustolpern, und suchte sich eine Stelle in der Nähe des Mädchens. Die Frau streckte den Arm aus, und das Mädchen schmiegte sich an sie. Auf einmal schrie die Kleine auf. Sie starrte zur Bühne, fasziniert vom Kröterich. Abby konnte den Blick nicht von ihr wenden. Sie sehnte sich danach, hinüberzugehen und sie in die Arme zu schließen. Sie fest an sich zu drücken und nie wieder loszulassen.

Das Stück schien nicht enden zu wollen. Abby trat von einem Bein aufs andere und sah auf die Uhr, weitaus ungeduldiger als die Kinder um sie herum.

Schließlich begann das Publikum zu applaudieren, und Abby wusste, dass das ihre Chance war. Sie stellte sich näher zu dem kleinen Mädchen und der jungen Frau. Die Frau stand auf und begann die Überreste ihres Picknicks und die Decke aufzuheben, ehe sie das Mädchen anwies, sich das Gras vom Kleid zu klopfen. Die Kleine gehorchte. Sie wischte sich erst vorne ab und versuchte dann, ihre Kehrseite zu säubern, wie ein Hund, der seinen eigenen Schwanz jagt. Abby lachte. Das Mädchen sah sich zu ihr um und kicherte auch. Die Frau war damit beschäftigt, die Decke in eine Tasche zu stopfen.

»Hi«, sagte Abby, wobei ihre Stimme einem Krächzen glich. Das Mädchen sah sie lächelnd an. »Wie heißt du denn?«

»Casey«, sagte das Mädchen. Abby schossen heiße Tränen in die Augen. Am liebsten hätte sie zu ihr gesagt: »Aber so heißt du nicht.« Doch woher sollte die Kleine das wissen? Es war nicht ihre Schuld, dass sie entführt und belogen worden war.

»Hi, Casey«, sagte sie. »Hat dir die Vorstellung gefallen?«

Casey nickte. »Ich mag den Kröterich.«

»Ich auch«, sagte Abby und sah zu der Frau hinüber, die nun Plastikgeschirr in einem Picknickkorb verstaute. »Ist das deine Mama, Casey?« Casey sah zu der Frau hinüber und schüttelte den Kopf. Abby spürte, wie ihr Puls zu rasen begann. »Nein?«, hakte sie nach.

»Nein, das ist Sara. Sie ist mein Kindermädchen.« Casey wandte sich wieder zu Sara um und erklärte ihr, dass sie zur Toilette müsse. Sara strich Casey übers Haar und sammelte ihre Taschen auf.

»Okay. Dann wollen wir mal«, sagte Sara.

Als sie an Abby vorbeigingen, winkte Casey ihr zu. »Bye«, sagte sie, und Abby winkte traurig zurück, ehe die Tränen zu laufen begannen. Sie hatte Recht gehabt. Sie hatte sich die Rothaarige nicht eingebildet; die Nachricht auf dem Handzettel war keine Wahnidee gewesen. Jemand wollte, dass sie hierherkam. Jemand wollte, dass sie wusste, wo Beth war.

Doch nun was? Bei all den Gedanken, die ihr in der vergangenen Nacht durch den Kopf gegangen waren, dass ihre Träume davon, Beth zu finden, in Erfüllung gehen würden, hatte sie nicht darüber nachgedacht, was passieren würde, wenn sie sie tatsächlich fand.

Sie verfolgte, wie Sara Casey über das Gelände zum Toilettenblock begleitete, und ignorierte die befremdeten Blicke der

Leute, die sich fragten, warum eine erwachsene Frau nach einer reichlich mittelmäßigen Aufführung von *Der Wind in den Weiden* allein auf einer Wiese saß und weinte.

Abby sah auf die Stelle hinab, wo Casey gesessen hatte, und entdeckte ein kleines rosa-weißes Täschchen mit einer aufgedruckten Maus darauf. Sie hob es auf und sah sich zu den Toiletten um, ehe sie aufstand und dort hinüberraste. Als Sara und Casey herauskamen, sprach sie die Frau an.

»Entschuldigen Sie«, sagte Abby, woraufhin Sara sich umdrehte. »Haben Sie das vergessen?«

Lächelnd streckte Sara den Arm nach dem Täschchen aus. »Vielen Dank«, sagte sie und reichte es Casey. »Bedank dich bei der Dame, Case.«

Casey blickte lächelnd zu Abby auf. »Danke«, sagte sie.

Sara und Casey wandten sich zum Gehen, doch Abby ging um sie herum und stellte sich ihnen in den Weg. Sara blickte sie verständnislos an, hörte aber nicht auf zu lächeln. »Ich wollte nur …« Abby sah auf Casey herunter. »Wie heißt die Frau, für die Sie arbeiten? Caseys Mutter?«

Saras freundliche Miene verschwand. »Wie bitte?«

»Ich muss nur ihren Namen wissen.«

»Tut mir leid«, sagte Sara und nahm Caseys Hand. Als sie versuchte, an ihr vorbeizugehen, fasste Abby sie am Arm.

»Bitte. Sagen Sie mir einfach ihren Namen. Es ist wichtig.«

Sara sah sich hilfesuchend um, doch alle waren viel zu sehr damit beschäftigt, ihre eigenen Sprösslinge im Auge zu behalten und das Gelände zu verlassen, um zu bemerken, was sich um sie herum abspielte. »Tut mir leid«, sagte sie und zog Casey mit sich davon.

»Sie verstehen mich nicht. Ich habe meine kleine Tochter verloren«, sagte Abby. Sara blieb stehen und wartete. »Und sie …« Abby sah zu Casey hinüber. »Sie sieht genau aus wie sie. Bitte …«

Sara sah Abby an und schluckte.

»Jemand hat mir gesagt, dass sie hier sein würde«, erklärte Abby und kramte nach dem Handzettel. »Jemand hat mir das hier gegeben«, fuhr sie fort und zeigte Sara die Ankündigung des Theaterstücks. Dann drehte sie den Zettel um. »Sehen Sie? Jemand hat darauf geschrieben, dass sie hier sein würde. Es war ein rothaariges Mädchen.«

»Es tut mir leid, aber ich kann Ihnen nicht helfen«, sagte Sara schroff. Sie zerrte Casey am Arm davon, und sie ließen Abby allein in dem wilden Chaos aus Eltern stehen, die versuchten, ihre aufgeregten Kinder zusammenzutreiben und nach Hause zu schaffen. Abby musste hilflos zusehen, wie Sara und Casey außer Sichtweite verschwanden. Sie zuckte zusammen, als ein kleiner Junge ihr gegen die Beine rannte. Seine Mutter packte ihn am Ärmel und entschuldigte sich bei Abby. Abby starrte durch die Frau hindurch und spurtete dann unvermittelt los, um Sara und Casey einzuholen.

Sie schlängelte sich durch Menschengrüppchen hindurch und um sie herum und murmelte Entschuldigungen, wenn sie jemanden anrempelte. Am Eingangstor angekommen, sah sie Sara und Casey die Straße überqueren. Abby verlangsamte ihr Tempo und folgte ihnen mit größerem Abstand. Als sie an eine Kreuzung kamen, versteckte sich Abby hinter einem Haus, da die beiden in alle Richtungen spähten, ehe sie die Straße überquerten. Kaum waren sie auf der anderen Seite, löste sich Abby von der Hauswand und folgte ihnen. Ihr Herz raste. Sie spürte, wie ihr der Schweiß über den Rücken rann.

Fünfzehn Minuten später bogen Sara und Casey in eine reine Wohnstraße ein. Abby sah, wie Sara mit ihrem Handy telefonierte und ein kurzes Gespräch führte. Danach drehte sie sich um und blickte Abby unverwandt an. Abby blieb stehen.

»Lassen Sie uns in Ruhe«, sagte Sara. Abby blickte auf Casey herab. Die Kleine lächelte nun nicht mehr und klammerte sich an Saras Hand. Abby spürte, wie ihre Wangen vor Scham darüber, dass sie ihrem eigenen Kind Angst gemacht hatte, feuerrot anliefen. Was machte sie denn da? Krampfhaft suchte sie nach etwas, das sie zu Casey sagen könnte, damit sie wusste, dass alles in Ordnung war und sie ihr nichts tun würde, doch ehe sie dazu kam, fuhr Sara herum und zog Casey davon und ließ Abby auf der Straße stehen. Sie bogen ein weiteres Mal ab und verschwanden erneut außer Sichtweite. Abby konnte sich nicht länger beherrschen. Sie sackte gegen die nächste Hauswand und brach in Tränen aus.

Kurz darauf kam ein Streifenwagen herangefahren.

45

»Ist sie das?«

Gardner schaute durch die Glasscheibe in den Vernehmungsraum zu Abby hinein und nickte. Sie sah müde aus; irgendwie noch zerbrechlicher als bei ihrer letzten Begegnung. Der alte rotgesichtige Polizist, er hieß Lane oder Lang, genau wusste er es nicht mehr, verdrehte die Augen.

»Sie hat gesagt, sie kennt Sie. Außerdem hat sie gesagt, dass jemand ihr Kind geklaut hat. Sie hat eine Frau belästigt, und die hat uns gerufen.« Er sah Gardner an, als erwartete er irgendeine Bestätigung, doch Gardner hatte nur Augen für Abby. »Wenn Sie mich fragen, ist sie nicht ganz dicht.«

Gardner wandte sich zu dem Mann um und warf ihm einen derart vernichtenden Blick zu, dass er noch röter anlief und auf seine Schuhspitzen blickte. »Ihre Tochter wurde vor fünf Jahren entführt. Und sie wurde vergewaltigt.« Der alte Polizist musterte seine Schnürsenkel. »Sie ist nicht gefährlich.« Gardner sah wieder zu Abby hinein. »Sie trauert«, sagte er seufzend, ehe er die Tür öffnete. Lane oder Lang machte Anstalten, ihm zu folgen, doch Gardner warf ihm einen zweiten bösen Blick zu, woraufhin sich der Mann räusperte und hinausging.

»Ich bin dann hier draußen, falls Sie mich brauchen«, sagte er.

Gardner schloss mit finsterer Miene die Tür und setzte sich Abby gegenüber auf einen Stuhl. Abby sah zu ihm auf und rang sich ein Lächeln ab.

»Hi, Abby.« Abby nickte nur. »Sehen wir uns also wieder«, sagte er lächelnd und stützte sich mit verschränkten Armen auf den Tisch. Er knarrte unter seinem Gewicht. Abby senkte den Blick auf ihre Hände.

»Ich habe sie gesehen«, sagte sie, kaum lauter als ein Flüstern. Gardner beschloss, sie reden zu lassen. »Ich kann es nicht glauben, dass nach der langen Zeit, nach all der langen Zeit, die ich gebraucht habe … dass ich sie jetzt doch gefunden habe.« Erwartungsvoll sah Abby zu Gardner auf.

Er erwiderte ihren Blick und hatte ein schlechtes Gewissen bei dem, was er gleich sagen würde. »Aber das ist nicht das erste Mal, dass Sie glauben, sie gesehen zu haben, oder, Abby?«

Abby lächelte unerschrocken weiter. »Ich weiß. Aber diesmal bin ich mir sicher. Ich weiß, dass es Beth ist. Schauen Sie«, sagte sie, während sie den Flyer hervorzog und ihn Gardner hinschob. Er überflog ihn und sah dann wieder Abby an. »Auf der anderen Seite«, sagte sie.

Gardner drehte das Blatt um und betrachtete die Schrift auf der Rückseite. Er hasste sich selbst für den Gedanken, obwohl er ihm nur flüchtig durch den Kopf ging, doch es war möglich, dass Abby das selbst geschrieben hatte.

»Jemand hat mir den Zettel gegeben, gestern im Park. Ein junges Mädchen mit roten Haaren«, sagte Abby. »Sie hat mir den Zettel gegeben und gesagt, ich soll hingehen. Zuerst dachte ich, sie macht nur Werbung für das Theaterstück, aber dann habe ich das auf der Rückseite gesehen«, sagte sie und nickte zu der Notiz hin. »Sie hat die Flyer nicht an andere Leute verteilt. Er war speziell für mich gedacht.«

»Vielleicht hatte sie die anderen schon verteilt«, sagte Gardner.

Abby schüttelte den Kopf. »Aber was ist damit? *Sie wird da sein*?« Abby nahm den Flyer wieder an sich und starrte ihn an. »Es war für mich gedacht. Sie wusste, dass Beth da sein würde, und sie wollte, dass ich sie finde. Und ich habe sie gefunden.«

»Woher wussten Sie, dass es Beth war?«, fragte er.

»Ich wusste es einfach. Ich habe sie gesehen und wusste es.« Gardners Miene war ausdruckslos. »Sie hat mich an mich selbst als Kind erinnert. Sie war genauso, wie ich sie mir vorgestellt habe.« Über Abbys Wangen rannen Tränen, doch sie lächelte. »Sie war so schön. Und intelligent. Sie wirkte wirklich intelligent.« Abby begann zu lachen.

»Und letztes Mal waren Sie sich nicht sicher? Oder das Mal davor?«

Das Lächeln schwand allmählich. »Damals dachte ich, ich wäre mir sicher. Aber diesmal ist es anders. Ich weiß, dass ich mich mehrmals geirrt habe, aber diesmal weiß ich es einfach. Ich weiß es.«

»Da gab es dieses Mädchen vor zwei Jahren. Sie haben geschworen, es sei Beth. Sie fanden, sie sah aus wie sie.«

»Da habe ich mich geirrt. Aber jetzt bin ich mir sicher.«

»Oder die davor. Das Mädchen in Schottland. Was war damit?«

»Ich hab mich eben geirrt.«

»Es gab noch andere. Wie viele?«

»Okay«, sagte Abby. »Hören Sie auf. Bitte.« Sie wischte sich die Nase und holte ein paarmal tief Luft. »Ich weiß, es ist schwer zu glauben, und ich weiß, Sie haben keinen Grund, mir diesmal zu vertrauen, aber … ich weiß, dass es Beth war. Diesmal weiß ich es wirklich. Ich spüre es. Warum hätte sie mir den Zettel geben sollen, wenn es nicht Beth war? Bitte glauben Sie mir. Bitte.«

Gardner wandte sich ab. Er ertrug ihren flehenden Blick nicht. Obwohl er wusste, dass dies nur wieder falscher Alarm war, brachte er es nicht über sich, Abby zu sagen, dass sie aufgeben sollte. Die Nachricht auf dem Flyer war sonderbar, und wenn man sie so auffasste wie Abby, dann konnte sie etwas bedeuten, doch das bewies gar nichts.

»Haben Sie das Mädchen erkannt, das Ihnen den Zettel gegeben hat?«, fragte er und zeigte auf den Flyer.

Abby schüttelte den Kopf. »Nein. Ich habe versucht, sie wiederzufinden, aber sie war schon weg. Sie sah Gardner mit leuchtenden Augen an. »Aber das ist doch jetzt egal, oder? Wir haben Beth gefunden, wir brauchen das Mädchen nicht.«

Gardner atmete aus. Obwohl er seither schon mit mehreren ähnlich traumatischen Fällen befasst gewesen war, hatte ihm Abbys Geschichte keine Ruhe gelassen. Vielleicht war das seine eigene Schuld, weil er ihr nachgab, weil er ihr so viel Zeit widmete und ihr jedes Mal Gehör schenkte, wenn sie glaubte, ihre Tochter gefunden zu haben. Er wollte, dass Abby ihre Tochter zurückbekam, das wollte er wirklich, doch nun waren es fünf Jahre, und jegliche Hoffnung, die er je gehabt hatte, war mittlerweile fast geschwunden. Er wusste, dass Abby nie aufhören würde, er wusste, dass das ihr Leben war, und auch wenn es noch so traurig war, wusste er, dass sie nicht anders konnte. Doch wie sehr durfte er sie ermutigen? Wie viel falsche Hoffnung durfte er ihr fairerweise machen? Vielleicht hatte er ihr schon mehr geschadet als genutzt.

Abermals musterte er sie. Sie hatte den Kopf in den Händen und die Ellbogen auf den Tisch gestützt. Fast sah sie aus, als betete sie. Wenn das nur hülfe.

»Das Kindermädchen hat gesagt, Sie hätten sie belästigt«, sagte Gardner und brach damit das Schweigen.

»Nein, das stimmt nicht. Ich schwöre es. Ich wollte nur ihren Namen wissen.«

»Den des kleinen Mädchens?«

»Nein. Den der Frau, die sie hat«, sagte Abby. »Der Frau, die vorgibt, ihre Mutter zu sein.«

»Und was wollten Sie tun, wenn Sie ihn erfahren hätten?«

Abby zuckte die Achseln. »Sie hat sie Casey genannt.« Sie blickte Gardner in die Augen. »Sie ist keine Casey. Sie sieht nicht einmal aus wie eine Casey.«

Gardner strich sich übers Kinn. Er hegte nicht den geringsten Zweifel an Abbys festem Glauben, dass das Mädchen, das sie gesehen hatte, ihre Tochter war. Genau wie sie es in der Vergangenheit bereits geglaubt hatte. Der Flyer und die Notiz darauf hatten ihre Überzeugung nur noch gestärkt. Er wusste, dass sie nie etwas Dummes tun, nie den Kindern etwas antun würde, an die sie sich hängte. Er machte sich eher Sorgen um Abby selbst, um ihre seelische Gesundheit.

»Sie hat einen glücklichen Eindruck gemacht«, sagte Abby. »Beth. Sie sah glücklich aus. Das ist doch gut, oder nicht?«

Gardner rang sich ein Lächeln ab. »Ja. Das ist gut.« Er wartete ab, bis ihm Abby wieder in die Augen sah. Unter dem Tisch tappte er nervös mit dem Fuß und musste sich bewusst zwingen, damit aufzuhören. »Dieses kleine Mädchen. Sie wollen sie doch nicht verstören, oder, Abby?«

Abby sah verwirrt drein. »Nein. Natürlich nicht. Warum sollte ich?«

»Wenn sie glücklich ist. Falls Sie Probleme machen, die Leute verfolgen …«

»Ich würde ihr nie etwas zuleide tun!«, rief Abby und lehnte sich zurück. »Ich will sie nur wiederhaben. Ich will nur meine Tochter zurück.«

»Ich weiß.« Gardner griff nach Abbys Hand. »Ich weiß, dass Sie das wollen. Ich will es ja auch. Aber wir wissen nicht, ob Casey Ihre Tochter ist. Sie haben keinen Beweis, keinen Grund, zu glauben, dass sie es ist.«

»Aber ich weiß, dass sie es ist. Die Nachricht beweist es. Da stand, dass sie da sein würde.«

»Abby, hören Sie mir zu.«

»Gehen Sie einfach hin und sehen Sie sie sich an. Sie können doch Tests machen, oder? Sie können sich Beweise besorgen.«

»Abby.«

»Bitte. Bitte. Ich muss sie wiederhaben. Ich muss …« Abbys Stimme ging in Schluchzen unter.

»Ich weiß. Ich weiß«, sagte Gardner und tätschelte ihr die Hand. Nach ein paar Minuten hörte das Schluchzen auf, und sie saß vor ihm, das Gesicht hinter ihren Haaren verborgen. Doch die Tränen tropften immer noch auf die Tischplatte. Gardner hörte, wie die Tür hinter ihm aufging und sich nach einer gemurmelten Entschuldigung wieder schloss. Er ließ Abbys Hand los. Wenn er doch nur etwas hätte sagen oder tun können, um ihr zu helfen. »Soll ich Simon anrufen?«, fragte er. Etwas Besseres fiel ihm nicht ein.

Abby wischte sich die Augen und schien die Alternativen abzuwägen. Schließlich nickte sie.

Er ging hinaus, zückte sein Telefon, und nach kurzem Klingeln nahm Simon ab. Gardner schilderte ihm, was passiert war, und während Simon das Ganze verarbeitete, lauschte er dessen ruhigen, tiefen Atemzügen. Er spürte, dass Simon schon lange auf diesen Anruf gewartet hatte.

»Geht es ihr gut?«, fragte er schließlich.

Gardner überlegte, wie er es am besten formulierte. »Eigentlich nicht«, sagte er. »Sie ist völlig aufgelöst. Sie wirkt erschöpft.«

Simon seufzte. »Ich bin in Leeds, bei einem Auftrag. Es wird mindestens eine Stunde dauern, bis ich da sein kann.«

»Ich kann sie nach Hause bringen.«

Simon seufzte erneut. »Danke, ich bin schon unterwegs.«

Gardner legte auf, ging zu Abby hinein und setzte sich wieder. »Er ist auf dem Rückweg«, sagte er, und Abby nickte. »Ich kann Sie nach Hause fahren.«

»Und was passiert jetzt?«, fragte Abby.

Gardner holte tief Luft. »Ich glaube nicht, dass die Frau Anzeige erstatten will«, sagte er und wich damit dem, was Abby wirklich wissen wollte, geflissentlich aus.

»Dann werden Sie der Sache also nicht nachgehen?«

Gardner räusperte sich und sah überallhin außer zu Abby. »Ehrlich gesagt, kann ich nicht viel tun. Darf ich den behalten?«, fragte er und hielt den Flyer in die Höhe. »Ich kann ihn auf Fingerabdrücke untersuchen.« Er zuckte die Achseln. »Selbst wenn wir das Mädchen finden, bezweifle ich, dass es etwas nützen würde.«

»Was ist mit der Frau, die sie hat? Mit der müssen Sie reden.«

Gardner rieb sich die Augen. Er wusste, dass er jetzt eine Grenze überschritt. »Ich kann ermitteln, wer sie ist. Und ich kann vielleicht mit ihr reden, aber weiter nichts. Wir brauchen Beweise.«

»Aber sie wird es ja wohl nicht zugeben, oder? Wie soll ich Beweise bringen, wenn Sie nichts unternehmen?«

Gardner spürte, wie sein Fuß unwillkürlich wieder zu tappen begann, und lehnte sich zurück. »Es tut mir leid, Abby, aber ich kann nicht einfach herumlaufen und Leute beschuldigen. Ich kann nicht zu ihr hingehen und eine DNA-Probe von ihr verlangen«, sagte er und seufzte. »Ich werde versuchen, mit ihr zu reden. Mehr kann ich nicht tun.«

46

Abby öffnete die Haustür, und Gardner folgte ihr hinein, nachdem er sich auf der Matte die Füße abgestreift hatte. Abby ging gleich weiter ins Wohnzimmer, wo sie sich zu ihm umwandte und sich die Arme um den Körper schlang.

»Sie brauchen nicht dazubleiben«, sagte sie.

Gardner zuckte die Achseln. »Es macht mir nichts aus.«

Abby ging an ihm vorbei in die Küche. »Dann mache ich mal Kaffee«, sagte sie und ließ ihn allein im Zimmer stehen. Sie werkelte gemächlich herum, da ihr davor graute, wieder hineinzugehen und Smalltalk zu machen. Auf der Fahrt hatte Gardner jede Erwähnung der aktuellen Ereignisse vermieden. Er hatte gefragt, ob sie sich etwas zu essen holen wolle, ob sie es heute kälter fand als gestern, und schließlich, ob sie die Nachrichten gehört habe – in dem rund um die Uhr geöffneten Parkhaus ganz in der Nähe war in der Nacht zuvor jemand niedergestochen worden. Sie hatte alle Fragen mit nein beantwortet und war sowohl in ihrem eigenen als auch in Gardners Interesse froh darüber, dass die Fahrt zu ihr nach Hause nicht lange dauerte. Sie wusste nicht, ob ihm noch mehr Belanglosigkeiten einfallen würden und ob sie sich überwinden könnte, darauf zu reagieren.

Sie hatten alles gesagt, was es zu sagen gab. Er glaubte ihr nicht und war nicht der Meinung, dass das kleine Mädchen Beth war. Doch woher wollte er das wissen? Er hatte die Kleine nicht einmal gesehen. Und wie kam er zu der Überzeugung, der

Flyer sei nicht von Belang? Gut, sie hatte sich schon öfter getäuscht, sie war überzeugt gewesen, Beth gefunden zu haben, und hatte sich geirrt. Doch diesmal wusste sie es ohne jeden Zweifel. Mit oder ohne den Flyer, diesmal wusste sie es.

Als es sich nicht länger hinauszögern ließ, kehrte sie mit den gefüllten Kaffeebechern ins Wohnzimmer zurück und reichte einen davon Gardner. Er nickte dankbar, und sie nahmen schweigend Platz. Hin und wieder zog er sein Mobiltelefon heraus und kontrollierte es.

Vierzig Minuten später hörten sie die Haustür gehen, und Gardner stand mit dem Becher in der Hand auf. Simon kam herein und sah vom einen zum anderen.

»Alles okay?«, fragte er Abby, und sie nickte. Er ging zu ihr hinüber, zog sie an sich und umarmte sie kurz, ehe er sich wieder löste und sie musterte, wobei er ihr Gesicht mit beiden Händen umfasste. Er sagte nichts, sah aber über seine Schulter hinweg Gardner an.

»Danke«, sagte er schließlich. Der Detective nickte nur und stellte die Tasse auf den Tisch.

»Dann lasse ich Sie mal allein«, sagte er.

Abby drückte Simons Hand und folgte Gardner zur Haustür. Sie wollte etwas sagen, wusste aber nicht, was.

»Ich werde tun, was ich kann, Abby«, sagte er und ging. Abby sah zu, wie er ins Auto stieg und davonfuhr, ehe sie die Tür schloss.

Abby kehrte ins Wohnzimmer zurück, ließ sich auf einen Stuhl fallen und starrte mit leerem Blick auf ihre Füße. Simon setzte sich ihr gegenüber. »Willst du mir erzählen, was passiert ist?«, fragte er.

»Hat er es dir nicht gesagt?«

Simon atmete geräuschvoll aus. »Er hat gesagt, du hättest jemanden belästigt. Eine Frau und ihr Kind.«

Abby sah zu ihm auf. »Es war das Kindermädchen. Beths Kindermädchen.« Simon stieß ein humorloses Lachen aus. »Sie war es, Simon. Es war Beth.«

»Okay.«

»Es war Beth!«

»Okay.«

»Es war unsere Tochter!«

Simon sah Abby an. Seine Augen wurden schmal, als er die Worte »unsere Tochter« hörte. Manchmal hatte er das Gefühl, Abby glaubte, ihm läge nicht so viel daran wie ihr. Dass er darüber hinweg sei und sein Leben zufrieden ohne Beth weiterlebte. Es stimmte, dass er den Alltag besser bewältigte als sie. Er hatte nicht zugelassen, dass Beths Verschwinden sein gesamtes Leben überdeckte wie bei ihr. Er arbeitete noch. Er konnte auch meistens schlafen. Und er nahm mindestens zwei Mahlzeiten pro Tag zu sich. Doch das lag nicht daran, dass es ihn nicht kümmerte. Er hätte alles gegeben, um seine Tochter zurückzubekommen.

An manchen Tagen wurde ihm die Arbeit zu viel. Manchmal fotografierte er Kinder, und es brach ihm fast das Herz. Nachts lag er wach und fragte sich, wo Beth war und warum er nicht die Straßen durchkämmte und an jede Tür klopfte, um sie zu finden. Sie kam ihm mitten beim Essen in den Sinn, sodass es ihm die Kehle zuschnürte und er vom Tisch aufstehen musste. Manchmal fragte er sich, was passieren würde, wenn Abby wieder schwanger würde. Wäre sie dann glücklich? Würde ein anderes Kind Beth je ersetzen? Würde es Abby einen neuen Lebenssinn geben? Oder würde sie dann nur noch mehr zerbrechen?

Nichts davon hatte er Abby jemals anvertraut. Er wahrte die Illusion, dass er stark und kontrolliert war, denn einer von beiden musste es sein. Doch es betrübte ihn zutiefst, Abby so zu sehen.

»Es war unsere Tochter«, sagte Abby erneut.

»Woher weißt du das?«

»Gestern hat mir jemand einen Flyer gegeben«, sagte sie und fasste in die Tasche, als ihr wieder einfiel, dass Gardner den Zettel mitgenommen hatte. »So ein Mädchen hat ihn mir gegeben und mich aufgefordert, hinzugehen, zu der Theatervorstellung. Und auf der Rückseite stand: ›Sie wird da sein.‹ Glaubst du nicht, dass das etwas zu bedeuten hat?«

»Nur wenn du es willst.«

Abby schrie ihn frustriert an: »Ich habe das nicht erfunden! Warum sollte ich?«

»Ich habe nicht gesagt, dass du es erfunden hättest. Aber aufgefordert zu werden, zu einer Theateraufführung zu gehen, heißt nichts. Wahrscheinlich hat sie massenhaft Leute aufgefordert hinzugehen. Das ist ihr Job.«

»Sie hat niemand anders einen solchen Flyer gegeben.«

»Woher willst du das wissen? Vielleicht warst du einfach die Letzte, der sie einen gegeben hat.«

Abby stand auf und raufte sich die Haare. »Mann, du klingst wie Gardner.«

»Weil es wahrscheinlich so ist«, sagte Simon. »Du verleihst dem Ganzen eine Bedeutung, weil du willst, dass es etwas bedeutet.«

»Nein«, entgegnete Abby. »Das tue ich nicht. Was ist mit der Notiz? Da stand, sie würde da sein. Und dann war sie da. Das ist kein Zufall.«

»Doch, wenn das Mädchen nicht Beth ist.«

»Es ist aber Beth.«

»Du weißt nicht, ob es Beth ist. Du willst es glauben, weil man dich aufgefordert hat hinzugehen. Du willst, dass es etwas bedeutet, damit der ganze Zirkus nicht für die Katz ist.«

Abby versetzte ihm eine Ohrfeige. »Leck mich«, fauchte sie und lief hinaus.

Simon rieb sich das Gesicht an der schmerzenden Stelle und machte Anstalten, ihr zu folgen. »Es tut mir leid«, sagte er, als er auch schon die Hintertür ins Schloss fallen hörte. Simon ging durch die Küche und sah aus dem Fenster. Abby stand am Ende des Gartens, beide Hände auf den Zaun gestützt. Er griff nach dem Türknauf, ließ die Hand jedoch wieder sinken. Er lehnte sich gegen die Arbeitsfläche und schloss die Augen. Als er sich wieder im Griff hatte, zündete er sich eine Zigarette an und setzte sich auf die Arbeitsfläche, um Abby im Blick zu behalten, bis sie wieder ins Haus kam.

47

Gardner warf die Akten auf den Esstisch und sah zu, wie sie eine nach der anderen herunterrutschten. Eigentlich hätte er sich sofort an die Arbeit machen sollen, doch es war ein langer Tag gewesen, und das Treffen mit Abby hatte es nicht besser gemacht. Ebenso wenig wie das Versprechen, das er ihr gegeben hatte. Warum hatte er gesagt, er würde mit dieser Frau sprechen? Er hatte schon genug um die Ohren, ohne dass er Phantomen hinterherjagte und Leute aufstörte, indem er ihnen unterstellte, vor fünf Jahren ein Kind entführt zu haben. Erneut warf er einen Blick auf die Akten, dann wandte er sich um, ging in die Küche und nahm sich ein Bier aus dem Kühlschrank. Eigentlich wollte er die Flasche mit zum Sofa hinübernehmen, doch das schlechte Gewissen plagte ihn zu sehr, und so nahm er sie mit an den Tisch und begann die ersten der paar hundert Seiten der Dokumentation durchzublättern. Chelsea Davies wurde mittlerweile seit fast einer Woche vermisst. Sie war um halb fünf Uhr nachmittags zum Laden an der Ecke geschickt worden, um eine Flasche Milch zu holen. Als sie nach einer halben Stunde nicht zurückkam, wurde ihre Mutter Jill Hoffman wütend, weil sie dachte, Chelsea habe eine ihrer Freundinnen getroffen und sei mit dieser spielen gegangen. Es wäre nicht das erste Mal gewesen, dass sie so etwas tat; es kam häufig vor, dass sie nicht das machte, was man ihr sagte. Also schickte Jill schließlich ihren Sohn, den neunjährigen Peter, um die Milch zu holen. Erst um neun Uhr abends registrierte Jill, dass Chelsea noch immer nicht zu Hause war. Jill war eine alleinerziehende Mutter mit fünf Kindern; sie konnte nicht ständig allen hinterher sein. Sie hatte versucht Chelsea auf ihrem Handy anzurufen, doch es war ausgeschaltet.

Jill bat Peter, auf die Kleineren aufzupassen, und machte sich auf die Suche nach ihrer Tochter. Sie rief so viele von Chelseas Freundinnen wie möglich an und bat auch einige der anderen Eltern, sich umzuhören. Der Laden an der Ecke hatte längst geschlossen, also konnte sie nicht in Erfahrung bringen, ob Chelsea je dort gewesen war. Um elf Uhr abends kehrte Jill nach Hause zurück, in der Hoffnung, ihre Tochter dort anzutreffen. Als dem nicht so war, rief sie die Polizei. Die Suche begann noch in derselben Nacht. Es hatte sich kein einziger Zeuge gemeldet, der gesehen hätte, wie Chelsea an diesem Nachmittag das Haus verlassen hatte, noch war sie in dem Laden gesehen worden. Niemand hatte irgendetwas Verdächtiges gesehen. Niemand hatte überhaupt irgendetwas gesehen.

Man lancierte einen Appell, in dem Jill darum flehte, ihr ihre Tochter zurückzubringen. Sie bot alles an, was sie hatte, wenn man ihr nur ihre Tochter zurückbrachte. Die Anwohner initiierten eine Spendensammlung, um Chelseas Rückkehr zu beschleunigen.

Die Zeitungen waren begeistert. Sie hatten nicht lange gebraucht, um Abbys Fall wieder hervorzuzerren und ihn mit dem neuen zu vergleichen, wobei sie mit der Vermutung spielten, dass Chelsea womöglich nie mehr nach Hause käme. Da war sie seit fünf Tagen weg. Beth war seit fünf Jahren verschwunden. Doch damit verkauften sich Zeitungen, das wusste Gardner nur allzu gut. Und sein Boss wusste es auch. Man hatte ihm unmissverständlich klargemacht, dass er Chelsea gefälligst zu finden habe. Man konnte sich die Peinlichkeit nicht leisten, dass ein weiterer spektakulärer Fall unaufgeklärt blieb – noch dazu einer mit einem vermissten Kind. Gardner war froh, dass Atherton sich derart um die Mädchen sorgte.

Er las sämtliche Aussagen ein weiteres Mal durch. Keine davon war hilfreich. Er trank noch einen Schluck Bier und schlug den Aktenordner zu. Die Ermittlungen waren in einer Sackgasse gelandet, das spürte er. Sie waren zwar eigentlich erst angelaufen, doch er wusste es einfach. Obwohl jeder unterschiedlich auf Stress und Trauma reagierte, hatte Jill Hoffman etwas an sich, das ihn störte. Er konnte nicht genau sagen, was es war. Oder vielleicht konnte er es, doch seine Schuldgefühle als Angehöriger der Mittelschicht verboten es ihm. Dann hatte die Frau eben fünf minderjährige Kinder von fünf verschiedenen Vätern! Mittelschichtsfamilien waren seiner Erfahrung nach auch nur selten besser. Gut, es hatte ihm widerstrebt, wie sie ihre Kinder beschimpft hatte, und der Zustand ihres Hauses ließ ihm die Haare zu Berge stehen. Doch das waren eben die Folgen der Armut. Er konnte es Jill Hoffman nicht zum Vorwurf machen, dass sie finanziell nicht so gut dastand wie er. Das machte sie nicht zu einem schlechten Menschen. Also was war es dann? Was störte ihn an ihr? Warum wurde er einfach das Gefühl nicht los, dass etwas nicht stimmte?

Eigentlich hätte er sich nun auf das Verschwinden von Chelsea Davies konzentrieren sollen, doch er musste an Abby denken und an das, was sie gesagt hatte. Was, wenn sie Recht hatte? Was, wenn sie eines Tages wie durch ein Wunder tatsächlich ihre Tochter fand und er ihr kein Gehör schenkte? Wie konnte er dann weiterleben?

Gardner trank sein Bier aus und erhob sich, um eine zweite Flasche zu holen. Als er in die Küche ging, dachte er über Abby und Jill nach und darüber, wie verschieden die beiden waren. Er lehnte sich gegen den Kühlschrank. Es war seine Aufgabe, diese Kinder wieder nach Hause zu holen und herauszufinden, wer für ihr Verschwinden verantwortlich war. Weiter nichts. Alles andere war egal.

Mit der neuen Bierflasche in der Hand kehrte er an den Tisch zurück. Er würde Chelsea Davies finden und sie zu ihrer Mutter zurückbringen. Was davor oder danach geschah, war nicht sein Problem. Und er würde Abby helfen. Er würde diese Frau unter die Lupe nehmen, von der sie glaubte, dass sie ihre Tochter hatte. Und er würde die nächste und auch die danach unter die Lupe nehmen. Das war sein Job.

Er setzte sich wieder und las erneut die Aussagen durch, ehe ihm die Geburtstagskarte für seinen Vater ins Auge stach, die nach wie vor ungeschrieben auf dem Tisch lag.

48

Abby kam durch die Hintertür wieder herein und blieb stehen, als sie Simon auf der Arbeitsfläche sitzen sah. Sie musterten einander schweigend, ehe Abby die Tür schloss. Simon rutschte herunter und ging auf sie zu. Dann zog er sie in seine Arme und drückte ihr einen Kuss auf den Kopf.

»Es tut mir leid«, sagte er. »Das hätte ich nicht sagen sollen.« Abby schwieg. »Aber wir müssen miteinander reden.«

Er führte Abby an den Küchentisch, zog ihr einen Stuhl heraus, setzte sich ihr gegenüber und sah sie an. Ihr Haar hing schlaff herunter, und ihre Augen lagen glanzlos und eingesunken in den Höhlen. Die Kleider schlotterten an ihrem mageren Körper, sodass sie aussah wie ein Kind, das sich mit den Kleidern seiner Mutter verkleidet hat. »Du machst dich noch krank«, sagte er. Abby hielt Blickkontakt, sagte jedoch nichts. »Du kannst nicht so weitermachen. Du kannst nicht den Rest deines Lebens so verbringen.«

Abby zuckte die Achseln. »Wie?«

Simon seufzte und machte eine bezeichnende Geste. »So. Du isst nicht richtig. Du schläfst kaum. Du siehst schrecklich aus.«

»Tja, tut mir leid, wenn ich dich abstoße, aber ich habe über Wichtigeres nachzudenken.«

Simon rieb sich die Augen. »Du weißt, was ich meine. Wenn du dich nicht um dich selbst kümmern kannst, wie willst du dich dann um Beth kümmern?«

Abby sah ihn an, als hätte diesmal er sie geschlagen. »Leck mich«, sagte sie. Der Stuhl scharrte über das Linoleum, als sie aufstand und sich zum Gehen wandte.

»Es tut mir leid«, sagte er und fasste sie am Arm. »Bitte. Setz dich.« Abby setzte sich wieder und starrte an seinem Kopf vorbei. »Ich will Beth ebenso sehr wiederhaben wie du. Ich weiß, du glaubst das nicht, aber so ist es.« Abby fingerte an ihren Hemdknöpfen herum. »Es sind jetzt fünf Jahre, Abby. Fünf Jahre.«

»Dann findest du also, ich soll aufgeben? Sie vergessen?«

»Nein. Das meine ich nicht. Du sollst die Hoffnung nicht aufgeben. Aber vielleicht ist es an der Zeit, damit aufzuhören.«

»Womit?«

»Mit dieser Farce. So zu tun, als würde es etwas helfen, jeden Tag in der Gegend herumzuziehen. Es hilft nicht. Es hilft nicht bei der Suche nach Beth, und es hilft dir nicht.«

»Woher willst du wissen, was hilft?«

»Hilft es etwa?« Simon schob sich in ihr Blickfeld und zwang sie, ihn anzusehen. Der Trotz verschwand aus ihrer Miene.

»Was soll ich denn sonst machen?«

»Weiterleben«, sagte er und schloss den Griff fester um sie, als sie Anstalten machte, sich zu lösen. »Ich sage nicht, dass du aufgeben sollst. Ich sage nicht, dass du sie vergessen sollst. Aber du musst nach vorn blicken und wieder zu leben anfangen.«

»Ich kann nicht.«

»Warum nicht? Weil du dich schuldig fühlst? Weil du glaubst, die Leute würden dann denken, dass dir Beth gleichgültig geworden ist? Glaubst du, Beth würde das denken?«

Abby nickte. In ihren Augen standen Tränen. »Ich brauche das Wissen, dass ich alles getan habe. Dass ich sie nie aufgegeben habe. Sie muss das wissen.«

Simon nahm ihr Gesicht in beide Hände. »Du hast alles getan. Das weiß ich. Alle wissen das. Und ich glaube, du weißt es auch.«

»Was ist mit Beth? Weiß sie es?«

Simon wandte den Blick ab. Darauf gab es keine Antwort. Er konnte Abby das sagen, was sie bereits wusste, aber nicht wahrhaben wollte. Beth wusste wahrscheinlich gar nicht, dass Abby überhaupt existierte; dass ihre wirkliche Mutter unentwegt nach ihr suchte. Sie würde es nie erfahren.

Sie saßen lange da, ohne ein Wort zu sagen. Als es schließlich zu dunkel wurde, um Abbys Gesicht zu erkennen, ließ Simon Abbys Hand los und stand auf, überzeugt davon, dass das Gespräch damit beendet war und sein Wunsch nach einem halbwegs normalen Leben niemals in Erfüllung gehen würde. Zumindest nicht in nächster Zukunft.

Zuerst wusste er gar nicht genau, wer da sprach. Ihre Stimme war leise, aber fester und sicherer als seit langer Zeit.

»Komm mit und sieh sie dir an«, sagte sie.

Simon erstarrte. Nachdem er sich an die Dunkelheit gewöhnt hatte, konnte er in dem matten Licht ihre Augen ausmachen. Sie waren jetzt nicht mehr tränenfeucht, sondern wiesen einen Glanz auf, den er lange vermisst hatte.

»Komm mit und sieh sie dir selbst an. Wenn du nicht glaubst, dass die Kleine Beth ist, dann höre ich auf. Dann tue ich, was immer du willst.«

»Abby …«

»Schau sie dir einfach nur an. Wenn du mir dann ehrlich sagen kannst, dass sie es nicht ist, dann höre ich auf. Ich versprech's.«

Simon setzte sich wieder und studierte ihr Gesicht, so gut er es in dem trüben Licht vermochte. »Wie? Wie willst du sie wiederfinden?«

Abby lehnte sich vor. »Die Straße, in die sie eingebogen sind, war eine Sackgasse. Sie müssen irgendwo dort wohnen.«

»Vielleicht hat sie nur versucht, dich abzuschütteln«, sagte Simon.

»Nein, sie muss dort wohnen. Wenn wir hingehen und warten, sehen wir sie.«

Simon seufzte. »Wir können ihr nicht auflauern. Du kommst noch in den Knast.«

»Ich sage nicht, dass wir ihnen nachstellen sollen. Ich sage nur, wir fahren hin, und du siehst sie dir selbst an. Weiter nichts.«

Simon lehnte sich zurück und dachte über ihren Vorschlag nach. Er wusste, dass es albern war, und er war sich nicht einmal sicher, ob er Abby ihr Versprechen abnahm, dann gegebenenfalls aufzugeben. Doch es war die einzige Möglichkeit, die er hatte, um ihr zu helfen, also musste er einwilligen. »Wenn ich also der Meinung bin, dass es nicht Beth ist, dann stellst du die Suche ein?« Abby nickte. »Und wenn ich der Meinung bin, sie ist es?«

Abby lächelte. »Dann haben wir sie gefunden.«

49

Abby wartete darauf, dass Simon aus dem Studio zurückkehrte. Er hatte gesagt, er wäre in einer halben Stunde wieder da, doch jetzt waren es schon fast vierzig Minuten, und sie brannte darauf loszugehen. Vielleicht kam er ja gar nicht zurück und hatte nicht die leiseste Absicht, sie zu begleiten und nach Beth zu schauen. Sie begriff nicht, warum er nicht die gleiche Vorfreude wie sie darauf empfand, vielleicht wirklich ihre Tochter zurückzubekommen.

Es klingelte an der Tür, und Abby sprang auf, da sie dachte, Simon hätte seinen Schlüssel vergessen. Als sie aufmachte, stand Jen draußen.

»Hey, Süße«, sagte Jen und beugte sich vor, um Abby zu umarmen. Abby trat zur Seite, um Jen einzulassen, und schloss die Tür. Jen ging schnurstracks durch zum Wohnzimmer, und Abby folgte ihr langsam. »Passt es dir gerade?«, fragte Jen.

»Offen gestanden …« begann Abby.

»Wir haben schon ewig nicht mehr richtig miteinander geredet«, sagte Jen. »Du fehlst mir.« Sie setzte sich und streifte ihre unfassbar hochhackigen Schuhe ab. Abby blieb an der Tür stehen. Jen tätschelte den Platz neben sich. »Ich hab dir so viel zu erzählen. Ich habe nämlich einen neuen Verleger. Es ist so cool. Ich glaube, der Typ steht wirklich auf meine Texte. Und er sagt, er setzt mich ganz nach oben auf seine Prioritätenliste.«

»Toll«, sagte Abby, nach wie vor stehend.

»Und ich muss dir was zeigen. Wo ist dein Laptop? Paul hat

eine Webseite zum Bücherverkaufen eingerichtet, aber er macht auch Werbung für Autoren, die er gut findet, also hab ich mir was überlegt«, sagte sie und bildete mit den Händen einen Rahmen um ihr Gesicht. »Perfekt, was?«

»Hör mal, Jen. Ich warte gerade auf Simon. Er muss jeden Moment da sein. Wir haben einen Termin.« Abby wollte Jen nichts von Beth erzählen. Noch nicht. Es hatte einmal eine Zeit gegeben, da wäre Jen die Erste gewesen, die sie wegen allem angerufen hätte, ob wichtig oder unwichtig. Aber heute?

»Oh«, sagte Jen. »Kein Problem, wir können es auch ein andermal machen.«

Es klingelte erneut, und Abby flehte innerlich darum, dass es diesmal Simon war. »Entschuldige mich«, sagte sie und ließ Jen im Wohnzimmer sitzen.

Abby öffnete die Tür. Draußen standen Gardner und ein zweiter Mann, den sie noch nie gesehen hatte. Ihr Magen zog sich zusammen. »Hi«, sagte sie.

»Hi«, sagte Gardner. Abby musterte den anderen. »Oh, das ist D. C. Carl Harrington.«

Harrington streckte Abby die Hand entgegen. Die dicke Goldkette an seinem Handgelenk klirrte bei der Begrüßung. Während sie sich die Hände schüttelten, musterte sie seine Frisur und überlegte dabei, ob er wohl die ganze Tube Gel benutzt hatte oder nur den größten Teil davon.

Abby sah wieder Gardner an und ließ die beiden ein. »Was ist denn los?«, fragte sie.

»Wir waren nur gerade in der Gegend, und da dachte ich, ich schaue mal vorbei und berichte Ihnen, dass wir den Flyer auf Fingerabdrücke untersucht haben«, erklärte Gardner, als Abby die beiden ins Wohnzimmer führte. Bei Jens Anblick blieb er abrupt stehen. »Tut mir leid, wenn wir stören.«

»Schon gut«, sagte Jen. Sie stand auf und schlüpfte wieder in ihre High Heels. »Kann ich Ihnen etwas anbieten? Tee, Kaffee?«

»Nein danke. Wir sind nur auf Stippvisite«, sagte Gardner. »Abby, können wir?« Er zeigte zur Küche. Abby nickte und ging mit ihm hinüber.

»Haben Sie etwas gefunden?«, fragte Abby.

»Wir haben Fingerabdrücke gefunden, sogar zweierlei, abgesehen von Ihren, aber nichts, was zu etwas aus unserer Datenbank passen würde.«

»Und was nun?«

Gardner räusperte sich. »Viel mehr können wir nicht tun. Wir haben keine Möglichkeit, die Frau ausfindig zu machen, die Ihnen den Zettel gegeben hat. Ich könnte die Firma kontaktieren, die die Flyer gedruckt hat, und die Veranstalter der Aufführung fragen, ob eine rothaarige junge Frau für sie arbeitet. Aber … es ist ein Schuss ins Blaue. Wir wissen nicht einmal, ob es relevant ist.«

»Aber es könnte sein«, sagte Abby. »Wir müssen es versuchen.«

Gardner nickte. »Mal sehen, was ich tun kann.«

Sie kehrten ins Wohnzimmer zurück. Jen saß kichernd Harrington gegenüber, eine Hand auf seinem Knie. Sie warf einen Blick auf Gardner, zog ihre Hand zurück und erhob sich.

»Ich habe Carl gerade von meinem neuen Verlagsvertrag erzählt«, sagte Jen, ehe sie zu Gardner hinüberging und ihm eine Hand auf den Arm legte. »Ich habe einen absolut coolen …«

»Die Herren müssen gehen«, sagte Abby. Einen Moment lang sprach niemand ein Wort.

Schließlich nickte Gardner zur Tür. »Harrington«, sagte er, und der andere Polizist stand auf.

»Schön, Sie kennengelernt zu haben«, sagte er mit Blick auf Jen, ehe er sich in Richtung Haustür bewegte. »Sie beide.«

»Herzlichen Glückwunsch«, sagte Gardner zu Jen, ehe er sich an Abby wandte. »Ich melde mich.« Abby wollte ihm folgen, doch er hielt sie auf. »Wir finden alleine raus.«

»Was war denn das?« sagte Jen, kaum dass sich die Haustür geschlossen hatte.

»Was?«, fragte Abby.

»Das! Ich habe versucht, mit ihm zu reden, und du hast ihn praktisch zur Tür hinausgeschoben.«

»Er hatte zu tun. Wichtiges zu tun. Falls du es noch nicht gehört hast, ein kleines Mädchen wird vermisst. Mein kleines Mädchen wird noch immer vermisst.«

Jen sah Abby kopfschüttelnd an. »Warum bist du so?«

Abby sah weg und versuchte, bis zehn zu zählen. Sie kam bis drei und wandte sich dann wieder ihrer Freundin zu. »Warum bist du hierhergekommen? Warum bist du dreimal innerhalb einer Woche gekommen, nachdem ich dich monatelang nicht zu Gesicht gekriegt habe?«

»*Weil* ich dich monatelang nicht zu Gesicht gekriegt habe«, gab Jen zurück.

»Aber neulich bist du gekommen, um Simon zu besuchen, nicht mich. Warum?«, wollte Abby wissen. Jen sah verblüfft drein. »Du hast ihm gesagt, dass ich mich wieder mit Paul treffe. Warum hast du das getan?«

»Das hab ich nie gesagt«, widersprach Jen. »Ich habe ihn *gefragt*. Ich dachte, ich hätte Paul neulich gesehen, als ich dich besuchen wollte. Ich wollte einfach nur wissen, ob ihr wieder miteinander sprecht.«

»Und warum hast du mich nicht selbst gefragt?«, entgegnete Abby. »Ich habe Paul seit dem Tag, an dem er mich verlassen hat, nicht mehr gesehen. Warum musstest du schnurstracks zu Simon gehen und so was sagen?«

»Du hast Recht. Es tut mir leid. Ich hätte dich fragen sollen.«

»Stattdessen hast du es Simon erzählt. Es ist, als würdest du versuchen, einen Keil zwischen uns zu treiben, genau wie du einen Keil zwischen Gardner und mich treiben willst.«

Jen sah sie mit weit aufgerissenen Augen an. »Also, zuerst

einmal entschuldige bitte, aber mir war nicht klar, dass zwischen dir und Gardner überhaupt eine Beziehung besteht.«

Abby spürte, wie ihr Gesicht rot anlief. »So habe ich es nicht gemeint, das weißt du. Er ist beruflich hier. Er versucht, meine Tochter zu finden, und jedes Mal, wenn du ihn siehst, schmachtest du ihn an wie ein Teenager. Das total peinlich.«

Jen sah sie mit Tränen in den Augen an, ehe sie sich bückte und ihre Handtasche aufhob. »Tja, es tut mir leid, wenn ich dir peinlich bin«, sagte sie. »Und es tut mir leid, dass ich mich immer noch darum bemühe, ein Teil deines Lebens zu sein. Ich dachte bloß, ich hätte Paul gesehen, weiter nichts. Es war nur ein Irrtum. Ein großer Irrtum.«

Abby sah Jen zur Tür stapfen und wartete, bis sie sie hinter sich zugeknallt hatte, ehe sie ihren Tränen freien Lauf ließ. Heute hätte eigentlich ein guter Tag werden sollen. Sie würde Beth finden. Sie würde dafür sorgen, dass Simon ihr glaubte. Sie würde dafür sorgen, dass Gardner ihr glaubte.

Sie wischte sich das Gesicht ab. Wegen Jen würde sie nicht weinen. Das war sie nicht wert.

Abby wartete noch eine weitere Stunde darauf, dass Simon nach Hause kam. Je länger sie dasaß, desto mehr dachte sie, dass sie zu hart zu Jen gewesen war. Vielleicht hatte Jen ja wirklich geglaubt, sie hätte Paul gesehen. Vor kurzem war sie bei Tesco einer ehemaligen Kollegin begegnet, die ihr erzählt hatte, sie hätte Paul mit einem Kind gesehen. Es hatte ihr wehgetan, zu erfahren, dass Paul die Sache hinter sich gelassen hatte. Dass er sich ein neues Leben aufgebaut hatte. Dass sie nicht mehr dazugehörte. Vielleicht war Jen gar nicht boshaft, vielleicht wollte sie ihr Simon gar nicht abspenstig machen. Seit sie Jen kannte, hatte diese grundsätzlich mit allem geflirtet, was sich bewegte. Aber das bedeutete nicht zwangsläufig, dass sie es wirklich ernst meinte. Vielleicht war es nur ein Trugschluss.

Und warum sollte es ihr etwas ausmachen, wenn Jen hinter Gardner her war? Vielleicht wollte er das ja. Er war nicht verheiratet. Hatte keine Freundin. Warum sollte er sich nicht für Jen interessieren? Sie sah gut aus. Sie hatte keine Altlasten. Was kümmerte es Abby?

50

Simon folgte Abbys Anweisungen und parkte am Ende der Sackgasse, in der Sara und Casey verschwunden waren. Die Sonne kam nur langsam hervor, und die vormittägliche Luft war frisch. Ein dünner Schleier aus zartem grauen Nebel umgab das Auto.

Abby saß schweigend da, den Blick unverwandt auf die kleine Straße gerichtet, und kaute an einem Fingernagel. Seit Simons Rückkehr hatte sie geschwiegen. Er vermutete, dass sie beleidigt war, weil er sich so viel Zeit gelassen hatte.

Simon beugte sich übers Lenkrad und unterdrückte ein Gähnen, während er versuchte, nicht allzu intensiv darüber nachzudenken, was er hier machte. Er hatte kaum geschlafen, sondern die ganze Nacht darüber nachgegrübelt, auf was er sich da eingelassen hatte. Wenn das Mädchen, das er zu sehen bekam, nicht Beth war, wäre die Sache dann damit erledigt? Würde Abby wirklich aufhören? Hatte er überhaupt das Recht, das von ihr zu verlangen? Vielleicht würde Abby ihr Leben völlig aufgeben, wenn sie das nicht mehr hatte. Bei genauerer Betrachtung gab ihr die endlose Suche zumindest einen Grund, morgens aufzustehen. War es naiv von ihm zu glauben, dass sie über die ganze Geschichte hinwegkommen würde, nur weil er sie dazu aufforderte? Dass sie dort anknüpfen würde, wo sie aufgehört hatte, sich einen Job suchen und ein normales Leben führen würde? Bevor sie Beth bekommen hatte, hatte ihr Beruf ihr alles bedeutet. Sie hatte ihren Job geliebt und es kaum erwarten können, wieder einzusteigen. Doch das war damals gewesen. In einem anderen Leben. Abby war nicht mehr die Gleiche, wie sollte sie auch? Vielleicht war er ja egoistisch und versuchte, Abby in ein Leben zu zwingen, das er für normal hielt.

Noch beängstigender war allerdings die Möglichkeit, dass er tatsächlich ebenfalls zu dem Schluss kam, das kleine Mädchen könnte seine Tochter sein. Was dann? Wie sollten sie das beweisen? Wenn er Abby zwar zustimmte, sie jedoch außerstande waren, Beth zurückzubekommen, was würde dann aus Abby werden?

Und woher sollte er es überhaupt wissen? Er begriff nicht, wie Abby so sicher sein konnte, ihre Tochter erkannt zu haben. Als sie sie das letzte Mal gesehen hatten, war sie ein Baby gewesen, noch nicht einmal ein Jahr alt. War es überhaupt möglich, sie fünf Jahre später wiederzuerkennen? Vielleicht war es eine Art Mutterinstinkt. Simon fürchtete, seine mangelnde Intuition könnte schwere Konsequenzen haben. Wenn er sich nicht sicher war, wie sollte er dann ja oder nein sagen? Seine Entscheidung konnte entweder bedeuten, dass er und Abby sich von ihrer eigenen Tochter abwandten oder eine andere Familie zerstörten.

Was erhoffte er sich wirklich vom heutigen Tag?

Abby rutschte unruhig auf ihrem Sitz herum und riss Simon aus seinen Gedanken. Allmählich klarte es auf, und die Sonne blinzelte durch die Wolken. Mehrere Frauen mit einer lärmenden Kinderschar kamen aus einer Straße ein Stück weiter hinten, was Abby veranlasste, sich aufzusetzen und die Gruppe nach Sara und Casey abzusuchen. Simon beobachtete sie, ohne zu wissen, nach was oder wem er Ausschau halten sollte. Das Absinken ihrer Schultern sagte ihm alles, was er wissen musste.

Er drehte das Fenster herunter und zog seine Jacke aus. Gerade wollte er sich wieder bequem hinsetzen, als Abby mit großen Augen nach vorn schoss.

»Das ist sie«, sagte sie.

Simon setzte sich auf und folgte Abbys Blick. Eine junge blonde Frau bog mit gemächlichen Schritten aus der Sackgasse auf die Hauptstraße ab, an der Hand ein kleines dunkelhaariges Mädchen. Das Mädchen hüpfte neben der Frau her und blickte zu ihr auf, wobei sich ein Lächeln auf ihrem Gesichtchen breitmachte. Simon warf einen kurzen Blick auf Abby und sah eine Träne über ihre Wange rinnen. Er schaute erneut zu Sara und Casey hinüber, die nun fast am Ende der Straße angelangt waren.

Wortlos öffnete Simon die Tür und stieg aus. Abby tat es ihm gleich und sah ihn erwartungsvoll an.

»Ich sehe sie nicht richtig«, sagte er. »Ich gehe ihnen nach. Warte hier.«

»Nein«, widersprach Abby und ging auf seine Seite hinüber. »Ich will mitkommen.«

»Das geht nicht«, sagte er, den Blick weiterhin auf Casey gerichtet. »Wenn sie dich sehen, wirst du verhaftet.« Er begann die Straße zu überqueren. »Warte hier, ich rufe dich an und sage dir, wo ich bin.«

Ehe sie etwas einwenden konnte, ging Simon auf die andere Straßenseite, hinter Sara und Casey her, und ließ Abby allein neben dem Auto stehen.

Er registrierte es kaum, als Abby kam und sich neben ihn auf die Bank setzte. Noch immer sah er Casey auf dem Karussell herumwirbeln, doch ihr Gesicht war ein Farbklecks aus Bewegung und Ferne. Abby nahm seine Hand, doch er sah sie nicht an, sondern schaute unverwandt zu Casey hinüber. Der Anblick des kleinen Mädchens hypnotisierte ihn.

Sein Kopf fuhr herum, als Abby mit beiden Händen sein Gesicht umfasste und ihm eine Träne von der Wange wischte, von der er nicht einmal wusste, dass sie gefallen war. Abby lächelte beinahe.

»Na?«, fragte sie.

Simon dachte über all das nach, was ihm in der Nacht zuvor durch den Kopf gegangen war. Er hatte nichts überstürzen wollen. Er traf seine Entscheidungen mit dem Kopf, nicht mit dem Herzen. Doch sowie er dieses Mädchen gesehen hatte, wusste er es. Er wusste, dass er das kleine Mädchen vor sich hatte, das ihm vor fünf Jahren geraubt worden war.

Simon sah Abby in die Augen. Dann öffnete er den Mund und sagte: »Ich weiß es nicht.«

Abby ließ die Hände sinken. »Was?«

Simon sah erneut zu Casey hinüber, die gerade vom Karussell hüpfte. Sie drehte sich noch ein paarmal um sich selbst, ehe sie sich kichernd zu Boden fallen ließ. Ein Bild von Abby, betrunken von billigem Cider, schlich sich in sein Gehirn. Instinktiv machte er Anstalten, zu Casey hinüberzugehen, doch schon eilte Sara herbei und hob sie auf. Stolpernd ließ er sich wieder auf die Bank fallen, mit einem brennenden Schmerz im Herzen, dem nichts gleichkam, was er je gefühlt hatte.

Er wandte sich zu Abby um und konnte kaum Atem holen. »Ja«, sagte er. »Ja.«

Mit zitternden Händen fasste Abby nach ihm und streichelte ihm das Haar. Ein Lächeln blitzte durch den Tränenstrom wie die Sonne durch eine regennasse Fensterscheibe. Simon schlang die Arme um sie und hatte zum ersten Mal das Gefühl, dass alles gut werden würde.

Abby machte sich von ihm los, wandte sich um und tat so, als müsste sie ihren Schuh zubinden. Simon blickte zur Seite und sah Sara und Casey davongehen. Sosehr er sich auch sagte, dass er wegsehen sollte, er konnte einfach den Blick nicht von ihnen abwenden. Hastig zog er sein Smartphone heraus, stellte die Kamerafunktion ein und machte ein Foto von Casey, als sie gerade in seine Richtung schaute. Sara starrte gedankenverloren auf den Ententeich vor ihr, zog an Caseys Hand und wollte offenbar, dass sie sich die Enten und Schwäne ansah, die sorglos ihre Bahnen durch das schlammige Wasser zogen.

Kaum waren sie weg, drehte sich Abby zu Simon um und folgte seinem Blick auf das Foto von Casey auf seinem Smartphone. Sie nahm ihm das Gerät aus der Hand, um das Bild näher zu betrachten.

Hand in Hand gingen Abby und Simon auf die andere Seite des Teichs. Sie hielten sich etliche Schritte hinter Casey und Sara, doch das Kindermädchen sah sich ohnehin kein einziges Mal um, und Casey war viel zu sehr damit beschäftigt, das Brot gerecht unter den Enten zu verteilen, um überhaupt zu registrieren, dass sie im Zentrum ihrer Aufmerksamkeit stand.

Sara machte Anstalten, Casey von den Enten loszueisen, doch dann hielt sie plötzlich inne und betastete ihre Jeanstasche. Sie zog ein Telefon heraus und meldete sich, ohne Casey dabei aus den Augen zu lassen. Nach kurzem Gespräch legte sie auf und rief Casey zu, sie solle mitkommen. Das Mädchen blickte zwischen Sara, den Enten und dem restlichen Brot in ihrer Hand hin und her und traf eine schnelle Entscheidung, indem sie das Brot in vier Stücke riss und ins Wasser schleuderte. Als die Enten sich eilig auf ihre Beute stürzten, lachte sie laut.

Sara und Casey machten sich auf den Weg zum Parkplatz. Abby und Simon gingen schnell und bemühten sich, mitzuhalten. Als sie dort anlangten, kam ein schwarzer Range Rover herbeigefahren, und Casey winkte jemand Unsichtbarem darin zu. Abby und Simon warteten an der Einfahrt und versuchten, sich unauffällig unter die anderen Leute zu mischen, die kamen und gingen.

Sara öffnete die Hintertür des Wagens und bugsierte Casey darauf zu. Unterdessen ging die Fahrertür auf, und eine große, rothaarige Frau stieg aus. Sie ging auf Casey zu und beugte sich zu ihr hinab, um sie zu umarmen. Casey plapperte hektisch drauflos und überschüttete die Frau wahrscheinlich mit Geschichten über Enten und Schwäne und Karussellfahrten. Die Frau lächelte und richtete sich wieder auf.

»Das muss sie sein«, sagte Abby.

Simon riss seinen Blick von Casey los und sah Abby an. »Was?«

Er folgte Abbys Blick und registrierte, dass sie nun nicht mehr Casey anstarrte. Stattdessen musterte sie die Frau. Nachdem Casey auf dem Rücksitz untergebracht worden war, stiegen beide Frauen vorne ein. Abby ging auf sie zu. Simon packte sie am Kragen und zerrte sie zurück.

»Stopp«, sagte er.

»Ich will mit ihr reden«, sagte Abby und versuchte, sich loszumachen.

»Abby, warte«, mahnte er, den Blick nach wie vor auf die Frau auf dem Fahrersitz fixiert. Abby drehte sich um und sah ihn an.

»Was ist denn?«, fragte sie.

»Diese Frau«, sagte er. »Ich kenne sie.«

51

Gardner warf einen letzten Blick zu Marcus Davies' Wohnung hinauf, ehe er ins Auto stieg. Es war das zweite Mal gewesen, dass er mit Chelseas Vater gesprochen hatte, und er war ihm nun noch unsympathischer als zuvor. Jill Hoffman hatte steif und fest behauptet, dass Davies ihre Tochter nicht entführt hatte, allerdings nur, weil sie ihn seit mehr als vier Jahren nicht gesehen hatten und die Kleine ihm komplett egal war. Warum sollte er sie wollen?, hatte Jill Gardner gefragt.

Warum sollte er sie wollen?

Das traf ihn. Warum sollte ein Vater sein eigenes Kind nicht wollen? Bestimmt hatte sie es nicht so gemeint, doch in seinen Ohren klang es, als wäre Chelsea ein lästiges Haustier oder ein Stück Abfall. Doch Davies' Einstellung entsprach so ziemlich dem, was Jill gesagt hatte. Seine Tochter war ihm völlig gleichgültig. Als Gardner und seine Kollegen ihn das erste Mal aufgesucht hatten, hatte er nicht einmal gewusst, dass sie verschwunden war, und es hatte nicht den Anschein, als hätte er schlaflose Nächte verbracht, seit man ihn darüber informiert hatte. Bei ihm war Chelsea jedenfalls nicht. Er hatte nicht einmal genug Geld, um sich selbst zu versorgen, also wozu sollte er ein Kind wollen, das noch die letzten Mittel aus ihm heraussaugte? Gardner hatte Davies' Wohnung ohne jeden Zweifel an dessen Unschuld verlassen; zumindest trug er keine Schuld an der Entführung. Der Mann hätte überhaupt niemanden entführen können, denn dazu bedurfte es ein paar funktionierender Gehirnzellen und der Energie, sich vom Sofa zu erheben.

D. C. Harrington hatte die ganze Zeit, die sie bei Davies verbrachten, kein Wort gesagt. Er war an der Tür stehen geblieben und hatte sich angewidert in dem unordentlichen Wohnzimmer umgesehen. Gardner hatte eigentlich Lawton mitnehmen wollen. Er versuchte, sie dazu zu animieren, die Prüfung zum Detective abzulegen, und ihr möglichst viel Berufserfahrung zu verschaffen, doch obwohl er davon überzeugt war, dass sie über die nötige Intelligenz und Einsatzfreude verfügte, mangelte es ihr nach wie vor an Selbstvertrauen. Sie war damit zufrieden, an Türen zu klopfen und alte Leute zu fragen, ob sie etwas gesehen hatten, und sich im Gegenzug ihre Lebensgeschichten anzuhören. Er wusste, dass sie mehr konnte. Sie konnte auch mit schwierigeren Fällen umgehen, mit Marcus Davies zum Beispiel. Gardner wusste genau, dass sie das beherrschte, nur sie selbst wusste es nicht. Und so hatte er jetzt Harrington am Hals, der ein ziemlich guter Ermittler war und im vorliegenden Fall bereits hilfreiche Arbeit geleistet hatte. Doch Gardner mochte ihn einfach nicht. Er konnte nicht sagen, warum. Es war einfach so.

Als sie durch das Viertel fuhren, an den Reihen mit Brettern vernagelter Ladenfassaden vorbei, kurbelte Harrington das Fenster herunter. Gardner hätte damit gewartet, bis sie wieder auf der Hauptstraße waren. Da war die Gefahr geringer, dass ein Jugendlicher einen Ziegelstein auf sie warf.

»Ich glaube, danach muss ich zweimal duschen. Mindestens zweimal«, sagte Harrington und hob seinen Hemdkragen an die Nase. »Mein Gott. Vielleicht ist die Kleine ja doch dort.«

Gardner sah zu Harrington hinüber. »Was meinen Sie damit?«

»Vielleicht war es das, was so gestunken hat. Die verwesende Leiche der Kleinen«, sagte Harrington grinsend. Gardner grinste nicht. »Was denn?«, fragte Harrington lachend. »Das war ein Witz.«

»Zum Totlachen«, erwiderte Gardner, während er in die Hauptstraße einbog und schließlich auch sein Fenster herunterdrehte.

»Und was jetzt?«, fragte Harrington.

Gardner schüttelte den Kopf. »Ich will noch mal mit der Mutter reden. Versuchen Sie, Lawton zu erwischen. Sagen Sie ihr, sie soll im Revier auf mich warten.«

»Lawton«, sagte Harrington. »Wissen Sie was? Ich glaube, sie ist noch Jungfrau.« Gardner musste sich zwingen, nicht die Augen zu verdrehen. »Sie hat einfach diese Ausstrahlung, wissen Sie?«

»Ich glaube, das könnte man als sexuelle Belästigung auslegen.«

»Nicht, wenn sie nichts davon weiß.« Harrington grinste. Gardner sah ihn finster an. »Ach du Scheiße«, sagte er. »Sie sind doch nicht etwa …? Oder?«

»Nein, bin ich nicht«, sagte Gardner.

»Ein Jammer.« Harrington schwieg ein paar herrliche Minuten lang. »Was ist mit dieser Blondine?«

»Was für eine Blondine?«, fragte Gardner, während er in Gedanken die Bilder ihrer Kolleginnen durchging.

»Die Schriftstellerin. Jen.«

Gardner drehte den Kopf und sah Harrington an. »Was ist mit ihr?«

»Falls Sie es noch nicht gemerkt haben, sie ist enorm zugänglich. Ich hatte mir schon Chancen ausgerechnet, bis Sie reingekommen sind, Mann. Sie hat mir sogar ihre Nummer gegeben. Tja, die Geschmäcker sind verschieden.«

»Wovon reden Sie eigentlich?«, fragte Gardner, obwohl er sich ehrlicherweise eingestehen musste, dass es ihm zuvor schon aufgefallen war. Jedes Mal, wenn sie sich begegneten, berührte Jen Harvey ihn mindestens einmal, obwohl er nicht davon überzeugt war, dass das ausschließlich für ihn reserviert war. Er hatte den Eindruck, dass Jen – milde ausgedrückt – ein großes Faible für Körperkontakt hatte.

»Jetzt tun Sie nicht so«, sagte Harrington. »Sie müssen es doch gemerkt haben.« Gardner zuckte die Achseln. »Oder sind Sie eher an der Brünetten interessiert?«

»Abby? Das wäre ja wohl unangebracht, finden Sie nicht?«

Harrington lehnte sich zurück und reckte sich. »Das Herz will, was das Herz will. Oder zumindest was der Schwanz will.« Er grinste.

52

Abby und Simon sahen dem davonfahrenden Auto nach. Er führte sie in den Park zurück und drückte sie auf die nächste freie Bank.

»Wer ist sie?«, fragte Abby.

Simon starrte eine Weile zu Boden und wusste nicht, was er sagen sollte. Ihm fehlten die Worte. Er kannte die Frau, doch ihm fiel nicht mehr ein, wer sie war oder woher er sie kannte. Irgendetwas an ihr löste ein mulmiges Gefühl in ihm aus. Nicht nur, weil sie sich offenbar als Beths Mutter ausgab. Simon hatte auch das Gefühl, dass er sie kennen müsste, dass sie in irgendeiner Weise bedeutsam war.

»Simon? Wer ist sie?«, fragte Abby erneut und drehte seinen Kopf so, dass er sie ansehen musste.

»Ich weiß es nicht«, sagte er, während er versuchte, eine Zigarette aus dem Päckchen zu ziehen. »Ich kenne sie, aber mir fällt nicht mehr ein, woher.« Er rieb sich die Schläfen und schloss die Augen. »Gott!«, stöhnte er frustriert. »Ich kenne sie.«

Simon sah Abby an, sah die Angst, die Beklommenheit auf ihrem Gesicht. Und so rückte er näher und legte ihr einen Arm um die Schultern. Er wollte etwas Beruhigendes sagen, irgendwelche unschuldigen Worte, von denen er wusste, dass sie eigentlich nichts bedeuteten, aber wenigstens hätte er etwas gesagt. Doch er konnte nicht mehr. Abby hatte die ganze Zeit über Recht gehabt. Ihr Tun hatte sich schließlich wider Erwarten ausgezahlt. Und als sie noch vor kaum einer Stunde hier am

Spielplatz gesessen hatten, hatte er sich dem Gedanken hingegeben, dass alles gut werden würde. Dass sie alles klären und Beth zu ihnen zurückkehren würde und sie alle glücklich und zufrieden weiterleben würden. Doch nun hatte sich dieses Gefühl verflüchtigt, und er war mit der eiskalten Wahrheit konfrontiert, dass sie der Rückkehr ihrer Tochter im Grunde kein Stück näher gekommen waren. Die Tatsache, dass sie sie gesehen hatten, bedeutete nichts. Sie hatten keinen Beweis, nichts Konkretes, womit sie zur Polizei hätten gehen können. Eigentlich waren sie schlechter dran als zuvor. Nun war Beth da, hatte direkt vor ihnen gestanden, blieb jedoch völlig außerhalb ihrer Reichweite. Er konnte erst etwas tun, wenn ihm wieder einfiel, wer diese Frau war.

Abby stocherte mit der Gabel in ihrem Essen herum, das sie sich beim Imbiss geholt hatten, doch sie hatte schon seit mehr als zwanzig Minuten nichts mehr in den Mund gesteckt. Simon hatte es zwar geschafft, etwas zu essen, doch Abby fiel auf, dass auch er zu kämpfen hatte. Ihr Kopf war voller widerstreitender Gedanken. Auf der einen Seite war sie überglücklich darüber, dass Simon ihr zugestimmt hatte. Sie wurde also nicht allmählich wahnsinnig. Ihre Tochter war endlich in greifbare Nähe gerückt. Doch andererseits wusste sie, dass es so einfach auch nicht war. Wie sollten sie Beth zurückbekommen? Wie würde es ihrem Töchterchen dabei ergehen? Beth wirkte glücklich. Hatte Abby überhaupt das Recht, sie dort herauszureißen? Wie würde Beth es empfinden, wenn sie von allem, was sie je gekannt hatte, getrennt und zwei für sie wildfremden Personen übergeben werden würde?

Und dann war da noch diese Frau. Seit sie sie gesehen hatte, war sie Abby nicht mehr aus dem Kopf gegangen.

Simon kannte sie.

Sie hatte ihn bedrängt, versucht, sein Gedächtnis anzuschieben, doch es funktionierte nicht, und je mehr sie drängte, desto mehr zog er sich zurück. Unablässig dachte sie über ihn und diese Frau nach und fragte sich, wie gut sie sich gekannt hatten. Er würde es ihr nicht absichtlich verschweigen, nicht etwas so Wichtiges. Trotzdem nagte es an ihr. Ob es die Vorstellung von ihm und ihr zusammen war, eine dumme Eifersüchtelei? Wenn es nur das wäre. Nein, was sie wirklich plagte, war der Gedanke, der sich in ihrem Kopf immer wieder in den Vordergrund drängte, nämlich dass das Ganze irgendwie Simons Schuld war. Er kannte die Frau, die ihnen die Tochter weggenommen hatte. Wenn er nicht gewesen wäre, wäre Beth vielleicht nicht entführt worden.

Sie hatte versucht, Gardner anzurufen, um ihm die Neuigkeit mitzuteilen und den Namen der mysteriösen Frau zu erfahren, doch sie hatte ihn nicht erreicht. Ob er die Frau wohl bereits aufgesucht hatte und mehr wusste als Abby und Simon?

Simon begann, die Alubehälter wegzuräumen. »Fertig?«, fragte er. Abby nickte, legte ihre Gabel weg und stand auf, um ihm zu helfen. Sie warfen die Reste in den Abfall und gingen ins Wohnzimmer. Simon machte den Fernseher an und schaltete zügig von einem Kanal zum nächsten durch. Obwohl das wichtigste Ereignis ihres Lebens bevorstand, vermochte keiner von beiden etwas zu sagen. Es war zu viel. Beide kannten die Probleme, die auf sie warteten, und indem sie sie verschwiegen, hofften sie wohl irgendwie, sie von sich fernhalten zu können.

Gardner schlürfte den letzten Schluck Kaffee, ein verzweifelter Versuch, wach zu bleiben. Er sah zu Lawton hinüber. Sie hatte kein Wort gesagt, seit sie Jill Hoffmans Haus verlassen hatten. Schon in den günstigsten Momenten war sie nicht besonders gesprächig, doch den Grund für ihr jetziges Schweigen konnte er gut verstehen. Jill Hoffman war ein harter Brocken. Die Zusammenarbeit mit Menschen, deren Kind vermisst wurde, war immer schwierig, doch es ging noch darüber hinaus. Chelseas Mutter schien eine gewisse Abneigung gegen die Polizei zu haben. Vielleicht fand sie, dass sie nicht genug unternahmen, oder sie mochte die Polizei einfach prinzipiell nicht. Auf jeden Fall war sie schwierig, und in ihrer Rolle als Kontaktperson zu den Angehörigen bekam Lawton ohnehin schon das meiste ab. Lawton war gut. Es hatte Gardner überrascht, wie gut sie tatsächlich war. Es schien ihr sogar zu gelingen, den Opferfamilien Trost zu spenden, und meistens vertrauten sie ihr. Doch Jill Hoffman zeigte sich völlig unzugänglich, und Gardner merkte Lawton an, dass sie sich selbst die Schuld dafür gab.

»Sind Sie sicher, dass Sie damit einverstanden sind?«, fragte Gardner.

Lawton nickte. Sie hatte ihm keine Fragen gestellt, als er ihr gesagt hatte, dass er noch ein anderes Ziel ansteuern wollte. Er war sich nicht sicher, ob ihm das an ihr gefiel oder nicht. In diesem Fall war es wahrscheinlich von Vorteil. Er wusste, dass er keinen triftigen Grund hatte, dorthin zu fahren, dass es wahrscheinlich nichts mit seinem Fall zu tun hatte. Und wenn man ganz pedantisch war, so war Abby nicht einmal mehr sein Fall, nicht wirklich, nicht mehr. Sein Fall war das Verschwinden von Chelsea Davies. Doch hier war er nun, vor dem Haus einer höchstwahrscheinlich völlig normalen Familie, einer unschuldigen Familie, und gleich würde er an die Tür klopfen und sie allen Ernstes fragen, ob sie Abbys Kind gestohlen hatten.

Vielleicht hatte er Lawton deshalb mitgenommen, damit sie ihm, wenn sich die Leute – was sie zwangsläufig tun würden – über ihn beklagten, Rückhalt geben und erklären konnte, dass er Abby lediglich ein für alle Mal hatte beweisen wollen, dass das Mädchen, das sie gesehen hatte, nicht ihre Tochter war. Dass er nur mit der Mutter der Kleinen hatte sprechen wollen, damit das Leben aller Beteiligten wieder normal weiterlaufen konnte.

Gardner spürte, dass Lawton ihn alle paar Sekunden von der Seite musterte. »Was?«, fragte er.

»Sir?«

»Sie sehen aus, als hätten Sie etwas zu sagen. Also spucken Sie's schon aus.«

Sie sah aus dem Fenster auf das Haus, und er rechnete schon damit, dass sie fragen würde, was sie hier wollten.

»Sie haben sich aus Blyth hierher versetzen lassen, stimmt's?«, fragte Lawton, fast ohne ihn anzusehen.

Gardner spürte das altbekannte Ziehen in der Magengrube. Er wollte das nicht. Nicht jetzt. Und vor allem nicht mit Lawton. Er dachte, sie hätten einen guten Draht zueinander. Er dachte, sie habe Respekt vor ihm, blicke vielleicht sogar zu ihm auf, wie irregeleitet das auch sein mochte. Seufzend wandte er sich zu ihr um. Zumindest besaß sie den Anstand, ihn direkt zu fragen.

»Was ist damit?«, sagte er.

Lawton sah auf ihre Hände hinab, die sie nervös im Schoß rang. »Ich wollte nur wissen, wie leicht es war, sich hierher versetzen zu lassen.«

Wie leicht es war? Wie konnte sie auch nur ansatzweise glauben, es sei leicht gewesen?

»Es ist nur«, fuhr sie fort, während sie versuchte, Blickkontakt aufzunehmen, es aber nicht ganz schaffte. »Lee hat sich für einen Job in Birmingham beworben, und er glaubt, er kriegt ihn, und dann müsste ich umziehen, und ich wollte nur wissen, wie es funktioniert, sich versetzen zu lassen.«

Gardner empfand schlagartig Erleichterung darüber, dass es nicht um ihn ging. Dass Lawton nicht so war wie die anderen.

»Sie ziehen weg?«, fragte er.

»Nein«, sagte Lawton. »Ich weiß nicht. Vielleicht bekommt er den Job ja gar nicht.«

Gardner durchfuhr ein Anflug von Traurigkeit. Er hatte noch nie ernsthaft darüber nachgedacht, doch Lawton würde ihm fehlen, wenn sie ging. Sie waren nicht richtig befreundet, trafen sich nicht außerhalb der Arbeit, doch von allen Kollegen in seinem Dunstkreis war sie die Letzte, die er gehen sehen wollte, diejenige, auf die er am wenigsten verzichten wollte. Andererseits gab es etliche andere, die er gerne hätte ziehen sehen.

»Wollen Sie denn weg?«

Lawton zuckte die Achseln. »Vielleicht.«

»Vielleicht? Wie lange sind Sie denn schon zusammen?«

»Fast ein Jahr.«

Gardner war überrascht. Er war noch nie auf die Idee gekommen, sich nach ihrem Leben außerhalb der Arbeit zu erkundigen. Wenn er es sich genau überlegte, so wusste er im Grunde kaum etwas über sie.

»Und was macht dieser Lee? Was ist an diesem Job in Birmingham so wichtig?«

Lawton schüttelte den Kopf. »Das würde ich lieber nicht sagen.«

»Verraten Sie's mir.«

Lawton seufzte. »Er ist Motivationstrainer.«

Gardner fing an zu lachen. Lawton rang um eine beleidigte Miene, musste dann aber mitlachen.

»Lachen Sie nicht«, sagte sie schließlich. »Er nimmt es wirklich ernst.«

»Das glaub ich gern«, sagte Gardner, während er sich zu fassen versuchte. Kurz darauf wurde er schon wieder ernst. »Haben Sie richtig darüber gesprochen? Ist es etwas, das Sie beide wollen, oder erwartet er einfach von Ihnen, dass Sie alles stehen und liegen lassen und ihm folgen?«

Lawton runzelte die Stirn. »Wir haben schon ein bisschen geredet«, sagte sie. »Hören Sie, ich bin noch nicht so weit, dass ich demnächst packe und verschwinde, ich wollte nur einen Rat.« Sie wandte sich wieder zu dem Haus um und gab damit zu verstehen, dass das Thema für sie erledigt war.

Gardner blickte in seinen Kaffeebecher. Er hätte sie nicht auslachen sollen. Er trank den letzten Schluck kalten Kaffee und warf den Pappbecher in den Fußraum, ehe auch er wieder das Haus ansah.

»Bereit?«, fragte er, und Lawton nickte.

Sie überquerten die Straße, und Gardner klopfte und wartete. Als die Tür aufging, stand eine rothaarige Frau da und sah ihn an. Sie ignorierte Lawton. Sie fragte nicht, wer er war oder was er wollte, sondern wartete einfach. Gardner räusperte sich.

»Bitte entschuldigen Sie die Störung. Ich bin D.I. Gardner«, sagte er. »Sind Sie Mrs. Helen Deal?«

53

Die Frau zog ihre Strickjacke über der Brust zusammen. »Ms Deal, bitte«, korrigierte sie, ohne ihren Gesichtsausdruck zu verändern.

»Entschuldigen Sie bitte die späte Störung, aber könnten wir Sie vielleicht kurz sprechen?«

Helen warf schließlich doch einen Blick auf Lawton, ehe sie auf die Straße hinaussah. Sie wich ein Stück zurück und ließ die beiden eintreten. Als sich Gardner die Füße an der Matte abstreifte, musterte sie seine Schuhe. »Wenn Sie bitte die Schuhe ausziehen würden«, sagte sie.

Gardner blickte auf seine Füße herab und bückte sich, um ihrer Aufforderung nachzukommen. Lawton, allzeit bereit, streifte lässig ihre Slipper ab. Helen stand in der Tür, an den hölzernen Rahmen gelehnt, während sich Gardner schließlich mühsam von seinem zweiten Schuh befreite. Sie führte die beiden ins Wohnzimmer, wo er sofort das makellose Cremeweiß des Teppichs und der Sitzgruppe registrierte. Nicht dass er ein Experte gewesen wäre, doch in seinen Augen passten helle Stoffe und kleine Kinder nicht besonders gut zusammen. In der Ecke quasselte der Fernseher vor sich hin. Gardner brauchte einen Moment, um zu begreifen, dass die Reporterin über Chelsea Davies sprach. Eine Sekunde lang starrten sie alle drei auf das Gesicht des kleinen Mädchens auf dem Bildschirm. Gardner wandte sich als Erster ab, und Helen schaltete das Gerät aus, ehe sie ihnen mit einer Geste einen Platz anbot. Gardner war froh, dass sie nicht zuvor noch einen Schutzüberzug aus Plastik unter ihn geschoben hatte.

»Darf ich Ihnen etwas anbieten?«, fragte sie. Gardner lehnte dankend ab, und sie setzte sich auf den Sessel gegenüber.

Er sah sich um. Alles war sauber und perfekt aufgeräumt, nur das Kaminsims und sämtliche anderen Flächen waren von gerahmten Fotos bedeckt. Auf praktisch jedem davon war Casey zu sehen.

Als er wieder zu Helen schaute, lächelte sie. »Sie ist hübsch, nicht wahr?«

Gardner und Lawton nickten und warteten, bis sich die Frau wieder ihnen zuwandte. Als das nicht geschah, fing er zögerlich zu sprechen an. »Sie wissen sicher von dem Vorfall vor zwei Tagen.«

»Natürlich«, sagte sie und sah ihn an. »Sara hat mir erzählt, dass ihnen eine Frau gefolgt ist. Sie hat gesagt, ihre Tochter sei gestorben.«

»Sie wird vermisst«, korrigierte Gardner.

»Oh. Na ja, das ist sicher genauso schlimm. Ich mag mir gar nicht ausmalen, was ich tun würde, wenn Casey irgendetwas zustieße.« Gardner wartete. »Sie ist aber nicht gefährlich, oder?«

»Nein. Sie ist nicht gefährlich. Sie ist nur … sie hat die Suche nach ihrer Tochter nie aufgegeben.«

»Natürlich.«

»Sie fand, dass Casey ihrer Tochter sehr ähnlich sieht.«

Helen schüttelte den Kopf. »Die Ärmste.« Sie faltete die Hände und sah zu Boden. »Wie alt war sie? Die Kleine, als sie verschwunden ist?«

»Noch ein Baby – acht Monate, glaube ich«, sagte er, obwohl er haargenau wusste, wie alt Beth gewesen war. »Darf ich Sie fragen, ob Sie es für möglich hielten, Ihr eigenes Kind wiederzuerkennen, wenn Sie es jahrelang nicht gesehen haben? Ich meine, wenn Sie Casey zuletzt als Baby gesehen hätten, würden Sie sie dann jetzt wiedererkennen?«

»Gott bewahre«, sagte Helen. Sie blickte auf die Bilder auf dem Tisch neben ihr und hob das nächste auf. Darauf blies Casey gerade fünf Kerzen auf einem Geburtstagskuchen aus. Helen starrte das Bild an und bekam glasige Augen. Gardner glaubte schon, sie werde ihm die Antwort schuldig bleiben, als sie schließlich doch zu sprechen begann. »Ja. Ich denke doch.« Erneut sah sie Gardner an. »Aber natürlich kann ich mir nicht sicher sein. Wahrscheinlich wäre es schwierig. Ich würde ihr Gesicht wohl überall sehen. Momentan haben ja alle ein bisschen Angst.«

»Wie bitte?«, sagte Gardner.

Helen nickte zum Fernseher hin. »Wo doch dieses Mädchen vermisst wird. Seitdem sind alle hier etwas nervös.«

Draußen knarrte ein Dielenbrett, und ein kleiner Kopf spähte zur Tür herein. Helens Miene leuchtete auf, und sie ging sofort zu dem Mädchen hinüber.

»Das ist Casey«, sagte sie und beugte sich zu ihr herab. »Casey, das ist Mr. Gardner. Er ist Polizist.« Wieder ignorierte sie Lawtons Anwesenheit.

Casey rieb sich die Augen und lächelte. »Hallo«, sagte sie.

»Hallo, Casey«, sagte Gardner. »Müsstest du nicht eigentlich schlafen?«

»Ich hab Durst.«

Helen erhob sich und lächelte Gardner an. »Entschuldigen Sie mich«, sagte sie und führte Casey hinaus. »Na komm, wir holen dir ein Glas Wasser.«

»Will er mich verhaften?«, fragte Casey, als sie mit Helen in der Küche verschwand. Gardner lachte.

»Süß«, sagte Lawton.

Gardner stand auf und betrachtete die anderen Fotos. Die meisten zeigten Casey allein. Auf manchen waren Casey und

Helen zu sehen und auf zweien Casey mit dem Kindermädchen. Eines in der Ecke war zu klein für den Rahmen. Eine genauere Betrachtung ergab, dass das Bild beschnitten worden war. Gardner fragte sich, ob Caseys Vater darauf gewesen war, ob es eine bittere Trennung gegeben hatte, nach der er aus allen Familienfotos herausgeschnitten worden war.

Gardner ging hinüber zu Lawton, die am Kaminsims stand. Die meisten Fotos hier waren ebenfalls gerahmt, doch am Ende des Simses lag ein Stapel loser Bilder. Gardner hob sie auf und schaute sie durch. Zwei waren unscharf. Eines war eindeutig mehrere Jahre alt und ebenfalls beschnitten worden. Ganz unten lagen drei Bilder von Casey als Säugling. Eines zeigte sie in ihrem Kinderbettchen, in eine rosa Decke gehüllt. Auf den anderen beiden sah man Helen, wie sie die Kleine in den Armen hielt. Sie wirkte erschöpft und überglücklich, genau wie Abby auf dem Foto in Simons Haus. Gardner hielt Lawton die Bilder hin.

Erneut knarrte das Dielenbrett hinter ihnen, und sie wandten sich um. Helen starrte auf das Bild in Gardners Hand. Mit glänzenden Augen griff sie danach und streichelte das Bild des neugeborenen Babys mit dem Daumen, regelrecht hypnotisiert von dem Anblick. Gardner verlagerte das Gewicht und brach den Bann, unter dem Helen stand.

»Entschuldigen Sie«, sagte sie und wischte sich die Augen. »Wenn ich es nur ansehe, werde ich ganz … Eigentlich hätte ich längst lernen sollen, meine Gefühle unter Kontrolle zu halten.« Sie presste sich das Bild an die Brust.

»Wann wurde Casey geboren?«, fragte Gardner.

Helen starrte ihn ein paar Sekunden lang an, ehe sie antwortete. »Am elften November. Zweitausendvier.« Sie verschränkte die Arme. »Wollten Sie sonst noch etwas? Ich möchte nicht unhöflich sein, aber ich weiß nicht genau, warum Sie eigentlich gekommen sind. Wir wollen keine Anzeige erstatten, und es wird allmählich spät.«

»Natürlich«, sagte Gardner. »Entschuldigen Sie die Störung.« Er ging in Richtung Haustür, bedeutete Lawton durch ein Nicken, dass sie ihm folgen solle, und zog seine Schuhe an. Aus dem Wohnzimmer waren Schritte und das Geräusch von Schubladen zu hören, die auf- und zugezogen wurden. Als er die Schuhe zugebunden und sich wieder aufgerichtet hatte, kam Helen mit einem Blatt in der Hand auf ihn zu. Gardner nahm es und hatte Caseys Geburtsurkunde vor sich.

»Sind Sie deswegen gekommen, Detective Gardner?«, fragte sie.

Gardner stieß einen Seufzer aus. Casey Deal. Geboren am 11. November 2004. Vater Alan Ridley. Er gab Helen die Geburtsurkunde zurück. Sie wandte sich um und verschwand im Wohnzimmer. Gardner wartete auf ihre Rückkehr, doch als er begriff, dass sie nicht wiederkommen würde, verließ er ohne ein weiteres Wort zusammen mit Lawton leise das Haus.

54

Abby ging nervös im Wohnzimmer auf und ab. Simon sah auf die Uhr. Das Klopfen an der Tür schreckte sie dennoch beide auf. Simon erhob sich, doch Abby war bereits im Flur und riss die Tür auf.

Gegen sechs Uhr an diesem Morgen hatte sie Gardner angerufen. Wundersamerweise hatte er nicht gleich wieder aufgelegt, sondern aufmerksam ihren hektischen, verworrenen Worten gelauscht und versprochen, später vorbeizukommen und persönlich mit ihr zu sprechen. Nachdem sie aufgelegt hatte, konnten Abby und Simon es vor lauter Aufregung kaum erwarten, dass er endlich eintraf.

Abby führte ihn ins Wohnzimmer, wo er Simon zur Begrüßung zunickte. Sie setzte sich neben Gardner und bombardierte ihn mit Fragen. Gardner wartete, bis Abby in ihrem Redeschwall innehielt, ehe er schließlich sprach.

»Wie kamen Sie darauf, dass das Mädchen Ihre Tochter sein könnte?«, fragte er Simon.

»Keine Ahnung«, antwortete Simon. »Ich wusste es einfach.«

»Sie ist unsere Tochter«, fügte Abby hinzu. »Wir kennen unsere Tochter. Wenn Sie sie sehen würden, wüssten Sie es auch.«

»Ich habe sie gesehen«, sagte Gardner.

Ein paar kurze Augenblicke lang schien die Welt stillzustehen. Abby und Simon sahen sich an, und beide wussten, was der andere dachte.

»Ich habe mit ihrer Mutter gesprochen.«

»Wer ist sie? Simon hat sie erkannt. Die Frau – er kennt sie von irgendwoher.«

Gardner sah Simon an, welcher nickte. »Ich weiß nicht mehr, woher ich sie kenne, aber ich kenne sie eindeutig.«

Gardner schien die Information zu verarbeiten, doch offenbar reichte das nicht. Er presste sich die Finger gegen die Augen, außerstande, Abby anzusehen. »Sie ist nicht Ihre Tochter, Abby. Tut mir leid.«

Abby wich vor Gardner zurück und schüttelte den Kopf. »Woher wissen Sie das? Wie können Sie sich so sicher sein?«

»Ich habe ihre Geburtsurkunde gesehen. Ich habe Fotos gesehen, auf denen sie Casey als Neugeborene in den Armen hält.« Er schüttelte den Kopf. »Es tut mir leid.«

»Aber …« Abby sah sich hilfesuchend nach Simon um. Simon ließ den Kopf in die Hände fallen und schloss die Augen.

»Es tut mir leid«, wiederholte Gardner.

»Wie heißt sie?«, fragte Abby. »Die Frau, wie heißt sie?«

»Das kann ich Ihnen nicht sagen, das wissen Sie.«

»Aber er kennt sie von irgendwoher. Es könnte wichtig sein, es könnte weiterhelfen.«

Gardner musterte Abby eindringlich. Einen Augenblick lang dachte sie, er würde nachgeben. Stattdessen stand er auf, entschuldigte sich noch einmal und ließ Abby und Simon allein zurück, erneut jeder Hoffnung beraubt.

Gardner setzte sich vor dem Haus ins Auto und lehnte sich gegen die Kopfstütze. Allmählich wünschte er, er hätte Helen Deal nicht zu Hause aufgesucht. Nicht genug damit, dass sie sich wahrscheinlich über ihn beschweren würde, weil er bei ihr erschienen war und sie mehr oder weniger der Kindesentführung beschuldigt hatte, sondern nun hatte er Abby erneut am Boden zerstört zurückgelassen. Er hatte nicht wirklich erwartet, dass sich Casey als Abbys verschollene Tochter entpuppen würde.

Von Anfang an hatte er gewusst, dass es vergeblich sein würde, genau wie all die anderen, doch er musste zugeben, dass er enttäuscht war. Es war ausgeschlossen, dass die Fotos von Helen mit Casey direkt nach ihrer Geburt gefälscht waren. Lawton hatte sie gesehen und ihm zugestimmt. Die Art, wie Helen ihm die Geburtsurkunde ihrer Tochter unter die Nase gehalten hatte, war zwar seltsam gewesen, aber schließlich hatte er sie auch mehr oder weniger offen eines Verbrechens bezichtigt. Was hätte er wohl an ihrer Stelle getan? Helen Deal war ihm etwas sonderbar vorgekommen, ein bisschen verspannt, doch er hegte nicht den geringsten Zweifel daran, dass das kleine Mädchen ihre eigene Tochter war.

55

Abby hatte kaum ein Wort gesprochen, seit Gardner ihr die Nachricht überbracht hatte. Früh am Morgen hatte sie Simon erklärt, dass sie Zeit für sich selbst brauche, und das Haus verlassen. Sie war erst Stunden später zurückgekehrt, stumm und mit roten Augen. Natürlich hatte Simon erraten, dass sie wieder nach Casey geschaut hatte.

Die Abmachung, die sie getroffen hatten, wurde nicht erwähnt. Sie wusste nicht, wie es stand. Die Abmachung war, dass sie ihre Suche aufgeben würde, wenn Simon das kleine Mädchen nicht für Beth hielt. Allerdings war Simon ja ihrer Meinung gewesen. Nur Gardner hatte einen anderen Standpunkt vertreten, und er irrte sich möglicherweise. Jedenfalls wurde die Vereinbarung nicht erwähnt, und so machte sie weiter.

Simon war nicht da gewesen, als sie nach Hause gekommen war. Er hatte auch keinen Zettel hinterlassen, auf dem gestanden hätte, wohin er gegangen war oder wann er zurückkäme. Womöglich war er auch wieder auf einer seiner Reisen.

Die Haustür ging auf, und Abby sah Simon vorbeilaufen und die Treppe hinauf verschwinden. Sie fand ihn im hinteren Schlafzimmer, wo er eine Schachtel vom obersten Regalbrett zerrte und hektisch die Fotos und Blätter darin durchwühlte. Abby stand in der Tür und sah zu.

»Es ist mir eingefallen«, sagte er, ohne aufzusehen. »Jetzt weiß ich wieder, wer sie ist.«

Abby richtete sich auf, und ihr Mund wurde schlagartig trocken. »Wer ist sie?«, fragte sie. Simon zog ein abgegriffenes Buch hervor und blätterte es hektisch durch. »Simon?«

Er sah auf. »Sie heißt Helen. Helen irgendwas. Ich habe sie fotografiert.«

Abby verzog nachdenklich das Gesicht und kniete sich neben ihn. Er sah einen Terminkalender von 2005 durch – dem Jahr, in dem Beth verschwunden war.

»Jetzt erinnere ich mich wieder an sie. Sie hat Porträtfotos machen lassen. Ich glaube, sie ist zweimal hier gewesen«, sagte er, während er mit dem Finger die Seiten entlangfuhr. Dann stand er auf und suchte die Regale mit den Fotoalben ab. Er bewahrte Abzüge von den meisten Bildern auf, die er gemacht hatte, als Ansichtsexemplare für potenzielle Kunden.

Abby beobachtete ihn und spürte, wie ihr das Herz gegen die Brust hämmerte. Falls Simon beweisen konnte, dass er die Frau kannte, dass sie in irgendeiner Verbindung zu ihm stand, dann müsste die Polizei sie doch sicherlich genauer unter die Lupe nehmen.

Simon zog ein Album heraus und blätterte es durch. Am Ende angelangt, warf er es beiseite und zog ein anderes heraus. Etwa in der Mitte hielt er inne.

»Das ist sie«, sagte er.

Abby nahm ihm das Album ab und starrte das Bild an. Sie war es tatsächlich. Die Frau, die mit ihrer Tochter davongefahren war. Die Frau, die ihre Tochter entführt hatte. Abbys Finger krallten sich in den Plastikumschlag des Albums.

»Jetzt erinnere ich mich wieder an sie«, sagte Simon, und Abby sah zu ihm auf. »Sie war total pingelig, eine richtige Nervensäge, bestand auf diesem und jenem und wollte alles ganz genau nach ihren Wünschen haben.« Er nahm Abby das Album ab und musterte das Bild. »Sie war seltsam. Sie hat mir massenhaft Fragen gestellt. Und sie hat mir von ihrem Kind erzählt …« Simon schloss die Augen. »Mist, verdammter«, fluchte er.

»Was?«, fragte Abby. »Sie hat also eine Tochter?« Abbys Zuversicht sank.

»Nein.« Simon schüttelte den Kopf. »Sie hatte eine. Sie hat mir erzählt, dass ihre Tochter gestorben ist.«

Abby lief ein kalter Schauer über den Rücken. »Was? Wann?«, fragte sie.

Simon studierte erneut den Terminkalender. »Ihr Termin war im Februar 2005. Ich weiß nicht mehr, wann sie es gesagt hat. Vielleicht ein paar Monate vorher. Sie ist einfach damit herausgeplatzt. Sie schien, ich weiß nicht – irgendwie schockiert, dass sie es erwähnt hatte. Als wäre sie nicht gewohnt, darüber zu sprechen. Und sie hat sich nach Beth erkundigt.«

»Warte mal«, sagte Abby. »Du hast ihr von Beth erzählt?«

Simon nickte. »Ich hatte gerade zum ersten Mal meine Tochter gesehen. Ich musste einfach jemandem davon erzählen.«

Abby wurde schlecht. Hatte Helen deshalb Beth entführt? Sie hatte ihre eigene Tochter verloren und wollte einen Ersatz?

»Ich dachte, es spielt keine Rolle, wenn ich es einer Fremden erzähle«, sagte Simon. »Sie kannte uns nicht, wusste nicht, dass du verheiratet warst.« Simon wich stolpernd zurück. »Ist es jetzt meine Schuld?«

56

Gardner saß an seinem Schreibtisch und kritzelte auf derselben Stelle in seinem Notizbuch herum, bis die Seite ein Loch hatte. Chelsea Davies wurde noch immer vermisst, und er hatte keinerlei Anhaltspunkte. Eine Nachbarin erinnerte sich daran, dass sie an dem Nachmittag, als Chelsea verschwunden war, ein Auto vor Jill Hoffmans Haus hatte stehen sehen, doch in Bezug auf dessen Farbe konnte sie nur vage Angaben machen, und zur Marke wusste sie gar nichts zu sagen. Sie war sich sicher, dass es etwa ab der Mittagszeit bis eventuell zu dem Zeitpunkt, als Chelsea verschwunden war, dort gestanden hatte. Jill Hoffman bestätigte, dass sie eine Freundin zu Besuch gehabt hatte, doch diese sei längst weg gewesen, ehe Chelsea mit ihrem Bruder aus dem Park nach Hause gekommen war. Die Freundin, Louise Cotton, bestätigte das, und eine Durchsuchung ihres Hauses ergab nichts. Das Mädchen war wie vom Erdboden verschluckt.

Die Kommune hatte fünftausend Pfund bereitgestellt, und eine überregionale Zeitung hatte ihre Leser zu einem wahren Spendenmarathon aufgepeitscht und die Belohnung auf dreißigtausend hochgetrieben. Außerdem hatte das Blatt behauptet, dass die Polizei ihre Arbeit nicht mache. Gardner fragte sich, ob sie Recht hatten. Machte er seine Arbeit? Eigentlich hätte er sich hundertprozentig auf den Fall Davies konzentrieren müssen, doch er musste immer wieder an Abby und an die Frau denken, von der sie glaubte, dass sie ihre Tochter hatte. Irgendetwas daran störte ihn. Etwas an der Frau. Simon Abbott glaubte, dass er sie kannte, wusste aber nicht mehr, woher. War es das?

Er versuchte, sich auf Chelsea Davies zu konzentrieren. Irgendetwas musste er übersehen haben.

Er warf einen Blick auf die Uhr und beschloss, erneut bei Jill Hoffman vorbeizuschauen. Es war mehr als genug Zeit, hinzufahren und noch mal mit ihr zu sprechen, ehe er seinem Chef gegenübertreten musste. Vielleicht hatte er ja dann auch schon etwas, was er ihm sagen konnte.

Simon war ausgegangen. Abby hatte nicht gefragt, wohin. Offensichtlich brauchte er Freiraum. Sie auch. Sie hatte Gardners Nummer in der Absicht gewählt, ihm die Information über Helen weiterzugeben, jedoch wieder aufgelegt, ehe er sich melden konnte. Nachdem Simon gegangen war, hatte sie in seinen Terminkalender geschaut und den vollständigen Namen der Frau gefunden. Helen Deal. Irgendetwas klickte in ihrem Kopf, als sie den Namen las, doch sie vermochte es nicht zuzuordnen. Vielleicht konnte sie ja die Telefonnummer oder die Adresse der Frau herausfinden. Sie hatte das Telefonbuch konsultiert, doch die Nummer war nicht verzeichnet. Dann hatte sie es bei Google probiert, aber auch nichts gefunden. Sie konnte noch einmal in die Straße gehen, wo sie Beth mit dem Kindermädchen gesehen hatte. Vielleicht würde sie sie ja wieder sehen und konnte sie bis nach Hause verfolgen.

Gardner hatte gesagt, er habe einen Beweis dafür gesehen, dass Casey Helens Kind war. Er hatte Bilder von ihr mit dem neugeborenen Baby und eine Geburtsurkunde gesehen. Das bedeutete gar nichts. Es bedeutete nicht, dass das Mädchen, das sie jetzt hatte, auch das Mädchen auf den Fotos war. Abby zog ihre Handtasche zu sich heran und zückte ihr Portemonnaie. Darin war ein zerfleddertes Foto von ihr selbst mit Beth im Arm, wenige Minuten nach der Geburt. Abby streichelte das Bild. Was, wenn sie sich irrte? Simon war sich sicher in Bezug auf die Frau; sicher, dass sie vom Tod ihrer Tochter erzählt hatte, aber war es eventuell möglich, dass sie seitdem eine zweite Tochter bekommen hatte und all das ein Zufall war? Dass Abby Zusammenhänge sah, weil sie sie sehen wollte? Hatte sie sich schon wieder getäuscht? Sie war sich so sicher gewesen, dass das kleine Mädchen ihres war. Entsprang das der reinen Verzweiflung?

Aber Simon hatte ihr doch zugestimmt, oder nicht? Hatte sie ihn womöglich durch ihre eigene Hartnäckigkeit überzeugt?

Abby griff erneut nach dem Telefon, um Gardner anzurufen.

Gardner bog in den Parkplatz vor dem Polizeirevier ein und verfolgte, wie die Scheibenwischer sich abmühten, mit dem Regen Schritt zu halten. Er stellte den Motor ab und blieb im Wagen sitzen, während der Regen gegen die Fenster prasselte. Der Besuch bei Jill Hoffman war reine Zeitverschwendung gewesen. Bei seinem Eintreffen hatte sie sich gerade eine amerikanische Reality-Show angesehen und den Blick kaum lange genug vom Fernseher abgewandt, um seine Anwesenheit zu registrieren, geschweige denn ein paar Fragen zu beantworten. Er hatte sie gefragt, wie sie zurechtkäme, und sie hatte sich umgewandt und gesagt: »Darüber kann ich nicht reden. Es ist zu hart.« Danach hatte sie es abgelehnt, weitere Antworten zu geben. Eines der kleineren Kinder war hereingekommen und hatte gefragt, wo Chelsea sei. Jill hatte den Jungen angesehen und achselzuckend entgegnet: »Das wissen wir nicht«, ehe sie sich wieder dem Fernseher zuwandte. Der Kleine tappte wieder hinaus, und beim Gehen traf Gardner ihn allein beim Spielen vor dem Haus an. Da hatte er seinem Chef ja Großartiges zu berichten.

Als er sein Telefon checkte, fand er eine Nachricht von Abby. Während er noch seufzte, klingelte der Apparat in seiner Hand, und schon hatte er seinen Chef in der Leitung. Die Besprechung, an der er teilnehmen musste, würde jeden Moment beginnen. Gardner versprach D. C. I. Atherton, in zehn Minuten da zu sein, und legte auf. Er stieg aus dem Wagen und eilte im Laufschritt auf das Gebäude zu, während die Regentropfen fielen, dick und grau. Sowie er den von Kippen übersäten Eingang des Polizeireviers erreicht hatte, hörte er Abbys Nachricht ab.

»Hi, hier ist Abby. Tut mir leid, wenn ich Sie ständig damit nerve, aber Simon ist wieder eingefallen, wer die Frau war. Sie heißt Helen Deal. Simon hat kurz vor Beths Entführung Fotos von ihr gemacht.« Sie seufzte. »Er hat gesagt, sie hätte ihn nach Beth gefragt und ihm erzählt, sie hätte ihre Tochter verloren. Ihre Tochter ist gestorben.« Sie hielt erneut inne. »Ich weiß, das bedeutet nicht, dass sie kein zweites Baby hätte bekommen können, aber … Aber ich dachte, Sie sollten das wissen. Egal. Das war's. Bis bald …« Ende der Nachricht.

Gardner lehnte sich gegen die Wand und starrte auf den Parkplatz hinaus. Die dunklen Wolken zogen rasch über den Himmel, als der Wind auffrischte. Plastikflaschen und Verpackungen wirbelten wie Kreisel umher, Abfälle bildeten Minitornados.

»Verdammter Mist.« Er richtete sich auf. Simon hatte Recht gehabt. Er kannte Helen Deal. Offenbar nicht gut, aber es könnte trotzdem wichtig sein. Er sah auf die Uhr und versuchte, alle Gedanken an Simon und Abby aus seinem Kopf zu verdrängen. Helen Deal konnte er später immer noch ein zweites Mal aufsuchen. Doch jetzt musste er sich auf andere Dinge konzentrieren. Zum Beispiel darauf, seinen Job zu behalten.

57

Helen suchte ihre Sachen zusammen und steckte sie in eine Tasche. Casey war damit beschäftigt, zu entscheiden, welche Schuhe sie mitnehmen sollte. Geduldig ließ Sara sie jedes Paar anprobieren.

Seit Sara ihr erzählt hatte, was an jenem Tag passiert war, hatte Helen keine Ruhe mehr gefunden, und daher musste sie nun für eine Weile untertauchen, bis sich der Wirbel gelegt hatte. Sie konnte es nicht riskieren, dass sich jemand Casey schnappte, konnte den Verlust eines zweiten Kindes nicht ertragen. Die in allen Medien breitgetretene Geschichte über das Davies-Mädchen setzte ihr zu. Man konnte weder den Fernseher anmachen, noch eine Zeitung lesen, ohne ihr Gesicht zu sehen. Und dass es hier passiert war, in Redcar, machte das Ganze noch schlimmer. Hatte dadurch alles begonnen? Hatte diese Frau deshalb nach all der langen Zeit Casey nachgestellt?

Sie ging in Caseys Zimmer und nahm Sara den kleinen Koffer aus der Hand. Casey wirbelte kichernd vor ihnen herum und hielt ihr Elfenkrönchen fest.

»Sie können jetzt gehen«, sagte Helen zu Sara. »Ich übernehme dann das restliche Packen.«

Sara musterte Helen erstaunt. »Ich kann gern noch bleiben.«

»Ist schon gut«, sagte Helen. »Meine Sachen sind gepackt. Ich muss nur noch dieses kleine Monster hier fertig machen.« Sie kitzelte Casey, bis sie quiekte, und ging dann zur Tür. »Casey, sag Sara auf Wiedersehen, und dann such deine Kleider aus. Pack nicht zu viel ein.«

Casey lief zu Sara und umarmte sie. »Tschüss, Sara«, sagte sie, ehe sie sich wieder zu ihrem Kleiderschrank umdrehte.

»Tschüss, Case«, sagte Sara und folgte Helen nach unten. »Ich kann aber gern noch bleiben und helfen.«

Helen ignorierte sie und zog mehrere Scheine aus ihrer Börse. »Wir kommen schon klar«, sagte sie, während sie Sara das Geld reichte. »Das ist für diese und für nächste Woche. Wenn Sie vorbeikommen könnten und die Blumen gießen, die Post reinholen und so weiter.«

Sara steckte das Geld ein. »Wann kommen Sie denn wieder?«, fragte sie.

»Oh, wahrscheinlich in einer Woche«, sagte Helen. »Kommt darauf an, wann wir lästig werden.«

Sara nickte. »Gut, rufen Sie mich einfach an und sagen Sie mir Bescheid.« Sie zog ihre Jacke an und ging zur Tür.

»Dann bis nächste Woche.«

»Okay. Viel Vergnügen«, sagte Sara und ging hinaus. »Dir auch, Case!«, rief sie die Treppe hinauf.

»Danke, Sara«, sagte Helen und schloss die Tür. Sie sah Sara nach, wie sie die Straße hinunterging, ehe sie nach Casey schaute und ihr sagte, dass sie auch ein paar Spielsachen mitnehmen solle. Sie ließ Casey ihre Entscheidung allein treffen, trug ihre Reisetasche nach unten und stellte sie neben die Tür.

»Mach nicht zu lang, Casey«, rief sie ihrer Tochter zu, während sie die Treppe hinabstieg. »Wir fahren Daddy besuchen.«

58

Gardner hielt vor Helen Deals Haus und sah auf die Uhr. Es war noch nicht zu spät für einen Besuch, auch wenn sie wahrscheinlich anderer Ansicht wäre. Vermutlich war jeder Zeitpunkt, zu dem er wieder auftauchte, ungünstig, doch er musste wissen, ob sie sich an Simon erinnerte. Nicht dass das irgendetwas bewiesen hätte. Doch Abby hatte gesagt, dass Helens Tochter gestorben sei. Die ganze Besprechung über hatte er daran denken müssen. Helens Tochter war gestorben. Ja, wahrscheinlich hatte sie noch einmal ein Kind bekommen, genau wie Abby gesagt hatte, aber hätte sie das nicht erwähnt, als sie über Chelseas Verschwinden gesprochen hatten? Er hatte versucht, das Standesamt zu kontaktieren, doch natürlich hatte es bereits geschlossen gehabt, als er aus der Besprechung mit Atherton gekommen war, und er hatte nicht die Energie, sich mit den Aktenschiebern vom Notdienst herumzustreiten. Er würde der Sache morgen gleich in aller Frühe nachgehen.

Gardner stieg aus und lief die Treppe hinauf. Aus dem Haus war kein Laut zu vernehmen. Er klopfte und wartete. Indem er sich zurücklehnte, sah er zu den Fenstern auf. Oben brannte kein Licht, aber es war ja auch noch nicht richtig dunkel. Er überlegte, wann Casey wohl zu Bett ging, was für ein Kind in diesem Alter normal war, und musterte das nächstgelegene Fenster. Die Vorhänge waren zugezogen, doch er sah keinen Lichtschein dahinter. Er klopfte erneut, diesmal fester.

Gardner sah ein weiteres Mal auf die Uhr, ehe er sich ungeduldig mit beiden Händen links und rechts der Tür abstützte. Zuerst wollte er noch einmal klopfen, überlegte es sich dann jedoch anders. Es war niemand zu Hause. Seufzend kehrte er zu seinem Auto zurück. Er würde es am nächsten Morgen wieder probieren. Jetzt war er zu erschöpft. Irgendeine Reporterin hatte ihm auf dem Weg aus dem Polizeirevier aufgelauert und ihm mehr oder weniger die gleichen Fragen gestellt wie sein Chef. Der Reporterin gegenüber war er in seinen Antworten nicht ganz so höflich gewesen. Doch das kümmerte ihn momentan nicht. Er wollte nur noch nach Hause und schlafen und möglichst nicht an Abby oder Helen Deal oder seinen Chef oder Chelsea Davies denken. Er brauchte sechs Stunden Schlaf, vielleicht wäre er dann wieder imstande, klar zu denken und sich sogar ein paar Antworten einfallen zu lassen.

Als er vor seiner Wohnung parkte, sah er auf sein Telefon und fragte sich, warum Abby sich nicht gemeldet hatte. Normalerweise müsste sie jetzt unruhig mit den Hufen scharren und begierig danach fragen, was passiert und was gesprochen worden war. Beim Aussteigen sagte er sich, dass er einfach die Ruhe genießen und die Gelegenheit nutzen sollte, sich mit einem lang ersehnten Bier und einem ausgedehnten Nachtschlaf zu entspannen.

Gardner warf sein Jackett über die Sofalehne und sah zu, wie es zu Boden rutschte. Die alten Akten von Beths Entführung ließ er achtlos auf dem Tisch liegen, da er zu müde war, sie heute Abend noch durchzusehen. Stattdessen ging er zum Kühlschrank, ignorierte die ungeöffneten Lebensmittelpackungen und nahm sich eine Flasche Bier heraus. Nachdem er sie an der Tischkante geöffnet hatte, kehrte er ins Wohnzimmer zurück, stellte den Fernseher an und ließ sich aufs Sofa fallen. Zu müde, um nach der Fernbedienung zu greifen, ließ er eine schlechte Sitcom laufen, lehnte sich zurück und nahm einen tiefen Schluck. Dann sah er sich in der Wohnung um. Hier gab es kein einziges Foto. Keine Familienschnappschüsse aus guten Zeiten. Er lachte auf. Was für gute Zeiten? Es gab niemanden in seinem Leben, den er aufs Kaminsims hätte stellen wollen. Er besaß ein paar Kunstdrucke, die er an die Wände hängen konnte, doch mittlerweile wohnte er seit fast sechs Jahren in der Wohnung und war noch immer nicht fertig eingerichtet, ganz zu schweigen von Bildern an den Wänden. Er schloss die Augen und ließ den Fernseher vor sich hin plappern.

Erschrocken fuhr er in die Höhe, als ihm das lauwarme Bier über den Schoß lief. »Verdammter Mist«, knurrte er, stand auf und ließ die fast leere Flasche auf dem Tisch stehen. Auf dem Weg ins Badezimmer zog er sich aus und ließ seine Kleider achtlos vor der Tür liegen. Dann stellte er sich unter die Dusche und ließ das warme Wasser lange auf sich herunterprasseln.

59

Helen zog die Tür zur Frühstückspension Yellow Sands auf. Das Haus wirkte fast abbruchreif, doch es würde seinen Zweck erfüllen. Solange sie Casey hatte, war alles andere egal. Sie trat an den Tresen und drückte die Klingel. Ein älterer Mann kam herbeigeschlurft und lächelte sie an, als wäre sie der erste Gast seit Jahren. Vielleicht war das hier doch keine so gute Wahl.

»Ich hätte gern ein Zimmer, bitte«, sagte Helen. »Für eine Woche.« Sie wusste nicht, ob sie so lange dort bleiben würde, doch es war am besten, wenn sie sich alle Möglichkeiten offenhielt. Je weniger sie mit anderen Leuten zu tun hatte, desto besser.

»Nur für Sie allein?«, fragte der Alte.

»Ja. Aber haben Sie ein Doppelzimmer?«

»Natürlich«, sagte er und drehte das Gästebuch um, damit sie sich eintragen konnte.

Helen trug sich ein und bezahlte in bar. Der alte Mann reichte ihr einen Schlüssel und sagte, sie solle ihn rufen, wenn sie irgendetwas brauche. Sie wartete, bis er verschwunden war, ehe sie zum Auto hinausging und Casey holte.

Casey blieb in der Tür des Zimmers stehen und drückte sich ihre Maustasche an die Brust. Dann sah sie zu Helen auf. »Ich dachte, wir fahren zu Daddy«, sagte sie.

»Machen wir, Schätzchen«, sagte Helen und führte sie hinein.

»Wann?«, wollte Casey wissen.

»Vielleicht morgen. Ich weiß es noch nicht.«

Casey gähnte. »Ich bin müde«, sagte sie, und Helen nickte. Sie nahm Casey an der Hand und zog sie aufs Bett.

»Du musst heute Nacht mit mir in einem Bett schlafen, Schätzchen«, sagte sie zu Casey. »Ist das okay?«

»Kommt Daddy auch und wohnt dann hier bei uns?«

»Ich weiß es nicht, Schätzchen«, sagte Helen und zog Casey die Schuhe aus. »Aber wir besuchen ihn bald. Zieh doch schon mal deinen Schlafanzug an und putz dir die Zähne.«

Nachdem Casey eingeschlafen war, setzte sich Helen ans Fenster und blickte auf den Hafen hinaus. Sie betrachtete die Schiffe draußen auf See, matte Lichter in einer schwarzen Landschaft, und überlegte, was sie als Nächstes tun sollte. Sie wollte sich geborgen fühlen, wollte zu Hause sein. Doch wie konnte sie das, wenn diese Frau hinter ihrer Tochter her war? Ihr gefiel es in Whitby, sie war als Kind oft dort gewesen, doch sie war aus einem bestimmten Grund nach Redcar zurückgekehrt. Es war das, was sie kannte. Was ihre Familie kannte. Das hier war nur ein Ort zum Urlaub machen, nicht zum Leben. Doch jetzt hatte sie keine Wahl mehr. Sie konnte nicht zurück. Nie mehr.

60

Gardner schlug die Augen auf und sah auf die Uhr. Halb sechs Uhr früh. Er drehte sich um und zog die Decke hoch.

Schlaflos starrte er in das dunkle Zimmer und sagte sich, dass er Abby im Stich gelassen hatte. Irgendwie hatte er das Gefühl, dass er zurzeit jeden im Stich ließ – Abby, Chelsea, seinen Chef. Vielleicht lag es an ihm. Er war das schwache Glied in der Kette. Die Zeitungen hatten Recht. Er stopfte sich das Kissen unter den Kopf. Vielleicht sollte er sich das Selbstmitleid abgewöhnen und einfach weitermachen. Weitermachen, indem er noch einmal mit Helen Deal sprach.

Womöglich kam trotzdem nichts dabei heraus, aber dennoch plagte es ihn. Was, wenn doch etwas herauskam? Was dann? Was, wenn das Mädchen Beth Henshaw und der Fall damit abgeschlossen war? Er versuchte, die leise Stimme in seinem Hinterkopf zu ignorieren, die ihm sagte, dass er Abby dann wahrscheinlich nie wiedersehen würde. Na und? Das war gleichgültig. Er drehte sich um und schaute zur anderen Wand, als würde das etwas nützen.

Schließlich stand er auf und ging ins Wohnzimmer. Er konnte damit beginnen, Abbys Akte durchzublättern. Vielleicht würde ihm dabei irgendetwas ins Auge stechen.

Die Sonne ging gerade auf, während er eine Seite nach der anderen überflog, ohne genau zu wissen, wonach er eigentlich suchte. Erinnerungen stiegen auf, angeregt durch die Aufzeichnungen, von denen manche von ihm selbst stammten und andere von seinen Kollegen. Er blätterte hektisch weiter.

Und dann sah er es.

»Verdammter Mist!«

Helen Deal. Eine der Zeuginnen aus der Arztpraxis.

Helen Deal war dort gewesen. Warum war ihm das nicht früher wieder eingefallen? Erneut las er die Seite durch. P.C. Cartwright hatte sie befragt. Sie hatte nichts gewusst. Ende.

»Verdammter Mist«, sagte er noch einmal, ehe er in sein Schlafzimmer zurückging und sich anzog.

Und dann durchzuckte es ihn. Sein Herz hämmerte gegen seinen Brustkorb.

Ihre Tochter ist gestorben.

Nervös tigerte er auf der kleinen Fläche seines Schlafzimmers auf und ab.

Ihre Tochter ist gestorben.

Er setzte sich ans Fußende des Betts, stützte den Kopf in die Hände und konzentrierte sich auf das, was Abby gesagt hatte. Simon hatte ein paar Monate vor Beths Verschwinden Fotos von Helen gemacht, und sie hatte ihm erzählt, dass ihre Tochter gestorben sei. Wann? Hatte sie das erwähnt?

Er erhob sich wieder. Was hatte Helen ihm gesagt? Casey war am 11. November 2004 geboren, zwei Monate vor Beth. Helen hatte Simon gesagt, dass ihr Baby kurz vor Beths Geburt gestorben sei. Das musste Casey gewesen sein. Wenn sie zwischenzeitlich ein zweites Kind bekommen hätte, hätte sie das doch Simon gegenüber erwähnt, oder nicht? Und selbst wenn sie ein zweites Kind bekommen hatte, selbst wenn sie das zweite auch Casey genannt hatte, wäre das doch alles nach Beths Geburt geschehen. Also konnte die Geburtsurkunde, die Helen ihm gezeigt hatte, nicht zu dem kleinen Mädchen in ihrem Haus gehören. Es war ausgeschlossen. Und in Cartwrights Notizen fand sich auch nichts über ein Baby.

»Verdammter Mist«, sagte er zum dritten Mal und sammelte seine Kleider vom Boden auf. In nicht einmal zwei Minuten hatte er das Haus verlassen und war unterwegs.

Gardner sah auf die Uhr. Erst Viertel vor sieben. Er parkte gegenüber von Helen Deals Haus und überlegte, ob er gleich eingreifen sollte.

Um sieben Uhr stieg er aus, ging hinüber und klopfte an die Haustür. Niemand reagierte. Die Straße war menschenleer, wie es zu dieser frühen Stunde nicht anders zu erwarten war. Als er sich die Häuser in der Umgebung ansah, fiel ihm auf, dass sie alle gleich waren. Oben wie unten die Vorhänge zugezogen. Kein Licht. Selbst die Straßenlampen waren praktisch alle aus.

Gardner klopfte erneut und sah zu den Fenstern im ersten Stock von Helens Haus hinauf. Keine wackelnden Vorhänge. Niemand, der hinausspähte, um zu sehen, wer so früh am Morgen klopfte.

Er kehrte zu seinem Auto zurück und fuhr zum Polizeirevier, die Unterlagen parat. Lawton saß bereits an ihrem Schreibtisch. Sie hatte vermutlich noch weniger Privatleben als er. Als er durchs Büro eilte, sah sie auf.

»Sir?«

»Ist Cartwright heute da?«

»Ich glaube schon«, sagte sie. »Was ist denn los?«

»Sie müssen etwas für mich erledigen«, sagte Gardner. Wenn er das schon durchziehen wollte, sollte er zumindest konkrete Beweise dafür haben, dass das kleine Mädchen nicht Casey Deal war. »Bitte rufen Sie beim Standesamt an und erkundigen Sie sich nach Casey Deal. Ihr Geburtsdatum ist der 11. November 2004. Ich muss wissen, wann sie gestorben ist. Es ist dringend.« Er wollte schon weitergehen, drehte sich jedoch noch einmal um. »Und wenn Sie Cartwright sehen, sagen Sie mir Bescheid.«

Gardner schob sich durch die Türen und begann nach Cartwright zu suchen. Er hätte sich denken können, dass der sich in der Kantine herumdrücken und große Töne spucken würde. Quer durch den Raum rief er ihn zu sich. Cartwright stand auf und schlenderte gemächlich zu ihm herüber.

»Sir?«, fragte er. »Ich wollte gerade …«

»Der Fall Beth Henshaw«, sagte Gardner, ohne sich darum zu kümmern, was für Ausreden Cartwright dafür hatte, dass er nicht an der Arbeit war. »Sie haben damals Helen Deal befragt. Erinnern Sie sich?«

Cartwright sah ihn verständnislos an, und so drückte er ihm die Akte in die Hand. »Sie war zur gleichen Zeit in der Arztpraxis wie Abby Henshaw. Sie haben sie hinterher befragt, um sie auszuschließen. Sagt Ihnen das irgendwas?«

»Ja«, antwortete Cartwright schließlich. Er sah auf die Notizen herab. »Warum?«

»Hatte sie ein Baby? Helen Deal?«

Cartwright zuckte die Achseln. »Keine Ahnung.«

»Sie wissen es nicht mehr oder Sie haben es nicht überprüft?«

»Ich weiß es nicht.« Er blickte erneut auf die Unterlagen. »Ich habe sie gefragt, ob sie etwas gesehen hat, ob sie den Transporter gesehen hat, ob sie Abby Henshaw kennt. Aber sie hat alles verneint, und damit hatte sich's.«

Gardner verlor langsam die Geduld. »Aber hatte sie ein Baby? War ein Baby im Haus, als Sie sie befragt haben?«

»Ich weiß nicht. Ich habe kein Baby gesehen. Wir saßen in der Küche, und ich habe kein …«

»Sie haben es nicht kontrolliert?«

»Nein, ich … Im Flur lag ein Autositz für Babys. Ich dachte nicht …« Er hielt inne und sah Gardner an, der schwer atmete. »Was ist denn los?«

Gardner ging davon, zu zornig, um zu sprechen. Er war wütend auf Cartwright. Wie hatte er so dumm, so inkompetent sein können? Aber warum hatte er selbst nicht weiter nachgeforscht? Warum hatte er nicht jede Zeugenaussage persönlich überprüft?

Er hätte Beth Henshaw schon vor fünf Jahren finden können.

61 Nachdem sie ein bisschen herumtelefoniert hatte, teilte Lawton Gardner mit, dass Casey Deal am 15. Dezember 2004 gestorben war. Helen Deal hatte nie ein zweites Kind bekommen; zumindest hatte sie keine weitere Geburt gemeldet.

Dieses Mädchen konnte nicht ihre Tochter sein. Abby hatte Recht gehabt. Und Gardner hatte sie ignoriert.

Er saß in seinem Wagen und beobachtete Helen Deals Haus. Noch hatte er niemandem etwas gesagt. Nicht einmal Lawton. Er konnte nicht. Noch nicht. Er konnte sich nicht eingestehen, dass er einen so großen Fehler gemacht hatte. Er musste Helen Deal finden und alles wieder in Ordnung bringen.

Um kurz nach acht ging eine junge blonde Frau auf das Haus zu, erklomm die Stufen und kramte einen Schlüsselbund heraus. Sie schloss auf, trat ein und schloss die Tür hinter sich. Gardner stieg mit steifen Beinen aus dem Auto, ging hinüber und klopfte. Kurz darauf machte die junge Frau die Tür auf.

»Ja?«

»Ich bin D.I. Gardner«, sagte er und zeigte ihr seinen Dienstausweis. »Ich möchte bitte Helen Deal sprechen.« Auf einmal begriff er, wie ungepflegt er in seinen vom Boden aufgeklaubten Kleidern aussehen musste.

Die Frau sah ihn verblüfft an. »Sie ist nicht da. Was ist denn los?«

»Und Sie sind?«

»Sara Walters. Ich bin das Kindermädchen.«

»Wissen Sie, wo sie ist?«
»Im Urlaub.«
Gardner verließ die Hoffnung. Er versuchte, sich seine zunehmende Panik nicht anmerken zu lassen. »Wann ist sie abgereist?«
»Gestern.«
Gardner nickte. »Wissen Sie, wann sie zurückkommt?«
Sara zuckte die Achseln. »Sie meinte, nächste Woche. Sie war sich noch nicht ganz sicher.«
Gardner seufzte. »Hat sie Casey dabei?«
»Natürlich.« Sara sah an Gardner vorbei, die Straße entlang. »Stimmt etwas nicht? Ist Casey etwas zugestoßen?«
»Nein«, sagte er. »Darf ich reinkommen?« Sara stutzte, wich dann aber zurück. »Wissen Sie, wo sie hingefahren sind?«
»Devon«, sagte Sara. »Irgendwohin in Devon. Sie hat Verwandte dort.«
»Hat sie eine Telefonnummer oder eine Kontaktadresse hinterlassen?« Gardner sah sich suchend um.
»Nein. Ich meine, ich habe ihre Handynummer.«
»Okay, bitte geben Sie mir die.«
»Ich verstehe nicht. Steckt sie in Schwierigkeiten? Ist es wegen dieser Frau? Der Frau, die mir und Casey gefolgt ist? Hat sie etwas gemacht?«, fragte Sara, das Gesicht vor Sorge verzogen.
»Sara?« Sie richtete sich auf und holte tief Luft. »Casey geht's gut, aber ich muss so bald wie möglich mit Ms Deal sprechen.«
Sara nickte und kramte ihr Handy heraus. Gardner ging in das erste Zimmer am oberen Ende der Treppe. Offensichtlich ein Gästezimmer. Er warf einen kurzen Blick in Schubladen und Kleiderschrank, ehe er weiterging. Das nächste war Caseys Zimmer. Es platzte vor lauter Spielsachen aus allen Nähten. Sie hatten es bei ihrer Abreise nicht ausgeräumt. Gardner schaute in den Kleiderschrank. Viele leere Kleiderbügel. Dann musterte er den Rest des Zimmers. Es war unmöglich zu sagen, wie viel

sie mitgenommen hatten. Casey schien von allem wenigstens ein Exemplar zu besitzen.

Er ging weiter in den Raum, der offenbar Helens Schlafzimmer war. Dort standen ein paar Fotos, möglicherweise von ihren Eltern, aber nichts im Vergleich zu dem, was er im Wohnzimmer gesehen hatte. Er schaute in die Schubladen und den Schrank. Genau wie bei Casey hingen etliche leere Bügel darin. Natürlich konnte er nicht wissen, wie viele Kleider Helen insgesamt besaß, doch sie hatte offenbar Geld und legte Wert auf ihr Äußeres. Er war sich sicher, dass sie mehr mitgenommen hatte, als für einen einwöchigen Urlaub nötig war.

Als er wieder nach unten kam, stand Sara mit dem Telefon am Ohr da. Sobald er neben ihr stand, hielt sie es ihm hin.

»Es klingelt nicht«, sagte sie.

Gardner nahm ihr das Telefon ab und lauschte. Dann beendete er die Verbindung, suchte Helens Nummer in Saras Liste und versuchte es selbst noch einmal, jedoch vergeblich. Frustriert rieb er sich die Augen und fragte sich, wie er weiter vorgehen sollte. Er sah auf und wollte Sara gerade sagen, dass sie ihn verständigen solle, wenn sie etwas von Helen hörte, als ihm etwas ins Auge stach. Oder besser gesagt, das Fehlen von etwas.

Er ging an Sara vorbei ins Wohnzimmer. Kaminsims und Tische waren leer.

62

Gardner saß vor dem Haus und überlegte, was er sagen sollte. Nach mehreren vergeblichen Anläufen gab er auf. Es spielte keine Rolle, wie er es formulierte, letztlich würde alles gleich klingen. Er hatte einen furchtbaren Fehler gemacht. Abby hatte Recht gehabt, und statt ihr zu helfen, ihre Tochter zurückzuholen, hatte er das Mädchen entwischen lassen. Abby vertraute ihm. Sie legte all ihre Hoffnung und ihre Zuversicht in ihn, und er hatte sie enttäuscht, und zwar komplett.

Als er es nicht länger aufschieben konnte, holte er tief Luft und marschierte zur Haustür. Er klopfte dreimal und bereitete sich seelisch darauf vor, Abby Henshaw ein weiteres Mal das Herz zu brechen.

Simon führte ihn in die Küche und rief Abby zu, dass Gardner da sei. Abby, die gerade das Geschirr abwusch, wandte sich von der Spüle ab und lächelte ihn an. Doch ihr Lächeln schwand rasch, als sie seine ernste Miene sah, und so wischte sie sich rasch die Hände an den Jeans ab und kam zum Tisch herüber. Ihre Hände zitterten. Simon legte ihr einen Arm um die Schultern, und sie warteten beide darauf, dass Gardner etwas sagte.

Er räusperte sich und zog sich einen Stuhl heraus. »Wollen wir uns nicht setzen?«

Abby und Simon sahen sich an und setzten sich hin, so nah nebeneinander, dass sich ihre Beine berührten.

»Haben Sie meine Nachricht bekommen?«, fragte Abby. Gardner nickte nur. »Sie heißt Helen, stimmt's? Helen Deal?«

»Ja.«

Im Raum war es still, abgesehen von einem unentwegt tropfenden Wasserhahn und dem dumpfen Rauschen des Alltagslebens draußen auf der Straße. Gardner wünschte sich weit weg. Er wünschte, er könnte den beiden etwas anderes sagen. Wenn Beth tot wäre, wäre dies wenigstens ein Ende; eine Art Schlussstrich für sie. Doch das hier riss nur ein weiteres Mal die Wunden auf, die nie richtig verheilt waren, und diesmal rieb er noch eine großzügige Portion Salz hinein.

»Michael, bitte«, sagte Abby. Der Klang seines Vornamens war quälend. Er bekam ihn momentan ohnehin nur selten zu hören, doch ihn von Abby zu vernehmen tat weh. Sie hatte ihn bisher nur ein- oder zweimal benutzt, und jetzt wusste er auch, warum. Es war zu persönlich. Die Barriere, die sein Beruf ihm gewährte, bedeutete, dass er auf Distanz bleiben konnte. Dies war ihm zwar nicht immer gelungen, doch immerhin hatte er die Möglichkeit. Nun gehörte er voll und ganz zur Hölle dieser Familie, und er hatte keine andere Wahl, als bis zum bitteren Ende dabeizubleiben.

Er schluckte. »Nachdem ich Ihre Nachricht bekommen hatte, bin ich noch einmal bei ihr vorbeigefahren, um mit ihr zu reden. Ich dachte, dass sie sich vielleicht auch an Sie erinnert«, sagte er mit Blick auf Simon. Er sah, wie Abby die Hände auf dem Schoß rang. Er wollte ihr nichts von Helen erzählen, nicht, dass sie an jenem Tag im Wartezimmer der Arztpraxis gesessen hatte. Zumindest noch nicht. »Ich bin gestern Abend noch dort vorbeigefahren, doch es hat niemand aufgemacht. Später habe ich dann über das nachgedacht, was Sie mir in Ihrer Nachricht gesagt haben. Dass ihre Tochter gestorben sei.«

Abby und Simon sahen sich an. »Und?«, fragte Simon.

»Sie hat mir erzählt, dass Casey im November 2004 geboren worden sei. Die Geburtsurkunde war der Beweis dafür. Und Sie hatten Recht: Casey ist am 15. Dezember desselben Jahres gestorben. Im Alter von fünf Wochen. Ich dachte, sie hätte vielleicht ein zweites Kind bekommen. Dass sie also gleich wieder schwanger wurde und das zweite auch Casey genannt hat …«

»Aber so war es nicht, stimmt's?«, fragte Abby.

Gardner schüttelte den Kopf. »Es ist nirgends registriert, dass sie noch ein Kind bekommen hätte.« Abby packte Simons Hand. »Heute früh bin ich noch einmal hingefahren«, fuhr Gardner fort. Er sah, wie sich Abbys Brustkorb unter hastigen Atemzügen hob und senkte. »Sie ist weg. Helen und Casey. Sie sind weg.«

»Beth«, murmelte Abby. »Sie heißt Beth.«

Gardner wandte den Blick von den beiden ab. Aus dem Augenwinkel sah er, wie Abby aufstand, und das laute Klirren ließ ihn zusammenzucken. Simon versuchte, Abby das zweite Glas zu entwinden, doch sie riss sich los und warf es, mitten aufs Küchenfenster.

Gardner konnte das Geräusch von zersplitterndem Glas nicht mehr von dem Geräusch unterscheiden, das aus Abbys Kehle drang. Simon hielt sie fest.

»Das ist Ihre Schuld!«, kreischte Abby. »Das ist Ihre Schuld! Warum haben Sie sie nicht aufgehalten? Sie hat mein Baby mitgenommen, und Sie haben es einfach zugelassen.« Sie riss sich von Simon los, stürmte auf Gardner zu und drosch mit beiden Händen auf sein Gesicht und seine Brust ein. Simon packte sie wieder und presste ihr die Arme an den Körper, während Gardner hilflos zusah. »Wir haben Ihnen gesagt, dass sie es ist, und Sie haben nicht auf uns gehört!«, brüllte sie ihn an.

Abby sank zu Boden und wimmerte. Simon ging neben ihr in die Knie und wiegte sie. Gardner sah zu und hatte das Gefühl, als hätte es die letzten fünf Jahre nicht gegeben. Sie standen wieder am selben Punkt wie zuvor. Abby am Rande des Wahnsinns, Beth nach wie vor außer Reichweite und er genauso ohnmächtig wie damals.

63

»Okay, versuchen Sie, irgendeinen der Verantwortlichen zu erwischen, und fragen Sie, ob jemand, auf den die Beschreibung passt, für sie arbeitet. Es könnte schwierig werden, wir haben ja nicht viel mehr als ›rote Haare‹, aber ich schätze, damit sticht sie heraus«, sagte Gardner, das Telefon auf der Schulter balancierend. »Wir müssen wissen, wer diese Frau ist. Woher sie wusste, dass Beth dort sein würde. Und warum sie es Abby gesagt hat. Und ich will sofort verständigt werden, sobald jemand etwas über Helen Deal herausfindet. Telefon, Autonummer, irgendwas.«

Gardner hörte, wie im Hintergrund jemand mit Lawton sprach. »Hören Sie zu?«, fragte er.

»Ja, Sir«, sagte sie. »D. C. Harrington will Sie sprechen.«

Gardner seufzte. »Stellen Sie ihn durch.«

»Wo sind Sie?«, fragte Harrington. »Ich dachte, wir hätten ein Date mit Ms Hoffmans Hexenzirkel.«

Gardner rieb sich die Augen. Er wollte nicht lügen, denn er hatte Jill Hoffmans Freundinnen nicht vergessen und tatsächlich eine Befragung aller Leute in ihrem engeren Umfeld geplant. Doch was mit Abby passiert war, hatte seine Prioritäten verschoben. Er wusste, er hätte den Fall an einen Kollegen delegieren und sich auf Chelsea konzentrieren sollen, doch er konnte nur noch an Abby denken und daran, wie sehr er sie enttäuscht hatte. Außerdem konnte Harrington ja wohl alleine ein paar Frauen befragen.

»Mir ist etwas dazwischengekommen«, sagte Gardner. »Sie müssen es alleine machen.«

»Was?«

»Ich bin in Manchester.«

»Wozu? Ist sie da unten gesehen worden?«, fragte Harrington.

»Nein. Fangen Sie einfach ohne mich an. Wir sprechen uns später.« Gardner wollte auflegen.

»Moment mal. Es gibt noch etwas anderes«, sagte Harrington, fast im Flüsterton. »Sie kennen doch Jen, die Schriftstellerin.«

Gardner versuchte, die abrupte Wendung des Gesprächs nachzuvollziehen. Eigentlich hatte er Wichtigeres zu bedenken. »Was ist mit ihr?«

»Wir waren gestern Abend zusammen aus.«

»Und?«

»Und … Sie ist heiß. Ich sage Ihnen, Sie hätten Ihre Chance nutzen sollen, solange sie sich bot.«

»Ich muss Schluss machen«, sagte Gardner.

»Sind Sie sauer?«

»Was? Nein. Ich hab nur keine Zeit für so was. Wir sprechen uns dann.« Gardner legte auf und bereute es sogleich. Hatte er Lawton alle erforderlichen Informationen an die Hand gegeben? Er hatte selbst ermittelt, wer die Flyer für die Aufführung von *Der Wind in den Weiden* bestellt hatte. Doch nun musste Lawton die junge Frau mit den roten Haaren finden. Das konnte doch nicht so schwer sein, oder?

Er stieg aus und sah in beiden Richtungen die Straße entlang. Dem Navi vertraute er kein bisschen. Eigentlich suchte er nach einer Wohnung, doch das einzige Gebäude vor ihm sah aus wie eine Industrieanlage. Die roboterhafte Frauenstimme wiederholte indes unbeirrt, dass er sein Ziel erreicht hätte, und so parkte er am Straßenrand und stieg aus. Die hoch aufragenden Gebäude blockierten jegliches Sonnenlicht, und es herrschte eine beklemmende Stille. Das hier war keine Industrieanlage. Es war eine verlassene Industrieanlage.

Nachdem er ein paar Minuten umhergeirrt war, fand er eine Tür mit vier Klingeln, die er genauer in Augenschein nahm. Vielleicht konnte ihm ja jemand eine Auskunft geben. Und dann entdeckte er den Namen auf dem dritten Schild. Ridley.

Das war es. Gardner drückte auf die Klingel und wartete auf eine Reaktion. Nach wenigen Sekunden meldete sich ein Mann durch die Gegensprechanlage und begrüßte ihn mit einer angenehmen Stimme, die er bereits vom Telefon kannte. Der Türöffner klickte, und Gardner ging hinein. Er ignorierte den altersschwach wirkenden Aufzug und nahm die Treppe.

Er hatte enormen Aufwand betrieben, um den Mann ausfindig zu machen, den er nun besuchen wollte. Dabei hatte er alle Register ziehen müssen und war jetzt etlichen Kollegen für die Anrufe, die sie ihm zuliebe getätigt hatten, das ein oder andere Bier schuldig. Doch das war es wert. Endlich hatte er die Person aufgespürt, die in der Lage sein könnte, etwas Licht auf Helen Deal zu werfen. Seit er Abby die Nachricht überbracht hatte, hatte er kaum einen ruhigen Moment gehabt. Er würde Helen Deal finden, koste es, was es wolle.

Gardner wollte gerade an die Wohnungstür klopfen, als sie aufging und der Mann ihm die Hand hinstreckte. »D. I. Gardner, kommen Sie rein«, sagte er. »Ich bin Alan Ridley.«

Der Mann war älter, als Gardner erwartet hätte. Sein Haar war zwar noch dicht, aber ergraut, und er bewegte sich mit der Steifheit eines Mannes, der schon lange lebte. Gardner versuchte sein Alter zu schätzen. Vielleicht Mitte sechzig? Jedenfalls fast doppelt so alt wie Helen.

Ridley bat Gardner herein und führte ihn durch das offene Loft mit seinen rohen Ziegelwänden und Aluflächen. Vermutlich kostete es ein Vermögen, in einer verlassenen Industrieanlage zu wohnen. Was sprach eigentlich gegen ein normales Haus?

»Darf ich Ihnen etwas anbieten?«, fragte Ridley, während er im Küchenbereich stehen blieb. »Tee, Kaffee?«

»Wasser wäre nett, vielen Dank«, sagte Gardner und sah sich um. Ridley und Helen mochten ja verschiedenen Generationen angehören, doch sie hatten eines gemeinsam – Geld. Gardner hatte Helens Herkunft unter die Lupe genommen und herausgefunden, dass sie aus einer reichen Familie stammte. Ihr Großvater war irgendein hohes Tier in der Stahlindustrie gewesen. Vielleicht hatten sie sich dadurch kennengelernt, auf irgendeinem Reiche-Leute-Event, wo die Betuchten feiern, wie viel Geld sie haben.

Ridley reichte Gardner ein Glas Wasser und führte ihn dann zum Sofa. »Nehmen Sie Platz«, sagte er und setzte sich ihm gegenüber. Gardner trank einen Schluck Wasser und musterte Ridley über den Glasrand hinweg. Als sie miteinander telefoniert hatten, hatte der andere bei der Erwähnung von Helens Namen gestutzt, sich jedoch nicht prinzipiell unwillig gezeigt, über sie zu reden. Gardner hatte das Gefühl, dass die Sache zwischen ihnen nicht gut geendet hatte. Ob Ridley ihr wohl den Tod ihrer gemeinsamen Tochter anlastete?

»Also, was kann ich für Sie tun, Detective Gardner?«, fragte Ridley. »Sie sagten, es geht um Helen?«

»Ja«, sagte Gardner und stellte sein Glas auf den gebeizten Holzboden. Falls es Ridley störte, so zeigte er es nicht. »Sie und Helen hatten eine Beziehung. Sie hatten ein Kind zusammen.«

Ridley seufzte und lehnte sich in den wuchtigen Ledersessel zurück. »Ja«, sagte er. »Casey. Sie starb nicht lange nach ihrer Geburt.« Er sah auf seine Füße herab.

»Was ist passiert?«, fragte Gardner. Er wollte Ridley zum Sprechen über seine Tochter animieren, aber auch über Helen.

Ridley schüttelte den Kopf und hustete. »Plötzlicher Kindstod.« Er sah Gardner in die Augen. »Niemand war schuld. Man hat keine Grunderkrankung feststellen können. Sie ist einfach …« Er zuckte die Achseln und seufzte. »Helen hat es sehr schwer genommen. Ich auch, aber Helen …«

Gardner wartete darauf, dass er weitersprach, doch als er das nicht tat, versuchte er es mit Fragen. »Erzählen Sie mir von sich und Helen. Wie haben Sie sich kennengelernt? Wie lange waren Sie zusammen?«

Ridley stieß etwas aus, was einem Lachen ähnelte. »Wir haben uns in einer Bar kennengelernt, anno …« Er schüttelte den Kopf und versuchte sich zu erinnern. »Ich glaube, es muss im November gewesen sein. 2003 würde ich sagen. Sie war schön, aber völlig neben der Spur. Außerdem war sie betrunken und hat mir erzählt, dass ihr Verlobter sie ein paar Wochen zuvor verlassen hatte.«

»Wissen Sie seinen Namen?«

»Nein.«

»Dann haben Sie also eine Beziehung mit ihr begonnen, obwohl sie neben der Spur war?«

Ridley sah Gardner an. »Ich bin nicht gerade stolz darauf, aber ich habe sie an dem Abend mit nach Hause genommen und gedacht, es sei eine einmalige Angelegenheit. Aber …«

»Aber?«

»Helen ist die Sorte Frau, die kriegt, was sie will. Sie hat sich in mein Leben hineingearbeitet.«

»Wie?«

»Durch Hartnäckigkeit. Sie war sogar recht charmant, wenn sie nicht betrunken war. Sie hat mich immer wieder angerufen, und am Ende bin ich irgendwie auf sie hereingefallen. Ich hielt es für einen Glücksfall, dass eine schöne junge Frau wie sie sich für einen alten Knacker wie mich interessiert.« Er lachte. »Aber es war nicht das, was Sie jetzt denken.«

»Was denke ich denn?«, fragte Gardner.

Ridley sah sich in seiner Wohnung um. »Dass sie hinter meinem Geld her war. Zuerst einmal hatte ich damals gar kein Geld. Dazu bin ich erst in jüngster Zeit gekommen. Und zweitens hatte sie selbst jede Menge.«

»Oder zumindest ihre Familie«, sagte Gardner, und Ridley lächelte.

»Genau«, bestätigte er. »Ich glaube nicht, dass Helen auch nur einen Tag in ihrem Leben gearbeitet hat.«

»Dann haben Sie also eine Beziehung mit ihr angefangen«, sagte Gardner, um ihn zum Weitersprechen zu bewegen.

»Ja«, sagte Ridley. »Wir hatten eine ziemlich intensive Beziehung. Wie gesagt, sie bekam immer, was sie wollte. Und was sie am meisten wollte, war ein Baby. Offenbar war ich der Mann dafür.«

»Was war mit dem Verlobten?«, wollte Gardner wissen. »Sie haben gesagt, er hätte sie verlassen. Bei ihm hat sie nicht bekommen, was sie wollte, oder?«

Ridley zuckte die Achseln. »Ich kann Ihnen nicht genau sagen, was da abgelaufen ist, Detective. Ich weiß nur, was Helen mir erzählt hat.«

»Und das war?«

»Dass sie eine ganze Weile mit diesem Mann zusammen war. Sie war hierher nach Manchester gezogen, um bei ihm zu sein. Er hatte ihr Leben aus der Bahn geworfen, wie sie es ausdrückte. Und dann war er nicht bereit, sich festzulegen.« Ridley lächelte ihn an. »Offen gestanden bin ich mir nicht einmal sicher, ob es überhaupt eine Verlobung gegeben hat.«

»Sie glauben, sie hat ihn erfunden?«, fragte Gardner.

»Nein«, sagte Ridley und schüttelte den Kopf. »Nein, ich glaube, er war echt, aber vermutlich hat er ihr nie einen Heiratsantrag gemacht. Ich schätze, das war es, was sie wollte. Ich glaube, sie wollte ihn heiraten und Kinder haben, doch offenbar hatte er andere Pläne.«

»Dann hat sie sich also jemanden gesucht, der das wollte, was sie auch wollte?«

Diesmal musste Ridley lachen. »Nein. Sie hat sich jemanden gesucht, den sie manipulieren konnte. Sie hat andauernd von Kindern geredet; jeder konnte sehen, dass sie geradezu verrückt nach einem Baby war. Doch ich habe ihr von Anfang an klargemacht, dass ich nicht daran interessiert war, Vater zu werden. Sie hat mir versichert, dass das in Ordnung sei. Dass wir miteinander Spaß haben könnten, ohne uns zu verpflichten. Doch ein paar Monate später war sie schwanger.«

»Und Sie glauben nicht, dass es ein Unfall war?«

»Ich weiß, dass es kein Unfall war. Sie hat später zugegeben, dass sie nie die Pille genommen hat. Es wundert mich nur, dass es nicht schon früher passiert ist.«

»Als sie Ihnen dann erzählt hat, dass sie schwanger ist, was ist da passiert? Wollte sie, dass Sie sie heiraten? Hatten Sie das Gefühl, sie hätte Sie in die Falle gelockt?«

»Ganz im Gegenteil«, sagte Ridley, und Gardner runzelte die Stirn. »Ich weiß, ich habe gesagt, dass ich nicht Vater werden wollte, aber als ich erfahren habe, dass sie schwanger war, konnte ich nicht einfach den Rückzug antreten. Doch das war genau das, was Helen von mir wollte.«

»Das verstehe ich nicht«, sagte Gardner. »Wenn sie Sie nicht beteiligen wollte, warum hat sie es Ihnen dann überhaupt erzählt? Warum ist sie nicht einfach gegangen?«

»Genau das macht das Wesen von Helen Deal aus«, sagte Ridley lächelnd. »Sie hat es genossen. Sie hat es genossen, mir wehzutun und mir zu zeigen, dass sie gewonnen hatte. Sie wollte mir beweisen, dass sie bekommen hatte, was sie wollte.«

»Aber Sie sind nicht gegangen.«

»Nein. Sowie ich erfahren hatte, dass sie von mir schwanger war, konnte ich nicht mehr gehen. Ich wollte eine Rolle im Leben dieses Kindes spielen. Ich hatte zwar Zweifel daran, dass

Helen und ich weiterhin eine Beziehung haben würden, aber sie konnte mich nicht komplett ausschließen.« Ridley lehnte sich vor und zog eine Schachtel Zigaretten aus der Tasche. »Stört es Sie?«, fragte er und hielt sie Gardner hin, der nur den Kopf schüttelte. »Ich nehme an, dass sie wegen meiner vorherigen Äußerungen dachte, ich würde stillschweigend einwilligen. Sie erklärte mir, sie zöge wieder in den Nordosten, und damit hatte sich's. Schließlich habe ich ihr eröffnet, dass ich auch dorthin ziehen würde und sie mich nicht daran hindern könnte, eine Rolle im Leben unseres Kindes zu spielen.« Er zog an seiner Zigarette. »Ich bin ihr gefolgt und habe mein Leben hier aufgegeben«, fuhr er fort. »Ich habe eine Frühstückspension gefunden und eine Zeitlang dort gewohnt. Irgendwann hat sie mich in ihr Haus ziehen lassen, das ziemlich groß war, aber sie hat mir eindeutig klargemacht, dass sie wenig mit mir zu tun haben wollte. Ich glaube, sie hat mich hauptsächlich als eine Art Haushaltshilfe gesehen. Ehrlich gesagt dachte ich, sie hätte einen anderen kennengelernt. Freunde hatte sie keine, jedenfalls keine, von denen ich wüsste. Sie gab nichts auf Geselligkeit. Meist hat sie sich in ihrem Zimmer aufgehalten und gelesen und mich ignoriert. Doch dann ist sie plötzlich ganz oft ausgegangen.«

»Wissen Sie, wer er war?«, fragte Gardner. »Dieser geheimnisvolle Mann?«

»Keine Ahnung«, sagte er. »Es war mir auch ehrlich gesagt nicht so wichtig. Ich hatte das Interesse an Helen verloren. Ich war nur noch an der Kleinen interessiert.« Er drückte die Zigarette aus und runzelte die Stirn. »Irgendwann dachte ich, sie hätte mit einem der Bauarbeiter geschlafen. Sie schien sehr vertraut mit ihnen zu sein, aber ich schätze, dass sie unter ihrer Würde waren. Arbeiter eben. Ich glaube, sie hat es lediglich genossen, sie da zu haben, damit sie mich einschüchterten.«

Gardner bekam ein seltsames Gefühl in der Magengrube.

»Sie hat die Bauarbeiter benutzt, um Sie einzuschüchtern? Inwiefern?«

»Sie hat ihnen klar zu verstehen gegeben, dass sie mich nicht dort haben wollte – obwohl sie mich selbst aufgefordert hat, bei ihr einzuziehen, wie ich hinzufügen möchte. Vermutlich war das nur wieder eines ihrer Spielchen. Die Arbeiter waren meistens einfach nur unfreundlich zu mir, aber ein paar Monate nachdem ich eingezogen war, hat mich einer von ihnen körperlich angegriffen. Er hat mich gegen die Wand gedrückt und gesagt, er würde mir ziemlich wehtun, wenn ich Helen noch einmal anfasste. Ich weiß nicht, was sie ihnen erzählt hat, aber kurz danach bin ich ausgezogen. Zurück in die Pension.«

Gardner schluckte. Er sah ziemlich klar vor sich, worauf das Ganze hinauslief. »Was wissen Sie noch über sie? Diese Bauarbeiter? Wissen Sie, woher sie kamen?«

Ridley nickte. »Es waren Tschechen«, sagte er. »Ich weiß noch, wie ich einmal versucht habe, mit einem von ihnen über Prag zu plaudern. Ich war in meiner Jugend einmal länger dort gewesen. Die Reaktion können Sie sich vorstellen.«

Gardners Puls ging schneller. »Woran erinnern Sie sich noch? Wie die Baufirma hieß, vielleicht?«

»Viel besser«, erklärte Ridley. »Ich kann Ihnen ihre Namen sagen.«

64

»Miklos Prochazka und Damek Hajek«, sagte Ridley. Gardner starrte ihn an. »Hajek war derjenige, der mich bedroht hat. Grässlicher kleiner Mann.«

Gardner zückte sein Notizbuch. Gerade wollte er zu schreiben beginnen, als ihm klar wurde, dass er keine Ahnung hatte, wie man die Namen schrieb. Er reichte Ridley das Notizbuch. »Sie erinnern sich nach so langer Zeit an ihre Namen?«, fragte Gardner und sah zu, wie er sie aufschrieb.

»Ich habe mich extra darum bemüht, ihre Namen herauszufinden. Eines Tages habe ich den anderen in Helens Handtasche herumwühlen sehen, garantiert auf der Suche nach Geld. Er hat behauptet, er suche nur einen Stift. Als sie dann anfingen, aggressiv gegen mich zu werden, habe ich dafür gesorgt, dass ich ihre Namen hatte. Vielleicht könnten sie ja irgendwann einmal nützlich sein. Ich dachte wirklich, einer von ihnen könnte irgendwann mehr tun, als mich nur zu schubsen«, sagte Ridley und reichte ihm das Notizbuch zurück.

»Dann haben Sie sie also bei der Polizei angezeigt?«

»Nein«, sagte Ridley. »Wie gesagt, ich bin ausgezogen und hatte keinen weiteren Ärger mit ihnen. Aber ich habe ein gutes Namensgedächtnis. Ich vergesse selten welche.«

Gardner zog eine Braue hoch. Wenn er doch nur dieselbe Fertigkeit besäße. »Und woher kannte Helen die beiden? Hatte sie schon eine Beziehung zu ihnen, bevor sie für sie gearbeitet haben?«

»Ich glaube nicht, dass sie sie kannte, ehe sie in ihr Haus kamen, um dort zu arbeiten. Und ich habe keine Ahnung, wo sie sie aufgetrieben hat. Am Anfang ist sie noch recht ruppig mit ihnen umgesprungen, aber nach ein paar Wochen schienen sie ziemlich dicke miteinander zu sein. Ich weiß nicht, ob es eine echte Freundschaft war oder ob sie mir nur eins auswischen wollte.«

»Und als Sie ausgezogen sind, wie ging es dann weiter? Wie oft haben Sie sie gesehen? Was für eine Beziehung hatten Sie beide zu diesem Zeitpunkt?«

»Eigentlich gar keine. Ich bin ausgezogen und habe sie kaum gesehen, bis Casey zur Welt kam. Immer wieder habe ich versucht, Kontakt aufzunehmen, doch sie wollte nicht. Ich habe sie gebeten, mich mit einzubeziehen oder mich wenigstens in Bezug auf das Baby über alles zu informieren, doch sie hat mich abblitzen lassen. Immer wieder bin ich bei ihr vorbeigefahren. Ich habe gar nicht erwartet, dass sie mich hineinbittet; es ging mir mehr darum, sie im Blick zu behalten, mich zu vergewissern, dass sie nicht verschwunden war. Wobei ich allerdings nicht glaube, dass sie Redcar verlassen würde. Sie schien wahnsinnig an der Stadt zu hängen. Ihre Vorfahren waren in der Stahlbranche. Ich glaube, sie hat sich der Illusion hingegeben, sie hätten die Stadt erbaut«, sagte Ridley. »Jedenfalls war es ein reiner Glücksfall, dass ich bei der Geburt dabei war. Ich habe ein Taxi vor dem Haus vorfahren und Helen einsteigen sehen. Dann bin ich ihr ins Krankenhaus gefolgt und durfte mit hinein.«

»Helen hat sich nicht dagegen gewehrt?«, fragte Gardner.

Ridley schüttelte den Kopf. »Nein. Sie wollte nicht, dass das Klinikpersonal mitkriegt, was wirklich abläuft. Also hat sie so getan, als wären wir ein glückliches Paar.« Er schnaubte. »Aber angerufen hätte sie mich jedenfalls nicht, das weiß ich. Wenn ich nicht zufällig an dem Tag vor dem Haus gewesen wäre, hätte sie mir gar nicht erzählt, dass sie das Kind bekommen hat.«

»Und was war hinterher? Durften Sie Casey sehen?«

»Ja. Nach ein paar Tagen hat sie mich sogar wieder einziehen lassen. Ich war auf der Suche nach einer dauerhafteren Bleibe, hatte aber nichts gefunden. Ich habe ihr vorgeschlagen, wieder einzuziehen, um ihr mit dem Kind zu helfen, und sie hat eingewilligt. Wer weiß, warum? Sie war so überglücklich über Casey, dass ich glaube, sie hat alles andere vergessen. Es ging nur noch um sie und das Baby. Eigentlich wurde ich nur gebraucht, um Erledigungen zu machen«, sagte er. »Aber das hat mir nichts ausgemacht. Alles andere schien irgendwie nicht mehr so wichtig.«

»Was war mit Hajek und Prochazka?«, fragte Gardner nach einem Blick in sein Notizbuch. »Wo waren sie, nachdem das Kind zur Welt gekommen war?«

Ridley schüttelte den Kopf. »Keine Ahnung. Danach hab ich sie nicht mehr gesehen.«

»Und dann? Waren Sie und Helen glücklich?«

»Vielleicht nicht miteinander. Aber mit Casey.« Er zuckte die Achseln. »Alles drehte sich nur noch um die Kleine. Und dann ist sie gestorben«, sagte er. »Helen ist völlig durchgedreht. Natürlich waren wir beide am Boden zerstört, aber Helen hat komplett die Kontrolle über sich verloren. Diese Frau, die so gut darin war, alles zu kontrollieren und zu kriegen, was sie wollte, konnte absolut nicht damit umgehen, dass sie das Wichtigste auf der Welt verloren hatte. Sie hat mir entsetzlich leidgetan. Sie hatte weder Verwandte noch Freunde, die ihr hätten beistehen können. Sie war so verletzlich«, sagte er kopfschüttelnd. »Ich wollte ihr helfen, für sie da sein. Aber Helen«, fuhr er fort und krempelte dabei seinen Hemdsärmel hoch, »Helen wollte mich noch weniger um sich haben als zuvor.«

Gardner schaute auf Ridleys Arm. Die Narbe war lang, vom Ellbogen bis zum Handgelenk, und es sah aus, als sei es ein tiefer Schnitt gewesen. »War sie das?«

»Ja.«

»Hat sie Ihnen die Schuld an Caseys Tod gegeben?«

Ridley fuhr mit dem Finger über die Narbe. »Sie hat mich beschuldigt. Sie hat Gott beschuldigt. Sie hat stundenlang geschrien und gekreischt und mir gesagt, dass ich gehen soll. Ich war der Meinung, dass ich sie nicht allein lassen konnte, und so bin ich aus dem Zimmer gegangen. Ich dachte, sie würde sich beruhigen. Doch im nächsten Moment kommt sie plötzlich mit einem Küchenmesser. Zuerst hat sie es auf mein Gesicht gerichtet«, sagte er und strich sich mit der Hand über die Wange. »Zum Glück hab ich nur einen Kratzer abgekriegt. Ich habe versucht, sie zur Vernunft zu bringen, ihr das Messer abzunehmen, und dann hat sie mir das hier verpasst.« Ridley schluckte. »Sie können sich nicht vorstellen, wie das geblutet hat. Helen hat nur dagestanden und zugesehen. Ich habe ihr gesagt, sie soll einen Krankenwagen rufen. Ich hab ihr versichert, ich würde sagen, dass es ein Unfall war, aber sie hat sich geweigert. Dann hab ich versucht, ans Telefon zu kommen, doch sie hat mich weggestoßen. Schließlich hab ich es geschafft, an ihr vorbeizukommen, und bin aus dem Haus gelaufen.«

»Sie haben sie nicht angezeigt?«, fragte Gardner.

»Nein«, sagte Ridley und atmete tief aus. »Vielleicht waren es Schuldgefühle wegen Casey, vielleicht hat mir Helen auch leidgetan. Aber ich habe nichts der Polizei gesagt. Vielleicht hätte ich das tun sollen. Ich glaube wirklich, dass sie gefährlich war.«

Er hatte Recht. Wenn Ridley Helen angezeigt hätte, hätte sie vielleicht keine Gelegenheit gehabt, Beth zu entführen.

»Hat Helen noch mal ein Kind bekommen?«, fragte Gardner.

Ridley sah erstaunt drein. »Nicht dass ich wüsste. Aber genau weiß ich es natürlich nicht. Nach dem Zwischenfall mit dem Messer habe ich meine Sachen gepackt und bin gegangen. Allerdings bin ich mir sicher, dass sie noch ein Kind wollte. Und zwar unbedingt.«

Gardner nickte. »Was glauben Sie, wie weit sie gehen würde, um das zu kriegen, was sie wollte?«

»Um ein Kind zu kriegen, meinen Sie? Ich glaube, sie hätte kein Problem damit, irgendeinen anderen leichtgläubigen Trottel zu manipulieren.«

»Glauben Sie, sie wäre imstande, ein Kind zu entführen?«

Ridley sah ihn an, von der Frage überrascht, jedoch von der Unterstellung nicht schockiert. Wahrscheinlich begriff er allmählich, warum ihm Gardner all diese Fragen stellte. Er schluckte und nickte. »Leider halte ich das für absolut denkbar.«

65

Gardner nahm zwei Stufen auf einmal. Er wollte schnellstens an seinen Schreibtisch zurück, um mehr über Miklos Prochazka und Damek Hajek in Erfahrung zu bringen. Wenn er etwas über die Männer herausfand, die Abby überfallen hatten, könnte er seinem Chef etwas Konkretes präsentieren. Und Abby auch.

Als er das Polizeirevier betrat, lief er D. C. I. Atherton in die Arme und hätte ihn beinahe umgerannt. Atherton musterte ihn stirnrunzelnd. »Ich hoffe, Ihre Eile bedeutet, dass Sie eine Spur im Fall Chelsea Davies haben«, sagte er.

Gardner blieb stehen und drehte sich um. »Nein, Sir«, erwiderte er, »aber ich habe eine Spur im Fall Beth Henshaw.«

Atherton runzelte erneut die Stirn, ehe er den Namen einordnen konnte. »Henshaw ist doch ein alter Fall, oder nicht?«

»Ja«, sagte Gardner. »Es war einer. Aber es haben sich neue Indizien ergeben.«

»Wie zum Beispiel?«, fragte Atherton und zog die Brauen hoch.

Gardner seufzte. Er hatte keine Zeit für so etwas. »Abby Henshaw hat ein Mädchen gesehen, das sie für ihre Tochter hielt.«

»Ist das nicht schon mal passiert? Sogar mehrmals?«

»Ja, aber diesmal war es anders«, sagte Gardner, und Atherton sah etwas interessierter drein. Gardner schilderte ihm das Ganze in knappen Worten.

Atherton verzog das Gesicht, wie immer, wenn er etwas erwog. Gardner wartete. »In Ordnung«, sagte er. »Und was ist mit der Frau? Helen Deal. Haben Sie sie zur Vernehmung geholt?«

Gardner holte Luft. »Nein, noch nicht«, sagte er. »Sie ist weg.«

»Weg?«, sagte Atherton, als hätte er das Wort noch nie gehört.

»Ja«, sagte Gardner. »Sie hat dem Kindermädchen erzählt, dass sie mit der Kleinen nach Devon fährt, um Verwandte zu besuchen. Aber ich glaube, sie hat sich aus dem Staub gemacht.«

Atherton verschränkte die Arme und sah Gardner eine gefühlte Ewigkeit lang an. »Na, das klingt ja, als hätten Sie alle Hände voll zu tun«, sagte er. »Ich will, dass das alles so schnell und so diskret wie möglich aufgeklärt wird. Die Zeitungen sitzen uns wegen Chelsea Davies im Nacken. Ich will nicht, dass sich das auch noch rumspricht.«

»Ja, Sir«, sagte Gardner. »Ich werde der Spur in Bezug auf die Bauarbeiter nachgehen und noch einmal mit dem Kindermädchen sprechen.«

»Gut«, sagte Atherton und wandte sich zum Gehen. »Tun Sie das.«

Gardners Kiefer verkrampfte sich. Atherton brauchte ihm nicht zu sagen, dass er versagt hatte. Das sagten ihm bereits die Medien. Abby sagte es ihm. Und die kleine, lästige Stimme in seinem Kopf sagte es ihm auch. Eine weitere Stimme war wirklich nicht nötig.

66

Sie hatten gerade ihr Mittagessen beendet, als es an der Tür klingelte. Simon ging aufmachen, doch als Abby seine Stimme im Flur hörte, wünschte sie, sie wäre im Bett geblieben.

Simon führte Gardner in die Küche. Gardner und Abby sahen sich an.

»Entschuldigen Sie bitte die Störung«, sagte Gardner, als er die Teller sah.

Abby merkte, dass Simon sie anstarrte und wahrscheinlich versuchte, ihre Stimmung einzuschätzen. »Kein Problem«, erwiderte er. »Wir sind sowieso schon fertig.« Er griff nach den Tellern, stellte sie ins Spülbecken und begann mit dem Abwasch.

»Wie geht es Ihnen?«, fragte Gardner Abby. Sie hob den Kopf und ließ zu, dass sich ein winziges Lächeln auf ihre Lippen stahl.

»Gut«, sagte sie. Ihr Gesicht war rot, und sie knetete die Hände. »Es tut mir leid.« Gardner sah Simon fragend an, doch der zuckte nur die Achseln. »Ich war völlig neben der Spur«, fuhr Abby fort. »Ich hätte niemals auf Sie losgehen dürfen.«

»Abby«, begann Gardner.

»Nein. Bitte. Ich war im Unrecht. Es war nicht Ihre Schuld. Sie konnten gar nicht wissen, was passieren würde. Ich hätte das alles nicht sagen sollen.«

Gardner blickte zu Boden. »Ich fand durchaus, dass Sie das Recht dazu hatten.«

Simon brachte Gardner etwas zu trinken, und sie gingen ins Wohnzimmer. Nach wie vor lag Anspannung in der Luft, und eine Zeitlang sagte keiner ein Wort. Schließlich brach Gardner das Schweigen.

»Ich habe Neuigkeiten«, sagte er.

»Über Helen?«, fragte Abby. »Haben Sie sie gefunden?«

Gardner schüttelte den Kopf. »Nein, leider nicht. Aber wir haben die Firma kontaktiert, die die Flyer verteilt hat. Sie haben bestätigt, dass eine Frau, die der von Ihnen gegebenen Beschreibung entspricht, bei ihnen arbeitet. Sie heißt Alice Gregory. Leider ist sie zur Zeit im Urlaub. Aber sie wird in ein paar Tagen zurückerwartet, und dann spreche ich mit ihr.« Er sah die Enttäuschung auf Abbys Miene. »Außerdem habe ich den Vater von Helens Baby aufgespürt und heute Vormittag mit ihm gesprochen. Ich habe ihn gefragt, ob er Helen für fähig hält, ein Kind zu entführen, und er hielt es für absolut denkbar.«

Abby atmete keuchend aus. »Und inwiefern bringt uns das weiter?«, fragte sie.

»Hat er Ihnen gesagt, ob sie noch ein Kind bekommen hat?«, wollte Simon wissen.

Gardner umschiffte Simons Frage. »Das wusste er nicht. Er ist kurz nach Caseys Tod unter schwierigen Umständen ausgezogen.«

»Schwierig?«, fragte Abby. »Inwiefern?«

»Helen hat ihn tätlich angegriffen. Mit einem Messer.«

»Guter Gott«, sagte Simon. »Und sie hat Beth.«

»Ich glaube nicht, dass sie ihr etwas antun würde«, sagte Gardner. »Aber er hat mir noch etwas anderes erzählt.« Gardner räusperte sich. »Helen hatte kurz vor Caseys Geburt Bauarbeiter im Haus.«

Abbys Magen zog sich zusammen.

»Er meinte, sie waren Tschechen. Helen hat sie dazu animiert, ihn einzuschüchtern«, sagte Gardner. »Er konnte sich auch an ihre Namen erinnern.«

Abby holte tief Luft, und Simon nahm ihre Hand. »Haben Sie sie gefunden?«, fragte Abby. »Die beiden … den Mann, der mich vergewaltigt hat?«

»Ich habe sie in der Datenbank gefunden«, sagte er und griff nach der Akte, die er mitgebracht hatte. »Miklos Prochazka und Damek Hajek. Sie sind Cousins.« Er sah Abby an, deren Brustkorb sich rasch hob und senkte. Dann öffnete er den Aktendeckel, nahm ein Foto heraus und reichte es ihr. Sowie sie einen Blick darauf geworfen hatte, ließ sie es fallen, als hätte es ihr die Hand versengt. »Erkennen Sie ihn?«, fragte Gardner, und Abby nickte. »Das war einer der Männer, die Sie überfallen haben?«, hakte er nach, und sie nickte erneut. »Abby, war das der Mann, der Sie vergewaltigt hat?«

Abby fing an zu weinen und presste mit flachem Atem ein »Ja« hervor.

Gardner wartete ab, bis Abby das Glas Wasser getrunken hatte, das Simon ihr gebracht hatte. Sie weinte nun nicht mehr, sondern starrte benommen zu Boden. Er ließ ihr noch ein paar Minuten, ehe er weitermachte, ehe er ihr mitteilte, was er herausgefunden hatte. »Abby«, sagte er und wartete, bis sie ihn ansah. »Er heißt Damek Hajek«, sagte er und zeigte auf das Foto, das nach wie vor auf dem Boden lag. »Er wurde letztes Jahr bei einem Streit umgebracht. Es ging um Geld.«

Abby sah Gardner an, während er auf eine Reaktion wartete. Er wusste nicht, womit er rechnen sollte. War sie froh über Hajeks Tod? Oder hatte sie das Gefühl, er sei der Justiz entronnen? Er war sich selbst nicht ganz sicher, wie er empfand.

»Er ist tot?«, sagte Abby.

»Ja.«

»Wie ist das passiert?«

»Er bekam einen Messerstich in den Hals. Offenbar hat er Leuten, die nicht warten wollten, Geld geschuldet. Sein Cousin hat ihn gefunden.«

»Und was ist mit dem anderen? Seinem Cousin?«, fragte Abby. »Was ist mit ihm passiert?«

»Nichts«, sagte Gardner. »Er hat den Toten gefunden und es der Polizei gemeldet. Bis jetzt wurde niemand wegen der Tat verurteilt.«

»Dann läuft er also noch frei herum?«, fragte Abby.

Gardner schüttelte den Kopf. »Nicht mehr«, sagte er. »Er hat noch unter derselben Adresse gewohnt wie damals, als er den Mord an seinem Cousin angezeigt hat. Heute Nachmittag wurde er in Verbindung mit Ihrer Vergewaltigung und Beths Entführung verhaftet.«

Abby stieß ein Lachen aus, das irgendwo zwischen Erleichterung und Ungläubigkeit lag. »Dann haben Sie ihn also?«, sagte sie. »Haben Sie mit ihm gesprochen?«

»Nein, noch nicht«, sagte Gardner. »Er wurde in Leeds festgenommen. Ich fahre so schnell wie möglich hin, um ihn zu vernehmen.«

Abby sah Simon an, und er zog sie an sich und umarmte sie. Gardner spürte, wie eine gewisse Last von seinen Schultern glitt.

Abby wandte sich zu Gardner um. »Wird er uns sagen, wo Beth ist?«

Gardner schüttelte den Kopf. »Das weiß ich nicht«, sagte er.

67

Abby schloss die Tür und wartete, bis der Laptop hochgefahren war. Ihre Hände zitterten, als sie die Internetadresse eintippte. Sie musste mit jemandem reden, musste jemandem sagen, wie sie sich fühlte. Simon hatte versucht, mit ihr zu sprechen, nachdem Gardner gegangen war, doch sie brauchte ein gesichtsloses Publikum. Sie konnte Simons Blick nicht ertragen, wenn sie ihre Seele bloßlegte.

Sie setzte sich im Schneidersitz aufs Bett und sah zu, wie die Seite lud. Rasch loggte sie sich ein und ignorierte die neuesten Postings der anderen. Heute hatte sie ihre eigene Geschichte zu erzählen.

Sie hatte davon geträumt, ihn umzubringen. Oder zumindest, ihm wehzutun, ihn leiden zu lassen, ihm das Grinsen aus dem Gesicht zu wischen, ihn um Gnade winseln und um sein Leben flehen zu sehen. Manchmal fragte sie sich, was wohl geschehen würde, wenn sie ihn fassten und sie ihm von Angesicht zu Angesicht gegenüberstünde. Sie hatte diesen Traum, in dem der Richter ihr sagte, sie könne mit ihm machen, was sie wolle, und sich der Gerichtssaal zu einem Ring öffnete und all die Richter in ihren Perücken und die Geschworenen mit ihren kleinen Notizblöcken im Kreis um sie herumstanden und sie anfeuerten. Er stand in der Mitte, geduckt, vor ihr, und sie hatte endlich das Gefühl, dass die Gerechtigkeit siegte. Sie holte mit dem Arm aus, um den ersten Hieb zu platzieren, doch dann fühlte sich ihr Arm auf einmal bleischwer an, sodass sie ihn nicht mehr bewegen konnte, und die Umstehenden fragten sich im Stillen, warum sie so schwach war. Sie stieß einen Schrei aus und versuchte mit aller Kraft, den Arm zu heben, die Hand zur Faust zu ballen und ihm einen Schlag zu verpassen, doch der Aufschlag war so leicht, beinahe sanft, dass sie lediglich einen kleinen Stupser zustandebrachte. Dann grinste er sie an, zündete sich eine Zigarette an, und der Richter sagte ihm, er sei frei. Weinend wachte sie auf, weil sie wusste, dass sie nie würde tun können, was sie tun wollte. Sie wusste, sie würde nie die Gelegenheit bekommen, und sie würde auch nicht die Kraft aufbringen, selbst wenn man ihr die Gelegenheit gäbe.

Und jetzt würde sie ihn nie mehr zu fassen kriegen, er würde nie für das bestraft werden, was er ihr angetan hatte. Und ihrer Tochter. Einerseits war sie froh darüber, dass er tot war. Sie hoffte, er hatte gelitten. Hoffte, es hatte sich lang und qualvoll hingezogen und er war dabei allein gewesen. Ob er wohl in seinen letzten Minuten an sie gedacht hatte? Sie bezweifelte es. Wahrscheinlich war sie nur ein Gesicht in einem Meer von Menschen, von Frauen, denen er wehgetan hatte.

Ihre Hände hielten über der Tastatur inne. Sie wollte das Geschriebene nicht noch einmal durchlesen, wollte nicht wissen, ob es einen Sinn ergab. Sie hatte es sich einfach von der Seele schreiben wollen. Nur dass sie sich dadurch nicht freier fühlte. Nicht das Gefühl hatte, der Gerechtigkeit sei Genüge getan worden.

Sie überlegte, ob sie der Polizei sagen sollte, es sei der andere gewesen – der, der noch lebte –, der sie vergewaltigt hatte. Dann würde zumindest jemand bestraft, etwas würde geschehen. Doch sie konnten Tests vornehmen und würden herausfinden, dass sie log. Außerdem hatte er es nicht getan, also wie konnte sie die Unwahrheit darüber sagen? Er hatte sie nicht vergewaltigt. Er hatte es nur zugelassen.

Abby klappte den Laptop zu und begriff, dass sie die Nachricht gar nicht gepostet hatte. Aber es spielte keine Rolle, denn es würde nichts ändern. Es würde keine Türen verschließen. Sie würde nach wie vor sein Gesicht sehen, wenn sie die Augen schloss. Bloß dass sie jetzt einen Geist sehen würde.

68 Gardner stellte die Reste in den Kühlschrank, obwohl er wusste, dass sie wahrscheinlich eine Woche oder so darin stehenbleiben würden, ehe er sie in den Müll warf. Der Kühlschrank war gefüllt mit frischen Lebensmitteln, aus denen sich etwas Essbares zubereiten ließe, doch meistens war es einfacher, sich ein fertiges Essen zu holen. Für eine Person zu kochen kam ihm sinnlos vor, wenn nicht gar deprimierend.

In den letzten Stunden hatte er versucht, jemanden zu finden, der Helen zu der Zeit gekannt hatte, als Beth verschwand. Das Haus, in dem sie jetzt lebte – oder vielmehr gelebt hatte, ehe er sie verscheucht hatte –, war nicht dasselbe Haus, in dem sie 2005 mit Ridley gelebt hatte. Er hatte ihre alte Adresse aufgesucht, doch die Nachbarn auf der einen Seite waren erst ein Jahr zuvor dort eingezogen und erinnerten sich nur vage an Helen. Die Frau erinnerte sich, dass Helen schwanger gewesen und dann mit dem Baby zusammen ausgezogen war. Doch sie wusste nichts davon, dass Helen ihr Baby verloren hatte. Sie hatte sich nicht einmal an Helens Namen erinnert, bis Gardner ihn ihr genannt hatte. Die Nachbarn weiter unten und gegenüber konnten ihm noch weniger helfen. Niemand wusste etwas über Helen Deal. Und er vermutete, dass sie es auch genau so haben wollte.

Schließlich stand er auf und musterte den Aktenberg. Zur Vorbereitung auf das Verhör am nächsten Tag musste er die Unterlagen über Miklos Prochazka noch einmal durchgehen. Dazu kamen weitere Hintergrundinformationen über Helen Deal, die er lesen musste. Doch es gab auch noch ein zweites vermisstes Mädchen, das seine Aufmerksamkeit erforderte. Atherton hatte ihm zusätzliche Mitarbeiter versprochen, doch solche Versprechungen wurden regelmäßig gebrochen, und außerdem hatte er das Gefühl, er müsse sich selbst darum kümmern, fühlte sich für alle beide verantwortlich. Er konnte sich nicht erinnern, sich jemals so müde und so allein gefühlt zu haben. Und das wollte etwas heißen.

Er griff nach der Fallakte und fragte sich, ob Chelsea Davies wohl allein war. Sie waren auf der Suche nach ihr keinen Schritt weitergekommen. *Er* war auf der Suche nach ihr keinen Schritt weitergekommen. Die Medien spekulierten bereits darüber, dass das Mädchen inzwischen längst tot sein müsste, doch Gardner wusste, dass das nicht zwangsläufig der Fall war. Gut, je länger eine vermisste Person nicht gefunden wurde, desto wahrscheinlicher war es, dass sie tot war, doch das musste nicht zwingend so sein. Siehe Beth Henshaw.

Er blätterte seine Notizen durch und versuchte etwas zu finden, das er übersehen hatte. Eine zweite Runde Hausdurchsuchungen würde am nächsten Tag starten, doch leider würde er nicht dabei sein, um sie zu koordinieren. Erneut sollten Hunderte von Anwesen unter die Lupe genommen werden, und zwar mit erweitertem Suchradius, um noch wesentlich mehr Häuser zu erfassen. Bis jetzt hatte keiner der Bewohner gegen eine Durchsuchung seines Hauses protestiert. In Ermangelung besserer Anhaltspunkte wollte Gardner die Hauptzeugen noch einmal befragen. Sie würden mit Chelseas Verwandten und Freunden beginnen und von da aus weitermachen, so lange es eben dauerte. Gardner schloss gähnend den Aktendeckel und erhob sich. Es war reiner Selbstbetrug, sich einzureden, dass die Lösung darin zu finden war, und außerdem war er so müde, dass er, selbst wenn irgendwo in dem Ordner ein komplettes

Geständnis enthalten gewesen wäre, nichts mehr mitbekommen hätte.

Er ging ins Schlafzimmer und legte sich voll angezogen aufs Bett. Das schlechte Gewissen nagte an ihm. Einerseits hätte er Abby gern die Wahrheit gestanden, dass er versagt hatte, dass ein kleiner Fehler fünf Jahre Unglück ausgelöst hatte. Warum war Cartwright nicht gründlicher gewesen? Warum hatte er nicht selbst nachgehakt? Wenn sie Helen damals genauer unter die Lupe genommen hätten, wäre Beth ihren Eltern zurückgegeben worden. Abbys Leben wäre nicht ruiniert gewesen.

Er drehte sich auf die Seite. Doch was würde ihr die Wahrheit jetzt nützen? Sie würde sie zerstören. Abby würde jeglichen Glauben an ihn verlieren. Jetzt waren sie auf dem richtigen Weg, und das war das Einzige, was zählte. Morgen würde er von Neuem beginnen, und vielleicht würde dann etwas passieren. Sie würden weitere Häuser nach Chelsea durchsuchen. Er würde mit Miklos Prochazka reden, und vielleicht würde er sie dann zu Helen Deal führen. Etwas würde morgen geschehen.

Während er in den Schlaf sank, dachte er noch: Es muss etwas geschehen.

69

Gardner schaute durch das Fenster auf Miklos Prochazka. Er sah seinem Cousin überhaupt nicht ähnlich, es gab keinerlei Familienähnlichkeit. Wo Damek groß und schlank gewesen war und aschblondes Haar gehabt hatte, war Miklos kleiner, fülliger und hatte fast überhaupt keine Haare mehr. Er saß vornübergebeugt auf seinem Stuhl und hielt die Tischkante umklammert. Als Gardner hereinkam, sah Miklos Prochazka auf wie ein verschrecktes Tier. Gardner unterdrückte ein Gähnen und nahm ihm gegenüber Platz.

»Wer sind Sie?«, fragte Miklos.

Gardner musterte ihn aufmerksam. Immer wieder ballte er die Fäuste, rasch und regelmäßig. Man hatte ihm bereits gesagt, dass Miklos gestanden hatte. Als sie ihn abgeholt hatten, hatte er geweint und genickt, als hätte er mit ihrem Kommen gerechnet. Doch Gardner wollte es selbst hören, wollte die komplette Geschichte haben. Miklos hatte zugegeben, an dem Überfall auf Abby und an Beths Entführung beteiligt gewesen zu sein, doch er hatte noch keine echten Fakten preisgegeben.

Gardner zückte Notizbuch und Stift und sah, wie Miklos sich wand. Für einen Mann, der bereits gestanden hatte, wirkte er entsetzlich nervös. Bei den meisten Menschen löste ein Geständnis eine eigentümliche Ruhe aus.

»Ich bin D.I. Gardner«, stellte er sich vor. »Ich habe die Ermittlungen im Fall von Abby Henshaws Vergewaltigung und Beth Henshaws Entführung geleitet.«

Miklos nickte. »Es tut mir leid«, sagte er und sah Gardner kurz in die Augen, ehe er den Blick wieder auf den Tisch senkte.

»Was tut Ihnen leid?«, fragte Gardner.

»Was ich getan habe. Das kleine Mädchen und seine Mutter.«

»Ich würde sagen, es ist ein bisschen spät für Entschuldigungen«, sagte Gardner, und Miklos ließ den Kopf noch tiefer sinken. Abby hatte ihm bestätigt, dass es Damek gewesen war, der sie vergewaltigt hatte, ja, sie hatte sogar ausgesagt, dass Miklos ihr hinterher aus dem Transporter herausgeholfen hatte und sich seines Tuns weniger sicher gewesen zu sein schien. Dennoch konnte Gardner kein Mitgefühl für den Mann aufbringen und hatte keine Geduld für seine Entschuldigungen.

»Hat sie sie wiedergekriegt?«, fragte Miklos.

»Was?«

»Hat die Frau ihre Tochter wiedergekriegt?«, fragte er erneut.

»Nein«, sagte Gardner, während er sich fragte, warum der Mann das nicht wusste und ob er vielleicht log. Miklos schloss die Augen, und seine Lippen bewegten sich, als würde er beten. Gardner wollte ihm den Trost eines Gebets nicht gewähren, und so sprach er weiter. »Sie müssen mir sagen, was passiert ist. Warum Sie es getan haben.«

Miklos schlug die Augen auf. »Sie hat uns dazu angestiftet. Uns bezahlt. Von dem Baby wusste ich nichts. Sie hat mir nichts von dem Baby erzählt«, sagte er.

»Wer hat Sie bezahlt?«

»Die Frau aus dem Haus. Helena«, sagte er. »Sie hat uns Sachen für sie erledigen lassen. Sie hat uns Geld gegeben, also haben wir es gemacht. Aber ich wusste nichts von dem Baby. Das schwöre ich.«

»Wie hieß sie mit Nachnamen? Die Frau aus dem Haus?«, fragte Gardner weiter.

»Ich weiß es nicht«, sagte Miklos kopfschüttelnd. »Ich schwöre, ich weiß es nicht.«

Gardner nickte und ging zum nächsten Punkt über. Es spielte keine Rolle, er wusste ihren Namen ja bereits. »Sie haben gesagt, sie hat Sie Dinge erledigen lassen. Was zum Beispiel? Wie lief das ab?«

»Sie hat Damek und mich für Arbeiten am Haus engagiert. Dann hat sie mich erwischt, wie ich in ihren Sachen gewühlt habe. Sie meinte, sie würde die Polizei rufen, und ich habe sie gebeten, es nicht zu tun.«

»Sie haben sie bestohlen?«, fragte Gardner.

»Ja«, sagte Miklos und wandte den Blick ab. »Sie hat uns rausgeworfen, aber dann hat sie am nächsten Tag angerufen und gesagt, wir sollen wiederkommen. Sie wollte mit dem Mann bei ihr im Haus nicht alleine sein.«

»Alan Ridley?«

Miklos zuckte die Achseln. »An seinen Namen kann ich mich nicht erinnern. Aber nachdem sie ihr Kind gekriegt hatte, sind wir eine Zeitlang nicht mehr hingegangen. Dann eines Tages, Wochen danach, vielleicht sogar noch später, hat Damek gesagt, ich soll mitkommen und in den Transporter steigen. Er meinte, sie hätte einen neuen Job für uns. Ich dachte, wir sollten zurückkommen und fertig renovieren, aber wir sind zu einem anderen Haus gefahren und haben nur draußen im Auto gewartet. Ich habe Damek gefragt, was wir da sollen, aber er wollte es nicht sagen. Nach einer Weile ist er ausgestiegen und hat an dem Auto vor dem Haus die Reifen aufgeschlitzt.« Miklos sah Gardner an. »Ich habe gefragt, warum hast du das gemacht, aber er wollte es mir nicht sagen.«

»Haben Sie herausgefunden, wem das Auto gehört hat?«, fragte Gardner.

»Er hat es mir nicht gesagt, aber ich habe es später wiedererkannt. An dem Tag … an dem es passiert ist.«

»An dem Tag, als Sie Abby Henshaw überfallen haben, meinen Sie? Es war Abbys Auto, das er beschädigt hat.«

Miklos nickte und zuckte dann die Achseln. »Ich weiß nicht, warum sie uns dazu angestiftet hat. Sie hat uns nicht gesagt, wer die Frau war.«

»Warum haben Sie dann eingewilligt?«

»Sie hat gesagt, sie würde uns wegen Diebstahls bei der Polizei anzeigen. Außerdem hat sie nie mir gesagt, was sie erledigt haben wollte. Immer nur Damek. Ihm war es egal, was er machen sollte, solange sie ihn dafür bezahlt hat.«

»Was mussten Sie sonst noch für sie tun?«, fragte Gardner.

»Wir sind in ein Haus eingebrochen. Ich weiß nicht, wer dort gewohnt hat; es war ein anderes Haus, nicht das von dieser Frau …«

»Abby«, ergänzte Gardner, und Miklos nickte.

»Sie hat Damek angestiftet, dort einzubrechen und alles zu verwüsten. Er hat ein Fenster auf der Rückseite eingeschlagen; wir sind eingestiegen, und er hat etwas mitgenommen. Dann hat er angefangen, Sachen kaputt zu machen, aber ich habe einen Nachbarn kommen sehen und ihm gesagt, dass wir lieber abhauen sollten. Er hat Helena trotzdem erzählt, dass wir es gemacht haben.«

»Was noch?«, fragte Gardner, doch Miklos schüttelte den Kopf. »Das war alles?«

»Ja«, sagte er.

»Was war mit Alan Ridley?«, fragte Gardner, und Miklos senkte den Blick. »Haben Sie ihm nie etwas getan?«

Miklos schüttelte den Kopf. »Nein.«

»Und Damek? Hat er was gemacht?«

»Nein.«

»Das ist aber seltsam, Mr. Ridley hat nämlich behauptet, Sie hätten ihn eingeschüchtert und bedroht. Er hat gesagt, er glaubt, Helen hätte Sie dazu aufgestachelt und Ihnen Lügen über ihn erzählt.«

Miklos blickte zu Boden. »Sie mochte ihn nicht. Sie hat gesagt, er ist nicht nett. Ich habe nicht begriffen, warum er da war, warum sie zusammen waren. Sie haben sich ständig angebrüllt. Aber ich habe ihm nie etwas getan. Nie.«

Gardner überlegte. Miklos hatte bereits zugegeben, was mit Abby und Beth passiert war, dass sie Abbys Auto beschädigt und in Simons Haus eingebrochen waren. Warum sollte er in Bezug auf die Drohungen gegenüber Ridley lügen?

»Was war mit Damek? Sie haben gesagt, ihm war egal, was er machen soll. Vielleicht hat er ihn bedroht, als Sie nicht dabei waren«, mutmaßte Gardner. Miklos zuckte nur die Achseln.

»Schon möglich. Keine Ahnung«, sagte er. »Ich hab nichts gesehen.«

»In Ordnung«, sagte Gardner. »Dann mal zum nächsten Punkt. Helen hatte Sie bereits angestiftet, Abbys Reifen aufzustechen und in Simons Haus einzubrechen. Sie haben eingewilligt, weil Sie nicht wollten, dass sie wegen des Diebstahls die Polizei ruft, stimmt das?« Miklos nickte. »Als sie dann von Ihnen verlangt hat, Abby zu überfallen und das Baby mitzunehmen, warum haben Sie sich darauf eingelassen? Sie müssen doch gewusst haben, dass Sie sich dadurch wesentlich mehr Ärger einhandeln können, als wenn Sie ihr ein paar Pfund aus dem Geldbeutel klauen.«

»Ich wusste nichts davon«, sagte Miklos mit flehendem Blick. »Sie hat mir nie irgendwas erzählt. Sie ist immer zu Damek gegangen. Er ist dann zu mir gekommen und hat gesagt, dass wir einen neuen Auftrag haben. Das war ein paar Monate später. Ich habe gefragt, worum es geht, aber er hat es mir erst an dem Tag gesagt. Er hat gesagt, ich soll fahren, und dann haben wir am Pub gewartet. Ich hab ständig gefragt: ›Was machen wir hier?‹, aber er wollte es mir nicht sagen. Dann auf einmal hat er gesagt, ich soll wieder losfahren. Er hat gesagt, wir sollen eine Frau verfolgen und ihr einen Schreck einjagen.«

»Und Sie haben einfach mitgemacht?«

»Ich wollte eigentlich nicht«, sagte er. »Aber Damek hat mir das Geld gezeigt, das sie ihm gegeben hat. Es war eine Menge. Ich dachte, wir könnten das Geld nehmen und verschwinden.« Er zuckte die Achseln. »Ich wollte nicht mehr für sie arbeiten.«

»Wie viel war es?«, fragte Gardner.

»Fünftausend Pfund. Eine Menge Geld.« Miklos wischte sich den Schweiß von der Oberlippe. »Damek hat gemeint, es ist ganz einfach. Wir müssen nur warten, bis die Frau vorbeifährt, und ihr dann folgen. Ich bin gefahren, und Damek hat gesagt, ich soll ihr folgen, dann dicht an sie heranfahren, und dann sollte ich sie überholen und rammen.«

»Um sie von der Straße zu drängen?«

Miklos nickte. »Ich wusste, dass ihr dabei nichts passiert. Sie sollte nur einen Schreck kriegen. Als ich hinter dem Auto hergefahren bin, ist mir eingefallen, dass es dasselbe war, an dem Damek die Reifen aufgeschlitzt hat. Ich dachte, die Frau hätte Helena irgendetwas angetan, und sie wollte sich dafür rächen.« Er zuckte die Achseln. »Früher ist ja auch niemand verletzt worden, also hab ich gedacht, das wäre alles.«

»Und Sie fanden nicht, dass fünftausend Pfund eine Menge Geld für etwas so Einfaches waren?«

Miklos holte tief Luft. »Doch, vielleicht. Aber ich war gierig. Ich wollte nur das Geld.«

»Und was ist dann passiert? Sie haben die Frau von der Straße gedrängt. Warum sind Sie dann ausgestiegen? Warum sind Sie nicht einfach davongefahren?«

»Damek hat gesagt, ich soll anhalten. Zuerst war ich verwirrt. Ich dachte, wir wären fertig, aber er hat mich noch mal angebrüllt, dass ich anhalten soll. Ich dachte, vielleicht ist etwas passiert, dass der Frau was passiert ist. Ich dachte, er hätte es mitgekriegt und wollte nach ihr sehen.« Er schüttelte den Kopf. »Ich hätte wissen müssen, dass er so etwas niemals tun würde.

Er war ein Egoist. Abgesehen von ihm selbst waren ihm alle Leute egal.«

Gardner wartete und versuchte, aus Miklos schlau zu werden. Es schien ihm wirklich leidzutun. Er schien sich mit Schuldgefühlen herumzuplagen. Also warum hatte er sich nicht früher gemeldet?

Vielleicht weil sich jeder selbst der Nächste ist.

»Ich habe den Transporter angehalten, und Damek hat gesagt, wir müssen sie holen. Ich habe gefragt, was er meint, und er hat gesagt, dass wir sie holen und in den Transporter stecken sollen. Er hat gesagt, wir würden mit ihr davonfahren und sie irgendwo absetzen. Damit sie Angst kriegt. Das war unser Job. Ich wollte nicht, ich habe versucht, ihn davon abzubringen, aber er ist ausgestiegen. Ich bin im Wagen geblieben und habe die Frau aussteigen sehen. Sie ist auf Damek zugegangen und hat etwas gesagt, und dann hat er sie geschlagen.« Miklos zuckte unter der Erinnerung zusammen. »Er hat sie auf den Boden geworfen und zum Transporter gezerrt. Ich bin ausgestiegen und habe ihn angeschrien. Sie hat irgendwas von einem Baby gesagt, ich dachte, sie ist schwanger. Ich habe Damek gesagt, er soll aufhören, aber er wollte nicht hören. Und dann habe ich das Baby im Auto gesehen.«

Miklos sah Gardner in die Augen und verzog das Gesicht. »Ich habe ihn angeschrien und gesagt, dass da ein Kind ist. Die Frau hat ihn angebrüllt und immer wieder gesagt, dass ihr Baby im Auto ist, aber er hat nicht aufgehört. Er hat mich angeschrien und verlangt, dass ich sie in den Transporter bringe. Das Baby war ihm völlig egal.« Miklos sah erneut zu Boden. »Ich wusste nicht, was ich tun sollte. Ich habe ihm geholfen, sie in den Transporter zu schaffen. Ich hatte Angst, dass jemand kommen könnte. Dass uns jemand sieht.« Gardner sah eine Träne über Miklos' Wange laufen. »Wir haben sie reingestoßen, und ich habe gewartet, dass Damek wieder rauskommt, aber er ist nicht gekommen. Ich wusste, was er machen würde, also hab ich einfach die Tür zugemacht und bin davongefahren. Ich hab nicht mal versucht, ihr zu helfen.«

»Hat er das zuvor schon einmal gemacht?«, fragte Gardner, während es ihm den Magen zusammenzog. »Hatte er schon einmal eine andere Frau vergewaltigt?«

»Ja«, sagte Miklos, und es klang wie ein Wimmern. »Bei uns zu Hause.«

»Er wurde nicht verurteilt?«, fragte Gardner.

Miklos schüttelte den Kopf. »Nein. Er ist immer ungeschoren davongekommen. Niemand wollte zur Polizei gehen, alle hatten Angst vor ihm.«

»Dann wussten Sie also, dass er ein Vergewaltiger ist. Sie wussten, was passieren würde, wenn Sie Abby in den Transporter stecken, und trotzdem haben Sie nichts unternommen.«

Miklos fing an zu weinen. »Ich weiß, dass ich eine Strafe verdient habe. Ich bin genauso schlimm wie er.«

Gardner stand auf. Er brauchte ein paar Minuten Abstand zu Miklos und wollte ihn zudem eine Weile in seinen Schuldgefühlen schmoren lassen. Er verließ den Vernehmungsraum und suchte die Toilette auf. Das Fenster war offen, und eine kühle Brise durchwehte den engen Raum. Er spritzte sich Wasser ins Gesicht. Warum war das so schwer? Er wusste bereits, was mit Abby passiert war, also warum war es so schwer, es von Miklos zu hören? Diese Dinge waren nie leicht zu verkraften, doch normalerweise konnte er sich distanzieren, einen Schritt zurücktreten und die Fakten aufnehmen und seine Gefühle davon abtrennen.

Obwohl er ihm die Gefühle dahinter abnahm, machten Miklos' Tränen es irgendwie noch schlimmer. Miklos bemitleidete sich selbst und erhoffte sich Erlösung, Vergebung. Doch wenn es nach Gardner ging, würde er weder das eine noch das andere bekommen. Gardner hatte sich gefragt, wie sich Abby gefühlt hatte, als er ihr von Damek erzählte. Ob sie sich betrogen fühlte. Er fühlte sich auf jeden Fall betrogen. Doch hier war der andere Täter und bot sich zur Bestrafung an, für alles, was das Gesetz ihm aufbürden mochte, und das Einzige, woran er denken konnte, war, dass er wünschte, auch Miklos wäre in irgendeiner schmutzigen Absteige ermordet worden.

70

Gardner kehrte in den Vernehmungsraum zurück und setzte sich. Miklos weinte nun nicht mehr, reagierte jedoch nicht auf Gardners Rückkehr. Er saß starr da und regte sich erst, als der Detective zu sprechen begann.

»Wer hat Beth Henshaw mitgenommen?«, fragte Gardner. Miklos sah ihn verständnislos an. »Das Baby. Wer hat es aus Abbys Auto geholt?«

»Ich weiß nicht«, sagte er. »Wir nicht. Ich nehme an, Helena hat die Kleine geholt, aber …« Er zuckte die Achseln. »Ich hab's nie erfahren.«

Vielleicht stimmte das ja. Es lag auf der Hand, dass Helen selbst es gewesen war. Sicher wollte sie so wenige Mitwisser wie möglich haben. Und eine Frau, die ein Kind aus einem Auto holte, würde weniger verdächtig wirken als zwei Bauarbeiter.

»Vielleicht war es der Mann«, sagte Miklos, und Gardners Kopf schoss in die Höhe.

»Der Mann?«, sagte er. »Welcher Mann?«

»Der Vater.«

»Alan Ridley?«, fragte Gardner, und Miklos zuckte erneut die Achseln. »Sie haben gesagt, vielleicht war es der Mann. Wen haben Sie damit gemeint?«

»Als ich in den Nachrichten gesehen hab, dass das Baby verschwunden ist, hab ich zu Damek gesagt, wir sollten die Polizei rufen. Wir hätten anonym anrufen und sie auf Helena hinweisen können. Doch er wollte nicht. Er hat gemeint, er hätte nichts von dem Baby im Auto gewusst und Helena hätte ihm nichts davon erzählt. Aber später hat Damek gesagt, er hätte Helena mit einem Mann über ihr Baby sprechen hören. Irgendetwas darüber, dass sie zusammen weggehen wollten. Ich glaube, sie wollten umziehen. Sie hat gesagt: ›Du bist ihr Vater.‹ Und sie war wütend«, sagte Miklos. »Damek hat gedacht, sie wollte wieder mit ihm zusammenkommen.«

»Mit Ridley?«

»Vermutlich«, sagte Miklos. »Damek hat gesagt, das Baby im Auto muss ihres gewesen sein. Er meinte, vielleicht wollte sie, dass Ridley sie abholt und sie zusammen wegziehen. Aber dann hab ich es in den Nachrichten gesehen. Es war nicht ihr Baby. Also hab ich zu Damek gesagt: Warum nehmen sie jemand anders das Baby weg? Sie hatten doch ein eigenes.«

»Helens Baby ist gestorben«, sagte Gardner, während er versuchte, aus Miklos' Schilderungen schlau zu werden. Als Beth entführt wurde, war Ridley längst weg. Mit wem hatte Helen also gesprochen? Hätte Helen ihn gebeten, zurückzukommen? Sie hatte gesagt, er sei der Vater. Es konnte gut sein, dass Helen schon derart verblendet war, dass sie glaubte, Beth sei tatsächlich ihre eigene Tochter. Sie hatte die Kleine ja auch nach ihrem toten Kind getauft, wie eine Art Ersatz. War es denkbar, dass sie sich einbildete, Beth sei in Wirklichkeit Casey und Ridley ihr Vater?

Und falls dem so war, warum hatte Ridley bei ihrem Gespräch dann diesen Anruf nicht erwähnt? Oder war zwischen ihm und Helen doch noch nicht alles aus?

71

Gardner hatte Abby angerufen und ihr von Miklos Prochazka berichtet. Dass er alles zugegeben hatte, dass er wegen Beihilfe zu einer Sexualstraftat, Körperverletzung und möglicherweise Verabredung zu einer Entführung angeklagt werden würde. Er würde für das bestraft werden, was er ihr angetan hatte. Sie schien ihm dankbar zu sein, doch das kleine Bröckchen Dankbarkeit stak ihm im Hals. Vielleicht war es bedeutsam, ein Teil des Puzzles, eine Art Schlussstrich unter ihre Qualen. Doch es hatte ihm nicht bei der Suche nach Beth geholfen. Und das war es, wonach Abby sich am meisten sehnte.

Er hatte sie nicht gefragt, was für Gefühle sie in Bezug auf Damek Hajek hegte. Das ging ihn nichts an. Vielleicht würde sie es ihm eines Tages sagen, wenn alles vorüber war. Doch im Moment spielte es keine Rolle, weil es nicht vorüber war. Er musste erst Helen Deal finden, ehe er Beth nach Hause bringen konnte.

Sie hatten das Haus in Whitby gefunden, das Catherine Portman gehörte, Helens Mutter, doch es gab keinen Hinweis darauf, dass Helen oder irgendjemand sonst in letzter Zeit dort gewesen war. Helens Mutter wohnte in einem Pflegeheim. Sie wusste weder, welches Jahr gerade war, noch wo ihre Tochter sein könnte. Das Personal behauptete, Helen sei seit fast sechs Jahren nicht mehr zu Besuch gewesen.

Sie überprüften die Aufzeichnungen von Überwachungskameras, hielten Ausschau nach Helens Auto, versuchten, ihr

Telefon zu orten und nahmen Verbindung zu anderen Polizeidienststellen auf, doch Helen war wie vom Erdboden verschluckt.

Gardner rief Sara Walters an, das Kindermädchen, und bat sie, aufs Polizeirevier zu kommen. Er wollte noch einmal mit ihr sprechen. Zwar glaubte er nicht, dass Sara irgendetwas mit der Sache zu tun hatte, und es hätte ihn gewundert, wenn sie überhaupt irgendetwas über Helens Vergangenheit gewusst hätte. Dennoch könnte sie etwas wissen, irgendein kleines Detail, das ihm weiterhalf und ihn zu Helen führte. Einen Versuch war es wert.

Kaum war er durch die Tür getreten, sah er, dass Sara bereits auf ihn wartete. Bei seinem Kommen erhob sie sich sofort. Sie wirkte nervös. Vermutlich war sie noch nie in ihrem Leben auf einem Polizeirevier gewesen.

»Danke, dass Sie gekommen sind.« Er führte sie in einen Vernehmungsraum. »Darf ich Ihnen etwas zu trinken anbieten?« Sara schüttelte den Kopf, und sie setzten sich. Sie knetete die Hände.

»Ich nehme an, Sie haben nichts von Helen gehört?«, fragte Gardner.

Sara schüttelte erneut den Kopf. »Was hat sie denn getan?«

»Wie kommen Sie darauf, dass sie etwas getan hat?«

»Warum sollten Sie sonst nach ihr suchen? Und warum hätte sie sonst verschwinden und alle ihre Fotos mitnehmen sollen?« Sara sah ihn mit Tränen in den Augen an. »Sie kommt nicht zurück, oder?«

Gardner seufzte. »Unwahrscheinlich«, sagte er. »Wie lange arbeiten Sie schon für sie?«

Sara wischte sich die Augen mit einem Papiertaschentuch. »Ungefähr zwei Jahre«, sagte sie.

»Wie sind Sie an den Job gekommen? Kannten Sie Helen schon, bevor Sie bei ihr angefangen haben?«

»Nein«, sagte Sara. »Ich habe für eine Agentur gearbeitet. Darüber hat sie mich gelegentlich engagiert, bis sie mich schließlich nach ein paar Monaten fest angestellt hat.«

»Hatte sie davor schon ein anderes Kindermädchen? Wie alt ist Casey? Sechs?«

»Fast sechs«, antwortete Sara. »Sie wird im November sechs. Aber ich weiß nicht, ob Helen vor mir schon jemanden hatte. Erwähnt hat sie jedenfalls nichts.«

»Und was machen Sie genau für Helen? Was gehört alles zu Ihrem Job? Arbeiten Sie Vollzeit? Sie wohnen nicht im Haus, oder?«

»Nein.« Sara schüttelte den Kopf. »Ich arbeite fast jeden Tag, aber nicht den ganzen Tag. Meistens bringe ich Casey zur Schule und hole sie wieder ab. An den Wochenenden mache ich Ausflüge mit ihr. Gelegentlich kommt Helen mit, aber ich glaube, sie verlässt nicht gern das Haus.«

»Sie hat Agoraphobie?«, fragte Gardner.

Sara zuckte die Achseln. »Keine Ahnung. Ich glaube nicht. Manchmal geht sie aus, aber nicht oft. Meistens unternehme ich allein etwas mit Casey.«

»Und wenn Casey in der Schule ist? Erledigen Sie dann etwas anderes für Helen? Übernehmen Sie den Einkauf oder andere Dinge für sie, wenn sie selbst nicht gern ausgeht?«

»Manchmal bittet sie mich, etwas für sie abzuholen, aber ich tue das nicht regelmäßig. Dann muss sie wohl selbst gehen«, sagte sie stirnrunzelnd. »Keine Ahnung. Ich hab nie richtig darüber nachgedacht. Vielleicht macht es auch jemand anders.«

Gardner notierte es sich und überlegte, ob Helen das Haus nur ohne Casey verließ, damit Leute, die sie kannte, sie nicht zusammen sahen. Ob ihre Bekannten wohl wussten, dass ihr Baby gestorben war? Er bezweifelte, dass Helen viele enge Freunde hatte, also würde überhaupt irgendjemandem etwas Seltsames auffallen?

»Sie haben nicht geantwortet«, sagte Sara. »Als ich Sie gefragt habe, was sie gemacht hat.«

Gardner wollte ihr nicht gleich alles verraten. Zuerst musste er in Erfahrung bringen, was sie bereits wusste.

»Geht es darum, was mit Casey passiert ist? Um die Frau, die uns gefolgt ist?«

»Hat Helen eigentlich manchmal Gäste?«, fragte er.

»Nein, nicht dass ich wüsste«, sagte sie. »Ich glaube, sie hat nicht viele Freunde.«

»Warum ist das so, was glauben Sie?«

Sara zuckte die Achseln. »Keine Ahnung. So gut kenne ich sie auch wieder nicht.«

»Aber Sie arbeiten seit zwei Jahren für sie.«

»Sie ist sehr zurückhaltend. Sie sagt mir, was ich machen soll. Und sie bezahlt mich gut«, sagte Sara. »Sie behandelt mich immer anständig, aber sie spricht eigentlich nie richtig mit mir.«

»Finden Sie das nicht seltsam?«, fragte Gardner. »Ich meine, ich komme mit meinem Chef nicht besonders gut aus, aber ich weiß, dass er eine Frau und drei Kinder hat. Als er vom Tod meiner Mutter erfahren hat, hat er sich extra nach der Beerdigung erkundigt. Menschen, die zusammen arbeiten, vor allem auf so engem Raum wie Helen und Sie, reden normalerweise miteinander. Lernen einander kennen.«

»Sie ist sehr verschlossen«, sagte Sara. »Andere Familien, für die ich gearbeitet habe, waren offener.« Sie zuckte erneut die Achseln. »Helen ist anders. Sie ist irgendwie …«

»Irgendwie was?«

»Ich weiß nicht. Sie bleibt auf Distanz, und das ist mir recht. Manchmal ist sie ein bisschen komisch und wird wütend.«

»Auf wen? Auf Sie? Oder Casey?«

»Nein«, sagte Sara. »Casey schreit sie nie an. Niemals. Das ist echt seltsam«, sagte sie lächelnd. »Alle Eltern brüllen ihre Kinder an. Aber Helen macht das nie. Jedenfalls nicht in meiner

Gegenwart. Sie behandelt Casey wie eine Prinzessin. Als wäre sie eine Art wertvoller Gegenstand, den man nicht berühren darf.«

Gardner empfand dies als merkwürdige Beschreibung für ein Kind. Aber schließlich hatte Helen bereits ein Kind verloren, vielleicht hatte sie panische Angst, noch ein zweites zu verlieren.

»Ist sie manchmal wütend auf Sie?«, fragte er Sara.

»Nein, eigentlich nicht. Ein paarmal, vor allem, als ich noch neu bei ihr war, hat sie sich ein bisschen über mich aufgeregt. Zum Beispiel wenn ich Casey ein paar Minuten zu spät zurückgebracht habe oder wenn sie Matsch an den Kleidern hatte oder so was. Sie ist ein bisschen überfürsorglich.«

Allerdings, dachte Gardner. Wahrscheinlich dachte sie, Sara sei mit der Kleinen durchgebrannt oder wollte sie durch Matschvergiftung umbringen. Er fragte sich, warum sie überhaupt jemanden an das Kind herangelassen, ja es sogar den ganzen Tag hüten lassen hatte.

»Aber ich habe sie am Telefon brüllen hören«, fuhr Sara fort. »Ein paarmal. Da hat sie vielleicht mit Caseys Dad gesprochen. Ich glaube, sie haben kein besonders gutes Verhältnis. Die Sache hat wohl unerfreulich geendet.«

»Was wissen Sie über ihn? Caseys Dad?«

»Eigentlich nichts«, sagte Sara. »Ich habe ihn nie gesehen. Ich weiß, dass sie ihn manchmal besucht haben, nicht oft, aber ab und zu. Aber er ist nie ins Haus gekommen«, sagte sie. »Ich schätze, Helen wollte ihn nicht dahaben.«

»Dann haben sie also noch Kontakt«, sagte Gardner und fragte sich, wie ehrlich Alan Ridley gewesen war.

»Ich denke schon. Helen wäre es zwar vielleicht lieber, wenn sie keinen hätten, aber ich schätze, sie macht es Casey zuliebe.«

»Glauben Sie, dass Helen vielleicht mit Casey zu ihm gefahren ist?«, fragte er. Sara runzelte die Stirn, sagte aber nichts. Mittlerweile musste sie wissen, dass Helen nicht wirklich in Devon war. »Glauben Sie, sie könnte vielleicht zu Caseys Dad gefahren sein?«

»Ich weiß nicht. Wie gesagt, ich glaube nicht, dass sie besonders gut miteinander ausgekommen sind. Einmal kam ich ins Haus, und Helen saß da, umgeben von Fotos. Ich glaube, sie hat nicht einmal gemerkt, dass ich im Raum war. Ich habe ein Foto genommen und gefragt, wer der Mann sei, da ist sie aufgesprungen, hat es mir aus der Hand gerissen und mich aus dem Zimmer geschickt. Am nächsten Tag schien sie besserer Laune zu sein, also habe ich sie gefragt, ob das Caseys Dad gewesen war. Sie sagte ja, aber weiter nichts. Ich schätze, es war ein wunder Punkt.«

»Dann wissen Sie also, wie er aussieht – Caseys Dad?«, fragte Gardner. Sara nickte, und Gardner stand auf. »Ich bin gleich wieder da«, sagte er.

Er kehrte mit einer Akte zurück, blätterte sie durch und zog das Führerscheinfoto von Alan Ridley heraus.

»Ist er das?«, fragte er und schob Sara das Bild hin. Sie beugte sich vor und musterte es.

»Nein«, sagte sie. »Der hier ist viel älter. Paul war vielleicht sogar ein bisschen jünger als Helen und ziemlich dünn.«

»Paul?«, sagte Gardner, während sich jeder Muskel in seinem Körper zusammenzog. »Er hieß Paul?«

»Ja«, sagte Sara und schob ihm das Bild wieder hinüber. »Ich weiß noch genau, wie Helen gesagt hat: ›Paul gehört nicht mehr zu dieser Familie.‹ Und dann wollte sie nicht weiter darüber reden.«

Gardner blinzelte und suchte nach Worten. Er sah auf die Akte herab und blätterte darin herum. Es musste irgendwo da sein. Ganz hinten fand er ein anderes Foto. Eines, das er schon lange nicht mehr gebraucht hatte. Eines, das die glückliche Familie zeigte, aus der Beth herausgerissen worden war. Er schob Sara das Bild von Paul, Abby und Beth Henshaw hin.

»Ist er das?«, fragte er mit zitternder Stimme. »Ist das Caseys Dad?«

»Ja«, sagte Sara. »Das ist er.«

72

Helen hörte, wie die Tür zuging, und erhob sich, um in die Küche zu gehen, doch Casey war schneller. »Daddy!«, rief Casey, stürmte auf Paul zu und reckte die Arme in die Höhe, damit er sie hochhob. Helen starrte Paul an. Er sah aus, als hätte er ein Gespenst gesehen, und einen Moment lang dachte sie, sie hätte eines vor sich. Er war hager und bleich. Noch bleicher als sonst.

Stundenlang war sie schon da, hatte auf ihn gewartet und versucht, sich wie zu Hause zu fühlen, obwohl sie dort nicht wirklich zu Hause war. Sie waren ja alles andere als eine normale Familie. Helen war nur ein paarmal dort gewesen. Sie hasste das Haus. Weit und breit kein Mensch. Es war wie in einer Geisterstadt. Sie verstand, warum er sich dafür entschieden hatte, dort zu leben, er hatte schließlich Geheimnisse. Doch es war so langweilig.

Es hatte keinerlei Spuren von Leben gegeben, keine Tassen im Abtropfgestell, keine Müslischüsseln auf dem Tisch. Sie schritt durchs Wohnzimmer und machte Licht. Niemand zu Hause. Auf dem Tischchen neben dem Sofa stand ein Telefon, an dem ein Licht blinkte. Offenbar hatte er ihre Nachricht nicht abgehört.

Einen kurzen Moment lang hielt Paul den Blickkontakt zu ihr, ehe er auf Casey hinabsah und lächelte. »Hey, Prinzessin«, sagte er. »Was machst du denn hier?« Er hob sie hoch und gab ihr einen Kuss.

»Mummy und ich wollten dich besuchen. Wir sind schon ewig hier, bloß du warst nicht da.«

Paul sah Helen an. »Was machst du hier?«, fragte er.

»Casey hat es doch schon gesagt. Wir wollten dich besuchen, Paul«, sagte sie lächelnd. »Hast du meine Nachricht nicht bekommen?«

»Was für eine Nachricht?«, fragte er und setzte Casey ab.

»Ich habe dir eine Nachricht auf Band hinterlassen, damit du weißt, dass wir kommen«, sagte Helen. »Wo warst du denn?«

Paul ging an Helen vorbei ins Wohnzimmer, sah auf den Anrufbeantworter und registrierte das blinkende Lämpchen.

»Können wir wieder zu den Pferden gehen und sie anschauen?«, fragte Casey und folgte den beiden ins Wohnzimmer. »Wir könnten Karotten mitnehmen. Pferde mögen Karotten, nicht wahr?«

»Kann sein.« Paul nickte und lächelte Casey an, ehe er den Blick wieder zu Helen wandte. »Wie lange seid ihr schon da?«

»Erst ein paar Stunden«, sagte Helen und sah rasch zu Casey. »Geh nach oben, Schätzchen.«

»Aber ich will bei Daddy bleiben.«

»Nach oben«, wiederholte Helen. »Daddy und ich müssen über etwas reden. Über ein Geschenk für dich.«

Paul verdrehte die Augen, während Caseys Gesicht aufleuchtete. »Ist es ein Pony?«, fragte sie. »Oder ein kleiner Hund?«

»Wart's ab«, sagte Helen und sah Casey nach, wie sie hinaushüpfte. Als sie sie oben über die knarrenden Dielenbretter gehen hörte, sah sie Paul lächelnd an. »Und wo bist du gewesen, Paul? Ich habe mir schon Sorgen um dich gemacht.«

»Das kann ich mir denken. Ich stand ja schon immer ganz oben auf deiner Prioritätenliste.«

»Sie hat nach ihr gesucht«, sagte Helen. »Sie hat Casey halb zu Tode erschreckt, als sie ihr nachgestellt hat.«

Pauls Kiefer verkrampfte sich, doch er zuckte nur die Achseln. »Wer?«, fragte er. Helen lachte. Er war ein miserabler Lügner. Bei ihr zumindest.

»Sie hat versucht, Casey zu verschleppen«, sagte Helen. »Irgendwie wusste sie, dass Casey bei der Theatervorführung sein würde. Du weißt schon, bei der, zu der du ursprünglich gehen solltest. Die Vorstellung, zu der du deine Tochter begleiten solltest?«

»Ich konnte nicht«, sagte Paul. »Ich musste arbeiten. Das hab ich dir gesagt.«

»Tja, offenbar hast du gut daran getan, nicht hinzugehen. Sie hätte dich gesehen. Stell dir nur vor, wie das gewirkt hätte.« Sie suchte in seinem Gesicht nach einer Reaktion, doch er hielt den Kopf gesenkt. »Du hast mir noch immer nicht gesagt, wo du warst.«

»Verreist. Auf einer Buchmesse«, sagte Paul. »Ich muss mich nicht bei dir abmelden, Helen, wir sind nicht mehr zusammen. Du kannst mich nicht kontrollieren.«

»Was, wenn es einen Notfall gegeben hätte? Was, wenn Casey etwas zugestoßen wäre?«

»Wann hast du mich je für irgendwas gebraucht?«, entgegnete Paul. »Das hast du mir selbst gesagt. Du brauchst mich nicht. Casey braucht mich nicht.« Er stand auf und ging an Helen vorbei in die Küche. Sie folgte ihm und lehnte sich an den Türrahmen, während er herumwerkelte. »Bist du deshalb hier? Weil du einen Ort brauchst, an dem du dich verstecken kannst?«

Helen richtete sich kerzengerade auf. »Wo soll ich denn sonst hin? Wir sitzen beide im selben Boot, vergiss das nicht.« Paul lehnte sich gegen die Arbeitsfläche und schloss die Augen. »Wir haben es zusammen getan.« Helen sah, dass seine Hand zitterte, als er sich zu ihr umwandte.

»Wenn sie nach dir suchen …«, begann er.

»Warum sollten sie hier suchen?«, fragte Helen. »Ich habe ihnen keinerlei Veranlassung gegeben, dich zu verdächtigen.

Was für einen Grund sollten sie also haben, hier nachzusehen?«

Paul schluckte. »Keinen. Machen sie nicht«, sagte er ruhig.

»Dann haben wir doch keine Probleme, oder?«, fragte sie und trat an den Fuß der Treppe. »Casey?«, rief sie nach oben. »Komm jetzt runter, Schätzchen. Komm und sprich mit deinem Daddy.«

Casey kam die Treppe heruntergehüpft und stürmte auf Paul zu. »Können wir jetzt die Pferde anschauen gehen? Bitte?«, bettelte sie.

Das Klopfen an der Tür veranlasste sie alle drei, sich umzudrehen. Als sich weder Helen noch Paul regten, rannte Casey zur Tür. Helen eilte hinterher, doch es war zu spät. Casey riss die Tür auf. Eine blonde Frau sah erst Casey an und hob dann den Blick zu Helen, ehe sie eine Zigarettenkippe in den Garten schnippte.

»Ja?«, sagte Helen.

»Ist Paul da?«, fragte die Frau.

»Wer sind Sie?«, fragte Helen, während sie Casey einen Arm um die Schultern legte und sie an sich zog.

73

Gardner saß in seinem Auto, nach wie vor unter Schock. Er wusste nicht, ob er es über sich bringen würde, Abby mitzuteilen, dass ihr Exmann derjenige gewesen war, der ihr Beth weggenommen hatte.

Nachdem Sara es ihm gesagt hatte, hatte er selbst versucht, es zu verdrängen. Sie musste sich irren. Vielleicht hatte der Mann, den Helen als Caseys Vater bezeichnete, ja Paul Henshaw bloß ähnlich gesehen. Und hieß zufällig auch Paul. Vielleicht hatten sich Helen und Paul erst kennengelernt, nachdem sie Beth entführt hatte, und Paul hatte keine Ahnung, wer das Mädchen wirklich war. Er hielt sich für Casey Deals Stiefvater und hatte keine Ahnung von ihrer wahren Identität. Vielleicht war das alles ein schrecklicher Zufall.

Nein, Helen musste gewusst haben, wer Paul war, sie musste gewusst haben, dass er Abbys Ex war. Sie hatte Abby praktisch nachgestellt und Miklos und seinen Cousin losgeschickt, um ihr Auto zu sabotieren. Sie musste gewusst haben, wer Paul war. Vielleicht war das ein weiteres ihrer Spielchen. Sie hatte sich die Zeit genommen, um Paul Henshaw aufzuspüren und zu verführen, ihn in ihre Pläne zu verwickeln, ihn zu manipulieren und zu einem Komplizen ihres Verbrechens zu machen. Wenn nicht alles noch schlimmer war.

Gardner wusste, dass Abby seit der Scheidung keinen Kontakt mehr zu Paul gehabt hatte, da er alles erbittert abblockte. Er hatte Lawton gebeten, Pauls Adresse ausfindig zu machen, in der Hoffnung, dass Helen und Beth dort sein würden, da Helen ja nicht ahnte, dass er von ihrer Verbindung zu Abbys Exmann wusste.

Gardner rieb sich das Gesicht und betrachtete erneut das Haus, während er sich weit weg wünschte. Er konnte den ganzen Tag hier sitzen und über Verschwörungstheorien nachgrübeln, doch er wusste, dass sie eben nichts weiter waren als genau das. Paul Henshaw war von Anfang an beteiligt gewesen. Wie hatte er das nur übersehen können? Er versuchte an die ersten Tage der Ermittlungen zurückzudenken, als er in Abbys und Pauls Leben herumgegraben hatte. Es gab nichts, was Paul mit Helen Deal in Verbindung gebracht hätte. Oder doch? Es gab keine Anrufe bei jemandem, den sie nicht überprüft hatten. Keine Aufnahmen von Helen auf den Überwachungskameras in der Buchhandlung.

Die Überwachungskameras. Gardner erinnerte sich, dass er Abby und Paul die Aufzeichnungen aus der Arztpraxis gezeigt hatte. Paul hatte Helen auf dem Band gesehen. Dann hatte er es vertuscht, indem er behauptete, er hätte sich eingebildet, einen Mann auf dem Film erkannt zu haben. Doch es war die ganze Zeit da gewesen, und er hatte es übersehen. Noch etwas übersehen.

Es war ein Albtraum. In gewisser Weise aber auch ein Gewinn: eine neue Spur, eine Möglichkeit, Helen und Beth zu finden. Und trotzdem. Er konnte sich tausend bessere Wege vorstellen, wie dies hätte vonstattengehen können.

Als er erfahren hatte, dass Simon Helen flüchtig kannte, hatte er Simon für das Bindeglied gehalten. Hatte gedacht, dass Helen, die den Tod ihrer eigenen Tochter nicht überwinden konnte, ein kleines Mädchen gefunden und beschlossen hatte, sich das Kind anzueignen. Er hatte Simon für den Auslöser gehalten, hatte geglaubt, dass dessen Gefühle beim Anblick seiner neugeborenen Tochter ihn veranlasst hatten, Helen von Beth zu erzählen und damit die Ereignisse ins Rollen zu bringen. Helen war Simon gefolgt, hatte ihn mit Abby gesehen, Abby und Beth nachgestellt und letztlich alles für Beths Entführung in die Wege geleitet.

Doch es war überhaupt nicht Simon gewesen, sondern Paul. Er musste über Abby und Simon Bescheid gewusst und seine Rache geplant haben. Und mit wem hätte man besser ein Kind entführen können als mit Helen Deal?

Gardner holte tief Luft und stieg aus dem Auto. Als er am Haus anlangte, öffnete ihm Abby die Tür.

»Ich muss mit Ihnen reden«, sagte er.

74 Gardner saß Abby und Simon gegenüber. Er wünschte, er hätte sich seine Worte vorher überlegt, dann wäre er wenigstens vorbereitet gewesen, anstatt die beiden stumm anzuschauen, während ihre Gesichter immer besorgter wurden.

»Was ist denn?«, fragte Abby. »Was ist passiert?«

Gardner räusperte sich. Er musste an den Tag denken, als er hier angekommen war, um ihr und Paul zu sagen, dass ein totes Baby gefunden worden war. Das war ihm so viel leichter erschienen. Oder vielleicht kam es ihm auch nur im Nachhinein so vor. Wahrscheinlich hatte er genauso hier gesessen und versucht, die richtigen Worte zu finden. Er erinnerte sich an die Trauer, die er empfunden hatte, als er davon erfahren hatte, die bittere Enttäuschung darüber, dass der Fall so geendet hatte, mit Beth Henshaws Tod. Doch als die Einzelheiten bekannt wurden, war in ihm die Hoffnung gewachsen, dass es doch nicht Beth war, dass nach wie vor eine Chance bestand, sie lebend zu finden. Die zwangsläufige Folge, dass ein anderes Baby, das Kind einer anderen Mutter, tot war, wog nicht allzu schwer. Es war immer irgendjemandes Kind, irgendjemandes Vater oder Mutter, irgendjemandes Freund. Es würde immer Opfer geben, und es gab immer jemanden, der sie gern gehabt hatte. Es war traurig, ja, aber wenn er seine Arbeit richtig machen wollte, musste er sich von solchen Gedanken distanzieren, und wenn er schon Gefühle entwickelte, dann war es besser, dies auf seine eigenen Fälle zu beschränken.

Er wusste noch, wie ihm Paul die Tür aufgemacht, ihn gefragt hatte, was los sei, und sich geweigert hatte, Abby zu holen. Paul hatte genauso reagiert, wie man es von einem Vater erwarten würde, nachdem man ihm gesagt hatte, dass seine Tochter möglicherweise tot war. Abgesehen davon, dass er kein Vater war. Und er längst wusste, dass Beth nicht tot war. Er wollte nicht, dass Abby von dem toten Kind erfuhr. Er bestand darauf, selbst eine DNA-Probe abzugeben. Er zwang Abby zum Handeln. Dazu, die Wahrheit einzugestehen.

»Michael, was ist denn los?«, fragte Abby, und Gardner seufzte.

»Ich habe heute mit Sara Walters gesprochen, dem Kindermädchen«, sagte er. »Ich wollte wissen, ob sie irgendeine Ahnung hat, wohin Helen gefahren sein könnte. Mir war der Gedanke gekommen, dass sie vielleicht Alan Ridley aufgesucht haben könnte.«

»Ich dachte, er hasst sie«, bemerkte Simon. »Ich dachte, sie hätten nichts mehr miteinander zu tun.«

»Haben sie auch nicht«, sagte Gardner. »Ich habe Sara nach Caseys Vater gefragt, doch sie wusste nicht viel über ihn. Er hat Casey nur selten zu Gesicht bekommen. Was sie allerdings wusste, war sein Name«, sagte er. Abby beugte sich nach vorn und hielt den Atem an. »Sie hat gesagt, er heißt Paul«, sagte er. Abby erstarrte. »Ich habe ihr ein Foto von Ihrem Exmann gezeigt, und sie hat ihn als Caseys Vater identifiziert.«

Abby wusste nicht, ob sie sich drehte oder der Raum, doch sie wusste, dass sie aufwachen würde, wenn sich das Ganze noch schneller drehte. Sie hatte diese Träume oder vielmehr Albträume schon öfter gehabt. Darin eröffnete ihr Gardner, dass er Beth gefunden habe, sie sie aber nicht zurückbekommen könne, weil jemand Besseres sie habe. Oder er erklärte ihr, sie hätte nie ein Baby gehabt, sperrte sie in ein Zimmer und ließ sie dort. Oder Simon kam mit Beth auf den Armen ins Schlafzimmer und sagte ihr, es tue ihm leid, sie sei nun genug gestraft und könne Beth jetzt wiederhaben, wenn sie versprach, brav zu sein. Doch sie wachte immer genau in dem Moment auf, wenn sie glaubte, es nicht mehr auszuhalten.

Diesmal nicht. Sie hörte Simons Stimme, verstand jedoch die Worte nicht. Er klang wütend und stand heftig gestikulierend im Raum. Doch vor ihr saß nach wie vor Gardner, der sie mit besorgter Miene ansah.

»Abby?«, sagte er, und sie versuchte, sich auf sein Gesicht zu konzentrieren. Noch nie zuvor war ihr aufgefallen, dass er grüne Augen hatte. Oder vielleicht doch. Sie erinnerte sich nicht mehr. »Abby?«, sagte er noch einmal.

Sie starrte ihn an und versuchte zu begreifen, was und warum und wie. Ihre Hände zitterten, während ihre Gedanken miteinander darum rangen, sich in ihrem Kopf in den Vordergrund zu drängen. Es musste eine Erklärung geben. Vielleicht hatte Paul Helen erst kürzlich kennengelernt, und das Kindermädchen brachte etwas durcheinander. Oder sie hatte sich komplett getäuscht, und es war überhaupt nicht Paul. Es musste ein anderer Paul sein; Pauls gab es wie Sand am Meer.

Sie konnte ihren Herzschlag hören, und so schloss sie die Augen und konzentrierte sich darauf, versuchte, ihn lauter zu machen und den Gedanken zu übertönen, dass Paul schuldig war. Es musste eine andere Erklärung geben.

Gardners Hand auf ihrer Schulter ließ sie zusammenzucken. »Abby?«, sagte er.

Außerstande zu sprechen, wandte sie sich zu Simon um. Er schwieg jetzt und hatte die Hände verschränkt auf dem Kopf liegen. Auch er starrte sie an. Er wartete auf eine Erklärung von ihr, alle beide warteten. Vielleicht hätte sie die ganze Zeit schon wissen müssen, dass es ihr Mann gewesen war, der sie verraten hatte, der ihr Leben zerstört hatte. Oder sie sollte ihn in Schutz nehmen und den Mann verteidigen, von dem sie wusste, dass er niemals zu so etwas imstande wäre. Doch sie konnte noch immer nicht sprechen. Sie machte den Mund auf, um es versuchen, und erbrach sich ruckartig auf den Teppich.

Während sie auf dem Boden kniete, sah sie Beine auf sich zueilen. Sie wischte sich den Mund und wandte sich an Gardner. »Stimmt das?«, fragte sie.

Gardner senkte den Kopf. »Sara hat ihn identifiziert …«

»Sie könnte lügen«, sagte Abby. »Helen könnte ihr eingetrichtert haben, das zu sagen. Vielleicht will sie mich noch weiter fertigmachen.«

»Wir wissen noch nichts Genaues, aber ich glaube nicht, dass Sara gelogen hat. Ich glaube, sie hatte keine Ahnung davon, was wirklich vor sich ging.«

»Sie haben auch nicht geglaubt, dass es meine Tochter ist«, sagte Abby und sah Gardner unter ihren Worten zusammenzucken. »Sie könnte lügen und versuchen, ihn als Schuldigen hinzustellen, obwohl er es nicht ist.«

»Bist du sicher, dass er es nicht ist?«, fragte Simon, und sie sahen ihn beide an.

»Was?«

»Bist du sicher, dass er nicht schuldig ist? Bist du dir ganz sicher, dass er so was nicht tun würde?«, hakte Simon nach.

»Natürlich«, sagte Abby. »Das würde er nicht tun«, murmelte sie und sah Gardner um Bestätigung heischend an.

»Hören Sie, wir wissen noch nichts Genaues, aber Sara hat behauptet, sie hätte Fotos von Paul mit Helen und Casey gesehen. Helen hatte ihn herausgeschnitten. Ich lasse mir gerade Pauls Adresse besorgen«, erklärte Gardner. »Wir finden ihn, und dann gehen wir dieser Sache auf den Grund.«

»Ich glaube, wir sind schon am Tiefpunkt angelangt«, sagte Simon.

Abby schloss die Augen und rief sich Paul vor Augen. Er war

ein guter Mensch. Das stimmte alles nicht. »Wir müssen ihn finden«, sagte Abby und schlug die Augen auf. »Wir müssen wissen, warum das Kindermädchen dachte, er sei es.« Als Simon den Kopf schüttelte, fuhr sie fort. »Simon, wir müssen ihn …«

»Ich weiß, warum sie ihn beschuldigt hat!«, sagte Simon und rammte die Faust gegen die Wand. Abby zuckte zurück, als er die Faust ein zweites Mal erhob. Sie griff nach ihm, doch er entzog sich ihr.

»Simon …« Abbys Stimme war tränenerstickt. »Vielleicht bringt sie etwas durcheinander.«

»Was? Du glaubst, sie hat das Foto von ihm in einem dämlichen Bilderrahmen gefunden, den sie bei Woolworth gekauft hat?«

»Simon, bitte.«

»Wach auf«, sagte Simon. »Er war's. Er hat uns Beth weggenommen. Es passt alles zusammen. Woher sonst hätten sie wissen sollen, wo du an diesem Tag sein würdest? Woher sonst hätten sie das wissen sollen? Weil Paul diesen Schweinen gesagt hat, dass sie dort auf dich warten sollen. Er hat ihnen gesagt, wie sie …« Simon hielt inne und sah sie an. Sie erkannte den Vorwurf in seinem Blick. *Warum hast du nicht gewusst, dass dein Mann zu so etwas fähig ist?*

»Du bist doch derjenige, der ihr von Beth erzählt hat«, erwiderte Abby. »Du hast die Sache ins Rollen gebracht.«

»Nein«, sagte Simon. »Er hat sie ins Rollen gebracht. Er war so stinkwütend auf dich, dass er dir wehtun wollte.«

»Okay«, sagte Gardner und stellte sich zwischen Abby und Simon. »Es reicht.« Abby wandte sich von beiden ab. »Wir wissen noch gar nichts. Wir wissen nicht sicher, dass er mitgemacht hat.«

»Ja, klar«, sagte Simon.

»Wir wissen gar nichts«, wiederholte Gardner. »Und sich

gegenseitig Vorwürfe zu machen bringt uns auch nicht weiter. Wir werden Paul finden und mit ihm reden. Einverstanden? Abby?«

Abby atmete stockend aus und wandte sich zu ihm um. Sie nickte. Gardner sah Simon an. »Einverstanden?«, fragte er. Dann klingelte sein Telefon.

Gardner ging hinaus, um den Anruf entgegenzunehmen; außerdem brauchte er dringend frische Luft. »Sie haben die Adresse«, sagte er sofort.

»Ja, Sir«, sagte Lawton. »Aber da ist etwas, was Sie wissen sollten.«

»Was denn?«, fragte er. Lawton antwortete nicht sofort. »Was?«, fragte er. »Was ist denn los?«

Lawton seufzte. »Ich habe P.C. Wilson gebeten, sich darum zu kümmern, weil ich noch etwas anderes zu erledigen hatte.«

»Und?«, fragte er, während ihm allmählich die Geduld ausging.

»Und er hat gesagt, ich soll D.C. Harrington fragen, weil er gehört hat, wie er Paul Henshaw erwähnt hat.«

»Harrington? Warum soll der nach Henshaw suchen?«

Lawton seufzte erneut. »Jemand hat ihn gebeten, Henshaws Adresse ausfindig zu machen. Ich schätze, es war inoffiziell.«

»Wer hat ihn gebeten?«

»Ich weiß nicht. Das wollte er nicht verraten. Aber er hat mir die Adresse gegeben.«

»Ist er da?«

»Ja, Sir.«

»Geben Sie ihn mir.« Gardner ging auf und ab, bis Harrington ans Telefon kam. »Wer hat Sie nach Paul Henshaws Adresse gefragt?«

»Hören Sie, es tut mir leid, ich hab mir nichts dabei gedacht …«

»Wer war es?«

»Jen Harvey«, sagte Harrington. »Sie war gestern Abend bei mir und hat mich um einen Gefallen gebeten.«

»Einen Gefallen? Was zum Teufel haben Sie sich dabei gedacht?«, fauchte Gardner. »Warum wollte sie die Adresse?«

»Keine Ahnung. Sie hat gemeint, sie muss ihn sprechen. Es sei wichtig.«

»Und da haben Sie die Adresse einfach rausgegeben?« Gardner rieb sich die Augen. »Wir sprechen später darüber. Geben Sie mir die Adresse.« Er beendete das Gespräch und ging wieder ins Haus. »Warum könnte Jen Harvey nach Paul suchen?«

»Was?«, sagte Simon. Abby saß reglos da, nach wie vor ganz benommen.

»Jen Harvey hat einen meiner Mitarbeiter um Pauls Adresse gebeten. Irgendeine Ahnung, warum?«

Abby schüttelte den Kopf. »Keine Ahnung. Sie meinte, sie hätte ihn vor ein paar Tagen hier in der Nähe gesehen. Ich dachte, sie lügt und will nur Ärger machen.«

»Steckt sie auch mit drin?«, fragte Simon.

Gardner sah Abby an. Auf seiner Miene stand dieselbe Frage geschrieben.

Abby schüttelte den Kopf. »Ich weiß es nicht«, sagte sie, kaum mehr als geflüstert. »Sie wollte ihn um einen Gefallen bitten, glaube ich. Es hatte irgendwas mit einer Webseite oder ihrem Buch zu tun.«

Gardner sah, dass Simon jemanden anrief. »Was machen Sie da?«

Simon wandte sich ab und schnaubte wie ein wilder Stier. »Jen? Hier ist Simon. Du musst mich unbedingt zurückrufen. Es ist dringend.« Er legte auf. »Ich gehe.« Er ging hinaus. Abby wollte ihn aufhalten, doch er schüttelte ihre Hand ab.

»Lass mich los«, sagte er.

»Wo willst du hin?«

»Ich kriege raus, wo er ist, und dann bring ich ihn verdammt noch mal um.« Er riss sich los und machte die Tür auf.

»Simon …«

»Verflucht«, fauchte Gardner und setzte Simon nach. »Warten Sie!«, rief er und griff nach Simons Arm, doch der andere schubste ihn beiseite. Gardner stolperte rückwärts und musste zusehen, wie Simon ins Auto stieg. Er hämmerte ans Fenster, doch Simon ignorierte ihn und fuhr davon. Gardner rief erneut Lawton an. »Sie müssen sofort jemanden zu Paul Henshaws Adresse schicken. Alarmieren Sie die Kollegen vor Ort. Ich bin unterwegs zu Ihnen und hole Sie ab, und dann fahren wir da raus. Und schicken Sie jemanden zu Abby Henshaw. Ich will, dass jemand bei ihr ist.«

75

»Paul ist nicht da«, erklärte Helen und machte Anstalten, die Tür zu schließen, doch Jen schob ihren Fuß dazwischen.

»Ich habe ihn durchs Fenster gesehen«, sagte sie. »Ich weiß, dass er da ist.«

Helen hielt Casey fest. »Was wollen Sie?«

»Ich will nur mit ihm reden.«

Helen spähte in Richtung Küche. Paul stand da, erstarrt wie ein verängstigtes Kind. Sie wandte sich wieder zu Jen um.

»Er ist nicht da«, wiederholte sie und versuchte erneut, die Tür zu schließen.

»Ich will nur mit dir reden!«, rief Jen etwas lauter zu Paul hinüber, während Helen versuchte, sie hinauszudrängen. »Ich weiß, dass ich wahrscheinlich die Letzte bin, die du sprechen willst, aber ich hab deine Webseite gesehen. Ich dachte, wir könnten mal über eine Zusammenarbeit sprechen.« Sie hielt inne. »Und ich weiß, dass du Abby sehen willst. Wir könnten uns alle mal gemeinsam treffen. Wie in alten Zeiten.«

Die Tür glitt Helen aus der Hand und schwang auf.

»Ich weiß, dass du dort warst, Paul. Ich weiß, dass du nach Abby geschaut hast. Daher weiß ich, dass dir noch was an ihr liegt. Und ich bin sicher, sie will dich auch sehen. Ich kann ihr etwas ausrichten, wenn du willst«, sagte Jen und reckte den Hals, um an Helen vorbeizuspähen.

»Er ist nicht da«, erklärte Helen und drückte die Tür zu.

Draußen hämmerte Jen gegen das Holz. »Nach oben«, sagte Helen zu Casey. »Hol deine Sachen.«

»Aber ich will bei Daddy bleiben.«

»Nein, Casey. Wir gehen«, sagte Helen.

»Oooch«, maulte Casey und stapfte missmutig die Treppe hinauf.

Helen kehrte in die Küche zurück. Durchs Fenster sah sie Jen davongehen und in ihr Auto steigen.

Helen starrte Paul an. »Ich hoffe, es macht dir nichts aus, dass ich deine Freundin nicht hereingebeten habe, aber ich bin nicht in der Stimmung für Gäste.«

»Ich habe keine Ahnung, was sie hier wollte«, sagte Paul und schluckte schwer. »Ich habe sie seit fünf Jahren nicht mehr gesehen.«

»Aber du hast deine Exfrau gesehen.«

»Nein.«

»Ich hätte wissen müssen, dass du nicht durchhältst. Dass du zu ihr zurückläufst.«

»Du bist doch diejenige, die wieder zurückgegangen ist«, erwiderte Paul. »Wenn du solche Angst davor hattest, dass dich jemand sehen könnte, dass Abby dich sehen könnte, warum bist du dann überhaupt nach Redcar zurückgezogen? Du hättest wegbleiben können. Aber du kannst dich ja nicht beherrschen, was? So war es von Anfang an. Du konntest dich ja nicht mal von der Arztpraxis fernhalten. Wie bescheuert muss man sein, um sich mitten vor die Kameras zu setzen, wenn man genau weiß, dass die Polizei dort als Erstes nachsieht? Du hättest dich versteckt halten können, aber das hat ja nicht gereicht. Du musstest deine kleinen Psychospielchen spielen, was? War das, um mich von Casey fernzuhalten? Oder bloß, um mich zum Schwitzen zu bringen? Also, ich weiß ja nicht, wie's dir geht, aber seitdem es passiert ist, ist kein Tag vergangen, an dem ich nicht damit rechne, dass es jemand rauskriegt.

Dass jemand an der Tür klopft, und das war's. Ende der Vorstellung.«

Helen schüttelte den Kopf und ignorierte seine Worte. »Du hast es nicht fertiggebracht, was? Nicht von Angesicht zu Angesicht. Dazu fehlt dir der Mut. Schon immer. Den Kopf voller Ideen, aber nie den Mumm, etwas tatsächlich durchzuziehen. Aber dann? Ihr einen Zettel unter der Tür durchschieben? Ein anonymer Anruf? Was machen Feiglinge sonst noch?«

Paul schüttelte den Kopf. »Helen …«

»Warum tust du das? Warum zerstörst du deine eigene Familie?«

»Familie?«, sagte Paul. »Du glaubst, wir wären noch eine Familie? Du hast mich benutzt. Du hast mich manipuliert und mich gegen meine eigene Frau aufgehetzt.«

»Manipuliert?« Helen lachte. »Ich habe dir die Wahrheit gesagt. Ich habe dir gesagt, dass sie mit Simon Abbott schläft. Ich habe dir gesagt, dass das Kind nicht von dir ist. Ich habe dir gesagt, dass die Kleine bei uns besser aufgehoben wäre.«

»Und woher wusstest du das alles, Helen? Wie kam es, dass du ganz zufällig auf all das gestoßen bist? Du hast von Anfang an gewusst, was du tust. Du hast dir in den Kopf gesetzt, unser Leben zu zerstören, weil du Beth haben wolltest.«

»Ich wollte dich!«, erwiderte Helen. »Ich wollte euch auseinanderbringen, und so bin ich ihr gefolgt. Ich wollte einen Weg finden, um einen Keil zwischen euch zu treiben, aber am Ende musste ich das gar nicht. Sie hat es mir abgenommen. Ich habe alles mitgekriegt, ihre geheimen Treffen mit ihm. Sie hat dich zum Narren gehalten. Alle beide haben dich zum Narren gehalten. Er hat mir sogar *gesagt*, dass es sein Kind ist. Er hat damit geprahlt, als hätte er nichts Falsches getan.«

»Und du hattest nichts Eiligeres zu tun, als mir davon zu erzählen. Konntest es gar nicht erwarten, deinen Plan umzusetzen, während mein Leben in sich zusammenfiel.«

»Es war alles wahr, oder nicht? Und versuch bloß nicht, mir zu erzählen, dass du zu irgendwas gezwungen worden bist. Du wolltest es genauso sehr wie ich. Wessen Idee war es denn, ihr zu folgen? Wer hat denn gesagt, dass wir sie aus dem Weg schaffen müssen?«

Paul zitterte. »Und wer hat das Ganze aus dem Ruder laufen lassen? Wer hat zugelassen, dass diese Tiere ihr das antun, was sie ihr angetan haben?«

»Das wollte ich nicht. Es war nicht meine Schuld«, sagte sie. »Aber du hast gewusst, was du tust, Paul, das wollen wir mal nicht leugnen.«

»Nein, *du* hast gewusst, was du tust. Du hast eine Gelegenheit gesehen und sie ergriffen. Ich habe dir nichts bedeutet. Ich war nur ein Werkzeug, damit du bekommst, was du willst.«

»Wir waren eine Familie«, sagte Helen.

Paul lachte. »Schwachsinn. Sowie du Beth hattest, hast du versucht, mich irgendwie loszuwerden. Du hast mich nicht einmal in ihre Nähe gelassen. Du hast mich nie mit ihr allein gelassen. Du konntest mich nicht schnell genug loswerden.«

»Du warst doch derjenige, der weggegangen ist. Du warst derjenige, der sich monatelang nicht in ihre Nähe gewagt hat. Wir hätten zusammen sein sollen. Das war der Plan.«

»Wie hätten wir zusammen sein können? Wie konnte ich Abby einfach verlassen und dann anfangen, mit dir Familie zu spielen? Wenn ich mich nicht ferngehalten hätte, wärst du jetzt nicht hier, sondern im Gefängnis. Wir wären beide im Gefängnis«, sagte Paul. »Und das wusstest du auch. Ich schätze, so hast du es von Anfang an geplant. Du hast bekommen, was du wolltest, Helen. Wie immer. Es wundert mich nur, dass du lange genug dageblieben bist, dass ich dich überhaupt finden konnte.«

»Glaubst du das wirklich? Ich habe dich geliebt. Was ich getan habe, habe ich für dich getan. Für uns beide. Ich habe gesehen, was sie dir angetan hat, und habe dich gerettet. Du hast etwas

Besseres verdient. Wir haben beide mehr verdient, und ich habe es uns besorgt, aber dann bist du einfach weggegangen.«

»Der einzige Grund, warum ich dich noch zu sehen bekomme, ist der, dass ich der einzige Mensch bin, der die Macht hat, sie dir wegzunehmen. Du hältst mich für schwach, aber ich sitze am längeren Hebel. Ich kann dir alles wegnehmen.«

»Allerdings bist du schwach«, höhnte Helen. »Wenn du kein solcher Feigling wärst, wärst du längst zur Polizei gegangen, statt heimlich um deine Exfrau herumzuschleichen.« Sie wandte sich zum Gehen. Paul war ein Idiot. Ein jämmerlicher Schwächling. »Ich sitze hier am längeren Hebel. Du magst sie ja zu mir geführt haben, aber ich weiß, dass du dich selbst nie aufgeben wirst. Und das heißt, dass ich jetzt einfach gehe, und weder du noch deine Exfrau werdet mich oder Casey jemals wiedersehen.« Helen begann die Treppe hinaufzusteigen. »Casey, bist du fertig zur Abfahrt?«

»Ich rufe die Polizei, Helen!«, brüllte Paul ihr nach. »Dann verlierst du noch ein Kind.«

Helen erstarrte. Es fühlte sich an, als wäre ihr Herz einen Moment lang stehen geblieben. Dann, mit jeder Sekunde, die verstrich, ging ihr Atem schneller. Ihre Kehle schnürte sich zu. Sie drehte sich um und sah Paul dastehen, das Telefon in der Hand.

76

Simon fuhr in Richtung Strand. Ihm hämmerte das Herz in der Brust. Er hatte gar nicht bemerkt, dass es regnete, bis er ein paar Minuten lang gefahren war, doch als er aufsah und übers Meer blickte, konnte er den Regen nicht mehr ignorieren. Es prasselte nur so aufs Wagendach herab, sodass er die Augen schloss und versuchte, mithilfe des Lärms seine Gedanken auszulöschen.

Er saß da, den Kopf gegen das Fenster gelehnt, und lauschte dem Regen. Paul war Abbys Ex. Ihre Verantwortung. Wie konnte sie übersehen haben, dass etwas nicht stimmte?

Simon schlug die Augen auf und wischte das angelaufene Fenster ab. Es regnete nach wie vor in Strömen, und er begriff, dass er geweint hatte. Eigentlich sollte er zurückfahren und mit Abby reden, mit Gardner reden wie ein Erwachsener, in Erfahrung bringen, wo Paul war, und Beth nach Hause holen. Der Gedanke, dass es jemand so Nahestehendes gewesen war, der ihnen ihre Tochter weggenommen hatte, schmerzte ihn. Weiß Gott, wie es Abby damit ging. Doch es war ein Fortschritt. Er musste es anders betrachten: Es war ein weiterer Schritt auf dem Weg, Beth zurückzubekommen. Und Paul würde für das bestraft werden, was er getan hatte. Er würde ins Gefängnis kommen.

Simon schlug mit der Hand aufs Lenkrad. Er wollte nicht, dass Paul ins Gefängnis kam. Er wollte ihm wehtun. Paul alles spüren lassen, was er selbst in den letzten fünf Jahren gespürt hatte, was Abby gespürt hatte. Die Tränen schnürten ihm die Kehle zu, und er schlug wieder und wieder aufs Lenkrad. Er wollte einfach nur Paul wehtun. Für Beth, für Abby und für sich selbst.

Wenn er doch nur seine Zigaretten mitgenommen hätte; jetzt könnte er wirklich eine vertragen. Oder zehn. Er legte gerade den Rückwärtsgang ein, als sein Telefon klingelte. Jen.

»Warum warst du bei Paul?«, fragte er, noch ehe sie ein Wort gesagt hatte.

»Woher weißt du davon?«

»Antworte mir einfach. Warum warst du dort?«

»Ich musste ihn sprechen«, sagte sie. »Ich wollte Abby beweisen, dass es nicht gelogen war, als ich gesagt habe, dass ich ihn vor dem Haus gesehen habe.«

Simon seufzte. Was hatte er schon von ihr erwartet? Dass sie zugab, die ganze Zeit mit Paul unter einer Decke gesteckt zu haben? Dass sie Paul warnen wollte, weil man ihm auf der Spur war?

»Ja, okay, ich wollte ihn auch wegen dieser Webseite sprechen, die er betreibt. Ich weiß, das ist egoistisch von mir, aber er könnte mir eventuell helfen«, sagte sie. »Ich wollte Abby einfach die Wahrheit beweisen. Ich weiß, dass sie wütend auf mich ist. Aber er wollte nicht mit mir reden.«

»Er ist da? Jetzt?«

»Ja«, sagte sie. »Warum? Was ist denn los?«

»Ich brauche die Adresse«, sagte Simon. Er kritzelte sie auf einen alten Parkschein und legte auf, ehe Jen ihm weitere Fragen stellen konnte. Die Adresse lag keine dreißig Minuten Fahrt von seinem momentanen Standort entfernt. In einer halben Stunde könnte er Paul Henshaw in die Finger kriegen.

Mit quietschenden Reifen preschte er davon.

77 Gardner war unterwegs zu Paul Henshaw, als der Anruf eintraf.

Sie hatten sie gefunden.

Er hielt am Straßenrand, schloss die Augen und wünschte voller Beklommenheit, er könnte dort sein. »Wo?«, fragte er.

»Im Haus von Louise Cotton«, sagte Harrington.

Gardner schlug die Augen auf. »Jill Hoffmans Freundin?« Er spürte, wie Lawton ihn ansah.

»Ja. Sie …«

»Ist sie …?« fragte Gardner, während er das Lenkrad umklammerte. »Ist sie am Leben?«

»Ja. Sie war auf dem Dachboden. Ihr scheint nichts zu fehlen, aber man hat sie zum Durchchecken ins Krankenhaus gebracht«, sagte Harrington.

Gardner stieß den Atem aus, den er angehalten hatte. Sie lebte. Er lachte kurz auf und spürte, wie die Erleichterung in ihm aufwallte. Er drehte sich zu Lawton um.

»Chelsea Davies. Sie ist am Leben«, sagte er, und Lawton lächelte.

Natürlich war es noch nicht vorbei. Die Ermittlungen fingen jetzt erst richtig an, aber das Mädchen war auf jeden Fall in Sicherheit. Wenigstens das.

Gardner ließ sich noch ein paar Einzelheiten berichten und bat Harrington, ihn auf dem Laufenden zu halten. Er beugte sich vor und legte die Stirn aufs Lenkrad.

»Ihre Freundin hatte Chelsea?«, sagte Lawton. »Hatte ihre Mutter damit zu tun?«

»Keine Ahnung.« Er seufzte. »Schon möglich. Es wäre nicht das erste Mal.«

»Und warum jetzt? Wir haben Cottons Haus durchsucht. Und zwar von oben bis unten.«

»Harrington sagt, unsere Leute hätten sie ins Haus gehen sehen, aber dann hat sie die Tür nicht aufgemacht, was verdächtig war. Sie hat Chelsea auf den Dachboden steigen lassen, unter dem Vorwand, Verstecken zu spielen. Als man sie fand, schwor Cotton, dass Chelsea eben erst bei ihr aufgetaucht war und sie gerade die Polizei anrufen wollte. Vielleicht hat sie sogar zum Teil die Wahrheit gesagt; sie könnte das Mädchen ja auch gerade erst von woanders dorthin gebracht haben. Was weiß ich«, sagte er und rieb sich die Augen.

Lawton schüttelte den Kopf. »Ich hätte es durchschauen müssen. Ich habe mehr Zeit mit ihnen verbracht als sonst jemand.«

Gardner wandte sich zu ihr um. »Niemand hat es durchschaut, Dawn. Machen Sie sich keine Vorwürfe.«

Lawton starrte aus dem Fenster. »Aber …«

»Konzentrieren Sie sich auf unser nächstes Ziel. Ich hatte keine Ahnung, dass Paul Henshaw in die Sache verwickelt war. Keinen verfluchten Schimmer.« Er seufzte. Vielleicht hatten die Zeitungen doch Recht in Bezug auf ihn.

Lawton wischte sich die Nase. »Soll ich zurückfahren? Ich bin die Verbindungsbeamtin.«

Gardner sah auf die Uhr. Lawton hatte Recht. Sie hätte eigentlich dabei sein müssen. Doch sie waren schon auf halbem Weg zu Paul Henshaw, und mehr als alles andere wollte er ihn festnehmen. Er ließ den Wagen an und fuhr los.

»Zuerst holen wir uns Henshaw. Wird nicht lange dauern.«

78

Simon blendete die Stimme des Navis aus, das ihn an die angegebene Adresse dirigierte, und dachte stattdessen an den Tag, an dem er Beth zum ersten Mal gesehen hatte. Sie war neunzehn Tage alt gewesen. Es war eine Qual gewesen, so lange zu warten, doch er hatte eine Abmachung mit Abby getroffen, und an die musste er sich halten. Paul hatte in jenen ersten Wochen wie eine Klette an Abby und Beth gehangen, was Simon nicht wunderte. Das hätte er auch getan, wenn er nur irgendwie gekonnt hätte. Jede Stunde, die verstrich, ohne dass er sein Töchterchen sah, war die Hölle. Er fragte sich, was für kleine Ereignisse sich wohl schon zugetragen hatten, bevor er sie überhaupt zu Gesicht bekam. Abby rief ihn ein paarmal an, überglücklich und in Tränen aufgelöst, und schickte ihm ein Foto auf sein Handy, doch das Bild war unscharf und konnte seiner Tochter nie und nimmer gerecht werden. Anrufe und Bilder waren schön, aber nicht das, was er wirklich wollte. Nicht das Eigentliche.

Endlich hatte Abby angerufen und gesagt, dass er Beth sehen könne. Paul musste sich mit jemandem treffen, irgendein Geschäftstermin, den er nicht absagen konnte, und wäre den ganzen Tag weg. Nach dem Telefonat geriet Simon in Panik. Endlich würde er seine Tochter sehen. Er verbrachte unverhältnismäßig viel Zeit damit, sich zu überlegen, was er anziehen sollte, und dann aus dem Berg von Spielzeug, den er seit Monaten im Gästezimmer auftürmte, ein Geschenk zu wählen. Schließlich entschied er sich für ein weiches rosafarbenes Stofftier, das eine Kuh oder ein Hund sein konnte; es ließ sich irgendwie schwer sagen. Als er endlich fertig war, fuhr er zu Abbys Haus und klopfte an der Tür.

Es war das erste Mal, dass er bei ihr zu Hause war. Sie hatten sich immer bei ihm oder an einem neutralen Ort getroffen. Er fühlte sich dort fehl am Platze, doch als Abby ihn ins Wohnzimmer führte und er auf sein schönes kleines Töchterchen im Stubenwagen hinabblickte, vergaß er das alles. In diesem Moment zählte nichts anderes mehr. Es war ihm egal, ob Paul nach Hause kam und ihn sah. Dann, als hätte sie seine Anwesenheit gespürt, wachte Beth auf, und Abby hob sie heraus. Er setzte sich aufs Sofa, streckte die Arme nach seiner Tochter aus, und als er sie zum ersten Mal in den Armen hielt, kamen ihm die Tränen. Er weinte über seine schlichte Freude an Beth; über den Gedanken, Vater zu sein, darüber, wie Abby ihn und ihre Tochter ansah, und über seine törichte Entscheidung, die beiden gehen zu lassen.

Wenn er damals nur etwas gesagt hätte. Wenn er sie nur nie hätte gehen lassen, dann wäre all das nie passiert. Er und Abby und Beth wären immer noch zusammen, eine Familie.

Je weiter er sich von den Hauptstraßen entfernte, desto schneller fuhr er. Wahrscheinlich würde er noch von der Polizei angehalten werden, ehe er überhaupt bei Paul eintraf. Er würde seine Chance vergeben.

Die Mischung aus Wut und Erregung, die er zuvor verspürt hatte, ließ allmählich nach. Warum hatte er weder Abby noch Gardner gesagt, dass er die Adresse hatte?

Weil sie dich aufgehalten hätten. Weil du dann keine Gelegenheit hättest, Paul wehzutun.

79

Abby ging auf und ab und wählte immer wieder die Nummer von Simons Mobiltelefon. Wo war er? Vielleicht brauchte er Zeit allein, um zu verarbeiten, was sie über Paul gehört hatten. Aber wie viel musste er schon verarbeiten? Paul war ihr Exmann. Sie war ja wohl diejenige, die damit Probleme haben musste.

Vielleicht war es das. Paul war *ihr* Exmann. Aber wie konnte Simon ihr das anlasten?

Ganz einfach, dachte sie. Ganz, ganz einfach. Sie hatte ihm ja auch Vorwürfe gemacht, weil er mit Helen Deal über Beth gesprochen hatte. Das war das Erste, was einem einfiel. *Es war deine Schuld.*

Nur dass es nicht stimmte.

Sie ließ sich aufs Sofa fallen und versuchte es erneut auf seinem Handy. Es klingelte endlos, doch er ging nicht dran. Sie legte auf und drückte sich das Telefon an die Brust. Vielleicht sollte sie es bei Gardner versuchen. Allerdings wusste sie nicht, wohin er fuhr, also konnte sie auch nicht ahnen, ob er schon an seinem Ziel angelangt war. Sie hatte nicht daran gedacht, ihn zu fragen, wo Paul war. Rasch blinzelte sie die Tränen weg. Er hatte versprochen, sich gleich nach seiner Ankunft zu melden, doch er konnte noch gar nicht dort sein.

Sie blieb stehen und schloss die Augen. Warum hatte Jen nach Paul gesucht? Sie wählte Jens Nummer.

»Hallo?«

»Warum hast du nach Paul gesucht?«, fragte Abby.

Jen seufzte. »Das hab ich doch Simon schon gesagt. Ich wollte dir beweisen, dass er da gewesen ist. Dass ich dich nicht angelogen habe.«

»Du hast mit Simon gesprochen?«, fragte Abby, während sich ihr Magen verkrampfte. »Was hast du ihm gesagt?«

»Genau dasselbe, was ich dir gerade gesagt habe.«

Abby wurde schlecht. »Hast du ihm gesagt, wo Paul ist?«

»Ja«, sagte Jen. »Warum? Was ist denn los?«

»Ich muss Schluss machen«, sagte Abby und unterbrach die Verbindung. Simon wusste, wo Paul war. Wahrscheinlich war er jetzt gerade dorthin unterwegs. Was würde er mit ihm machen? Und was sollte sie tun?

Sie rief Gardner an. »Simon weiß, wo Paul ist«, sagte sie.

»Verfluchter Mist«, schimpfte Gardner. »Aber ich habe schon die Kollegen vor Ort dorthin beordert. Machen Sie sich keine Sorgen«, sagte er, doch Abby war nicht beruhigt. »Ist jemand bei Ihnen?«

»Er ist draußen«, sagte Abby.

Gardner seufzte. »Okay. Ich halte Sie auf dem Laufenden.« Er legte auf, und Abby warf ihr Handy aufs Sofa.

Sie war wütend auf Gardner, weil er sie zur Untätigkeit verdammte, sie nicht mitkommen ließ, auch wenn sie wusste, dass sie ihn nicht begleiten konnte. Es waren polizeiliche Ermittlungen; natürlich durfte sie nicht mitkommen und anfangen, selbst Fragen zu stellen. Doch sie war wütend auf ihn, weil er sie hier mit ihren Gedanken allein ließ. Sie hatte sich damit zu trösten versucht, dass es sich um einen Irrtum handelte, dass das Kindermädchen es entweder in böser Absicht gesagt oder sich einfach getäuscht hatte. Doch jetzt, wo sie allein war, begann sie zwangsläufig, die Dinge noch einmal genauer zu durchdenken und alles, was sie sicher zu wissen geglaubt hatte, in Zweifel zu ziehen. Jede Erinnerung an Paul, an die Dinge, die sie getan hatten, an das Leben, das sie gemeinsam geführt hatten, alles erschien ihr jetzt falsch.

Gedanken an den Tag, als es passiert war, an die Tage, die danach kamen, an die Wochen davor, alles gewann eine neue Bedeutung. Alles, was sie geglaubt hatte, war falsch gewesen. Ihr Ehemann hatte sie hintergangen. Sie wusste es. Sie wusste es einfach. Das Kindermädchen täuschte sich nicht, und sie hatte es auch nicht aus böser Absicht gesagt. Es war Paul. Es war von Anfang an Paul gewesen.

80

Gardner fuhr durch das kleine Dorf und fragte sich, warum irgendjemand freiwillig in dieser Einsamkeit wohnte. Es wirkte wie die Kulisse für einen Horrorfilm, gespenstisch still und menschenleer. Aber wenn man sich verstecken wollte, war es vermutlich ideal.

»Glauben Sie, Abbott ist schon da?«, fragte Lawton und sah sich auf der von Bäumen gesäumten Straße um.

»Ich hoffe nicht«, sagte Gardner. Simon Abbott neigte zum Jähzorn und war schon früher wegen Tätlichkeiten aufgefallen. Er hatte einen Mann wegen einer Bemerkung über seine Freundin zusammengeschlagen. Wer wusste, was er mit Paul Henshaw machen würde? Gardner bog in das schmale Sträßchen ein, in dem Henshaw wohnte. Vielleicht hatte Abbott im Grunde jedes Recht, dem Mann wehzutun. Für das, was er Abby angetan hatte, verdiente er es.

Ein Streifenwagen stand vor dem Haus, das Paul Henshaw laut den Ermittlungen gemietet hatte. Simons Auto stand ein paar Meter weiter.

Gardner stürzte aus dem Auto, dicht gefolgt von Lawton. Als er durch den Vorgarten rannte, sah er, dass die Haustür weit offen stand und der Küchenfußboden von Holzsplittern übersät war. Vor dem Streifenpolizisten, der ihn verwirrt musterte, kam er zum Stehen. Erst dann entdeckte er Simon, der mit hängendem Kopf auf dem Küchenfußboden hockte, Hände und Hemd blutverschmiert. Der Detective sah sich nach dem Polizisten um, der einfach nur schweigend dastand. Er sah aus wie siebzehn.

Gardner blickte erneut auf Simon herab, und erst da bemerkte er Paul Henshaw, der ausgestreckt auf dem Küchenfußboden lag, umgeben von einer Blutlache. Seine Augen waren offen und starrten blicklos zur Decke.

Der Detective riss sich vom Anblick des Toten los und musterte erneut Simon, der seine Anwesenheit überhaupt nicht wahrzunehmen schien. Als er neben ihm in die Hocke ging, sah Gardner die Handschellen um seine Handgelenke.

81

»O mein Gott!«, stieß Lawton hervor, machte kehrt und ging wieder hinaus.

»Was zum Teufel ist hier passiert?«, fragte Gardner und sah den jungen Polizisten neben der Tür an. Der junge Kollege stand da und starrte auf den Toten, außerstande, den Blick abzuwenden.

»Wer sind Sie?«

Gardner wandte sich um und sah einen älteren Beamten in die Küche kommen. Er wirkte, als wäre er kurz davor, eine Waffe zu ziehen, wenn er denn eine gehabt hätte.

»D. I. Gardner«, erwiderte er, woraufhin sich der Ältere etwas entspannte und am Rand entlang durch die Küche schlich, sorgsam darauf bedacht, der Leiche nicht zu nahe zu kommen.

»P. C. Ernie Fletcher. Wir sind vor etwa fünfzehn Minuten hier eingetroffen. Die Tür wurde aufgebrochen. Haben den Toten hier vorgefunden und den da, wie er ihn angestarrt hat.«

Gardner sah Simon an, der die ganze Zeit keinen Muskel bewegt hatte. Er starrte immer noch ins Leere.

»Er stand über den Toten gebeugt da«, erklärte Fletcher. »Ich habe ihn dingfest gemacht und den Rest des Hauses durchsucht.« Er sah Gardner an, als erwartete er dafür ein Schulterklopfen. »Es ist leer«, sagte er schließlich.

Gardner legte die Hände auf den Kopf und sah zur Decke. Das durfte alles nicht wahr sein. Es konnte einfach nicht wahr sein. »Haben Sie es gemeldet?«

»Sie sind schon unterwegs.« Fletcher trat näher und beugte sich vor, um Simon am Arm hochzuziehen.

»Was machen Sie da?«, fragte Gardner.

»Er ist ein Verdächtiger in einem Mordfall«, sagte Fletcher. »Aufstehen.«

Die Bewegung schien Simon aus seiner Trance zu rütteln, und er ließ sich hochziehen. Zum ersten Mal sah er Gardner an, das Gesicht von Panik gezeichnet.

Gardner wollte den beiden nachgehen, doch er wusste, dass er momentan kaum etwas für Simon tun konnte. Er war am Tatort eines Mordes angetroffen worden, und sie würden ihn auf jeden Fall mitnehmen. Er konnte ihnen zur Polizeiwache folgen und Simon zu sprechen verlangen, doch die Entscheidung oblag letztlich den lokalen Beamten.

Er blickte auf Pauls Leichnam hinab, wandte sich jedoch rasch wieder ab und ging zur Tür, um frische Luft zu schnappen. Den Blick, den der junge Beamte ihm zuwarf, ignorierte er. Hoffentlich hatte Fletcher Recht und die Spurensicherung war schon unterwegs. Bis dahin konnte er nichts weiter tun als warten.

Er würde Abby erzählen müssen, was passiert war, aber nicht am Telefon. Außerdem – was sollte er ihr schon sagen? Es wäre schon schwer genug, ihr mitzuteilen, dass Paul tot war. Doch dann auch noch, dass Simon der Hauptverdächtige war? Er konnte ihr versichern, dass alles gut werden würde, dass er die Sache regeln würde, dass er Simon wieder zu ihr nach Hause bringen würde. Doch er wusste nicht, ob er das wirklich konnte. Er hatte nämlich keine Ahnung, ob Simon unschuldig war.

82 Gardner saß mit Lawton in seinem Auto und wartete auf die Einsatzkräfte. Er wusste nicht, ob sie aus Respekt schwieg, oder ob sie einfach nur in ihre eigenen Gedanken vertieft war. Was mit Chelsea Davies geschehen war, traf sie hart. Sie machte sich Vorwürfe und wollte vor Ort sein. Stattdessen hatte er sie gezwungen, mit hierherzukommen. Sie in ein anderes Chaos hineingezerrt.

Er sah Simon hinten in Fletchers Streifenwagen sitzen, während dieser an der Tür lehnte, als wartete er darauf, dass die Armee einmarschierte. Gardner starrte auf sein Telefon. Es wunderte ihn, dass Abby noch nicht versucht hatte, ihn zu erreichen, dass sie nicht darauf brannte, zu erfahren, was los war und ob Paul tatsächlich mit der Sache zu tun hatte, oder um ihm zu sagen, dass Simon noch immer nicht nach Hause gekommen war. Vielleicht war sie nach wie vor wütend auf ihn, weil sie nicht hatte mitkommen dürfen, aber wenn er über irgendetwas froh war, dann darüber, dass er sich in diesem Punkt nicht hatte erweichen lassen. Mit Abby an seiner Seite dieses Horrorszenario zu betreten hätte ihm gerade noch gefehlt.

Er nahm das Telefon von einer Hand in die andere. Er würde sie nicht anrufen, würde ihr nicht so wenig Achtung erweisen, indem er es ihr auf diese Weise mitteilte. Es musste persönlich geschehen.

»Sie sind da«, sagte Lawton.

Gardner blickte in den Rückspiegel und drehte sich um. Drei

Autos hielten in einer Reihe hinter Fletchers Wagen, während Fletcher selbst den Arm ausstreckte und sie einwies, als wüssten sie nicht, wohin. Vier Männer stiegen aus und gingen auf Fletcher zu. Zwei von ihnen beugten sich hinunter und musterten Simon auf dem Rücksitz des Streifenwagens.

Fletcher zeigte auf Gardners Wagen, und einer der Männer, der einen teuer wirkenden Anzug trug wie ein Anwalt, schaute herüber. Die anderen drei kehrten zu ihren Autos zurück. Vermutlich gehörten sie zur Spurensicherung, und hoffentlich war auch ein Rechtsmediziner dabei.

Gardner stieg aus und ging dem Mann mit dem Anwaltsanzug entgegen. Der streckte ihm die Hand hin. »D. S. Carlisle«, sagte er und schüttelte Gardner die Hand.

»D. I. Gardner«, sagte er. »Hat Fletcher Sie informiert?«

Carlisle lächelte ihn an. »Er hat mir das Wichtigste gesagt, aber ich würde die Geschichte gern von Ihnen hören.«

Sie gingen zum Haus zurück. Der junge Beamte an der Tür trat wortlos zur Seite, um sie durchzulassen. Gardner hätte ihn gerne gefragt, ob er eigentlich schon mal etwas von Tatortsicherung gehört hatte, doch da er selbst bereits durch die Räume getrampelt war, konnte er nicht gut mit dem Finger auf andere zeigen. Sie blieben in der Tür stehen, damit Carlisle sich den Ort des Geschehens ansehen konnte. Nach wenigen Sekunden nickte er und kehrte mit Gardner zu dessen Auto zurück, um die Spurensicherung ihre Arbeit tun zu lassen.

»Ich gehe davon aus, dass es sich nicht um einen netten kleinen Familienstreit oder Einbruch handelt«, sagte Carlisle.

»Schön wär's«, erwiderte Gardner. »Das Ganze hängt mit laufenden Ermittlungen zusammen, einem Entführungs- und Vergewaltigungsfall. Henshaw?«, fragte er und wartete ab, ob Carlisle der Name etwas sagte. »Die Kleine wird immer noch vermisst. Sie wurde vor fünf Jahren entführt.«

Carlisle nickte. »Ja, ich kann mich erinnern.«

»Kurz gesagt, wir haben vor ein paar Stunden Beweise dafür gefunden, dass Paul Henshaw, der Mann, den Ihre Leute gerade unter die Lupe nehmen, daran beteiligt war.«

»Und wer ist der andere?« Carlisle zeigte auf Simon.

»Der leibliche Vater des Kindes.«

»Dann hatte er wohl guten Grund, den anderen abzumurksen, was?«

Gardner atmete tief aus. »Auf jeden Fall hat er ein Motiv.«

»Und er wurde am Tatort angetroffen, über die Leiche gebeugt«, sagte Carlisle.

»Das auch.«

»Hören Sie, ich will mal sehen, was sich da drinnen abspielt, und dann werde ich Fletcher sagen, er soll Ihren Mann in Gewahrsam nehmen. Sie sind herzlich eingeladen, mitzukommen und bei der Vernehmung dabei zu sein.«

»Danke«, sagte Gardner und zückte erneut sein Telefon. Er sah, wie Fletcher gekonnt wendete und langsam an den anderen Autos vorbeifuhr. Auf dem Rücksitz drehte Simon sich um und sah Gardner an. Sein Gesichtsausdruck war unergründlich.

83

Abby saß am Fenster und hatte die Knie bis zur Brust hochgezogen. Der Regen prasselte gegen die Scheiben, und sie wünschte, Simon käme endlich zurück. Sie musste mit ihm sprechen. Musste wissen, dass alles in Ordnung war. Sie hielt das Telefon in der Hand und wünschte, Gardner würde sie anrufen. Er hatte versprochen, sich zu melden, sowie er irgendetwas erfuhr. Mittlerweile musste er ihr doch etwas zu sagen haben. Sie klopfte sich mit dem Telefon aufs Knie, und auf einmal klingelte es und ließ sie aufschrecken. Sie meldete sich nach dem ersten Läuten.

»Abby, ich bin's«, sagte Gardner.

»Was ist los? Haben Sie Paul gefunden? Ist Simon dort?« In der Leitung herrschte Stille, und Abby spähte aufs Display, um zu sehen, ob sie unterbrochen worden waren. »Hallo?«

»Abby«, sagte Gardner seufzend. »Bitte hören Sie mir zu. Ist der Polizist noch bei Ihnen?«

»Nein, ich habe ihn weggeschickt. Was ist denn los?«

Gardner seufzte. »Ich wollte eigentlich vorbeikommen und es Ihnen persönlich sagen, aber ich kann jetzt nicht weg. Sie müssen wissen …« Erneut hielt er inne, während Abby gegen die zunehmende Übelkeit ankämpfte.

»Was ist passiert?«, fragte sie. »Ist etwas mit Beth? Ist sie dort?« Weiteres Schweigen. »Michael, bitte. Sagen Sie mir, was passiert ist.« Sie hörte ihn atmen.

»Ich bin in Pauls Haus. Es hat einen …« Er hielt inne. »Paul ist tot.« Abby vernahm ein leises Summen in der Leitung. War das Summen eigentlich schon immer da gewesen? »Abby?«, fragte Gardner.

»Ja«, sagte sie mit ausdrucksloser Stimme. »Ich bin noch dran.«

»Es tut mir leid.«

»Simon?«, fragte sie. Gardner antwortete nicht. Es kam ihr vor, als wäre die Welt stehen geblieben.

»Als ich an Pauls Haus ankam, war die Polizei schon da. Paul ist erstochen worden«, sagte er, und Abby ließ sich gegen die Stuhllehne sinken. Sie hörte Bewegung, Stimmen im Hintergrund. »Simon war da, als ich eingetroffen bin. Man hat ihn unter Mordverdacht festgenommen. Ich fahre jetzt zur Vernehmung auf die Polizeiwache.« Er hielt inne. »Abby, es tut mir leid, dass ich Ihnen das am Telefon sagen musste, aber ich muss hier bleiben, und ich wollte nicht, dass Sie es von jemand anders erfahren …«

»Hat er nach mir gefragt?«, wollte sie wissen. Gardner schwieg. »Simon?«, ergänzte sie.

»Ich weiß nicht«, sagte Gardner. »Hören Sie, es ist vielleicht besser, wenn Sie bleiben, wo Sie sind. Ich glaube nicht, dass sie ihn so schnell auf freien Fuß setzen. Ich kann auf dem Nachhauseweg bei Ihnen vorbeikommen, aber es wird spät werden.«

»Okay«, sagte sie, während sich in ihrem Kopf alles drehte. »Gab es irgendwelche Spuren von Beth?«

»Nein, tut mir leid.«

Abby schloss die Augen. Allmählich verlor sie alle Hoffnung. Sie verlor sich langsam selbst. Es gab nichts mehr, woran sie glauben konnte.

»Eines noch«, sagte Gardner und seufzte, als brächte er es kaum über sich, es auszusprechen, egal, was es war. »Pauls Leichnam muss offiziell identifiziert werden. Und er hatte ja keine Verwandten …«

»Okay«, hörte sie sich selbst sagen.

Aus dem Hintergrund sprach jemand Gardner an, und er antwortete, doch sie verstand die Worte nicht. »Ich muss Schluss machen«, sagte er. Sie hörte ihn ein paar Schritte gehen und dann eine Autotür ins Schloss fallen. »Sobald ich mehr weiß, melde ich mich wieder.«

»Okay.« Sie wollte schon auflegen, als ihr auf einmal noch etwas anderes einfiel, etwas, das sie unbedingt wissen musste. »War er es?«, fragte sie, doch Gardner reagierte nicht. »Hat Simon ihn umgebracht?«

Gardner seufzte. Sie konnte förmlich sehen, wie er sich mit der Hand übers Gesicht strich. »Ich weiß es nicht«, sagte er.

84

Gardner kam erst nach Mitternacht nach Hause und fiel sofort aufs Sofa. Er schaffte es nicht einmal mehr, sich ein Bier zu holen, obwohl das das Einzige gewesen war, woran er die ganze Fahrt über gedacht hatte. Er wollte trinken, bis er vergessen hatte, dass dieser Tag je stattgefunden hatte, dann ins Bett fallen und einen Monat lang nicht mehr aufstehen.

Simons Vernehmung war den Umständen entsprechend gut verlaufen. Er hatte natürlich abgestritten, Paul Henshaw getötet zu haben, doch die Tatsache, dass ihn zwei Polizeibeamte mit blutigen Händen über den Leichnam gebeugt angetroffen hatten, war nicht günstig für ihn. Dass er Gardner gegenüber ausdrücklich erklärt hatte, er werde Paul umbringen, stand auf einem anderen Blatt. Es bewies nicht, dass er schuldig war, aber hilfreich war es auch nicht.

Allerdings fehlte nach wie vor die Mordwaffe. Haus und Garten waren akribisch abgesucht worden, ohne dass eine Waffe gefunden worden wäre. Gardners Berechnungen zufolge konnte Simon nicht wesentlich früher als die Polizei bei Henshaw angekommen sein. Gardner war nicht so weit hinter ihm gewesen. Dazu kam noch der Todeszeitpunkt. Er war nie ganz genau zu bestimmen, doch der Rechtsmediziner meinte, dass Paul schon seit etwa zwei bis vier Stunden tot sei. Das passte alles nicht richtig zusammen.

Er erhob sich mühsam vom Sofa und trottete in die Küche. Statt sich das Bier zu holen, nach dem er sich so gesehnt hatte, stand er nur an der Spüle und starrte aus dem Fenster in den nächtlichen Himmel. Was Abby wohl gerade machte? Er hatte sie auf dem Rückweg noch einmal angerufen und ihr angeboten vorbeizukommen, doch sie hatte abgelehnt. Sie wolle allein sein, sei müde und werde morgen mit ihm sprechen. Gardner bezweifelte, dass sie Schlaf finden würde. Er bezweifelte auch, dass er selbst schlafen könnte, obwohl er völlig erschöpft war.

Immerhin ein Gutes hatte der Tag gehabt: Sie hatten Chelsea Davies gefunden. Und das unversehrt, zumindest körperlich.

Chelsea war unverletzt, und das Wenige, was sie erzählt hatte, besagte, dass sie gut behandelt worden war und sogar ein paar coole neue Spielsachen bekommen hatte. Louise Cotton sei in Ordnung, zwar ein bisschen herrischer als Chelseas Mutter, aber in Ordnung. Alles, was Chelsea sonst noch zu sagen hatte, würde bis zum nächsten Tag warten müssen. Sie musste sich ausruhen.

Cotton war in Gewahrsam genommen worden und würde wegen Freiheitsberaubung und Entführung belangt werden. Harrington hatte berichtet, sie habe geweint und versichert, dass sie Chelsea nichts zuleide getan und nur das ausgeführt habe, was Jill Hoffman von ihr verlangt hatte. Sie habe eigentlich gar nicht mitmachen wollen, brauche aber das Geld. Jill Hoffman wurde vernommen. Nach einer dritten Frau wurde in Verbindung mit dem Komplott noch gefahndet.

Gardner verließ die Küche, kehrte zum Sofa zurück und starrte an die Decke. Es war nicht ganz das Happy End, das er sich erhofft hatte.

85

Abby saß am Fenster. Ihr Rücken schmerzte, denn sie hatte die ganze Nacht in derselben Position dagesessen. Nur ein einziges Mal hatte sie sich bewegt, und zwar um ans Telefon zu gehen. Gardner hatte angerufen und ihr neue Informationen über Simons Lage mitgeteilt. Pauls Name fiel nicht.

Den Rest der Nacht hatte Abby am Fenster gesessen und gegrübelt. Als das Taubheitsgefühl abgeklungen war, hatte sie bemerkt, dass sie weinte, und sich gefragt, um wen. Sie hatte Paul seit fast fünf Jahren nicht gesehen, doch zu wissen, dass er tot war, kam ihr nicht richtig vor. Sie konnte sich einfach nicht vorstellen, dass er nicht länger irgendwo auf der Welt existierte. Und dann weinte sie weiter, doch diesmal aus Zorn, weil der Mann, dem sie ihr Leben verschrieben hatte, sie hintergangen hatte. Allerdings hatte sie ihm ihr Leben nicht wirklich verschrieben, und genau deshalb hatte er es getan. Trotzdem hatte er das Schlimmste getan, das ein Mensch einem anderen antun konnte, und sie wollte ihm wehtun, ihn so leiden lassen, wie sie selbst gelitten hatte. Doch das konnte sie nun nicht mehr, da ihr jemand zuvorgekommen war. Die Polizisten glaubten, dass Simon es getan hatte, und vielleicht hatten sie Recht. Vielleicht hatte er es wirklich getan.

Und ich nehme es ihm nicht übel.

Es war ein großer Unterschied, ob man nur darüber nachdachte, jemanden umzubringen, oder ob man es wirklich tat, und sie glaubte nicht, dass sie wirklich jemanden töten könnte, nicht einmal Paul. Erst recht nicht Paul. Aber Simon? Sie wusste nicht, wozu er imstande war. Sie kannte sein aufbrausendes Temperament. Als Teenager hatte sie erlebt, wie er auf den Mann vor dem Nachtclub losgegangen war. Doch das war etwas anderes, oder? Er konnte nicht töten.

Allerdings hätte sie auch nie gedacht, dass Paul zu dem imstande wäre, was er getan hatte.

Sie saß da, blickte auf die dunkle Straße hinaus und sah zu, wie in den Häusern auf der anderen Straßenseite die Lichter an- und wieder ausgingen, während sie nur noch eines denken konnte: Ich weiß es einfach nicht mehr. Keiner von euch weiß es. Keiner von euch auf der anderen Straßenseite, die ihr euren Männern und Söhnen oder Müttern und Frauen gute Nacht sagt. Keiner weiß es. Die Leute, neben denen ihr jede Nacht schlaft, sind nicht die Menschen, für die ihr sie haltet. Eure Brüder und Schwestern, eure Freunde und Nachbarn – keiner von ihnen ist der Mensch, für den ihr ihn haltet. Ihr glaubt, es seien gute Menschen, doch das sind sie nicht.

Keiner von uns ist das.

86

»Was hat er zu dir gesagt?«, fragte Abby, während Jen sich in den Sessel setzte und die Füße unter sich zog. Abby hatte sie angerufen, weil sie wissen wollte oder wissen *musste*, was Paul zu Jen gesagt hatte. Ob er schuldbewusst gewirkt hatte. Ob er Reue empfand.

»Ich habe nicht mit ihm gesprochen«, erwiderte Jen, die nach wie vor benommen dreinsah. »Ich kann nicht fassen, dass er tot ist. Es will mir einfach nicht in den Kopf.« Sie wischte sich eine Träne von der Wange. »Ich kann ja nicht einmal fassen, dass er etwas mit der Sache zu tun hatte. Ich hab einfach nur …« Sie schüttelte den Kopf. »Es ist meine Schuld, stimmt's? Wenn ich Simon nicht gesagt hätte, wo Paul ist, wäre er noch am Leben.« Jen wischte sich die Nase. »Ich glaube, jetzt weiß ich, warum er mich nicht sehen wollte. Sie hat in der Tür gestanden und wollte mich nicht reinlassen. Sie hat gesagt, er ist nicht da, aber ich wusste, dass sie gelogen hat.«

»Wer?«, fragte Abby, der das Herz plötzlich bis zum Hals schlug. »Wer war bei ihm?«

Jen zuckte die Achseln. »Irgendeine Frau. Seine Freundin oder so. Sie hat immer nur wiederholt, dass er nicht da ist, und mir dann die Tür vor der Nase zugeschlagen.«

»War auch ein kleines Mädchen da?«

»Ja«, sagte Jen. »Sie hat die Tür aufgemacht.« Auf einmal dämmerte es ihr. »O mein Gott.«

Abby griff nach dem Telefon. Gardner nahm beim dritten

Klingeln ab. »Ich bin's«, sagte sie. »Helen und Beth waren bei Paul im Haus. Jen hat sie gesehen.«

Zwanzig Minuten später war Gardner da. »Und zu dem Zeitpunkt hat Paul noch gelebt? Sie haben ihn gesehen?«, fragte er Jen.

»Nur durchs Fenster, aber ja, er war definitiv am Leben.«

»Haben Sie Helen das Haus verlassen sehen?«

»Nein. Ich bin gegangen, nachdem sie mir die Tür vor der Nase zugeknallt hatte. Es war sinnlos, noch zu bleiben. Er wollte nicht mit mir reden.«

»Haben Sie ihr Auto gesehen?«

Jen schüttelte den Kopf. »Nein, tut mir leid.«

»Okay«, sagte Gardner. »DS Carlisle wird auch noch mit Ihnen sprechen wollen.«

Jen nickte und sah Abby an. »Es tut mir leid, Ab. Das wusste ich nicht. Ich wusste nicht, dass es Beth war.«

»Ich weiß«, sagte Abby.

»Wir überprüfen die Überwachungskameras in der Umgebung. Leider gibt es keine in nächster Nähe zu Pauls Haus, daher können wir nicht sehen, wie sie gekommen und wieder gefahren ist. Aber wir checken die umliegenden Orte. Ich glaube nach wie vor, dass Whitby am ehesten infrage kommt. Dort ist das Haus ihrer Mutter. Sie muss die Stadt gut kennen, und ich denke, sie bleibt bei dem, was sie kennt. Schließlich ist sie nicht grundlos nach Redcar zurückgekehrt.«

»Was, wenn sie nicht da ist? Sie ist nicht dumm. Sie könnte sonst wohin gehen.«

Gardner nickte. »Wir suchen nach wie vor im ganzen Land, Abby. Wir finden sie.« Er zückte sein Telefon. »Ich muss noch ein paar Anrufe machen, und dann fahren wir los, okay?«

Gardner stellte das Radio an, was ein wenig half, eine angenehme Atmosphäre im Auto zu schaffen und die Stille zu überdecken, die sich zwischen ihn und Abby gelegt hatte. Angesichts dessen, was sie vorhatten, war Smalltalk wohl eher unangebracht, und er hatte ohnehin das Gefühl, dass Abby nicht zum Plaudern aufgelegt war.

Abby saß gegen die Tür gelehnt da, die Augen halb geschlossen. Als ein paar Minuten später die Nachrichten gesendet wurden, umklammerten Gardners Finger das Lenkrad ein wenig fester. Chelsea war in Sicherheit, heil und unversehrt. Sein Chef erzählte jedem, der es hören wollte, was für gute Arbeit sein Team geleistet hatte. Trotzdem gab es nach wie vor Leute, die wissen wollten, warum die Suche nach Chelsea so lange gedauert hatte. Vor allem, wo sie doch so nah gewesen war. Warum hatte man nicht schon vorher dort nachgesehen? Warum war niemandem aufgefallen, dass mit der Frau, der Mutter des Mädchens, etwas nicht stimmte? Derselben Frau, die sie bis gestern noch unterstützt hatten.

Der Fall war jetzt, da der schwere Teil erledigt war, einem anderen Kollegen übergeben worden. Und nun war es an Gardner, auch dieses Chaos in Ordnung zu bringen. Wieder einmal. Die Medien hatten noch nicht Lunte gerochen. Zum Glück. Das würde allerdings nicht mehr lange auf sich warten lassen. Es hatte bereits Meldungen über einen Mord gegeben, doch der Name des Opfers war nicht bekannt gegeben worden, und so hatte niemand eins und eins zusammengezählt. Gardner hoffte, dass alles vorüber wäre, ehe jemand Wind von alldem bekam, und zwar in seinem ebenso wie in Abbys Interesse. Doch er bezweifelte es.

Abby beugte sich vor und schaltete das Radio aus. Er schenkte ihr ein halbherziges Lächeln, sagte jedoch nichts. Er wusste nicht, ob sie es ihret- oder seinetwegen getan hatte. Im Grunde hatte er nie ernsthaft darüber nachgedacht, wie der Fall Chelsea Davies auf sie gewirkt haben musste. Ob sie seine Kompetenz wohl allmählich infrage stellte. Sich fragte, wie viele Fälle er schon bearbeitet hatte. Wie viele er aufgeklärt hatte. Vielleicht dachte sie, die Zeitungen hätten Recht und die Polizei oder vielmehr er hätte die Ermittlungen in diesem Fall vermasselt. Glaubte, es sei seine Schuld gewesen, dass Chelsea Davies nicht gefunden worden war. Dass Beth nicht gefunden worden war.

87

Helen sah zu, wie Casey auf dem Fußboden des Pensionszimmers spielte und die Puppe mit dem violetten Tintenfisch sprechen ließ. Sie wollte doch nur, dass ihre Tochter glücklich und in Sicherheit war. Dass sie eine Familie waren. Doch das Einzige, was Paul wollte, war, die Familie zu zerstören.

Er war immer der Schwache gewesen. Sie hätte wissen müssen, dass man sich auf ihn nicht verlassen konnte. Nur weil er seinen Willen nicht bekam, war er bereit, ihrer aller Leben zu zerstören. Ihm lag nichts an Casey oder daran, wie weh es ihr tun würde. Wie auch? Er war nicht ihr Vater. Sie hätte wissen müssen, dass etwas faul war, als er sich plötzlich weigerte, Casey zu der Theatervorführung zu begleiten. Andauernd jammerte er, dass er Casey gar nicht mehr zu Gesicht bekäme, und dann, wenn sich die Gelegenheit bot, machte er einen Rückzieher.

Helen fragte sich, wie sie so blind hatte sein können. Von Anfang an hatte Paul Ärger gemacht. Er wollte seiner Frau Nachrichten schicken, um sie wissen zu lassen, dass dem Baby nichts fehlte. Wie dumm war er eigentlich? Helen hatte dem einen Riegel vorgeschoben. Und welches Recht besaß diese Frau überhaupt? Sie hatte bewiesen, dass sie eines Kindes nicht würdig war. Paul hatte ihr selbst gesagt, dass sie sich selbst immer an erste Stelle gesetzt hatte. Dass sie geplant hatte, das Kind so schnell wie möglich alleinzulassen, damit sie in ihr eigenes Leben, ihren Beruf zurückkehren konnte. Er hatte ihr alles über seine egoistische Frau erzählt.

Helen schloss die Augen und stellte sich Paul neben sich vor, seine Hand, die sanft ihre Haut streichelte. Es hatte einmal eine Zeit gegeben, wo sie ihn geliebt, aufrichtig geliebt hatte. An dem Tag, an dem sie ihm gesagt hatte, dass ihn seine Frau betrog und seine Tochter nicht von ihm war, hatte er geweint. Sie waren zusammen durch den Park spaziert, nach wie vor nur als Freunde. Er war zusammengebrochen und hatte sie angefleht, ihm zu sagen, dass sie sich geirrt hatte. Sie hatte ihm die Tränen abgewischt und ihn festgehalten wie ein kleines Kind. Damals war er so verletzlich gewesen. Das waren sie beide.

Sie hatte ihn gewollt, schon bevor ihre Welt zusammengebrochen war. Sie hatte ihn in seinem Laden gesehen, ihn angesprochen und versucht, ihn zu verführen. Doch er war so loyal gewesen. Er wollte sie sogar seiner Frau vorstellen. Der Frau, die alles hatte, was Helen begehrte. Und die nichts davon zu schätzen wusste. Er stellte sich vor, dass sie Freundinnen werden und ihr Mutterglück miteinander teilen könnten. Es hatte ihr keinen Spaß gemacht, das zu zerstören, was er besaß. Doch er musste es erfahren, musste die Wahrheit kennen. Und wenn er sie erst kannte, dann konnten sie zusammen die Familie gründen, nach der sie beide sich sehnten.

Helen blinzelte, während ihr die Tränen in den Augen brannten.

»Mummy?«

Sie wandte sich um und sah Casey mit angstvoller Miene neben dem Bett stehen, den violetten Tintenfisch fest umklammert.

»Was ist los?«, fragte Casey.

Helen holte tief Luft und wischte sich die Augen. »Nichts, Schätzchen«, sagte sie. »Mummy geht's gut. Spiel weiter.« Doch Casey blieb stehen und starrte Helen an. »Es ist alles in Ordnung, Casey. Alles bestens. Jetzt spiel weiter.« Als sich Casey noch immer nicht regte, brüllte Helen sie an: »Mach schon!«

Casey lief ins Badezimmer, während Helen versuchte, ihre Atmung unter Kontrolle zu bringen. Da sah man ja, was er angerichtet hatte. Wozu er sie getrieben hatte. Den Kopf in den Händen warf sie sich aufs Bett. Sie hörte Casey weinen und verspürte einen Schmerz im Brustkorb. *Er hat mich dazu getrieben.*

Helen stand auf und ging ins Badezimmer, wo Casey unter dem Waschbecken kauerte und sich den Tintenfisch ans Gesicht drückte. Helen beugte sich zu ihr hinab und legte ihr eine Hand auf den Kopf.

»Es tut mir leid, dass ich dich angeschrien habe, Schätzchen«, sagte sie. »Mummy ist nicht böse auf dich.« Casey regte sich nicht. »Mummy ist nur durcheinander. Magst du mich drücken?«

Casey sah zu Helen auf. »Ich will nach Hause«, sagte sie. »Ich will zu Sara.«

»Wir fahren bald nach Hause, Schätzchen.«

»Wann?«, fragte Casey. »Mir gefällt's hier nicht. Ich will zu Daddy.«

Helen hielt Casey fest in den Armen. Wie sollte sie ihr erklären, dass sie ihren Vater nie wiedersehen würde?

88

Abby stand vor dem Toten. Nun sollte sie sagen: Ja, das ist Paul Henshaw. Doch sie konnte es nicht. Er sah nicht echt aus. Sie vermochte nicht zu sagen, ob es daran lag, dass er tot war, ob es die wächserne Haut und die geschlossenen Augen waren, die ihn nicht echt wirken ließen, oder ob es daran lag, dass sie tatsächlich nicht mehr wusste, wer er war.

Der Mann, der sie in den Raum geführt hatte, wohl der Rechtsmediziner, stand ihr gegenüber, die Hände respektvoll gefaltet, und wartete vermutlich darauf, dass sie etwas sagte, damit er Paul wieder zudecken und mit seinem Tagewerk fortfahren konnte. Gardner war bei der Tür stehengeblieben, um ihr Raum zu lassen.

Abby starrte auf Pauls Gesicht und spürte, wie ihr die Tränen in den Augen brannten, doch sie wollte nicht weinen. Er hatte ihre Tränen nicht verdient. Sie überlegte, ob sie ihn, wenn der Rechtsmediziner nicht gewesen wäre, angefasst oder gar ins Gesicht geschlagen hätte. Doch jetzt konnte sie ihn nicht mehr berühren. Niemand konnte das. Er war damit davongekommen, ohne ihr jemals gegenübertreten und zugeben zu müssen, was er getan hatte.

Hinter ihr klingelte ein Telefon, und sie blickte im selben Moment auf wie der Rechtsmediziner. Gardner entschuldigte sich und ging hinaus. Durch das kleine Fenster in der Tür konnte sie sehen, wie er beim Reden auf- und abging. Er nickte und blieb dann plötzlich stehen. Abby fragte sich, was man ihm wohl gerade gesagt hatte. Ob Simon den Mord an Paul gestanden hatte oder ob sie Beth und Helen gefunden hatten oder ob es überhaupt nichts mit ihr zu tun gehabt hatte. Gardner klemmte sich das Telefon zwischen Schulter und Ohr und zog ein Notizbuch heraus, um etwas hineinzukritzeln. Er fing Abbys Blick auf, doch sie wandte sich ab, wieder ihrem toten Exmann zu. Der Rechtsmediziner musterte sie allmählich etwas ungeduldig.

Sie warf einen letzten Blick auf Paul und sagte schließlich »Ja«. Der Rechtsmediziner schien über ihren Tonfall erstaunt. »Es ist Paul«, sagte sie, woraufhin der Mann nickte und das Laken über ihn zog.

Das ist das letzte Mal, dass ich ihn sehe, dachte Abby. Sie hatte ihn lange nicht gesehen, doch es schien seltsam, dass sie ihn nun nie mehr sehen würde. Vor allem aber bedeutete es, dass sie nie erfahren würde, warum er es getan hatte.

Abby öffnete die Tür und stellte sich hinter Gardner.

»Hat er sie heute schon gesehen? Sie hat nicht ausgecheckt?«, fragte der Detective die Person am anderen Ende. »Okay. Danke.« Er sah Abby an. »Alles in Ordnung?«

»Wer war das?«, fragte Abby, indem sie seine Frage ignorierte. Er sah auf Telefon und Notizbuch herab. »Ging es um Helen?«

Gardner führte sie sachte aus dem Weg, um einem Angestellten, der eine mit einem dunkelblauen Laken abgedeckte Rollbahre in den Kühlraum schob, Platz zu machen. »Ja, wir haben vielleicht eine Spur zu Helen.«

»Wo ist sie?«

»Ein alter Mann, der ein B&B in Whitby betreibt, hat ihr Foto in den Nachrichten gesehen. Er glaubt, sie hat bei ihm gewohnt.«

»Und Beth? Hat er sie gesehen?«

Gardner schüttelte den Kopf. »Er behauptet, sie hätte kein Kind dabeigehabt. Aber ich werde trotzdem hinfahren.«

»Ich will mitkommen«, erklärte Abby, doch Gardner versuchte abzuwehren. »Bitte. Bitte, ich kann nicht einfach nur dasitzen und Däumchen drehen.«

Gardner seufzte.

»Bitte«, sagte sie erneut, eine Hand auf seinem Arm. »Wir sind sowieso schon näher an Whitby als an Redcar.«

»Gut«, sagte er. »Aber Sie bleiben im Auto.«

89

Während sie über die kurvenreichen Straßen nach Whitby fuhren, lauschte Abby der einen Hälfte von Gardners Telefonaten und versuchte dabei zu erraten, was die Personen am anderen Ende sagten. Er sprach von koordinierten Maßnahmen und Ermittlungen und, ja, eine Unterstützung durch die Polizei in Whitby wäre wünschenswert, und nein, er sei sich nicht sicher, dass Helen da sein werde, es sei nur eine Spur, die er verfolge. Mit keinem Wort erwähnte er, dass Abby neben ihm im Wagen saß, und jedes Mal, wenn er nach Abby oder Simon gefragt wurde, warf er ihr einen Seitenblick zu und versuchte, über sie zu sprechen, ohne über sie zu sprechen.

Abby versuchte, seine Stimme auszublenden und sich auf ihr Vorhaben zu konzentrieren. Sie hatte innerlich darum gefleht, dass Helen in diesem B&B wäre und das Ganze ein Ende fände. Dass das Ende allmählich absehbar war, war das Einzige, was sie noch aufrechthielt. Sie konnte nicht an Simon und Paul denken und daran, wie lange sie schon diesen Albtraum lebte. Jetzt wollte sie nur noch, dass er aufhörte. Wie gebannt starrte sie auf die Straße vor ihr und sah sie unter dem Auto verschwinden, während sie die Sekunden zwischen Wegweisern und Bäumen zählte. Sie ließ nicht zu, dass ihre Gedanken in andere, dunklere Gefilde abdrifteten.

»Abby?«, sagte Gardner, und sie wandte sich zu ihm um, als sie begriff, dass er nun nicht mehr telefonierte. Er wirkte besorgt, sodass sie sich fragte, was man ihm berichtet hatte, während sie mit den Gedanken woanders gewesen war. »Alles in Ordnung?«, fragte er, und sie spürte die Feuchtigkeit auf ihren Wangen.

»Alles gut«, antwortete sie und wischte sich das Gesicht. »Wie lange dauert es noch, bis wir da sind?«

»Zehn Minuten vielleicht«, sagte er. »Wir lassen alle Abteilungen nach ihr Ausschau halten. Ein schwarzer Range Rover. Der müsste auf dem Land leicht auszumachen sein«, fügte er hinzu, während Abby sich ein Lächeln abrang. »In der Umgebung wurden schon mehrere Autos angehalten, aber keines mit dem richtigen Nummernschild. Ich bezweifle zwar, dass Helen die Schilder ausgetauscht hat, aber trotzdem …« Abby spürte seinen Blick auf sich lasten, doch sie konnte nicht reagieren. Sie wollte, dass er weitersprach, obwohl sie nicht richtig auf die Worte horchte. So musste sie wenigstens nicht auf ihre eigenen Gedanken achten.

Sie blickte aus dem Fenster und sah einen Wegweiser nach Whitby. Die Magenschmerzen wurden schlimmer, und allmählich fragte sie sich, ob sie wirklich hier sein wollte. Was, wenn sie Helen Deal tatsächlich gegenüberstünde? Sie wusste nicht, ob sie damit umgehen konnte. Ein schwarzer Range Rover hielt neben ihnen an der Ampel, und Abby dachte, ihr bliebe das Herz stehen. Ein Kind auf dem Rücksitz presste das Gesicht gegen die Scheibe, und Abby wandte sich wieder der Straße zu.

Gardner beugte sich vor, um die Straßenschilder zu lesen. Sie waren fast da. Er hatte ihr eingeschärft, dass sie im Auto bleiben müsse, und sie hatte eigentlich widersprechen wollen, doch mittlerweile glaubte sie ohnehin, dass ihre Beine sie nicht mehr tragen würden. Sie würde einfach sitzen bleiben und zusehen und darauf warten, dass etwas geschah.

Sie sah sich um und musterte die hohen Häuser am Hafen, die umgeben waren von Fish-and-Chips-Buden und Ständen mit geschmacklosen Souvenirs.

Gardner bremste vor einem hellbraunen Backsteinhaus mit einem »Zimmer frei«-Schild im Fenster und hielt an. »Warten Sie hier«, sagte er, und Abby nickte. Sie sah ihm zu, wie er zur Tür ging, ehe sie ausstieg und ihm ins Haus folgte. Gardner trat an den Tresen. Ein alter Mann kam heraus und schüttelte ihm die Hand.

»Mr. Carter?«, fragte Gardner. Der Alte nickte und betrachtete seinen Dienstausweis. Gardner zog ein Foto von Helen und Beth hervor und zeigte es ihm. »Ist sie hier gewesen?«

Carter nahm das Bild und hielt es sich dicht vors Gesicht. »Eindeutig«, erklärte er. »Aber sie hatte kein Kind dabei.«

»Wann hat sie eingecheckt?«

Carter schlurfte hinter seinen Tresen und blätterte die entsprechende Seite des Gästebuchs auf. Seine Finger fuhren langsam die Seite herunter. Abby hätte ihn am liebsten geschüttelt.

»Da«, sagte Carter und deutete auf einen akkurat geschriebenen Namen. Catherine Portman.

»Der Name ihrer Mutter«, erklärte Gardner. »Und sie hat noch nicht ausgecheckt?«, fragte er, woraufhin Carter den Kopf schüttelte. »Kann ich ihr Zimmer sehen?«

Carter suchte den Schlüssel heraus und trottete zu Abby und Gardner hinüber. »Hier lang«, erklärte er.

Carter schloss die Tür auf, und Gardner trat ein, wobei er den Arm ausstreckte, um Abby daran zu hindern, ihm zu folgen. Das Bett war ungemacht. Ein paar Kleidungsstücke waren achtlos über einen Stuhl geworfen worden. Auf dem Fensterbrett stand ein Waschbeutel. Gardner bückte sich, betrachtete etwas unter dem Bett und hob es auf. In der Hand hielt er eine rosaweiße Tasche mit einer Maus darauf.

Abby saß in der Lobby, während Gardner einen Anruf nach dem anderen tätigte. Er wollte, dass jemand herkam und das Zimmer auf Fingerabdrücke untersuchte. Ein weiterer Mann hatte angerufen und eine weitere angebliche Sichtung Helens in seinem B&B gemeldet, und so bestand Gardner darauf, dass jedes B&B und jedes Hotel in Whitby kontrolliert wurde. Außerdem postierte er jemanden am Haus von Helens Mutter.

Gardner legte auf und wollte das Telefon gerade wieder einstecken, als er zusammenzuckte und herumfuhr. Abby folgte seinem Blick, und dann sah sie es auch. Vor dem Haus hielt ein schwarzer Range Rover.

90

Abby stürmte hinter Gardner her, der bereits ins Auto sprang. Sie stieg ein, während er wendete und hinter Helen her raste. Sie fuhr auf die Hauptstraße, offenbar wollte sie die Stadt verlassen. Gardner scherte immer wieder ein und aus in dem Bemühen, Helen zu überholen. Abby versuchte zu erkennen, ob ihre Tochter in dem Wagen saß.

Gardner trat hart auf die Bremse. »Mist!«

Zwei Zentimeter hinter einem SUV, der rückwärts auf die Straße hinausgefahren war, kam er zum Stehen. Er drosch mit der Faust auf die Hupe, woraufhin der SUV wieder hineinfuhr und Gardner vorbeiließ. Die Lücke zwischen ihnen und Helen wurde größer. »Verdammter Mist«, knurrte er und stellte die Sirene an.

Sie konnten Helens Auto vor sich sehen, ehe es heftig schlitternd um eine Kurve bog und mit knapper Not dem Gegenverkehr auswich.

Der Range Rover schien schon zu weit weg zu sein. Die Straße war ziemlich schmal, doch soweit Abby sehen konnte, weitgehend frei. Sie hielt sich am Türgriff fest, bis ihre Knöchel weiß wurden, während Gardner das Gaspedal durchtrat. Die Lücke schloss sich allmählich. Zum ersten Mal hielt Abby es für möglich, dass sie Helen einholen könnten. Vielleicht würde dann alles gut.

Zuerst schien es nicht real zu sein, eher wie etwas aus dem Fernsehen. Helens Auto brach plötzlich seitlich aus, ehe es umkippte und auf dem Dach über die Straße schlitterte. Es überschlug sich erneut, kam wieder auf die Räder und blieb schließlich am Straßenrand stehen, wo der Asphalt in Gras überging. Gardner stieg auf die Bremse, und Abby schoss nach vorn. Sie hörte ihn sprechen, fragen, ob sie verletzt sei, und dann sagte er etwas von einem Krankenwagen, und sie wollte gerade sagen, dass ihr nichts fehle und sie keinen brauche, als sie begriff, dass er schon wieder in sein Telefon sprach und der Krankenwagen vermutlich für Helen gedacht war, und ihr kam kurz der Gedanke, dass sie sie am besten einfach so zurücklassen sollten.

Und dann dachte sie an Beth auf dem Rücksitz des Wagens.

Gardner versuchte, Abby aufzuhalten, doch sie riss sich los, lief auf Helens Auto zu und rief Beths Namen. Gardner packte erneut ihren Arm und zog sie zurück. Helen saß zusammengesunken auf dem Fahrersitz.

»Abby, Sie müssen sich wieder ins Auto setzen«, sagte er, doch sie stand nur da und starrte den Wagen an. »Abby!«, schrie er. »Zurück ins Auto!« Schließlich sah sie ihn an und trat erneut auf die Straße. Sie machte keinerlei Anstalten, wieder einzusteigen, doch zumindest war sie aus dem Weg. Er holte tief Luft und ging zur Fahrerseite. Er hatte keine Ahnung, ob Helen verletzt war. Ihr Wagen schien nicht allzu schwer beschädigt zu sein.

Gardner blickte durchs Fenster auf den Rücksitz und konnte vage Umrisse ausmachen, doch es war unmöglich zu sagen, was es war. Als er sich der Vorderseite des Wagens zuwandte, merkte er, dass er den Atem angehalten hatte. Vorsichtig ging er weiter, um Helen auf dem Fahrersitz anzusehen, deren Augen sich gerade langsam öffneten.

Gardner und Helen sahen sich an, und dann begannen sich Helens Lippen zu bewegen. Von draußen konnte er nichts hören, aber es hatte den Anschein, als wiederholte sie immer wieder dasselbe.

»Helen?«, sagte er laut genug, dass sie ihn hören konnte, aber dennoch in der Hoffnung, nicht aggressiv zu wirken und sie zu erschrecken. »Ich bin D. I. Gardner. Erinnern Sie sich an mich?« Sie zeigte mit keiner Regung, dass sie ihn überhaupt verstanden, geschweige denn erkannt hatte. Gardner schluckte. »Können Sie sich bewegen?«

Helen bewegte weiterhin die Lippen, doch ihr Körper blieb stocksteif. Gardner wischte sich über den Mund und bemerkte, dass er völlig ausgetrocknet war.

»Helen?«, versuchte er es erneut mit rauer Stimme. Er trat auf die Tür zu, während sie die Hände zum Lenkrad hob. »Ich mache jetzt die Tür auf, okay?« Ihr Blick folgte ihm zur Tür. Er behielt ihre Hände im Auge und zog die Fahrertür auf. Die Innenbeleuchtung ging an. Gardner warf einen Blick auf ihren Schoß und auf den Beifahrersitz, konnte jedoch keine Waffe entdecken. Helen sah ihn an. Sie sprach noch, doch er konnte sie kaum verstehen.

»Sie können sie nicht haben. Sie können sie mir nicht wegnehmen. Sie können sie nicht haben …«

Gardner schaute auf den Rücksitz. Eine Decke war darüber geworfen worden. Er sah wieder zu Helen zurück.

»Wen, Helen? Wen kann ich nicht haben?« Helens Blick wanderte flackernd nach hinten. Gardner sah erneut auf den Rücksitz. »Meinen Sie Casey?«, fragte er. Helens Stimme brach, und ihr Sprechgesang wurde hektisch. »Ist sie hier, Helen?«, fragte er. »Ist Casey bei Ihnen?« Er verfolgte, wie Helens Hände vom Lenkrad rutschten. »Helen? Bitte lassen Sie die Hände auf dem Lenkrad.« Sie hielt inne. »So ist es gut. Bleiben Sie so.«

Er verlagerte das Gewicht aufs andere Bein und versuchte, auf den Rücksitz zu sehen. Er musste wissen, wo die Kleine war. Sie konnte unter der Decke liegen, doch dann hätte sie sich mittlerweile bestimmt bewegt, es sei denn, sie war ernsthaft verletzt. Er musterte die Decke, sah jedoch keinerlei Bewegung darunter. Was auch immer sich darunter verbarg, war völlig regungslos.

Gardner wandte sich erneut an Helen. Sie saß nach wie vor mit gesenkten Händen da, sagte jedoch nichts mehr. »Helen?«, sagte er. »Bitte steigen Sie aus. Ich möchte mit Ihnen reden. Würden Sie das tun? Können Sie sich bewegen?«

Helen blickte weiterhin starr geradeaus. »Sie können sie nicht haben …«, begann sie erneut.

»Helen, bitte. Ich möchte nur mit Ihnen reden. Nur einen Augenblick …«

»Sie kriegen sie nicht. Sie dürfen sie mir nicht wegnehmen.«

»Helen«, sagte Gardner und trat an die hintere Tür. »Ich würde mich wirklich freuen, wenn Sie aussteigen und mit mir reden würden.« Er fasste nach dem Türgriff und sah, wie Helen sich auf dem Sitz bewegte. »Aber ich kann mich auch zu Ihnen setzen, wenn Ihnen das lieber ist.« Er zog am Türgriff und hörte es klicken, als die Tür aufging. Gardner hielt inne, kaum dass die Tür drei Zentimeter weit offen war. Helen verstummte. Er zog die Tür ein Stückchen weiter auf, und sie fuhr auf dem Sitz herum.

»Lassen Sie uns in Ruhe«, sagte sie.

»Wen?«, fragte er und zog die Tür noch weiter auf. Helen sprang aus dem Auto. Gardner schlug die Tür wieder zu und griff im selben Moment nach Helen, in dem er das Messer erblickte.

Er packte sie am Arm, woraufhin das Messer klirrend auf den Asphalt fiel. Helen stieß einen Schrei aus und ging mit den Fingernägeln auf sein Gesicht los. Er griff ihren anderen Arm, drehte sie um und drückte sie gegen den Wagen.

»Sie dürfen sie mir nicht wegnehmen!«, zischte Helen, während ihr Zornestränen über die Wangen rannen.

Gardner zückte die Handschellen. »Helen Deal, ich verhafte Sie unter dem Verdacht, Beth Henshaw entführt und zwei Männer beauftragt zu haben, Abigail Henshaw tätlich anzugreifen und zu vergewaltigen. Sie haben das Recht zu schweigen, aber es kann Ihrer Verteidigung schaden, wenn Sie auf Anfrage etwas verschweigen, worauf Sie sich später vor Gericht stützen möchten. Alles, was Sie sagen, kann aufgenommen und als Beweis vorgebracht werden.«

»Nein. Das dürfen Sie nicht! Sie ist mein Kind! Sie braucht mich!«

Helen versuchte sich loszureißen und fiel zu Boden. Dann zog sie die Knie an die Brust und fing an zu schluchzen. Gardner ging vor ihr in die Hocke. »Verstehen Sie mich?«

Helen schüttelte den Kopf. »Sie dürfen sie mir nicht wegnehmen.«

Der Detective erhob sich und trat an die hintere Tür des Range Rovers. Helen schrie auf, als Gardner die Tür aufmachte, nach der Decke griff und sie wegzog. Es war nichts darunter.

91

Helen schloss die Augen. Dann war es das also? So würde es enden? Paul hatte Recht gehabt. Sie hatte noch ein Kind verloren. Nur dass sie es nicht verloren hatte. Er hatte es ihr weggenommen. Er hatte ihre Hand geführt, sie dazu getrieben. Doch selbst als sie ihm das Leben genommen hatte, war sie zu spät dran gewesen. Selbst als sie gespürt hatte, wie die Klinge eindrang, die warme Liebkosung seines Bluts auf ihren Händen, hatte sie gewusst, dass es zu spät war. Sie würden sie ihr wegnehmen. Sie versuchte es zu verhindern, versuchte zu fliehen. Doch letztendlich war ihr klar gewesen, was geschehen würde. Sie würden sie finden. Sie wusste, was sie zu tun hatte.

Ihr könnt sie mir nicht wegnehmen. Ich bin ihre Mutter.

Helen saß zusammengesunken auf der Erde neben dem Auto und murmelte unablässig vor sich hin, scheinbar ohne Gardners Gegenwart zu registrieren. Gardner lehnte am Türrahmen und atmete tief durch. Er war sicher gewesen, dass Beth dort drinnen war, im Auto. Er war sicher gewesen, dass er sie gefunden hatte. Den Rest des Range Rovers hatte er durchsucht, während Helen einfach dasaß und ins Leere starrte. Doch er fand nichts. Abby stand daneben und sah zu. Sie ging ein paar Schritte auf Gardner zu, blieb dann erneut stehen und blickte zwischen ihm und Helen hin und her.

»Sie ist nicht hier«, sagte er zu Abby, ehe er sich wieder zu

Helen umwandte. Sie musste ihm sagen, wo Beth war, was mit ihr geschehen war. Er hatte gesehen, wozu sie imstande war, und allmählich stieg in ihm das gleiche Gefühl auf wie vor fünf Jahren: dass Beth Henshaw nicht mehr lebte. Er spürte, dass es so gut wie vorbei war, dass dies das Ende war. Er wünschte inständig, Abby wäre nicht hier. »Wo ist sie, Helen?«

Helen starrte durch ihn hindurch und murmelte etwas Unverständliches. Gardner ging vor ihr in die Hocke, fasste ihr Kinn und zwang sie, ihn anzusehen. »Wo ist sie?«

Helen verstummte und sah ihm in die Augen. Ein Lächeln legte sich über ihr Gesicht. »Das werde ich nie verraten«, sagte sie und begann zu lachen. »Ich werde es nie verraten.« Sie riss sich von ihm los und drehte sich zurück zum Auto, während ihr das Blut übers Gesicht rann. Gardner griff erneut nach ihr, zog sie in die Höhe und drückte sie gegen den Wagen.

»Sagen Sie mir, wo sie ist!«, verlangte er.

Sie lachte lauter, während ihr zugleich die Tränen über die Wangen liefen. »Sie werden sie niemals finden.«

Gardner ließ sie los. Als Helen nicht aufhörte zu lachen, wich er zurück. Am liebsten hätte er ihr wehgetan. Ihr wehgetan, bis sie ihm sagte, was er wissen wollte. Er ging davon und holte tief Luft. Abby stand wie erstarrt daneben. Als er sich umwandte, hatte Helen aufgehört zu lachen und musterte ihn.

»Sie haben keine Kinder, das sehe ich Ihnen an«, sagte sie grinsend. Gardner kehrte mit geballten Fäusten zu ihr zurück, als er auf einmal Abbys Hand auf seinem Arm spürte. Sie ging an ihm vorbei und blieb stehen.

»Sie wird uns nichts sagen«, meinte Gardner.

Abby beugte sich hinunter und schlug Helen mit dem Handrücken ins Gesicht. Gardner zuckte zusammen.

»Wo ist sie?«, herrschte Abby sie an. Helen blinzelte nicht, sondern starrte nur auf die Straße hinaus, während ihr jetzt noch zusätzlich Blut aus der Nase lief. Abby umfasste Helens

Gesicht mit beiden Händen. »Sehen Sie mich an«, sagte Abby. Helen fixierte weiter die Straße. Selbst als Abby sie schüttelte, verweigerte sie hartnäckig den Blickkontakt. »Glauben Sie, Sie tun ihr etwas Gutes?«, fragte Abby. »Glauben Sie, sie ist glücklich dort, wo sie jetzt ist, ganz allein?« Sie hielt inne und wartete auf eine Reaktion, bekam aber keine. »Was passiert, wenn Sie eingesperrt werden und sie mutterseelenallein zurückbleibt? Was dann? Was für eine Mutter tut so etwas?« Schließlich richtete Helen den Blick auf sie. »Sie müssen uns sagen, wo sie ist. Sie tun ihr weh. Wo ist Beth?«

»Wer?«, fragte Helen.

Abby schluckte und biss sich auf die Unterlippe. »Casey«, versuchte sie es noch einmal. »Wo ist Casey?« Sie verfolgte, wie sich Helens Gesichtsausdruck von Verwirrung zu einer seltsamen Art von Heiterkeit und schließlich zu Ärger wandelte.

»Was wollen Sie von ihr? Warum lassen Sie uns nicht in Ruhe?«

»Ich will nur wissen, ob es ihr gutgeht.«

»Sie ist meine Tochter!«, schrie Helen.

Abby zuckte zusammen, wich zurück und sah Gardner an. Sie ballte die Hand zur Faust. »Ich weiß«, sagte sie.

»Er hat mich dazu gezwungen«, sagte Helen. »Ich musste ihn aufhalten. Er wollte sie mir wegnehmen.«

»Wer? Paul?«, fragte Gardner und betrachtete das Messer, das Helen fallen gelassen hatte.

»Ich wusste, dass er mich hintergehen würde. Er wollte mich verraten.« Ihre Augen fokussierten erst Abby, dann Gardner. »Sie versuchen, mir mein Kind wegzunehmen. Das ist es, was Sie wollen. Sie waren unfähig, sich um Ihr eigenes Kind zu kümmern, deshalb wollen Sie meines«, zischte Helen, wobei ihr Speichelfetzen aus dem Mund flogen.

Abby schüttelte den Kopf. »Das ist nicht wahr.«

»Sie sind eine miserable Mutter. Sie wollten gar kein Kind.

Er hat es mir gesagt. Sie haben Ihr Kind weggegeben. Und jetzt wollen Sie meins.«

»Das ist gelogen.«

»Ich habe sie verdient. Ich bin eine gute Mutter. Sie sind keine Mutter. Sie sind nicht *ihre* Mutter.«

Abby schüttelte unablässig den Kopf. »Das ist nicht wahr.«

»Helen, sehen Sie mich an«, sagte Gardner.

»Ich bin eine gute Mutter«, sagte Helen. »Sie wollten Ihre Tochter gar nicht. *Er* wollte sie nicht. Er hat sie weggegeben.«

»Sie haben sie mir weggenommen!«, schrie Abby, außerstande, das noch länger hinzunehmen.

»Helen, hören Sie mir zu«, bat Gardner.

»Sie gehört Ihnen nicht.«

»Das wissen wir, Helen. Wir wollen nur …«, versuchte es Gardner.

»Wo ist sie? Wo ist meine Tochter?«, brüllte Abby.

»Abby, beruhigen Sie sich. Helen, sehen Sie mich an.«

»Sie kriegen sie nicht. Sie haben sie nicht verdient«, sagte Helen. Eine Träne lief ihr übers Gesicht, und sie versuchte weiterzusprechen, doch ihre Stimme war nur noch ein Krächzen. Abby beugte sich vor.

»Was?«, fragte sie.

Helen begann zu kichern. »Ihr geht's gut. Ich habe für sie gesorgt«, sagte sie.

Abby drehte sich zu Gardner um. Er ging neben Abby in die Hocke. »Wie haben Sie das gemacht, Helen?«

»Jetzt geht's ihr gut«, erklärte Helen erneut. »Ihr fehlt nichts. Jetzt ist alles in Ordnung.«

Abby stand auf. Es funktionierte nicht. Sie würde ihnen nie verraten, wo Beth war.

»Sie schläft jetzt. Mein Engel schläft jetzt«, sagte Helen, die nun nicht mehr lachte. Abby sah zu Gardner hinüber, und ihr Gesichtsausdruck schlug um. Sie wussten es beide.

Abby trottete zum Straßenrand und ließ sich zu Boden sinken.

Ihre Tochter war tot.

Sie beugte sich vor, als hätte sie einen Schlag in die Magengrube bekommen, während ihr die Tränen übers Gesicht liefen.

Gardner zog Helen wieder in die Höhe. In der Ferne heulte die Sirene eines Krankenwagens. Helen fiel gegen den Wagen, ein benommenes Lächeln auf dem Gesicht. Abby kam erneut herübergelaufen und brüllte Helen an. Es waren keine Worte, sondern sie schrie einfach nur hemmungslos die Frau an, die ihr alles genommen hatte. Gardner zog sie zurück, obwohl er wünschte, er könnte ihr wenigstens das lassen. Ihr diesen einen kleinen Moment der Gerechtigkeit gönnen, nach allem, was Helen ihr angetan hatte.

Abby trat nach ihm, doch er ließ sie nicht los, bis sie aufgab und gegen ihn sackte. Er hielt sie fest und versicherte ihr, es würde alles gut werden, obwohl sie beide wussten, dass das nicht stimmte.

Er blickte auf Helen herab, die nun wieder vor sich hinmurmelte, während der Krankenwagen neben ihnen anhielt. Abby riss sich von ihm los und ging wieder auf die andere Straßenseite, wo sie auf die Knie fiel. Die Haare hingen ihr ins Gesicht. Die Sanitäter blickten von einer Frau zur anderen und sahen schließlich hilfesuchend Gardner an. Er zeigte auf Helen, woraufhin sie zu ihr gingen und sie kurz durchcheckten, ehe sie sie in den Krankenwagen schafften.

92

Abby saß auf dem kalten Gras am Straßenrand und sah zu, wie Helen in den Krankenwagen geschoben wurde. Sie wandte sich ab; Helens Anblick war ihr unerträglich. Gardner telefonierte schon wieder, wobei er zwischen Helen und Abby hin- und herblickte. »Sind Sie sicher? Wir sind schon unterwegs«, sagte er und legte auf.

Ein zweiter Streifenwagen traf ein, woraufhin Gardner zu den Männern hinüberlief und erst auf den Krankenwagen und dann die Straße entlang zeigte, auf der sie gekommen waren. Einer der Polizisten stieg zu Helen in den Krankenwagen, und sie fuhren los. Der andere setzte sich wieder in den Streifenwagen und wendete. Das war's also, dachte Abby. Sollte das wirklich alles gewesen sein?

Mit hängendem Kopf saß sie da, während Gardner über den Asphalt auf sie zukam. Direkt vor ihr blieb er stehen, seine abgeschabten Schuhe vor ihren. Er beugte sich zu ihr hinab, doch anstatt die verständnisvollen Worte zu sagen, die er vermutlich im Zuge seiner Ausbildung gelernt hatte, fasste er ihre Hand und zog sie in die Höhe.

»Wir müssen los«, mahnte er und führte sie zum Auto zurück. Abby blieb auf halbem Weg stehen und erwartete, dass er noch etwas sagte. Er machte die Wagentür auf und sah sich auffordernd zu ihr um.

»Nein«, sagte Abby. »Ich kann nicht. Ich schaff's nicht mehr.«

Gardner schloss die Tür und kam zurück. Er nahm ihren

Arm und führte sie zum Auto, und diesmal ließ sie es geschehen, denn was wollte sie hier draußen schon tun? Als er den Motor anließ und in die Stadt zurückfuhr, fragte sie sich, was sie zu Hause tun sollte. Was passierte jetzt? Sie schloss die Augen.

Als sie sie schließlich wieder öffnete, standen sie vor einem anderen B&B. Ein weiterer Streifenwagen parkte vor ihnen. War das das Haus, in dem Beth war? Wo Helen sie zurückgelassen hatte?

Schaulustige standen herum und wollten wissen, was los war. In der Ferne hörte Abby eine Sirene, doch erst als ihr das Blaulicht in die Augen stach, begriff sie, dass es direkt hinter ihr war. Ein Krankenwagen, der ihre Tochter wegbringen sollte.

Abby stieß die Autotür auf und lief die Stufen hinauf in das B&B. Sie musste Beth sehen. Nur noch ein einziges Mal. Nur ihr Haar berühren und ihr sagen, wie leid es ihr tat, dass sie nicht für sie da gewesen war, dass sie sie nicht hatte retten können. Sie stürmte durch die Tür und hörte oben Leute reden. Am oberen Ende der Treppe versuchte ein uniformierter Beamter sie aufzuhalten.

»Lassen Sie sie rein«, hörte sie Gardner sagen, und als sie das Zimmer betrat, sah sie einen Sanitäter, der sich über Beth beugte. Ihr dunkles Haar floss über das Kissen.

»Sie lebt noch«, sagte der Sanitäter. »Sie ist bewusstlos, aber sie lebt.«

Abby stand da wie vom Blitz getroffen. Ihre Tochter lebte noch. Neben ihr wischte Gardner sich mit der Hand übers Gesicht. Abby lief zum Bett. Der Sanitäter trat beiseite, während Abby sich neben ihre Tochter kniete und mit zitternden Händen versuchte, ihr Gesicht zu berühren. Hinter ihr regte sich etwas, und Gardner griff nach ihrem Arm, ehe weitere Sanitäter in den Raum drängten.

»Wird sie wieder gesund?«, fragte Abby, doch niemand antwortete.

93

Abby und Gardner rannten den Krankenhausflur entlang und wären fast mit einem Pfleger zusammengestoßen, als sie um die letzte Ecke bogen. Als sie durch die Türen zur Notaufnahme stürmten, blickten sämtliche Pflegekräfte auf und starrten sie an.

»Kann ich Ihnen helfen?«, fragte eine Schwester und trat auf sie zu.

Gardner zeigte ihr seinen Dienstausweis. »Gerade ist ein kleines Mädchen eingeliefert worden, bewusstlos. Wo ist sie?«

Die Schwester sah sich um, woraufhin eine zweite, ältere Kollegin hinter dem Tresen hervorkam. Sie studierte Gardners Ausweis. »Dr. Padel kümmert sich gerade um sie.« Sie nickte zu einer Behandlungskabine hinüber.

»Ist sie da drinnen?«, fragte Abby. »Ist Beth da drinnen?« Sie machte Anstalten loszulaufen, doch Gardner hielt sie zurück. »Was fehlt ihr?«

»Sie wird gründlich untersucht«, erklärte die Schwester. »Man hat sie bewusstlos eingeliefert. Ich weiß nicht …« Sie blickte zwischen Abby und Gardner hin und her und trat dann beiseite, als Dr. Padel hinter dem Vorhang hervorkam. Er blieb abrupt stehen, als Abby nach seinem Arm griff.

»Geht es ihr gut?«, fragte Abby.

Der Arzt sah sie beide an, und Gardner trat vor. »Ich bin D. I. Gardner«, sagte er und zückte erneut seinen Dienstausweis, doch der Arzt winkte ab.

»Sie erholt sich bald wieder. Man hat ihr ein Beruhigungsmittel eingeflößt. Sie ist jetzt wach, aber noch sehr benommen. Wir behalten sie zur Beobachtung da. Mal sehen, ob wir auf der Kinderstation ein freies Bett für sie haben.«

Abby presste sich die Hände vors Gesicht und strich ihr Haar nach hinten. Erleichterung stieg in ihr auf. Beth ging es gut. Ihr fehlte nichts. »Gott sei Dank«, sagte sie. »Darf ich sie sehen?«

Der Arzt sah erneut Gardner an und ging dann wortlos davon. Abby wartete darauf, dass Gardner etwas sagte.

»Es gibt gewisse … Vorschriften, die wir befolgen müssen«, sagte er zögerlich.

»Was soll das heißen?«

Gardner seufzte. »Wir können Beth nicht einfach mit Ihnen nach Hause gehen lassen … das wissen Sie.«

Abby schluckte. Sie hatte nie konkret darüber nachgedacht, was passieren würde, wenn sie Beth jemals zurückbekam. Hatte nie an die ganzen bürokratischen Prozeduren und Komplikationen gedacht.

»Für Beth ist Helen ihre Mutter«, sagte Gardner. »Ich weiß, dass es schwer ist. Mir ist völlig klar, dass Sie nur Ihre Tochter wieder bei sich haben wollen, aber so einfach ist es nicht. Es wird eine Übergangszeit geben.«

»Was heißt das?«

»Beth kommt in Pflege.«

»Was?«

»Später kann sie dann wieder ganz bei Ihnen wohnen.«

»Wann? Wie lange dauert das?«

Gardner zuckte die Achseln. »Kann ich nicht sagen. Es ist eine schwierige Situation.« Er schüttelte den Kopf. »Eine Sozialarbeiterin wird mit Ihnen und Beth arbeiten. Sie werden Beth immer besser kennenlernen, und wenn der richtige Zeitpunkt gekommen ist, darf sie wieder bei Ihnen leben.« Gardner blickte zu Boden.

Abby hatte das Gefühl, als hätte die Welt aufgehört, sich zu drehen. Nach allem, was sie durchgemacht hatte, nach all dieser Zeit hatte sie ihre Tochter endlich wiedergefunden und durfte sie trotzdem nicht mit zu sich nach Hause nehmen.

Gardner berührte Abbys Schulter. »Es tut mir leid«, sagte er.

»Darf ich sie wenigstens jetzt sehen?«, fragte sie. »Nur ganz kurz? Der Arzt hat gesagt, sie ist benommen, sie wird sich nicht einmal daran erinnern.«

Gardner nickte und zog den Vorhang zurück. Die Schwester stand auf und ließ sie nicht aus den Augen, hielt sich jedoch im Hintergrund. Abby betrat die Kabine und fing an zu weinen.

Beth lag auf die Seite gerollt unter dem Laken, die Beine bis zum Bauch hochgezogen. Ihre Lider gingen flatternd auf und schlossen sich wieder, als Abby näherkam. Abby streckte den Arm aus und strich Beth das Haar aus dem Gesicht. Ihre Hand zitterte.

Beth schlug die Augen auf und blinzelte ein paarmal, ehe sie zu lächeln begann. »Ich kenne Sie«, sagte sie zu Abby.

Abby schluchzte unvermittelt auf und lächelte dann das kleine Mädchen an. »Ehrlich?«

»Sie waren bei *Der Wind in den Weiden*. Sie haben meine Tasche gefunden«, sagte sie, ehe ihr die Augen wieder zufielen.

»Das stimmt«, antwortete Abby schmunzelnd. »Wie fühlst du dich?«

»Ich bin müde«, sagte Beth.

Abby wandte sich um und sah den Arzt hinter sich stehen. »Wir verlegen sie auf die Station«, erklärte er.

Abby wandte sich wieder zu Beth um. Sie wünschte, sie könnte bei ihr bleiben, doch das war unmöglich.

»Gute Nacht, Schätzchen.« Abby streichelte Beth ein letztes Mal übers Haar. Als sie sich zum Gehen wandte, sagte Beth noch etwas.

»Wo ist meine Mummy?«

Abby fing an zu weinen, und Gardner führte sie aus der Kabine. Eine freundlich aussehende Schwester ging hinein, gefolgt von einem Hilfspfleger. Der Arzt zog den Vorhang auf, und sie schoben Beths Bett hinaus.

94

Gardner dankte Detective Carlisle und legte auf. Simon war freigelassen worden und bereits unterwegs ins Krankenhaus. Carlisle hatte Helen Deal zu dem Mord an Paul Henshaw befragt, doch sie war alles andere als kooperativ gewesen. Sie hatten das Messer, das Helen fallen gelassen hatte. Es war die Waffe, mit der Henshaw getötet worden war, doch Helen schwieg.

Gardner wollte eigentlich in Whitby bleiben, nicht nur, um mit Helen zu reden, sondern auch in Abbys Interesse. Doch man hatte ihm mitgeteilt, dass sich Alice Gregory, die Frau, die Abby den Flyer gegeben hatte, endlich gemeldet hatte, und er wollte selbst mit ihr sprechen. Er wollte wissen, wie sie in die Sache verwickelt war. Sie wartete bereits auf ihn, als er im Polizeirevier eintraf.

»Setzen Sie sich«, sagte er und nahm ihr gegenüber Platz.

»Worum geht es denn?«, fragte Alice. »Ich bin gerade erst zurückgekommen und hatte Tausende von Nachrichten, dass Sie mich sprechen wollten.«

»Sie brauchen sich keine Sorgen zu machen«, beruhigte Gardner sie. »Ich wollte Sie nur nach ein paar Flyern fragen, die Sie letzte Woche verteilt haben.« Er zog eine Klarsichthülle mit dem Flyer hervor. »Sie haben sie an einem Spieltag im Locke Park verteilt.«

»Ja?«

»Den hier haben Sie einer Frau namens Abby Henshaw gegeben. Als Sie ihn ihr in die Hand gedrückt haben, haben Sie gesagt: ›Da sollten Sie hingehen.‹ Können Sie sich daran erinnern?«

Alice lehnte sich vor und zog sich die Ärmel über die Hände. »Ich verteile massenhaft Flyer. Das ist mein Job.«

»Okay. Sprechen Sie die Leute immer an, wenn Sie Prospekte verteilen? Sagen Sie ihnen immer, dass sie irgendeine Veranstaltung besuchen sollen?«

Alice zuckte die Achseln. »Manchmal. Keine Ahnung. Manchmal hilft es, wenn sie ein schlechtes Gewissen kriegen, weil sie einen ignoriert haben.«

»Okay. Die Frau, der Sie diesen Flyer gegeben haben, hat gesagt, sie hatte den Eindruck, Sie hätten keine weiteren Flyer mehr bei sich gehabt. Sie dachte, Sie hätten ihr den hier gezielt gegeben. Und ich glaube, sie hatte Recht, weil das hier hinten drauf steht.« Alice betrachtete die Schrift auf dem Flyer und sah dann zu Boden. »Alice, ich ermittle hier in einem schweren Verbrechen.« Alice hob ruckartig den Kopf. »Ich glaube, Sie versuchen jemanden zu decken, und wenn Sie jetzt beschließen, mir nichts zu sagen, kommt das bei mir so an, als hätten Sie etwas zu verbergen.«

»Ich habe das nicht geschrieben. Das muss er gewesen sein.«

»Wer?«

»Ein Typ hat mir zwanzig Pfund dafür gezahlt, dass ich ihr den Zettel gebe. Ich hab ihn vorher schon stundenlang im Park rumlungern sehen. Erst dachte ich, er ist irgend so ein Pädo, weil er sich andauernd da rumgetrieben hat, wo die ganzen Kinder waren. Er ist zu mir gekommen und hat mir den Flyer gegeben, und ich dachte, das hat mir gerade noch gefehlt, dass ich eines dieser dämlichen Dinger zurückkriege. Er wollte, dass ich den Zettel dieser Frau gebe. Ich hab gesagt, ich sei schon fertig, aber da hat er mir zwanzig Pfund gegeben, und ich dachte, na dann, okay.« Sie zuckte erneut die Achseln und holte Luft. »Dann hat er mir die Frau gezeigt. Sie saß auf einer Bank, und ich habe ihn gefragt, ob er auf sie steht. Er war ganz nervös und verschwitzt und hatte Handschuhe an, solche Autofahrerhandschuhe oder so was. Und er hat gesagt, es wäre echt total wichtig, dass sie den Zettel kriegt. Ich dachte, er will sie fragen, ob sie mit ihm ausgeht oder so. Er hat ein bisschen wie ein Loser gewirkt. Also bin ich rübermarschiert und hab ihr den Zettel gegeben, und das war's. Dann bin ich nach Hause gegangen.« Alice hielt einen Moment lang inne, ehe sie Gardner ansah. »Er hat sie doch nicht umgebracht, oder?«

»Nein, hat er nicht«, sagte Gardner. »Wissen Sie noch, wie er aussah?«

Alice zuckte erneut die Achseln. »Dünn. Groß.«

»Ist er das?«, fragte Gardner und zeigte ihr das Foto von Paul Henshaw.

»Genau, das ist er. Schräger Vogel.«

Gardner bedankte sich bei Alice Gregory und ging hinaus, um wieder nach Whitby zu fahren.

In seinem Kopf rotierte es. Warum sollte Paul Henshaw Abby auf einmal mitteilen, wo Beth sein würde? Warum hatte er so lange gewartet? Sie würden es womöglich nie erfahren, doch zumindest hatte er am Ende das Richtige getan. Und jetzt wussten sie wenigstens, warum Helen ihn umgebracht hatte. Das war doch was.

»Sir?«

Als Gardner sich umwandte, sah er Lawton auf sich zueilen.

»Ich wollte nur wissen, wie es der Kleinen geht. Beth«, sagte sie.

»Ihr fehlt nichts weiter«, sagte er.

»Und Abby?«

Gardner zuckte die Achseln. »Wer weiß. Aber sie hat ihre Tochter wiedergefunden. Das ist es doch, was zählt.« Er wandte sich zum Gehen, hielt aber noch einmal inne. »Wie ist das Bewerbungsgespräch gelaufen?«

»Sir?«

»Der Motivationstrainer.«

»Oh«, sagte sie. »Er hat den Job nicht gekriegt.«

Gardner lächelte. »Freut mich zu hören.«

Lawton lächelte ihn an. »Tja, jedenfalls muss ich jetzt weitermachen«, sagte sie und hastete davon.

Gardner ging den Flur entlang zur Kinderstation. Er wusste, dass Abby vor der Tür wartete, um zu erfahren, wie es Beth ging. Ihr war klar, dass sie sie nicht sehen durfte, doch sie wartete trotzdem. Sie wartete schon so lange, sie war daran gewöhnt.

Gardner blickte durch das kleine Fenster in der Tür. Abby wirkte erschöpft, zugleich aber lebendiger als je zuvor. Er wünschte, er hätte sie öfter so gesehen, wünschte, er hätte sie schon früher glücklich machen können. Doch das stand ihm nicht zu. Würde ihm nie zustehen. Er hatte getan, was er ihr versprochen hatte. Er hatte Beth gefunden. Wozu sonst sollte sie ihn brauchen?

Er sah Simon aus einem Aufzug am anderen Ende des Flurs kommen. Eigentlich hätte er etwas sagen sollen, doch stattdessen wandte er sich ab. Er würde die beiden bald besuchen, sich erkundigen, wie es ihnen ging. Doch zuerst musste er noch etwas anderes erledigen.

95

Abby hörte Schritte hinter sich und wandte sich um. Sie und Simon sahen einander an. Er schaute zur Tür der Kinderstation hinüber.

»Wie geht es ihr?«, fragte er.

Abby stand auf. »Sie wird wieder gesund«, sagte sie lächelnd. Erleichtert ging auf sie zu und schloss sie in die Arme. Abby hielt ihn fest und vergrub das Gesicht an seiner Brust.

Nach einer Weile machte er sich los. »Alles in Ordnung?«, fragte er.

Abby lächelte. »Ja«, sagte sie. Sie empfand eine Leichtigkeit wie seit fünf Jahren nicht mehr. Fast fühlte sie sich wieder wie ein richtiger Mensch.

Simon führte sie zu den Stühlen vor der Station und setzte sich, ihre Hand noch immer in seiner. »Hast du sie gesehen?«

»Gestern Abend. Sie war noch benommen, aber sie hat mich erkannt. Von der Theateraufführung.« Abby sah zur Station hinüber. »Wir dürfen sie eine Zeitlang nicht wiedersehen. Es wird ganz schön hart werden. Nicht nur für uns, sondern auch für Beth.« Abby schluckte schwer. »Sie denkt, Helen ist ihre Mutter. Wie soll sie darüber hinwegkommen?«

Simon schüttelte den Kopf und zog Abby an sich. »Ich weiß es nicht«, sagte er. »Aber das kriegen wir schon hin.«

Schweigend saßen sie eine Weile da und verfolgten das Leben im Mikrokosmos des Krankenhausflurs. Vorbeieilende Ärzte. Eltern, die auf und ab gingen. Weinende Kinder.

»Ich dachte, du wärst es gewesen«, sagte Abby schließlich.

Simon nahm den Arm nicht von ihrer Schulter und sah ihr nicht ins Gesicht. Er sagte kein Wort, sondern nickte nur.

»Ich dachte, du hättest Paul umgebracht«, sagte sie. »Es tut mir leid. Ich hätte mehr Vertrauen zu dir haben sollen.«

Simon sah sie noch immer nicht an. »Ist schon gut«, sagte er. »Ich hätte dir sagen sollen, dass ich dorthin fahre. Aber ich wusste, du würdest mich aufhalten.« Schließlich sah er Abby kurz an, bevor er erneut auf die Tür starrte. »Ich weiß nicht, was ich getan hätte. Vielleicht hätte es anders genauso geendet.«

96

Der Beamte vor der Tür nickte Gardner zu, als er Helens Zimmer betrat. Sie lag auf der Seite, das Gesicht zur Wand, wandte ihm jedoch den Blick zu, als er hereinkam. Einen Moment lang stand er am Fuß des Betts und sah sie an. Sie war eine ziemlich große Frau, doch in dem Klinikbett wirkte sie winzig. Vielleicht hatte ein Krankenhaus diesen Effekt und ließ jeden verletzlich und klein erscheinen, doch als er auf sie herabblickte, schien es ihm unmöglich, dass diese Frau so vielen Menschen so viel Leid zugefügt hatte.

Er trat an die Seite des Betts, um sie anzusehen, doch sie schloss die Augen und blendete ihn aus. Nach einer Weile zog er sich einen Stuhl heran und setzte sich neben sie, als wäre er nur ein ganz normaler Besucher. Im Raum herrschte Stille. Es gab keine piependen Monitore oder andere Patienten, die nach der Schwester riefen. Nur die Geräusche, die vom Flur hereindrangen und das Atmen zweier Menschen, die darauf warteten, dass der andere zuerst sprach.

»Wo ist sie?«, fragte sie.

Gardner war erstaunt, dass sie als Erste nachgegeben hatte, doch er hatte geahnt, wie ihre erste Frage lauten würde. Er hatte nicht angenommen, dass sie Beth irgendetwas zuleide tun würde. Beth war der einzige Mensch, dem sie aller Wahrscheinlichkeit nach nicht wehtun würde. Vielleicht hatte sie geglaubt, dass Beth allein sicherer war, wenn sie sie unter Beruhigungsmittel setzte. Sie hatte sich mit ihr in mehrere B&Bs eingemietet und ein großes Rätselraten ausgelöst. Es war unklar, wie lange Beth sich selbst überlassen geblieben war. Gardner überlegte, ob er Helen überhaupt irgendeine Auskunft über das Kind geben sollte; vielleicht sollte er sie leiden lassen, so wie Abby all die Jahre gelitten hatte, doch er musste sie ja zum Reden bringen. »Sie wird gut versorgt«, erklärte er. »Man soll Kindern keine Beruhigungsmittel geben.«

»Ich weiß, wie ich meine Tochter zu versorgen habe«, erklärte Helen und schlug die Augen auf. »Ist sie hier?«

»Nein«, log Gardner. »Sie ist in einem anderen Krankenhaus.«

Helen musterte sein Gesicht. Wahrscheinlich wusste sie, dass er log. Nicht dass es eine Rolle gespielt hätte, denn man hätte sie ohnehin nicht zu dem Mädchen gelassen. Gardner hätte das eigentlich gutheißen sollen, doch wenn man es aus Beths Perspektive betrachtete, war es gar nicht so erfreulich. Beth hielt Helen gezwungenermaßen für ihre Mutter. Sie hatte immer nur Helen gekannt, und die würde man ihr nun wegnehmen.

»Ich will sie sehen. Sie fürchtet sich, so allein«, sagte Helen. »Wann kann ich sie besuchen? Ich bin ihre Mutter. Sie haben nicht das Recht, mich von ihr fernzuhalten. Sie gehört zu mir.«

Er wollte ihr sagen, dass sie aufhören sollte zu lügen, dass es vorbei war. Doch er fragte sich, wie viel davon sie wohl selbst glaubte und ob sie sich selbst eingeredet hatte, dass Beth tatsächlich ihre Tochter sei. »Was ist heute passiert, Helen?«, fragte er.

»Wir hatten einen Unfall.«

»Wer?«

»Casey und ich.«

»War sie mit Ihnen im Auto?«

»Ja. Natürlich. Wo hätte sie sonst sein sollen?«, erwiderte Helen. Gardner lehnte sich zurück.

»Warum waren Sie heute auf dieser Straße unterwegs? Wissen Sie das noch?«

»Wir wollten einen Ausflug machen. Ans Meer«, erklärte Helen.

»Klingt nett«, sagte Gardner. »Und was war mit gestern? Haben Sie gestern auch irgendwas gemacht?«

Helen sah ihn aus schmalen Augen an und zögerte, ehe sie antwortete. »Wir haben Caseys Dad besucht«, sagte sie schließlich.

Gardner schenkte ihr ein kleines Lächeln. Sie war wirklich gut. Blieb nahe genug an der Wahrheit, gab jedoch nichts zu. Die ideale Methode, um die Unzurechnungsfähige zu spielen. Doch Gardner erkannte das Leuchten in ihren Augen, das Berechnende. Er hegte keinen Zweifel daran, dass sie schwer gestört war, aber unzurechnungsfähig war sie nicht.

»Wie ging es ihm?«, fragte Gardner. »Hatten Sie einen schönen Tag zusammen?«

Sie zögerte erneut. »Es ging ihm gut«, sagte sie.

»Haben Sie ihn umgebracht?«

Helens Blick wurde hart. »Natürlich nicht.«

»Der elfte November«, sagte Gardner. »Sagt Ihnen das irgendwas?«

»Das ist Caseys Geburtstag.«

Gardner wartete einen Augenblick. »Und was ist mit dem fünfzehnten Dezember?« Helen erstarrte. Er wusste, dass er einen wunden Punkt getroffen hatte. »Das war der Tag, an dem sie gestorben ist, stimmt's?«

Helen schoss kreischend aus dem Bett und ging mit den Fingernägeln auf sein Gesicht los. Gardner packte sie an den Handgelenken und versuchte sie zu bändigen. Die Tür schwang auf, und eine Schwester und der Polizist, der draußen gestanden hatte, stürmten herein. Mit vereinten Kräften rangen sie Helen aufs Bett nieder und hielten sie fest. Sie hörte nicht auf zu schreien, und einen Moment lang tat sie Gardner leid. Jetzt wusste er zumindest, dass Helen den Tod ihres Kindes nicht völlig verdrängt hatte. Sie wusste, was passiert war und was sie getan hatte. Und sie würde dafür zur Rechenschaft gezogen werden.

Gardners Telefon vibrierte in seiner Jackentasche, und er trat hinaus auf den Flur. »Gardner«, meldete er sich und wandte sich von den missbilligenden Blicken einer vorübereilenden Schwester ab.

»Wo sind Sie?«, fragte Atherton.

»In Whitby. Ich habe gerade mit Helen Deal gesprochen. Ich glaube …«

»Sie müssen sofort herkommen.«

»Weswegen? Wegen Chelsea Davies?«

»Nein. Die Mutter hat ihre Beteiligung heute Morgen gestanden. Sie wird angeklagt. D.C. Harrington hat mit ihr gesprochen. Ein anderes Mädchen wird vermisst. Sie wurde seit drei Tagen nicht mehr gesehen. Der Vater dachte, sie ist bei der Mutter, und die Mutter dachte, sie ist bei ihm.«

»Wie alt?«, fragte Gardner.

»Vierzehn.«

»Hintergrund?«

»Bis jetzt haben sie uns nichts Konkretes mitgeteilt«, sagte Atherton. »Ich will, dass Sie den Fall übernehmen. Diese Henshaw-Geschichte wird bald überall breitgetreten werden. Wir könnten zwischendurch mal ein bisschen positive Presse vertragen. Kommen Sie her.«

»Bin schon unterwegs«, seufzte Gardner, doch Atherton hatte bereits aufgelegt. Er lehnte sich gegen die Wand. Es ist vorbei, dachte er. Zeit, sich etwas Neuem zuzuwenden. Warum war er eigentlich nicht froh darüber?

Er steckte das Telefon ein und machte sich auf den Weg zur Kinderstation.

97

Abby hob den Kopf von Simons Schulter, als Gardner das Wartezimmer betrat.

»Haben Sie irgendetwas gehört?«, fragte Abby.

Gardner schüttelte den Kopf. »Nicht über Beth. Aber Helen wird angeklagt werden«, sagte er, während er sich einen Becher Wasser aus dem Wasserspender nahm.

Abby nickte nur. Was auch immer sie mit Helen machten, wäre nicht genug. »Wo ist sie?«, fragte Abby.

Gardner nahm einen großen Schluck und blickte sie über den Becherrand hinweg an. Ihre Frage schien ihn nicht zu überraschen, ja, er schien sie geradezu erwartet zu haben. »Sie ist hier«, sagte er und setzte sich auf einen Stuhl. »Sie wird in Gewahrsam genommen, sobald sie das Krankenhaus verlassen kann.«

»Haben Sie mit ihr gesprochen?«

»Ja.« Er lehnte den Kopf an die Stuhllehne und schloss die Augen. »Sie hat nicht viel gesagt, aber ihr wird Beths Entführung zur Last gelegt, dann das, was sie Ihnen angetan hat, und der Mord an Paul.« Gardner schüttelte den Kopf über das Ganze. »Man wird ein psychiatrisches Gutachten einholen.«

»Bestimmt wird sie den Test mit fliegenden Fahnen bestehen«, bemerkte Simon.

Abby beobachte Gardner. Er wirkte mitgenommen. Ob er wohl bei ihnen bleiben musste? Ob er gesetzlich dazu verpflichtet war, für den Fall, dass sie versuchte, ihre eigene Tochter zu entführen. Sie lachte kurz auf. Niemand bemerkte es.

Sie stand auf und holte sich Wasser aus dem Spender, ehe sie zu Simon hinübersah. Er hatte die Augen wieder geschlossen. Sie fragte sich, wie lange es dauern würde, bis er einnickte. Aus unerfindlichen Gründen war sie hellwach. Wacher denn je. Sie wusste nicht, wann sie je so wach gewesen war.

Sie lehnte sich zurück und betrachtete die Bilder an der Wand, verschiedene Comicfiguren und Gestalten aus Büchern und Filmen. Was Beth wohl toll fand? Was war ihre Lieblingsgeschichte? Was war ihr Lieblingsfilm, ihr Lieblingsessen, ihr Lieblingsspiel? Und würde sich das alles schon wieder ändern, bis Abby sie endlich mit nach Hause nehmen durfte?

Vom Kopf her wusste sie, dass das System richtig war, doch in ihrem Herzen? Sie hatte keine Ahnung, was sie von den nächsten Wochen oder Monaten zu erwarten hatte, und es erschien ihr nicht fair. Es *war* nicht fair. Dass man ihr ihre Tochter geraubt hatte. Dass ihr Ehemann sie auf die furchtbarste Weise hintergangen hatte. Dass sie ihre Tochter nicht mit nach Hause nehmen durfte, nachdem sie sie endlich wiedergefunden hatte. Dass ihre eigene Tochter sie fragte, wo ihre Mummy war.

Sie presste die Augen zu, um die Tränen zurückzuhalten, und dachte an den bewussten Tag zurück. Daran, dass sie gelogen hatte. Dass sie Paul als Erste hintergangen hatte. Ihr fiel ein, was Helen gesagt hatte: dass sie eine schreckliche Mutter sei. Dass sie nie ein Kind gewollt habe. Das stimmte nicht.

Aber trug sie vielleicht wirklich die Schuld an alldem? Wenn sie Paul nur nicht betrogen hätte. Wenn sie nur die Wahrheit gesagt hätte. Doch »wenn nur« funktionierte nie. Wir treffen unsere Entscheidungen und leben mit den Konsequenzen. Vielleicht hatte niemand Schuld.

Sie dachte an Paul. Sie hatte stets bereut, was sie ihm angetan hatte. Wie ihr Leben wohl verlaufen wäre, wenn er nie von der Affäre erfahren hätte und nichts von alledem je geschehen wäre? Hätte sie ewig weiterlügen können? Sie fragte sich, ob sie ihm wohl je verzeihen könnte. Noch immer hatte sie nicht ganz begriffen, dass er tot war.

Sie dachte an Jen. Jen hatte überhaupt nichts Schlimmes getan. Sie hatte Paul tatsächlich gesehen. Sie war nicht böse. Und sie sollte erfahren, dass sie Beth gefunden hatten. Abby zog ihr Telefon heraus und hielt dann inne. Sie würde es ihr persönlich sagen. Das war sie ihr schuldig. Ganz egal, was auch geschehen war, sie war nach wie vor ihre Freundin. Auf ihre eigene Art war sie ihr die ganze Zeit über treu geblieben. Vielleicht war ja, wenn das alles vorüber war, in ihrem Leben wieder Platz für Jen.

Abby blickte zu Simon hinüber und berührte seine Hand. Sie liebte ihn. Vielleicht wäre sie auch ohne das alles eines Tages zu ihm gegangen. Doch wie sollte sie das wissen? Das Leben hatte sie auf einen anderen Weg gezwungen.

Dann dachte sie an Helen. Helen, die ihr Kind verloren hatte. Sie würde ihr nie verzeihen. Sie dachte über die Tragödie nach, ein Kind zu verlieren. Sie brauchte sich gar nicht vorzustellen, wie das war. Helen hatte ihr zu diesem Gefühl verholfen. Doch am Ende würde Abby ihre Tochter zurückbekommen. Und was bekam Helen? Sie hatte es verdient, alles zu verlieren, nach allem, was sie ihnen angetan hatte. Was für ein Mensch nahm jemand anderem das Kind weg? Es war unerklärlich. Vielleicht war ja jeder dazu imstande. Wenn man genug bedrängt wurde, wer wusste schon, wozu man imstande war? Wessen man fähig war?

Sie dachte an Beth. Beth war die einzig wirklich Unschuldige in dem ganzen Chaos, und so schlimm es auch für sie und Simon sein mochte, für Beth war es noch schlimmer. Wie sagt man einem Kind, dass seine Mutter nicht seine Mutter ist? Wie sagt man einem kleinen Mädchen, dass sein Name nicht sein Name ist? Es genügte, um ihr erneut das Herz zu brechen. Aber trotzdem … Abby würde sie zurückbekommen. Das war das Einzige, was wirklich zählte.

Sie sah Gardner an und fragte sich, wie sie ihm je für alles danken sollte, was er für sie getan hatte. Sie fragte sich, ob sie ihn jemals wiedersehen würde, wenn das alles vorbei war. Sie hoffte es. Sie brauchte seine Hilfe bei dem, was ihr noch bevorstand.

Hinter ihr ging die Tür auf. Abby erhob sich und sah die Krankenschwester an. Gardner schlug die Augen auf.

»Ich wollte Ihnen nur sagen, dass sie bald entlassen wird«, sagte die Schwester.

Abby wandte sich zu Gardner um, der nun aufgestanden war. Simon rieb sich die Augen und blickte sich um, ehe er registrierte, dass sich die anderen erhoben hatten. Gardner ging mit der Schwester hinaus. Abby sah durch die schmale Glasscheibe, wie Gardner vor der Tür mit einer Frau mittleren Alters in einem karierten Rock sprach. Die Frau hob den Blick und lächelte Abby an, ehe Gardner die Tür aufzog und wieder ins Wartezimmer trat.

»Abby, Simon«, sagte er. »Das ist Margaret McLachlan. Sie ist die Sozialarbeiterin, die Beth zu sich nehmen wird. Sie wird in den nächsten Wochen viel mit Ihnen zusammenarbeiten.«

Margaret streckte die Hand aus, und Abby und Simon schüttelten sie. »Schön, Sie kennenzulernen«, sagte sie. »Ich nehme Beth mit nach Hause.« Sie hüstelte kurz. »Es wird mindestens ein paar Tage dauern, bis sie sich eingewöhnt hat. Sie können mich gerne anrufen«, sagte sie und reichte Abby eine Karte. »Sie dürfen sie leider noch nicht sehen, aber ich kann Sie auf dem Laufenden halten. Ich werde in den nächsten Tagen vorbeikommen und mit Ihnen beiden sprechen. Mir ist völlig klar, wie schwer das ist, aber gehen Sie erst einmal nach Hause und ruhen Sie sich aus, dann sehen wir weiter.«

Sie lächelte erneut und wandte sich dann zu Gardner um. Gardner lächelte Abby an und hielt Margaret die Tür auf.

»Dürfen wir sie sehen, bevor sie entlassen wird?«, fragte Abby.

»Leider nein«, sagte Margaret und wandte sich zum Gehen.

Abby nickte. »Aber es geht ihr gut, oder?«

Margaret lächelte erneut. »Bestens.«

»Warten Sie hier, dann fahre ich Sie nach Hause«, sagte Gardner.

Er ließ Abby und Simon allein. Abby blieb neben der Tür stehen, und Simon trat zu ihr. Er stützte das Kinn auf ihren Kopf. Sie blickten beide durch das Fenster. Schließlich ging die Tür zur Station auf. Gardner hielt sie offen, während die Schwester Beth in einem winzigen Rollstuhl zum Aufzug schob, begleitet von Margaret.

Die Schwester drehte sich um und zog Beths Rollstuhl in den Aufzug. Abby spürte Simons Atem in ihrem Haar und legte die Finger auf die Glasscheibe.

Beth bemerkte die Bewegung und sah auf. Sie lächelte zu Abby hinüber, und kurz bevor die Aufzugtür sich schloss, winkte sie ihr zu.

Du konntest nicht wissen, wie es sich anfühlt, wenn dir etwas gestohlen wird – und zwar das, was dir mehr bedeutet hat als alles andere. Im einen Moment war es noch da. Im nächsten war es weg.

Denk an deinen liebsten Besitz. Denk an das, was du mehr liebst als alles andere. Denk an das, wofür du dein Leben geben würdest. Und dann stell dir vor, du verlierst es.

Denk an die tröstenden Worte der anderen und daran, wie nutzlos sie sind. Denk daran, dass die Welt sich immer weiter dreht, doch deine ist stehen geblieben, schlagartig. Denk an die Leere und das klaffende Loch, wo einst Liebe war.

Vielleicht würdest du dich wie betäubt fühlen. Vielleicht würde es dich zu sehr schmerzen, um es überhaupt an dich heranzulassen. Vielleicht wäre dir der Gedanke daran unerträglich, und deshalb würdest du den Kopf in den Sand stecken und so tun, als sei alles in Ordnung.

Ich konnte das nicht. Ich konnte nicht loslassen. Ich konnte nicht trauern und dann mein Leben weiterleben. Ich wollte mich nicht für den Rest meiner Tage mit dieser Leere abfinden. Ich entschied mich dafür, etwas zu tun. Ich entschied mich dafür, eine Mutter zu sein. Ihre Mutter. Ich entschied mich für sie. Ich wollte nicht ruhen, bis ich meine Tochter wiederhatte.